落纸云烟

霍云 著

江苏凤凰文艺出版社
JIANGSU PHOENIX LITERATURE AND ART PUBLISHING, LTD

图书在版编目（CIP）数据

落纸云烟 / 霍云著. —南京：江苏凤凰文艺出版社，2020.5（2024. 5重印）

ISBN 978 - 7 - 5594 - 4782 - 1

Ⅰ. ①落…　Ⅱ. ①霍…　Ⅲ. ①长篇小说—中国—当代　Ⅳ. ①I247.5

中国版本图书馆 CIP 数据核字(2020)第 059499 号

落纸云烟

霍云　著

责任编辑　邹晓燕
装帧设计　史淑娴
责任印制　刘　巍
出版发行　江苏凤凰文艺出版社
　　　　　南京市中央路 165 号，邮编：210009
网　　址　http://www.jswenyi.com
印　　刷　三河市兴国印务有限公司
开　　本　718 毫米×1000 毫米　1/16
印　　张　18.25
字　　数　350 千字
版　　次　2020 年 5 月第 1 版　2024 年 5 月第 2 次印刷
书　　号　ISBN 978 - 7 - 5594 - 4782 - 1
定　　价　70.00 元

目录

繁华云烟皆小说(序) / 王清平 …… 001

第 一 章　新生入学　大失所望 …… 001
第 二 章　八个室友　九位女生 …… 003
第 三 章　初吃食堂　心中拔凉 …… 007
第 四 章　师生见面　情转流长 …… 009
第 五 章　体育明星　光芒四射 …… 014
第 六 章　学习生活　闲散紧张 …… 017
第 七 章　桃园野炊　妙趣横生 …… 030
第 八 章　春游三日　佳话连连 …… 038
第 九 章　体考奥秘　世人皆知 …… 043
第 十 章　顺鸡故事　啼笑皆非 …… 046
第十一章　送别阿京　依依不舍 …… 050
第十二章　插班之花　惊为天人 …… 054
第十三章　春光明媚　书画展览 …… 059
第十四章　文娱晚会　异彩纷呈 …… 068
第十五章　知识竞赛　各显神通 …… 072
第十六章　麦田情话　永恒忧伤 …… 079
第十七章　“伟人”出现　风起云涌 …… 100
第十八章　云英将散　情难自禁 …… 103
第十九章　最后晚餐　珠光烛泪 …… 106
第二十章　车站送别　劳燕分飞 …… 112

第二十一章　艰难抉择　终遂心愿 …………………………… 119
第二十二章　命运无常　波诡云谲 …………………………… 126
第二十三章　悉听天命　顺应安排 …………………………… 136
第二十四章　挥起利剑　扼住厄运 …………………………… 143
第二十五章　青春无悔　岁月如烟 …………………………… 149
第二十六章　相知相惜　情同姐妹 …………………………… 156
第二十七章　爱情无罪　无妄之灾 …………………………… 166
第二十八章　流光溢彩　锦绣华年 …………………………… 171
第二十九章　峥嵘岁月　暗流涌动 …………………………… 180
第 三 十 章　岁月如磐　一地鸡毛 …………………………… 187
第三十一章　蜗牛爬行　漫不经心 …………………………… 191
第三十二章　阳光男儿　警徽烁烁 …………………………… 197
第三十三章　脚踏火球　追赶陀螺 …………………………… 204
第三十四章　风过无痕　措手不及 …………………………… 209
第三十五章　如诗如画　享受生活 …………………………… 217
第三十六章　万里有缘　相遇南宁 …………………………… 223
第三十七章　纵身一跃　直上云天 …………………………… 230
第三十八章　一路风雨　踏歌而行 …………………………… 237
第三十九章　曲折坎坷　布满荆棘 …………………………… 264
第 四 十 章　无言结局　如之奈何 …………………………… 270

跋 ……………………………………………………………… 279

繁华云烟皆小说（序）

王清平

写诗，写散文，突然转向小说，而且出手就是一部长篇，霍云着实令我吃了一惊。

霍云怎么突然转写小说的？我不得而知。大概心中酝酿已久，不吐不快吧。年过半百，繁华落尽，是该回首如烟往事了。而小说最能表现纷繁世事和人生百态。此时选择小说创作，霍云聪明。

霍云的小说写了什么？我也看得真切：写了半百人生，写了过往生活；写了属于她熟知且特有的一群当代人的人生，写了她经历过且独特的经济管理人员的生活。小说是最逼近真实生活的文学样式。毫无疑问，霍云找到了小说创作的命脉，真诚地书写属于她自己的人生和生活。

拜读霍云第一部长篇小说《落纸云烟》，我有话要说。

1. 人物命运与批判精神

《落纸云烟》里的生活读来是那么熟悉，却又那么特别。熟悉是因为我们都经历了那个时代，经历了改革开放四十年，许多事情感同身受；特别是因为我们很少了解工业战线的生活，很少了解经历了下岗自主创业的那一群大学生的生活。而霍云占据了这一题材，形成了她的优势。熟悉的生活可以激起读者的共鸣，特别的生活可以激发读者的好奇。这正是小说创作的秘钥。霍云找到了这把秘钥。

霍云给读者展示了一群工业专科学校学生经历的青春脉动和人生阵痛。这群人开始有一个共同的名字，叫“管八七”，即“八七级管理班”的简称。当然，他们还给“管八七”起了一个外号，叫“狗不吃”。大概是自嘲为猪不吃狗不闻的一群青年男女吧。他们以文科考生的身份进入一个工业专科学校，于是从一入学开始就注定与众不同。小说从梅子和她402室同学入学开始，描写到这群人走上社会，成家立业，生儿育女，时间跨度长近三十年。伴随着时代的变迁，他们经历了波诡云谲的人生。有的人放弃理想追求，抱住铁饭碗不放，安心享受温饱生活；有的人为生计所逼，摸爬滚打，摇身一变成为身家过亿的富翁；有的人沦为打工一族，为别人制造财富的同时养家糊口；有的人渴望爱情，忠于职守，为保护国家财产牺牲生命；而小说的主人公梅子则不忘初心，坚持创作，终于成为家庭幸福、事业成功的作家。小说在毕业二十五年后五味杂陈的"狗不吃"管八七同学聚会中结束。

这一经历和生活似乎没有什么新奇。几乎每一个年过半百的人都经历过。但是，当霍云把她熟悉的生活化作小说，小说所描写的生活读来却依然令人唏嘘不已，感慨万千。

为什么？

因为他们经历了急剧变革的特殊时代，他们与特殊时代不期而遇而经历了不一样的人生。这群青年人在大学里是那么激情洋溢，尽情释放各自的个性，但面临着毕业自主择业时他们就迎来了各自不同的命运。社会是那么复杂，时代发展又是那么迅猛，他们几乎还没有从青春期走出来就一下被扔进了社会的大染缸扑腾去了。一个天真烂漫的青年学生一头扎进复杂的社会里将会带来怎样的心灵感受呢？

我们看到，家庭背景不同，他们找到的工作明显不同。梅子因为迟迟找不到工作耽误了毕业照。雪莲想通过周飞舅舅的关系留在楚城，结果遭到拒绝，不得不远赴新疆就业。其他同学有的进了工厂矿山，有的进了商贸企业，有的进了银行，与别的大学生不同，他们几乎没有几个从事相同的职业。注定，他们将在时代的大潮中接受冲刷。每个人都像是时代洪流中的沙砾，渐渐被磨平棱角。当他们近三十年后回首往事，他们也许再也激发不起对社会不公的愤怒，甚至相信人各有命，但很难说他们没有怨言和想法。

同样，性格不同，命运也会不同。小说的主人公梅子尽管是"狗不吃"管八七同学中混得比较好的一位，但是，她始终难掩自己对社会不公的愤懑和批判。作者把这种批判精神还寄托在其他人物的塑造上。张飞和邹祥两位男同学都经历了领导打击报复险些失业，尽管他们后来有了自己的归宿，但是他们经历的痛苦和无奈岂不正是作家自己内心的挣扎吗？

霍云和她的同学们绝大多数是那场企业改革的亲历者。这部小说中的每一个人物都像时代洪流中的一朵浪花，折射出时代大潮的汹涌澎湃，每一个人物都像国家大厦中的一块砂石，凝聚起国家强大的磅礴力量。当然，我们也看到小说中的少数人在时代洪流的裹挟下暴露出人性的猥琐甚至丑陋。毕竟人性是复杂的。而揭示复杂人性正是小说家应有的使命。

作家理应是丛林里的啄木鸟，是那个说出皇帝没穿衣服的孩子！何况繁华散尽，满眼云烟，霍云完全可以云淡风轻地驾驭自己熟悉的生活，并且凭着一个作家的良心公正地表达对社会不公的批判。这种批判精神尤其难能可贵。

2. 爱情故事与价值取向

霍云在借人物命运深刻批判了社会不公的同时，还为读者描写了几对青年男女五味杂陈的爱情故事，从中不难看出本书的价值取向。

在前半部分里，这几对男女爱情故事充满着浪漫和甜蜜。第一对，耗子和阿飞(真名张飞，外号阿飞，有别于另一个男主人公周飞)。耗子是一个漂亮女孩。在同学互相介绍会上，阿飞就大胆亮明要追耗子的想法，由此被人说成“二”。“阿飞到此对耗子已到了迷恋的程度，只要有耗子的地方，总能看到阿飞高大而孤独的身影。”“耗子参加学校田径队，阿飞每天站在操场外望着，直到练完的耗子身影消失才一个人孤零零回到宿舍。在阿京转到“财八八”的宴会上，阿飞替耗子代酒却遭到耗子拒绝甚至啐他，但阿飞摸摸脸嬉皮笑脸回到自己位置上。”第二对，茵子和班长。“这一世只为你一个人吐露所有芳华。”一看这标题就充满诗意。一个个细节无不表现出青春浪漫。茵子涂口红，为悦己者容。吃饭时班长总是出现在她们对面桌上，晚自习总会在路上遇到班长，只为与茵子四目相对。这对爱情最浪漫的地方是耗子抢看了班长写给茵子的情书。第三对，雪莲和周飞。与第一对爱情不同，这是一个三角恋。“有刺的玫瑰——暧昧地开。”插班生雪莲从进班就被周飞盯上了，但周飞却不敢表白，倒让蛹子先请雪莲看了电影，弄得周飞醋意大发。周飞挖空心思想起雪莲是新疆女孩，没有见过大海，借了门卫大爷的单车骑车到古黄河里花一个多小时摸仙贝，串成一个手链送给雪莲，赢得了雪莲的芳心。雪莲性格鲜明，大胆泼辣，像一朵带刺的玫瑰。第四对，云锦和跃子。“麦田情话——永恒的忧伤。”凄美的爱情始于浪漫，先看电影，麦田谈情说爱，然后在楚秀园分手，原因是云锦迫于母亲压力，最后二人以书信和诗歌抒发爱情，成为永恒的忧伤。

前半部分呈现的爱情故事令人难忘。但在后半部分里，这几对爱情故事尽管似乎还在延续，但已经明显变得五味杂陈了。作者从四对爱情故事中重点选择了两对爱情。这两对男女各有特点，但都无果而终。

男追女无果而终的爱情故事是阿飞追耗子。阿飞在二布厂上班，后调至木材公司，后又进了乡镇机关工作。因为单恋耗子迟迟没有成家。在给耗子写了许多情书后，收到的回复只有两个字：有病！最终与一个叫芷兰的女子成家。而看似背叛了爱情的耗子已为人妇，同样顶着生活的巨大压力追求美好生活。耗子先后在国企新阳城种子公司谋到了工资高、活儿轻的会计一职，企业改制为股份有限公司，耗子拿出自己的积蓄入了股，积攒了一些钱，但随着改革开放的进一步深入，很多私人买卖种子的门市如雨后春笋一样蓬勃兴起，县种子公司再也竞争不过其他私营企业，很快被市场淘汰，倒闭了。耗子无奈成了待岗青年，谁能想到，在三年内，耗子一口气考了四个证照。每年每个证照或租或借，价格不菲，生活很快走向富裕。生活把漂亮女人逼得忘记了浪漫的爱情，甚至讨厌不切实际的爱情，称曾经的恋人“有病”就非常正常了。这对没有美好结局的爱情故事给读者思考：是男子钟情而女子薄情吗？不是。柴米油盐的现实问题逼迫人们放弃对美好情感的追逐，无可厚非，怨尤不得。耗子还是梅子和小薇最好的优雅闺蜜，是相夫教子的贤妻良母，是追求并收获了幸福的成功女人。

这就是真实人物和真实生活。只有得失，没有对错。耗子的价值取向，没错。

另一对无果而终的爱情故事是女追男，但留下的叹息和思考比男追女更多。远在新疆一个国营加油站工作的雪莲，依然珍藏着恋人临别时送的红发卡，依然怀揣着美好的爱情向往。而周飞不但没有能力把她调回楚城，居然来信也渐渐稀少。从原来的每周一封，变成了每月一封，渐渐地几个月才有一封信，语气也没有那么热烈。雪莲不知道周飞发生了什么事，想请假到楚城去看看，但父母看得很紧，根本走不了。正如作者所言：“爱情是个可怕的东西，来的时候，山也挡不住，走了的时候也会义无反顾。”在蛹子一次巧遇之后，雪莲决心到楚城寻找久失音信的周飞却未能成行，不久便在加油站一次大火中为救国家财产献出了宝贵生命。这里似乎留下了女子多情而男子薄情的遗憾。而事实上，周飞在与雪莲分别的这些年先在工厂工作，一路打拼到正科级干部。婚姻一再延宕，直到十年后才与远房表妹成家，过上正常生活。但当他远赴新疆接到信物时泪流满面，情涩难咽，隔世悲叹。若干年后，当上了工商局局长的周飞“得空的时候，还是喜欢一个人到楚秀园散步，那里曾经留下他和雪莲许多甜蜜的回忆。那枚红发卡，用明黄色的丝绸紧紧包裹着，还是偷偷地放在办公桌一个隐秘的角落里，变动了多少个单位都没有遗失，时不时拿出来把玩一下，好像触摸到雪莲那娇艳的面庞”。严酷的现实生活摧毁了一个个浪漫的爱情故事，但怎么也摧毁不了人们对美好爱情的珍藏和向往。留在周飞精神世界里的雪莲永远高洁娇艳。这就引起了读者思考，是女子钟情而男子薄情了吗？也不是。远隔千山万水的两地情感维系在残酷的现实面前总是那么脆弱无力，实属正常，慨叹无益。周飞在自己的仕途上得心应手，口碑很好，家庭幸福，生活安逸。

这也是真实的人物和生活。只有存亡，没有对错。周飞价值取向，也没错。

在校时的四对青年男女几乎没有一对收获了自始至终的甜蜜爱情，更没有收获家庭和幸福。这不是作家不愿意把爱情写得地老天荒，写得有情人终成眷属，而是残酷无情的现实就是如此。如果撇开现实去虚构，那霍云肯定能给读者呈现非常浪漫且又善始善终的爱情故事，但是真实情况并非如此。年轻时充满爱情，却往往不懂爱情。鲁迅曾写过爱情悲剧《伤逝》，强调了爱情一旦失去附丽，即失去柴米油盐便变得虚弱甚至虚假。我们从霍云这部小说看到的几个爱情故事同样也有着浪漫的诗情画意，但几乎都不曾修成正果。倒是梅子与新阳城的几位同学在平淡的日常生活中收获了事业成功和家庭幸福，其中梅子无疑是最成功最幸福的一位。梅子为求职到同学虹虹家巧遇天意，两人一见钟情，幸得天意父亲帮助成为乡镇工业办办事员，行政编制，与天意闪婚，生儿育女，进城提拔，一路顺风顺水。这种看似平淡的婚姻和家庭生活虽然没有轰轰烈烈可歌可泣的故事，但也是人生的真实况味。大味如淡，大道至简，霍云对梅子的婚姻家庭生活描述得很简单，但其中蕴含的人生哲理却耐人寻味。

繁华散尽，正道沧桑。霍云正视严酷的现实生活，不掩饰，不虚妄，以博大的胸襟坦诚书写无果而终的几对爱情故事，没有谴责爱情故事中的任何一方。因为她有了正确的价值取向。

3. 人生感悟与诗意表达

拜读霍云的《落纸云烟》，我想到了一个问题：诗人能不能、应当不应当创作小说？

纵观文学史，诗人创作小说，古今中外，不乏其人。大概是思维习惯影响，我国诗人兼小说家的作家为数不多，上乘作品更为稀有。放眼世界，诗人兼小说家甚至戏剧家大有人在，且名篇连连。法国的雨果、德国的歌德、英国的哈代、俄罗斯的普希金和莱蒙托夫等都因诗不朽，但他们留下的长篇小说《悲惨世界》《少年维特之烦恼》《德伯家的苔丝》《叶甫盖尼·奥涅金》和《当代英雄》也都赫然列入世界长篇小说名著行列。由此可见，诗人创作小说不仅能够而且完全应当。当然，诗人创作的小说最为显著的特点就是浪漫奔放，激情澎湃，别出心裁，诗意盎然。有的长篇小说其实更像是一首长诗，比如《叶甫盖尼·奥涅金》，但他们塑造的小说人物都成为世界文学人物画廊里的经典形象。

为什么敏感脆弱的诗人也能写出长篇小说？这应当是一个课题。我想，也许诗人对人生那细腻敏感而又独特的感悟，恰恰是小说家也应当具备的天赋吧。小说书写人生。而诗人对人生感悟尤其敏感新颖。从这个意义上说，诗人创作小说肯定更有自己的优势。

霍云以诗人著称，对人生有着同样敏感细腻的感悟。霍云把自己对人生的感悟糅进这部小说，哲思睿语俯拾皆是，诗词歌赋随处可见，读来别有风味。书中的人生感悟表现在对社会的看法，体现作家渴望社会公平正义、春和景明；表现在对人生的看法，体现作家希望生而平等、爱憎分明；表现在对爱情的看法，体现作家祈求夫唱妇随、琴瑟和鸣；表现在对工作的看法，体现作家排斥投机取巧、好大喜功。当然，书中还有对古人和典故的看法，有对大自然的看法。这些人生感悟不是从书本上抄来的，而是霍云从丰富的人生阅历中感悟到的，是她思想智慧的结晶。毫无疑问，失去思想智慧的小说要么是复写的原生态生活，要么是贫乏的虚假构思。只有作家自己真正感悟到的思想智慧，且又能像灵魂附体一样水乳交融地融入小说的人物和故事，那才算是有分量的小说。

霍云的这些思想智慧结晶如繁星一般散落在书中的每一个章节，其中，最能代表霍云人生感悟的那些哲思睿语集中表现在每一章的题目和题目下的题记里。四言八字的题目概括了内容，而题记诠释了本章的思想，起到了画龙点睛的作用。有的题记诗情画意，有的题记家常白话，但都充满哲理，读来眼前一亮，醍醐灌顶。

与其他诗人创作小说一样，霍云把第一部长篇小说写得富有诗意。从人物塑造到细节描写，从人物关系到情节发展，随处可见她的诗意表达。

《落纸云烟》最直接的诗意表达是行文中带有大量的诗歌。这一度让我感到好奇。诗入小说，在古典小说中比较普遍。或作为篇首引诗，或作为有诗为证，往往表达作者的世事洞明，或对人物事件的评价。最成功的小说中诗歌莫过于《红楼梦》，其中许多诗篇写尽世间沧桑，道尽人生玄机，已经成为不朽经典，广为流传。而大观园中的少男少女们结社吟诗，不仅尽显风流才情，而且更显人物性格，还暗含人物命运。因此有人专门研究《红楼梦》诗词。但根据我多年创作小说的体会，诗入小说必须谨慎。诗人创作小说，扬长避短，无可厚非。小说家要与诗人拼诗就是愚蠢的。如果进入小说的诗歌不能画龙点睛，令人过目不忘，且又与小说结合得天衣无缝，严丝合缝，那么诗歌极有可能画蛇添足，支离情节，分散人物。因此当代小说中少见以诗为证之类的小说。但我注意到，霍云这部小说中大量的优美诗歌与整部小说的基调基本保持一致，特别以情诗居多，而且出现在爱情故事中，因而很能表达此情此景，很能表达此时此地人物的思想和情感，增添了小说的诗意。除了以诗人作家身份出现在小说里的梅子很少以诗传情外，其他人物居然更像是一个个诗人，动辄诗兴大发。我看了以后常常感到困惑。大概只能用其他人物其实也是作者化身来解释吧！

《落纸云烟》的诗意表达还表现在理想化人物塑造上。最具代表性的人物雪莲，周飞从河里捞出的贝壳串成项链送给雪莲，临别时送的红发卡，以及周飞远赴新疆带回红发卡珍藏在办公室的某一个角落等等细节描写充满活力诗意，非常精当地表现了人物的内心情感。即使是对一些龌龊之事的描写也充满诗意情调，如顺手牵羊烹了人家公鸡下酒等。由此我想到了诗人创造的小说人物总是少了复杂和阴暗，多了许多单纯和浪漫。当诗人把自己的热情注入小说人物，其实小说人物也就成了诗人的化身。这正是诗人小说的共性。

《落纸云烟》的诗意表达另一个表现在于意境的营造。霍云淡化了小说人物的矛盾冲突，浓墨重彩地描写了许多难忘的场景和意境，尤其是在爱情故事的描写中，营造的意境不仅诗意盎然，而且令人过目不忘。许多云烟一般的细节化作满眼繁华，致敬了他们的青春。那食堂里同吃一盒饭的脉脉含情，款款意浓；那星夜麦田里的喁喁情话，淡淡忧伤；那春游时的默默照拂，开开心心；还有那车站送别时执手相看泪眼的轻轻祝福，绵绵叮咛；甚至聚餐时那一个外班的冒失鬼向梅子的大胆表白，都洋溢着青春浪漫气息，充满着人性的诗意美好和温暖。这些意境里怎么可能有矛盾冲突？又怎么可能有复杂人性？因此，诗意表达中有时会忽略了小说重要元素就非常正常了。

丰富的人生感悟加上生动诗意表达，让《落纸云烟》充满哲思睿语和诗情画意。每一章既独立成篇，又融为一体，构成一部诗意盎然的长篇小说。

繁华云烟皆小说，人情练达即文章。

年过半百，繁华落尽，尽成云烟。但落纸云烟，尽为繁华。繁华云烟，皆因心态不同。霍云心态豁达，把半生繁华视为过眼云烟，倾力创作出她的第一部长篇小说，可喜可贺。蒙她不弃，发我先睹为快。

我不揣鄙陋，贸然提出一些个人想法，比如在人物关系、情节设置、生活逻辑和文本关系、章节匀称等方面还有一些值得探讨和完善的地方。霍云欣然接受并加以修改。但是，瑕不掩瑜，《落纸云烟》带给我们的真实生活和鲜活人物以及所蕴含的智慧和思想值得充分肯定，尤其是尝试把人生感悟与诗意表达融入小说创作，不失为鲜明特点。

最后，祝霍云以此为新的起点，创作出更多更优秀的文学作品！

二〇二〇年二月十日

（王清平：中国作家协会会员，国家一级作家，江苏省作协理事，宿迁市作协主席。）

第一章　新生入学　大失所望

“我们的思想总是在过去和未来，但是我们的身体和呼吸却永远是在当下。”

“丁零零！丁零零！”

伴随着一阵好听的铃声，邮递员大罗的破“永久”停在了梅子家院门口。

他支好车，用力拍着梅子家油漆有点斑驳的大门，大声喊道：

“梅子，梅子，快开门，你的大学录取通知书来了。”

正在睡午觉的梅子来不及梳洗，顶着一头乱发，像箭一样冲出大门，一把抢过大罗手里的信封，颤抖着手撕开，差点就撕坏了信纸。

“这孩子！你慢点！”大罗无奈地笑笑。

可是看了不到一分钟，梅子兴奋的脸就垮了下来。原来，她被录取到了楚城工专，原本希望能上一个像样的本科的。梅子深切地体会到了什么叫失望，班主任仲老师的话这时是如此清晰地响在耳边：

“你这样填志愿，一定会吃亏的。”

如今，真的得到了惩罚，原本可以上师范类一本的分数，一路滚下来，被录到了爹不疼娘不爱的楚城工专，就是南京工学院位于楚城的分院的前身——楚城工业专科学校——工业企业经济管理专业，人称“狗不吃”管八七。

而当个作家是梅子从小的梦想。

儿时从《格林童话》《安徒生童话》里她看到作家真是神奇伟大，那些神来之笔往往让她忘了吃饭睡觉，幻想长大后自己也能把文字变成铅字，遂立志为文。如今，阴差阳错的是高考时文科生竟然考上了工科学校，学的是工业经济，内心真是万分不甘！

南工楚城分院前身亦即楚城工专，坐落在古老而美丽的大运河畔。

工专多年来一直收的是理科生，而“狗不吃”管八七是第一届也是唯一一届文科生。

不管多么抵触、绝望，家里也没有能力再让梅子复读了，梅子只能含恨准备报到上学。

1987 年 9 月 8 日下午，天空阴沉沉的，刚下过雨的道路滑不溜秋。太阳公公好像知道梅子的心情一样，不肯露出一点笑脸。

“山雨欲来风满楼!”

梅子怀揣着对工专的简单了解，和同学们一起忐忑不安地走进苍白的校园。说它苍白，是一路上没看到一棵绿树，仅有的几株白杨也黄不拉几的快死的样子。工专的东大门面朝北京路，北京路上也是一片狼藉。

一进校门，梅子的心里就更是凉了半截，那个失望非笔墨所能形容：

因为好几栋楼正在施工，校园里七零八落的到处是钢筋、沙子、水泥等建筑材料，东西南北两条水泥路各修了一半，因为刚下了雨，加上新生入学，大家踩来踩去，整个路上泥泞不堪。

刚走了几步，可怜梅子穿的布鞋就被粘得掉了鞋帮，梅子羞愧得要死，一张粉白的脸瞬间成了大红布。正急得欲哭无泪之时，还好她的老乡学姐红姐迎过来，她果断地接过梅子的行李，把自己的鞋脱给梅子穿，自己很潇洒地赤足向前走，梅子的眼泪再也忍不住，庆幸自己遇到了好姐妹。一路上红姐简单地向梅子介绍了校园分布情况，告知靠东大门的第二间教室就是管八七的。梅子举目盯着那个教室看了一眼，记住了那个三年大部分时间都要泡在那里的地方。

接下来新生注册缴费买饭卡等等一应烦琐的事情都在红姐的帮助下顺利解决了，最后才到寝室去。

管八七的女生宿舍位于女生楼的 402 室。女生宿舍楼在北边和男生宿舍楼相对。楼下有个值班的大妈，慈眉善目的样子，看着梅子疲惫不堪的狼狈相，大妈和善地笑了，说：

“孩子，赶紧上去吧，好好洗洗歇歇，五点半才有晚饭呢!”

梅子感激地对大妈笑笑，一步一趋爬上楼。

稍稍平定一下狂跳的心脏，缓缓推开 402 室的门，心里像打鼓一样：

不知以后朝夕相处三年的女同学们是何样子和秉性?

第二章　八个室友　九位女生

“我们可以彼此理解，然而能解读自己的人只有自己。”

怀着十分不安的心情，梅子轻轻推开402室的门，美丽的室友们都到齐了。

看梅子进来，都抬起头看了一眼，含糊不清地笑笑，又各自低头忙自己的事了。

梅子尴尬得不知所以。好在同室还有两个是她们新阳城的人，那就是蔚蔚和灏灏。

老乡三分亲。她俩看梅子发愣，赶紧过来接下她的行李，帮她把东西放在属于梅子的柜子里。

房间不算小，四张上下床，靠门的左边有一排壁柜，每人一个。床上都贴了名字，梅子在里边靠窗左边上床。她们帮梅子把蚊帐挂好后，梅子向她们道了谢。

梅子把自己简单的小物件放在床头枕头底下，躺在床上假寐，心里憋屈得要死。想自己空有鸿鹄大志，如今却窝屈在这鸟不拉屎的地方。（当时对被录进工专真是恨得要命，所以对工专没有任何好感。这里要插一个小故事，因为初中时受到一老师的不公待遇，所以，有一个时期恨死了教师这个职业，认为老师大多不是好人，这直接影响了她的高考取向。当时她在报考志愿上很干脆地填上：凡师范类一律不上。班主任仲老师苦口婆心地劝她，这样不行，会影响录取的，但年少气盛的梅子，哪里肯听？所以虽然她高考成绩足够一本线，但就是没学校录取。试想，有哪个院校会录取一个不喜欢老师的学生呢？所以一路滚下来，就被“狗不吃”的工专管八七录取了，心里那个恨呀！叫天不应，叫地不灵！如果当初报考北师大，如今她或许也能像黎黎一样成为教授，又或许成了北京人呢，能说一口道地的京片子也说不定啊！）

正在梅子郁闷难耐之际，与她临床的黎黎提议，大家做个自我介绍，认识一下，毕竟，以后要在一起朝夕与共三年整。大家纷纷说好。

黎黎笑着说：

“从我开始吧。我叫单黎黎，来自滨海市区，银行世家，性格开朗大方，爱好唱歌。”

黎黎的声音清脆响亮。

梅子振作一下精神。坐起身抬眼仔细打量一下:她中等个子,1 米 65 左右,一张瓜子脸,皮肤白净,眼睛不大,但很有神,套用今天的话说是典型的韩版美人。她扎一束马尾,一身淡紫色的开司米连衣裙,衬托出曼妙的身材,干净利落,是个做班干部的料子,和梅子这乡下土包子就不是一个档次了,难怪日后她们的辅导员会爱上她,穷追不舍,终于抱得美人归。当然,这是后话,暂且不论。

接下来是她的对面床,梅子的老乡灏灏。灏灏 1 米 66 左右,目光灼灼,嘴角微微上翘,看起来非常有个性的样子。皮肤稍显暗黄,可能她喜欢运动,因为她穿一身银灰的运动服,神采奕奕。她朗声说道:

“我叫关灏灏,你们叫我耗子也可以,来自新阳县城,新阳县中毕业,高考失利,不幸而落入‘狗不吃’的管八七。”

大家“扑哧”一声笑了起来,气氛变得缓和多了,而“狗不吃”日后不知怎么传到男生耳里,从此就成了“管八七”的代名词。现在想想原来源自她们可爱的灏灏之口。灏灏喜欢运动,性格桀骜不驯,这个活泼好动的可爱精灵日后不知给大家带来多少欢乐!

茵茵在灏灏的下床,和梅子是对面床,也将是梅子的同桌。她生长在伟人之乡,浑身闲散中透着一股大气。是家中长女,还有一个弟弟。1 米 65 左右,长得细皮嫩肉的,稍显丰满。嘴里在嚼着口香糖,一看就是在家娇生惯养的娇娇女,但她的眉眼和善,看起来也不是刁钻古怪被惯坏的那种女孩子,应该很善良。

她期期艾艾地说:

“我叫倪茵茵,来自总理故乡,我没什么特别爱好,就是喜欢吃好吃的东西。没好东西吃不行,受不了。”

大家又是一顿大笑,气氛真的活跃起来了。真不知日后她们可敬的班长为何开了服装公司,而不是开的美食公司,那么他的夫人就不用到别处去买好吃的啦。

住在靠门上床的是来自港口城市的媛媛,1 米 60 左右的个子,她剪着很洋气的短发,一双圆圆的大眼睛,小巧的嘴巴,笑起来很阳光,但不笑的时候看起来就很严肃。她穿一件很漂亮的黑白格子上衣,剪裁得体,黑色的西裤,线条毕现,棕红色的小皮鞋似乎预示着日后她将嫁入豪门,享尽荣华富贵。可能是累了的缘故,她笑得很勉强:

“我叫周媛媛。我没什么特殊爱好,舞跳得还可以。”

这就让梅子肃然起敬,因为至今为止,梅子还是个舞盲,日后不管她努力了多少次就是学不会,这也让梅子的老公大大地开心了一回,因为在他的潜意识里,跳舞不是什么好事情。

媛媛的下床是梅子的另一个老乡蔚蔚,将是管八七所有男生心目中的“小薇”。

她长着娇小玲珑的身材，皮肤白嫩，一双水灵灵的大眼睛发出无辜的光，说话声音细小得像猫咪，需竖起耳朵才能听见，见了男生就脸红，收到男生的求爱信居然吓哭了，谁能把她和如今叱咤金融界的泼辣大方的女行长联系在一起？这不，轮到她介绍自己，她羞涩地低下头，嘤咛一声：

“我叫郝蔚，你们以后叫我小蔚就行了，你们干什么我随就是了。”说完赶快低下了头。

梅子不由得对这个害羞的小老乡起了疼爱之心，而事实证明，梅子的感觉没错，以后及至现在她俩成了无话不说的挚友，现在叫铁杆闺蜜，几天不见就会想得慌。而大家无一例外地都喜欢叫她“小薇”，而忘了她的真名。以后经常有调皮的男生远远看见她就唱道：

“小薇，小薇，我的小薇，你好吗？”而蔚蔚就像受惊的兔子，一溜烟地跑走了，只留下男同学怅然若失的身影。

接下来就是梅子的下床醇子了，以后大家私下都叫她小虫子。因为她有个很奇怪的姓，樟，香樟树上的虫子，很有趣的想法。其实她才不是虫子，如今也是相城赫赫有名的大行长了。

她长得也很娇小，小圆脸，如果能白一点，倒很像范冰冰的脸，可惜皮肤稍差一点点。她有个坏习惯，喜欢皱眉头，一讲话就把眉毛拎起来，可能这也预示她日后要做金融界大佬，常常要深思一些难解的问题吧。醇子很机灵，脑子活，鬼点子多，有时说话尖刻了一点，但她年龄小，从来也没人和她计较。

只听她慢悠悠地说：

“我叫樟醇，你们叫我小醇子好了，工专这鬼地方，有什么好玩的噢！”

一边说一边情不自禁地撇一下嘴巴，大家再次发笑，醇子很是莫名其妙，问大家有啥好笑的，大家微笑不语，梅子想大家一定猜到各自笑什么了，大家都在心里说，以后就叫你小虫子了。想必醇子看到了这段叙述也不会生气的吧？当时大家就觉得好玩，没有任何恶意，而且是，小虫子，多可爱的称呼呀！

黎黎的下床是样子，这是个很奇怪的女孩，也起了一个很奇怪的名字，大概她的父母希望她做任何事都能成为别人的榜样吧！而事实上她也是这样严格要求自己的。

她的家庭条件很好，就住在市区，她的母亲还是个不小的官，但她放弃在家舒适的生活，跑来和大家一起住大宿舍，丝毫没有一点干部子女的架子，和大家相处得十分融洽，日后她甚至成了多数女生的知心密友，真是值得敬佩。所以说大家庭陶冶过的孩子的素质还是不一样的，这话有相当道理。日后样子真的成了“样子”，成了很多人的榜样，在楚城也算小有成绩的。

她性格温和，笑起来很甜美很阳光，但目光深邃，有着和同龄人不相称的成熟，不笑的时候你就看不懂她在想什么了。

她其实长得很好看，就是身材稍微胖了一点，青春期女孩变胖，可能是心思太重？也许她也有许多外人看不出的烦恼也不一定，谁没有自己难解的结呢？这不，她款款地说：

“我叫萧样，以后大家就叫我样子，或者小样也行。希望大家以后像亲姐妹一样相处。”

话刚落音，样子自己笑了起来，耗子更是快嘴快舌地说：

“瞧你那小样！哈哈哈！”

样子并不着恼，和大家一起大笑起来。

样子还告诉大家，班里还有一个女生叫高倩，她没住校，是个大家闺秀，高干子女，美丽大方，是个大姐大，为人温婉有礼，不骄不躁。明天，大家会亲眼见到。就是今天的大法官是也。

最后挨到了梅子了。

梅子姓李名寒梅，本来名字是叫赟，但上初中的时候被老师改掉了。老师说你现在就像天边的云一样，命运飘忽不定，哪里能叫文武俱备的赟呢？就叫云吧！云，多好听的名字，洁白的云朵，在蓝蓝的天空漂游，美丽的彩云，在西天燃烧……老师越说得口沫横飞，梅子越不爱听，赌气就叫小时候父亲起的小名梅子，父亲希望她像蜡梅一样迎风傲雪，不屈不挠。后来同桌说还是叫寒梅吧，寒天的梅花更傲娇。现在想想梅子的名字起对了，日后梅子之所以能面对任何风吹雨打，和她坚强不屈的名字可能也很有关系吧！

那么此时，唯一一个出身农村的她，老天对她其实还很不薄，她 1 米 65 的身材，挺拔傲立，雪白的皮肤，娇嫩得掐得出水。一头秀丽的齐肩长发，黝黑发亮，彰显无限魅力。眼睛忧郁中带着不屈的光。如水一样的女孩。

直到现在，已过不惑之年的她，两鬓早已有几许白发在跳跃，渐渐干枯的长发已飘到膝盖处，老公还是不让她一剪把它送黄泉，戏说她所有的美丽都在秀发上了，直叫她哭笑不得，不忍下手。到如今，还每每晃荡着个大辫子在街上独行，引得行人频频回头观望，她自我感觉不错，告诉老公自己上街回头率还不低呢，老公哈哈哈笑着：

“那是看你的长头发，可没人看你半老徐娘，枉自慰。”

唉，还是接着说吧，彼时，性格孤傲的梅子清清干涩的嗓子暗哑地说：

“我叫李寒梅，小名梅子，我没任何特长，就喜欢看书，看文艺类的书。以后请大家多多关照！”

“哦！梅子，好吃的梅子，酸酸甜甜的！”耗子忍不住又大声说，大家又一起笑了起来。

唉！耗子说得真不错，梅子的性格其实也有点酸酸甜甜的，日后为这性格不知给家人打趣了多少次。

可爱的 402 室在一片笑声中等到了吃晚饭的时间。

第三章　初吃食堂　心中拔凉

“成功没有奇迹，只有轨迹。”

402室的美眉们各自拿着自己的餐具一起下楼到食堂去吃饭，黎黎走在最后锁门，梅子落在后面和她并排一起向食堂走去。

梅子心里有一个很奇怪的感觉，和黎黎在一起，她的心就变得安宁踏实，黎黎好像到工专来还有另一个任务，就是来保护梅子、关心梅子的。人与人之间的情分真的很奇怪，说不清，虽然梅子比黎黎还大一岁，但初次见面，就觉得她好贴心，像相识了多年的挚友，也许这就是人们常说的缘分吧。事实证明，在工专三年艰难的生活中，黎黎在精神上给了梅子极大的安慰和帮助，使她受益匪浅，终生难忘。

食堂很大，有十几个打菜窗口，同学们正排成一队队长龙，餐厅里摆放着一排排用木板搭成的长桌子。

黎黎果断地让402室的女生们两人一组排在三个窗口，谁先排到就一起把饭菜打了，留下两个人去占位子。大家很佩服黎黎的干练，真是精明能干的丫头。但因为她们去得比较迟，等她们排到窗口，饭桶里的饭菜都不冒热气了。大家每人买了一个馒头，两样小菜，也就是一碟萝卜丝和一小盘爆炒青菜，还有一碗玉米面稀饭。

茵子闻闻青菜皱起了眉，其他人也都食不知味地吃得很勉强。梅子因为来时受了凉，胃疼得要命，勉强啃了几口馒头，喝了半碗粥，把剩下的饭菜悉数倒进门口的泔水缸里，无意中却瞥见打菜的大妈不悦的目光，她一定以为梅子娇气不懂事浪费粮食。梅子绯红了脸尴尬地向她笑笑，用手使劲揉自己的胃部，暗示她自己胃疼得难受呢！大妈这才变换了脸色，露出怜惜的目光。

食堂后边有一排水龙头，但到那洗碗又要排队，她们一气之下把碗盘带回宿舍，拿到卫生间水龙头下洗净放在自己的柜子里。媛媛嫌在卫生间洗碗太恶心了，建议以后吃饭早点去。

洗漱完毕，大家都很累了，熄灯后，各人都很快进入梦乡。

而梅子，却经历着在工专的第一个不眠之夜——一是她的胃在作怪，无法入睡。

临睡前黎黎关切地说：

“阿梅，要不要到医务室去看看，拿点药吃？”

梅子哪里好意思开学第一天就麻烦人呢？勉强撑住说：

“没关系，明天再说吧，谢谢你！你先睡吧。”

蔚蔚拿出一把薄荷糖给她：

“疼得厉害吃两颗，也许会好一点。”

梅子感激地笑笑，接过糖，一个人躺在被窝里默默流泪。就这简单的关怀，让她感到异常的温暖。独在异乡为异客，哪怕一丁点的关心都会在年轻的内心深处产生深深的感激，遇到知音的感觉真好。梅子从此和她们埋下了友谊的种子，此后二十多年，她们的感情从没断过线。

另一个不眠的原因是梅子有一个非常不好的毛病：从小就认床，只要是到了别的地方住宿，第一晚肯定睡不着，及至走上工作岗位，无论出差几天，第一晚都是彻夜不眠，通宵看书。所以她无论到哪，包里都有一本书。这么多年下来，还真看了不少书，年轻的时候几乎是一天一本，现在老了，看不快。到了第二晚上熬得实在困极了才不知不觉睡去，曾经问过医生，说这也是一种强迫症，要自我调节。所以不到万不得已梅子不愿意离开家。

年轻的梅子无力改变现实，一个人躲在被窝里看同学们睡得正香，小虫子有点鼻塞，发出细微的鼾声，耗子却像孩子一样发出了梦呓。梅子孤独地在黑暗里大睁着双眼，看窗外寂寥的星空出神，浮想联翩：

远离家乡，远离父母，远离熟悉的一切，到这陌生的蛮夷地方，看同室女友一个个都很自负的样子，不知道以后三年的生活到底怎样度过……

东方现出鱼肚白的时候，梅子沉沉睡去。可能太劳累的缘故，但刚迷糊了一会就被黎黎叫醒：

“阿梅，起来吃早饭了，胃还疼不疼？”

梅子揉着惺忪的睡眼，感激地说：

“好多了。”

遂赶紧起床洗漱完毕和她一起去吃早饭。

第四章　师生见面　情转流长

“时间，带不走真正的朋友；岁月，留不住虚幻的拥有。”

吃过早饭，402室的八个女生，打扮一新，一行沿南北水泥路东边（西边还没修好）向教室里迤逦而去。

从宿舍楼向东一拐就是南北水泥路，大约长2000米左右，路的尽头向西一条水泥路（刚修好了北半边）通向回形楼，那里分布着实验室、教研室、教师办公室等。向东一条水泥路（刚修好了南半边）通向学校东大门，路南边是学校教务楼，后勤会计室等，路的北边一栋楼就是教学楼，而她们管八七的教室就在一楼东头第二间，左边紧挨的是管八六班。

她们鱼贯进入教室，按贴上名单的座位找到自己的位子。梅子迅疾地扫了一眼，黑压压地坐了一片，男生们早到齐了，一个个都是疲劳的菜黄色，鲜有吸引眼球的靓丽颜色，只有几个皮肤细嫩的像是生在富裕之家。暗想，没有自己喜欢的类型，以后的岁月只需要好好学习就行，其他的什么都不用想。男生们都在用好奇的目光检阅着刚刚进来的八个女生。

右边靠窗第二排果然坐着一位漂亮的女生，正像样子所说，真的是个大美女，看起来个子很高，皮肤细腻白净，烫着很洋气的短发，一双眼水灵灵的透着笑意，朝刚进来的女生们一个个颔首示意，不像学生，倒像个地道的大学老师。她就是倩倩，她们当时最成熟的大姐大。

梅子和茵子是同桌。平平气坐下来，静等她们的辅导员兼班主任到来。

8点整，他们的班主任谷老师就迈着大步笑眯眯地走进教室。

梅子惊诧于老师怎么这么年轻？比她们大不了几岁。高高的个子，1米80左右，但太瘦了，瘦得像竹竿。后来她们私下里都叫他“竹竿”。老师面容清癯，脸上有少许雀斑，应该是小时偷吃麻雀所致吧？没开口说话竟然先脸红了一下，梅子心里好笑，这老师怎么看起来像个姑娘？及至他开口说话，才证明她猜测错误，老师是个真正的铁血男儿，说话掷地有声：

“同学们好！我先自我介绍一下哦，我叫谷雨，是你们的辅导员兼班主任，大家以后生活学习上有什么问题尽管来找我，我在回形楼408室办公。希望你们能遵守学校一切规章制度，认真学习，和睦相处，愉快地度过三年美好时光，顺利毕业！”

大家一阵热烈的掌声过后，谷老师清清嗓子接着说：

“我们班一共48人，来自徐淮盐连。今天上午不上课，主要是大家相互认识一下，便于以后好好相处，促进友谊。下面就请大家一个个站起来自我介绍一番，包括自己的爱好特长。从第一排左边开始。”

“起立！”

谷老师大声吆喝。

坐在第一排左边的，那个全班最矮也是最可爱的小男生应声“噌”一下站起来，朗声说：

“我叫马情，情人的情。”

话没说完，大家哄堂大笑。这小子刚上学就想情人呢！

谷老师抿住嘴赶紧制止大家。

马情可不笑，一本正经地继续说：

“我来自湖州，虽然个子长得小，可我很有劲，跑步跑得快，人小爆发力强嘛，以后要加入学校田径队。在家时父母都叫我马驹子，我不介意你们也喊我小马驹！”说着还情不自禁地做个鬼脸。

大家越发笑不可抑，这个小马驹太可爱了！从此后，再也无人叫他的名字，开口闭口都是小马驹子，还有调皮的男生对他疼爱得不行，干脆就叫“我的宝贝马驹子啊，我亲爱的马驹子”了！总之，小马驹此后成了全班同学的开心果，不光男同学喜欢，女同学也喜欢，但也只是单纯的喜欢，丝毫没有男女之间的那种喜欢，而小马驹也如鱼得水，在管八七要风得风要雨得雨，大家对他是有求必应，谁也不忍心拒绝这个可爱的小弟弟。而梅子尤其喜欢这个机灵的小弟弟，二十多年后相见，隔老远就一眼认出，还是大声叫唤：“小马驹子好！”

马驹子开了个好头，大家一个个不再拘束，都极尽所能地把自己美化一番，梅子正在想着老师的名字真是好笑，“谷雨”还“霜降”呢！

冷不丁地轮到她了，同桌茵子(因为就很少看她嘴里不在吃东西，心想你家有多少银子让你整天吃个不停，以后也会偷偷叫她银子。这不，就这时候了，嘴里还含着口香糖，这么多年梅子看见口香糖就流口水，实在是工专三年看茵子吃了太多的口香糖，条件反射了！呵呵呵！)推推她，她慌忙站起来，茫然不知所措，愣愣地杵在那儿。

谷老师重申：

“这位同学，请你作个自我介绍。”

梅子慢慢回过神来，闭了一下眼再睁开，讷讷地说道：

“我姓李，叫李寒梅，也叫李小草。我就是一棵小草，一株长在田野里，长在山崖边的小草，野火烧不尽，春风吹又生。顽强、坚韧。我又叫梅子，傲立寒霜的蜡梅，任何风霜雨雪都能经受。”

同学们愣了一下，继而鼓掌。

老师说：

“不错嘛，蛮有诗意的嘛！看来文笔不错哦！可惜我们是工科学校。”

这是谷老师第一次对梅子说的话，就像一瓢冷水，让梅子清醒了许多。

坐在梅子右边的是她的两个老乡。一个是以后被大家称作“伟人”的邹祥。

只见他慢条斯理地站起来，慢吞吞地说：

“同学们好！我叫邹祥，新阳城人。我 1 米 68 的个子，在女同学眼里可能是个三等残废。虽天生是个矮子，但行动上却是个绝对的巨人!!”

同学们又是一阵哈哈哈大笑。

梅子依稀记得这话好像什么名人说过，心想这家伙野心倒不小。以后大家干脆就叫他“伟人”。他是三等残废，那本班废了三分之二了。

此皆系调侃，没谁当真。但此君以后的作为真的不可小觑。他天资过人，能力超群，不论在大学，还是走入社会，都活得轰轰烈烈，就连后来娶的老婆也是人中凤凰，美貌超过管八七任何一位女生，他们几个老乡常常聚在一起，戏称邹祥命好，说“好汉没好妻，赖汉登花枝”。邹祥也不生气，他知道大家其实也是在变相地夸他老婆。

和他同座的是他的老乡李良，性格内向，没说话脸就红了，站起来只说了一句“我叫李良，新阳城人”就坐下了，大家可能觉得他是个闷葫芦吧。

良子的后面是魏子和跃子。

他们两个都是泗县人，个子都在 1 米 70 左右，不是幼稚女生心中的白马王子，当时的女生心里都想找个 1 米 80 的高大帅哥，真是肤浅呀！但两人都是才子。这不，开学第一天，魏子就给大家露了一手，他自信地站起来，款款展开一副条幅，朗声说道：

“我叫魏明，泗县人。这是我写的字，大家看可好?”

梅子不懂书法，但也觉得秀丽中透着刚劲。大家齐声叫好，魏子的画也很美，梅子当时还以为日后他会成为画家呢。而跃子也是个大才子，文章写得好，但他太拘谨了，站起来时白净的小脸涨得通红，期期艾艾地说：

“我叫柳跃，泗县人，不是闲人，你们可以叫我小跃。”

憋了半天，不知怎么冒出一句：

“希望大家能够喜欢！”

大家简直笑坏了！

太有趣了！

“柳跃”,为什么不叫“扭腰”? 大家以后叫惯了小跃,久而久之,干脆叫他“小妖”,他长得也确实太文气了一点,弱质杨柳似的。

梅子的这位新同学在以后漫长的三年里,这张清清爽爽的白净小脸,不知多少次承载着含情脉脉的双眼,深情款款地注视着他们的小薇呀! 而可爱的小薇却懵懵懂懂的一无所知!

可怜的跃子,为何不敢大胆表白? 空留一腔余恨到如今呀!

猛子和冬子坐一起。他们两个可以算是他们班比较帅气的男生了,都是长着好看的小四方脸,大眼睛,高鼻梁,1 米 75 以上的身高,不胖不瘦。不同的是两个人的个性太不同了,冬子虽然英俊但很阴柔,眼光温和得像灌满了蜜,柔情似水,皮肤也很细腻很白净,属于长得干干净净的男孩。难怪日后耗子几十年对他都念念不忘,可惜他心仪的对象是媛媛。他站起来就红了脸:

“我叫汪冬,泗水河畔出生。”

声音小得像蚊子,日后女生们偷偷地叫他宝玉,虽惹人怜爱,但缺乏保护女生的魄力,并不是个理想的待嫁对象。天知道,日后怎么会和刑警交警啊什么的联系在一起,梅子以为他应该做领导的生活秘书,或者幼儿园里的男老师也行。

而猛子就不同了,他性格豪爽,皮肤看起来比冬子黑点粗糙点。他“呵呵呵”笑着站起来,声若洪钟般地说:

“俺叫樊猛啦,来自樊哙之乡。本来俺爸为俺起的名字叫樊曦,但俺妈说笔画太多,上幼儿园不好写,考试时别人题目答完了,俺还在写名字哩! 又因为很小的时候就会游泳,一个猛子能扎下去很远,所以俺爸就在俺上学前把俺改叫樊猛,也是希望俺将来像个猛男,像樊哙一样是个英雄。好好工作好好生活,担当起照顾好家庭的重任啦。”

猛子的口音很重,同学们听了又一次大笑不已。难怪如今他在大海上遨游,原来一切冥冥中早注定了的。任谁都不可和命运抗争呀!

接下来是等会被选上班长的席君了。

他一米八几的个子,身材魁伟,说话一板一眼的,有点像老学究。不相称的是那么大个的男生居然有小姑娘的白净皮肤,梅子至今也搞不懂男孩子皮肤怎么可以那么白? 难道他每天都用化妆品的吗? 左边腮帮上还有个深深的酒窝呢!

他笑眯眯地站起来给谷老师鞠了个躬,磨磨唧唧地说:

“我姓席,来自湖州,单名君子的君啦。”

这名字倒和他谦谦君子的形象相和。说完舔了舔红润得像小姑娘的嘴唇,不知日后银子爱上他到底是不是因为他那娇艳诱人的红唇? 哈哈哈!! 亲爱的银子,你看到这样描写可千万不要生气哦,梅子没恶意,她爱你们,爱你们所有人。

还有一个男生不可不特别介绍哦,那就是主角之一张飞了。

他个子很高,1 米 85 左右,长得粗壮结实,可能来自小地方吧,浑身散发着一股土腥气，一张大大的柿饼脸让他的形象大打折扣，难怪日后使尽浑身解数也未能俘获耗子芳心，不能不说是一件很遗憾伤感的事。

但阿飞自有阿飞的优点，他朴实憨厚，一条肠子对人，不害人不坑人，傻人有傻福，毕业后娶了个比自己小六岁的小媳妇，也是人生一大美事。但在此时的表现就有点二了，毕竟这是开学第一天哎！

他站起来大声说：

"谷老师，同学们，我叫张飞，淮县人。家里人都叫我阿飞。但不是小流氓阿飞的意思，是莽英雄张飞的飞，是飞跃的飞，以后大家就叫我阿飞吧！我的思维是跳跃性的，天马行空，不拘俗套，可能以后大家会觉得我有点二，对，我妈有时就叫我愣子，但我保证，我真的不傻啊，我就是爱说实话，有话不说就能憋死我了。

"老师啊，上大学允许谈恋爱吧？我看上前边第二排左边的女生了，我要追她！请老师和同学们以后多多体谅！多多关照！"

简直吓死人了！还有这样的同学！真是猛男呀！真像《三国演义》里的猛张飞呀！

循着他的目光望去，他看上的原来是小耗子！

唉，这对冤家以后简直成了管八七班的活宝。他和耗子、扬子、冬子之间的四角恋情从此拉开序幕，好戏陆续登场了哦！

耗子一听，"腾"地站起来：

"你是谁呀？你有病呀？"

她气得浑身直抖：

"谷老师，我叫关灏灏，小名浩子。但我更喜欢大家叫我耗子，因为我喜爱运动，行动敏捷得像小耗子。我和郝蔚一起来自新阳城，真不知道这是什么破地方，什么乱七八糟的人都有，到处破破烂烂，路也不好走，饭也不好吃，什么？炒青菜？简直就是焖烂菜，连狗都不吃，我们没少交钱，凭什么给我们吃那样烂的菜？怎么能这样对待我们呢？我们管理工程系是不是可以管管他们呢？难道他们把我们管八七当成了'狗不吃'的了吗?!"

耗子慷慨激昂、连珠炮样的发问，让他们可怜的谷老师尴尬得目瞪口呆，半天回不过神来。

他万万没想到，开学第一天，就在自己的班里，就有同学敢于向学校挑战，而且是个子单薄的女同学！

同学们在静穆了一秒钟后使劲鼓起掌来，小马驹和耗子在工专很快出了名。

一个个介绍完毕，大家又举手表决选举了席君为班长，看来席君的敦厚还是深得人心，陆俊为副班长，吴群为学习委员，黎黎为文娱委员，周飞为团委书记，赵坦为体育委员。

管八七的班子就真正搭起来了，一切逐渐步入正轨。

一上午就在轻松愉快的气氛中结束了。

第五章　体育明星　光芒四射

“自由，是做自己喜欢的事；幸福，是喜欢自己做的事。繁华三千，看淡即是云烟；烦恼无数，想开就是晴天。”

因为从小就活泼好动，加之是家里老幺，父母的掌上明珠，耗子从小想干什么就干什么，像个男孩子一样，喜欢运动，所以当仁不让地加入了校田径队，成为主力。每天下午第二节课后就要训练，绕操场跑 20 圈。早上 5：30 就要起来绕操场再跑 10 圈。

刚开始时，耗子兴趣蛮高，每天开开心心地去训练，阿飞也每天站在操场外望着，直到练完了，耗子的身影消失，才怅然若失地一个人孤零零地回宿舍去。

但一个月下来耗子嫌烦了，不想练了。

她找到体育委员赵坦：

“赵坦，我不干了，每天 5：30 就起床，谁受得了？下午还要训练，别人出去约会了，我还一身沙子呢！本来我就不白，这下子晒得乌溜溜的更黑了呀！”（对于训练晒黑了这件事，耗子至今还耿耿于怀。一次和朋友聊天中她说了一个段子：我第一天去上班的时候，跟我们后来的副总第一次见面，我们对视了半分钟——我心里想，哎呀，这个男的太帅了；后来他对我说，哎呀，你怎么这么黑？）

赵坦是个外表文雅的男生，长得眉清目秀，不知怎么被选上了体育委员，他一下子脸涨得通红：

“耗子，那可不行，你不能中途撂挑子呀，训练一半，你让我上哪里再找人替换你？”

耗子一向我行我素，她才不管你找不找得到人，说不干就不干，第二天训练就没了踪影。田径队长是“机八六”的李敏，还没等赵坦报告，就直接找到他们的谷老师，强烈要求耗子归队，因为耗子身手矫健，爆发力强，是个难得的田径人才，还指望她挑大梁呢！

谷老师让小薇把在宿舍睡大觉的耗子找到办公室，对她动之以情晓之以理，耗子头昂得高高的就是不答应，还振振有词：

“参加兴趣小组是个人爱好，想去就去，不想去就不去。入学通知书上说被录取在管八七管理工程系，又没说录取在校田径队。”

这简直是无理取闹了，面对她的“歪理邪说”，谷老师不怒反笑：

“耗子呀，耗子，你怎么这么有趣呢？你难道一点集体主义观念也没有吗？要珍惜集体荣誉嘛！”

“集体主义是什么东东？我只知道自己不开心了。”

耗子执拗地昂着头，就是不松口。

好脾气的谷老师都快维持不了风度，就要发作了。

正在僵持不下，不知怎么惊动了学校副校长、管理工程系主任章先生（现在他老人家已经仙逝了，愿他在天国幸福安宁）。他和耗子是老乡，平时对她们几个都很照顾，但要求也很严格。他听说此事，赶紧来到谷老师办公室，狠狠地批评耗子：

“耗子呀，你怎么能这样自由散漫呢？学校有学校的纪律，不是你在家里，想干吗就干吗，来到这个集体，就是这个集体的一员，要为它的整体荣誉着想。还有，老师的话怎么敢不听呢？快向老师道歉，换好运动服到田径队训练。”

倔强的耗子梗着头就是不吭声。敦厚的谷老师赶紧说：

“道歉就不必了，只要耗子参加训练就行。”

耗子还是呱嗒着眼皮不说话，章校长勃然大怒：

“没见过这么犟的孩子！这样好了，你如果执意不去，以违反学校纪律论处，到时候不予毕业。”

小薇吓坏了，使劲拉耗子的衣服，谷老师看校长真生气了，赶紧替耗子解围：

“校长息怒！耗子还小，我再做她工作，您先请去休息。”

得到消息的梅子也赶到办公室和小薇一起劝说耗子，最后耗子才勉强点了点头，向谷老师保证从今以后好好训练。

耗子说到做到，从此以后天不亮就起身，到操场上跑 10 圈，下午再跑 20 圈。而她不管什么时候在操场，阿飞都站在场外远远地看着，耗子对此熟视无睹。

终于，省大学生运动会在师专举行，田径队代表学校参加比赛，获得了女子 4×400 米冠军。第二天，组委会为她们颁了奖，奖给每人一本笔记本和荣誉证书。耗子就是另类：

“流那么多汗就奖这个破东西？我才不稀罕呢！”

校长气得翻翻白眼，到底拿她无可奈何。

耗子自得了奖后对体育就更是情有独钟，运动场上常看到她矫健的身影，一张小脸被晒得黝黑。但她的成绩是骄人的，体育考试 100 米跳远轻轻松松突破了校纪录，梅子这个短跑差点不及格的人对她是佩服得要死。

阿飞到此对耗子已到了迷恋的程度，只要有耗子的地方，总能看到阿飞高大而孤独的身影。阿飞爱耗子已经走火入魔，到了偏执的地步。

一天中午，梅子正在午休，忽然小薇慌慌张张地跑来把她弄醒：

“梅子，快起来，耗子出事了！”

“啊！出什么事啦?”梅子睡眼朦胧。

“快点！在校长室呢，快和阿飞打起来了。”

“怎么回事?”梅子一下子惊醒了，“骨碌”一下爬起来，和小薇一起跑向校长室。

原来，阿飞一天到晚跟着耗子，耗子实在被他盯烦了，正式警告他，以后不许跟着他，可是阿飞置若罔闻。中午在操场上，看只有耗子一个人在玩单杠，居然挨挨蹭蹭想要拥抱耗子，一下子把耗子的暴脾气触怒了，她气得挥了他一巴掌，严厉告诫阿飞以后离她十米开外。可阿飞被扇了一巴掌，不甘心呀，还想拉她，耗子一溜小跑，颠到回形楼，看校长办公室门开着，不计后果直接冲进去了，校长有点哭笑不得，打电话让谷老师来。谷老师气得脸上的几个小雀斑都变成黑色的了，忙向校长道歉，又把阿飞狠狠批评了一顿，告诉他爱情是两相情愿的事，不能火叉一头热。同时也批评了耗子，不管怎样也不能打人。耗子不服地叽叽咕咕，被梅子、小薇拖走了，阿飞若无其事地跟在后面，一如既往地爱恋着耗子。谷老师无可奈何地摇摇头。

第六章　学习生活　闲散紧张

“生命是一袭华美的旗袍……”

“虽然我知道，人们面对的大部分是失望，活着的过程，就是存在于不断地困惑、挣扎、突破和提升之中，我们所做的一切，只是一种调试，不是结果。”

“真正的行者最后拭目面对和驯服的只是自己的心而已。”

“狗不吃”管八七的同学们在一片祥和的气氛中按部就班地学习生活着，日子如流水一样过去了。

一转眼，期中考试快到了，同学们都慌了麻爪。

在中学的时候，整天被老师家长耳提面命，紧盯着不放，学习来不得半点马虎，而到了大学，主要靠的是自学了。一堂课下来，老师能讲几十页，甚至是半本书，大部分内容都要靠自己理解消化，那些工程力学啦、机械制图呀、高等数学等等，对于他们这些文科生来说无异于在头顶上放了一颗颗炸弹，稍微一松懈，就很可能挂科，而补考再不及格，就很难毕业了，要拿肄业证书，待工作一年后再来补考，那是多么纠结的事情呀！

所以，刚开学的时候，大家一下子感觉像脱离了唐僧的紧箍咒，一个个像放飞的小鸟，疯了一样在楚城的天空下任意飞翔。远离父母，无人管束。很多同学晚上打牌、看电影、喝酒、唱歌、跳舞……白天在课堂上呼呼大睡，而多数老师们看到像没看到一样，很多同学的书连翻都没翻。一听说要考试了，一个个急的呀，抓耳挠腮，临时抱佛脚，熬夜加班。

管八七的教室最近是彻夜灯火通明，同学们一个个都像热锅上的蚂蚁。

这时候就有几个平时神通广大的同学想到了怪招。那就是他们班来自樊哙故乡的富家子弟力为，大家都叫他力哥。平心而论，力为在学校时看不出有什么异样，人长得也很帅气，中等身材，五官端正，后来大家讲他许多怪异，梅子很不信，因为在学校的时候，每每在路上遇到，他总是很温和地向她微笑，完全看不出干部子弟的嚣张跋扈。但确实与众不同的是，在那个物资贫乏的年代，他鲜亮的服饰和挥金如土的做派还是显示出他的富裕洒脱。那时候，火腿肠对穷人来说是个稀罕物，而力哥都吃腻了。有一天，同室的阿飞眼巴巴地看着他床头柜上的火腿肠，嘴里嗫嚅着说：

“力哥，能不能来点那个尝尝？”

力哥其实很善良，看阿飞嘴馋的样子，很爽快地说：

“好吧！你等着啊。”

马上用自己的电烤炉烤了一节给阿飞。阿飞感激地接过来，三口两口就吃完了，意犹未尽，“吧嗒”着嘴：

“真他妈的好吃呀！等将来老子有钱了，一定买来吃个够！”

力哥好笑地对阿飞说：

“有那么夸张吗？可惜我也吃完了，下次回家带给你。”

阿飞感激地说：

“不用了，不用了，尝尝就行了，还能当饱？”

这也许是阿飞长这么大吃过的最好吃的食物了。所以说，潇洒从来就不是穷人的权利。

力哥整天吃好喝好玩好，和女孩子出去玩耍，累了就在宿舍睡大觉。考试临近，他又开动他那灵活的脑筋，不知用的什么方法，居然把考试的题目弄到手，受益的就不是他自己一个人了。他的同桌扬子，近水楼台，都把事先做好的答案压在文具盒下，考前力哥特意叮嘱扬子，不要抄满卷，得个 95 分左右就行了。而阿飞可怜巴巴地跟在后边，软磨硬泡，希望力哥和扬子把试卷给他看看，他俩愣是不给，这是力哥做得最不厚道的事了。而扬子，家住楚城的他，在这件事上也充分表现出城里人的冷漠。扬子学名叫邵扬，家庭条件也不差，医学世家，人长得堪与汪冬媲美。不同的是，扬子天生是自来鬈的头发，平时话也不多，有点像欧洲男孩，喜欢标新立异的耗子对他一见钟情。

就这样，力哥他们每次都能不费吹灰之力考出了高分，其他同学只能拼命地啃书本，尤其是梅子，平时酷爱文学书籍，稍有闲暇就躲在世界名著里出不来，现在看到那些小蝌蚪似的可恶的线性代数，她的头像裂开一样疼起来，好像要爆炸一样。每天下晚自习后，回到宿舍，黎黎就耐心地手把手教她，她还是不会。黎黎无计可施，最后每次考数学前，她干脆直接把梅子的书拿过去，“刷刷刷”给她划重点，然后告诫她：

“阿梅啊，你只要把我画给你的都弄懂了，保证及格没问题的。唉，你这只大笨猪，真拿你没办法！”

梅子挠挠头憨笑着，还振振有词地说：

“谁叫这些讨厌的东西认识我，我却不认识它们呢！”

黎黎也不生气，只说快看书快看书。唉，难怪日后她能成为教授，敢情梅子是她的第一个学生，让她有了实习的机会！呵呵呵！当真，每次考试，梅子只要把黎黎画的都看懂了，考试总能及格，得个 65 到 75 分之间，但高等代数考试从来没超过 75 分，也许黎黎认为让梅子得高分不像话吧！而她每次都是全优生，奖学金得主，学习好可不是浪得虚名的。

现在想想，要不是黎黎，保不齐梅子还真毕不了业呢！哪里还有她今天的生活！所以黎黎是她的贵人。她在生活上、感情上、学业上对梅子百般照顾，梅子终身感激不尽。毕业后有一阵子和她失去了联络，梅子像疯了一样到处寻找，雪片样的信件和明信片飞到她的案头，而梅子就是得不到她回的片言只语。原因是梅子每次都忘了写落款，黎黎不知道信要回到哪里去。梅子常常一个人深夜起床，捧读她以前的信件默默流泪。黎黎是她的精神支柱，好像她就是梅子的娘家姐妹，失去她梅子就像没了魂。后来好不容易联系上了，梅子的心复归宁静。也许大家很难理解，时刻牵挂一个人，关心一个人，那种水乳交融的深厚的情谊。

同宿舍的女生们也在紧锣密鼓地紧张复习中，耗子和虫子两个在暗暗较劲，都想崭露头角，引人注目。但可惜的是，她们无论如何也考不过黎黎，尤其是数学，耗子的学习虽然很好，但她的数学也是一般，所以她们的成绩和黎黎相比还是稍逊一筹，所以自然得奖学金的总是黎黎。媛媛和小薇也很努力，只是不像她们两个剑拔弩张，梅子和银子只求得过且过，从不和她们攀比。而黎黎得奖学金对梅子也是一大幸事。只要奖学金拿到，黎黎总会请梅子到北京路上的阳春面馆吃面，卧两个鸡蛋，外加两个炒菜，完了不忘从对面的食品学校西门的商店里，买两斤梅子爱吃的馓子。食品学校的馓子特别有特色，炸得九分熟，可能压秤吧？馓子的一头就显出白色的面的原型，油汪汪的，是梅子工专三年的最爱。毕业以后几十年了，梅子一直喜欢吃馓子，生宝贝儿子的时候，朋友专门到楚城去买，但再也吃不出那个味了，而梅子喜欢吃馓子的毛病一直没改，家里冰箱里从来都没断过，这些年梅子逐渐发福，可能和吃了太多的馓子有关，家人都说油炸食品是垃圾食品不能吃，对身体不好，可他们哪里知道梅子内心的隐痛？所以，明知道不能再吃，梅子还是不能忘怀，梅子记住的是她的友谊，她的姐妹！

黎黎有时也大方地把同室的女生都请去。在周末的晚上，没有约会的几个人就一起到面馆去，每人一碗阳春面，四个炒菜，一人一瓶啤酒，炒菜也就是青菜、萝卜、青椒，最多还有个豆腐。大家开心地喝酒，一边讨论哪个男生漂亮帅气，谁谁谁是伪娘，谁谁谁很二，一边喝一边笑，常常惹得邻座侧目。面馆老板是新阳城人，久而久之就熟悉了，对她们很宽容，有时看她们吃得杯干碗尽，就悄悄地添一小碟花生米，或者酱黄瓜，连连说不要钱不要钱。吃完了回学校，喝醉了酒的耗子，在梅子的搀扶下走在校园的南北大路上，肆无忌惮地大声唱道：

“我们的校园是花园，花园里花朵真美丽……”直把她们个个逗得笑得直不起腰，引得晚归的高年级男生大声叫好。耗子甚至挣脱梅子的搀扶，歪歪扭扭地上前和人家打招呼，直吓得梅子和小薇赶紧上前把她拖回来……

一个学期就这样毫无悬念地平静地度过了。梅子已习惯了校园生活，看破烂的环境也能心平气和地漠然置之了。而媛媛却早早地收获了自己的爱情。

“韶光如梦，叶落成空，那逝去的年华依旧可以风姿万种。就算岁月朦胧，天涯西东，依然可以觅寻当年遗落的影踪。”

在我们眼波流转四目交汇的一瞬间，上天为我们注定了这一生永远不变的情缘。

寄 情

笑靥如花恣意开
柔情似水溢满怀
晚来倚窗寄相思
鸿雁传书天际来

月亮初升玉兔无
夜凉如水传心窝
怎忍遗忘不相寻
翰墨点点情相和

手抚胸口念君恩
始知相恋似海深
才下眉头上心头
海枯石烂赴三生

但愿伊人解花语
莫负柔情千万缕
在地愿做连理枝
缠绕终生到天宇

一天晚上，熄灯铃响了好久，媛媛还没有回来。小虫子从卫生间出来，神神秘秘地告诉大家：

“你们猜我看见谁了？”

“谁呀？”

“你们猜猜看嘛！”

“谁呀？别卖关子了，快说呀！”

耗子第一个耐不住性子，一迭连声催促小虫子快说。

“是媛媛！”

“媛媛怎么啦？大惊小怪！”

“大惊小怪？你猜她和谁在一起？”

“和谁？”

小虫子慢悠悠地说：

“我们的媛媛和电八六的欧阳在一起啦！两个人恩爱得不得了哟！”

小虫子以她惯常的表情上扬了一下嘴角。

宿舍里静默了5秒钟。

“怪不得呢！最近怎么老看到欧阳在‘狗不吃’门口逡巡呢，原来如此啊！”

耗子夸张地作恍然大悟状。

402室的女生睡意全无，七嘴八舌地发表各自高见。大家都很奇怪，平时话语不多，低调淡泊的媛媛怎么会和学校有名的高干子弟好上的？套用今天的话说，欧阳可是典型的高富帅呀！这可真应了老话，爱情来时山都挡不住，它不受时间、空间和任何条件的约束！

“我爱你，只因你是我上辈子的情人！”

欧阳身材高大，浓眉秀目，五官端正，是个美男子。喜欢穿一身白色的休闲装，更让他显得闲散、洒脱不羁。但有一点美中不足的是，欧阳英俊中透出一股玩世不恭，也许这是大家子弟的通病吧，也不算过分，关键的是他珍爱媛媛，视同珍宝。媛媛小巧玲珑的和他简直是绝配，一个是西瓜，一个是芝麻。欧阳眼里，小鸟依人的媛媛就是校花，再也无人能及。

当时看好欧阳的人可以排到学校东大门口，从八五到八七一溜姑娘的目光追随着欧阳的身影。

但爱情这个东西，真是没道理可讲，所谓情人眼里出西施，娇小的媛媛在欧阳眼里那就是有沉鱼落雁羞花闭月之貌，这让学校红人红卫感叹唏嘘不已。

作为“狗不吃”的同室姐妹，大家当然是非常高兴，深为媛媛欢喜，都希望他们能恩爱永远，修成正果。因为按世俗的眼光，媛媛是普通干部家庭，和欧阳家庭背景有点距离，又家在两地，大家也很担忧，生怕媛媛受到伤害，但青春岁月里的忧愁不过晌呀！任是山高水远也挡不住两颗相爱的心。

也曾有姐妹试图劝说媛媛要慎重，但媛媛个性清高，小小身材焕发无限潜力，眼光冷冷地向大家一瞥，很快让想劝的人闭上了嘴巴，大家只有在心里为她祝福，祝福她一切如愿！但从此以后媛媛显得更加清高不合群了。

欧阳追媛媛的功夫真是一流，丝毫不比现在的小青年招数差。

媛媛生日到了，欧阳在阳春面馆摆了一桌酒席宴请402室女生，八冷八热，红酒,鲜花,蛋糕,完全洋派作风。媛媛的小脸兴奋得熠熠生辉。大家一齐举杯为他们祝福。耗子对欧阳是不依不饶,一定要欧阳当大家的面向媛媛表白。

媛媛害羞,一个劲地说:

“耗子,别闹了,别闹了!”

但耗子哪里肯依?拉住欧阳不放:

“欧阳,你必须当我们402室所有姐妹的面表态,以后永远都不许欺负媛媛!不表态就把这一瓶红酒喝了!”

“好好好!我说!”

无奈的欧阳只好妥协。

他煞有介事地把鲜花拿在手里,一只腿跪在椅子上:

“媛媛,你是我的最爱,我保证从此以后对你言听计从,体贴关怀!永不背叛!”

媛媛接过花,激动得流下了眼泪。

“我们可都是见证人哦!将来你要对媛媛不好,我们集体杀过来,找你算账!”

耗子豪爽地大声说。

“好!好!!好!一定!一定!”

402室的姐妹们都笑得直不起腰来。大家就在这快乐的气氛中开怀畅饮、大嚼。在那物资还很贫乏的年代,这顿丰盛的美味也算是欧阳送给402室的一份厚礼。

梅子和耗子两个人喝了一瓶红酒,耗子一路歪歪扭扭地向宿舍走,小薇不得不扶着她走。

耗子一路唱着:

“我们的校园是花园,花园里花朵真美丽……”

唱完了还大声感慨:

“唉,402室的鲜花又被摘走了一朵!可怜的‘狗不吃’男生,一个个望花兴叹,却无从下手!”

耗子太有趣了!把大家逗得哈哈大笑没了形,引得路人奇怪地看着她们,把她们都当成了疯丫头。也正是从那时起,梅子发现自己还蛮有酒量的,喝了半瓶红酒居然毫无感觉。

媛媛生日宴过后,欧阳正式成为402室的“姑爷”了。

欧阳堂而皇之地出入402室,接媛媛上课、到食堂吃饭,礼拜六接媛媛出去野炊、看电影、跳舞、看歌剧、到外校联谊……凡是能想到的娱乐,欧阳一准带媛媛参加,没事的时候他们喜欢一起在校园里漫步,情人间的情话是永远说不完的。深夜了,欧阳还不忍离去,常常半夜起来,还看到走廊的灯亮着,那一定是欧阳和媛媛两个人在卿卿我我,不忍分离,真是气死周公!

曾经看过媛媛和欧阳的两封情书,感人至深:

让我们爱着老去

媛媛：

我那如诗如画的梦幻女孩！

这个周末你回家去了，我一个人百无聊赖，像热锅上的蚂蚁，不知如何是好。

下午，我骑车独自慢慢穿行在古黄河边的马路上，路北边有许多正在施工的亭子和窈窕的垂柳，还有波光潋滟的河水，初秋的微风吹来，有些许的凉爽和惬意，难得的这样什么都不用想，什么都不用做，任思绪蔓延，这时我看到路边有两个老人在搀扶着慢走，老妇有时会侧身在老头耳边低语，时而露出微笑，两个老人脸上尽是安详幸福。也许这对老人一生经历了太多，然而他们仍是彼此相拥，彼此牵念，彼此搀扶，相爱相牵着老去……

想想也是，人与人之间彼此牵挂的情感太多，有丢弃不了的爱情、亲情、友情。所有的感情对于我们都是那么珍贵，我们那些誓言真的能与我们一同老去吗？那些以为可以天长地久的爱会与我们一直相伴吗？我们的未来能像这对老人一样可以彼此搀扶吗？当曾经热烈的爱在生活中归于平淡，我们还能彼此承担、爱护吗？梧桐相待老，鸳鸯会双死，就让我们爱着老去！

你丝毫不用担心我对你的感情！海枯石烂，共赴三生石上那个千年的约定！我们的未来将会一片美好！

请你也不要管别人的闲话和担心，你的忧虑将会变成我的心痛，你只管放开胸怀，如人饮水，冷暖自知。爱情没道理可讲，我们在最美的季节相遇，茫茫人海中，在遇到彼此的那一刻，我们没有错过，怦然心动，碰撞出绝世的脆响！我们的爱情，像悠悠吹拂的微风，像绵绵挥洒的细雨，温馨柔美！想你的每时每刻，我的心充满了温柔！

默默走过的是情，依依不舍的是梦！在思念的时刻里，爱情像玫瑰花一样怒放！

在这寂寞孤独的深夜里，我刻骨地思念你——我心爱的圆眼睛的“洋娃娃”！

欧阳，周末深夜

附上小诗一首：一日不见，如隔三秋

为你动情

光阴匆匆而过
却冷却不了——
对你炽热的激情
你在哪里？

当爱情演变成——
哀怨缠绵的思念
当幸福的往事成了——
如梦如幻的回忆
……

那些散碎的记忆
仍然会牵动着我的心
轻拨心里的那一根弦
弹奏的却是一曲曲忧伤的歌
歌声如水——
流进心田——
汇成刻骨铭心的华美乐章

害怕了一个人的冷清
害怕了夜晚时的宁静
害怕了睹物而思人
害怕了触景而伤情

夏雨过后的微风——
凉爽怡人
轻轻地拂过苍白的面庞
那濡湿的——不是风的气息
也不是雨的琼浆
而是思念的泪花

我不需要伪装——
在无人的时候
会情不自禁地想起

和你在一起时的点点滴滴

如果，时间能在瞬间永恒
真希望，这一切都成定局
不想在思念中痛苦地轮回
不想在矛盾中无奈地挣扎
不想在去留中左右地彷徨
不想用时间慢慢尘封那些往事
……

每一次不经意地想起
总有微笑浮上心头
就像一道清澈的山泉
欢唱着奔腾而来
荡涤着我尘封多年的心间
……

怎么办呢？
来不及回避
来不及矫饰
猝不及防地——
为你动了情！

美丽无声

欧阳：

我高大帅气的阳光男孩！

一整天的热闹忙碌终于告一段落。

妈妈的絮语似乎还在耳边回响，爸爸关切的目光还灼灼地留在脑际，姐弟的戏语还在心里久久回荡……

我关上门窗，把所有的喧嚣芜杂挡在门外，将自己淹没在清寂的空间，享受一个人片刻的孤独安宁。

窗外，夜色朦胧，风声萧萧。

我抱膝坐在我自己洁白干净的小床上，闭上眼静静地想你。

你略带磁性的熟悉的嗓音仿佛在耳边缠绕，声音濡濡地直插我的心窝。

我给你的爱一直很安静，来交换你给的火热关心。

你我初遇时瞬间的心悸，莫名的潮湿；那些美丽，那些缠绵啊，犹如一池的红莲，亭亭玉立，温婉娇俏。一切与我有关，一切又似乎与我无关。你奔放的热情总是能点燃我冷峻的外表掩盖下的温婉的心房。

猛可地，我想到了“安静”这个词，竟不自觉地微笑了。

是的，“安静”，是怎样的玄妙？这个词用在我身上是不是很贴切？很独到？我一直是很安静的人，不喜欢大吵大闹，不喜欢大肆张扬，内敛安静，你说，这是一种怎样的境界？是不是出类拔萃、不拘一格？我是不是和普通的女孩有很大的不同？

安静之于我，那是一种生活常态，那其间的韵味，仅仅以一个词，用一句话是不能诠释的。

安静之于我，有一种贴心暖胃的舒适。时而如诗，灵动飘逸，婉约柔美；时而如画，水墨淡彩，养眼润心；时而如茶，碧澈通透，清香宜人；时而如歌，宛转悠扬，直抵心扉。

安静之于我，是我追求的一种人生状态。我不会强求你干出什么轰轰烈烈、惊天动地的大事，我只需要一份安宁如水的平静生活。

在认识你以前，我喜欢一个人安静地游走于天地间。仰望着蓝天白云，什么也不想，什么也不做，像个快乐无忧的孩子，一个人静悄悄地想自己的心事，那些潮湿的柔软的无可诉说的情绪，都在安静的行走中慢慢融化了。

我是那样敏感细腻的女孩，我执着地坚守着自己内心的纯洁高贵，在那些清寂落寞的瞬间，我宁愿和音乐耳鬓厮磨。一句歌词牵动一份念想；一段旋律幻化一款韵致，一首歌曲成全一场梦寐。那些往昔，击节而歌，扣动心弦；那些未来，似暗香盈满心房。我的内心无比丰茂和俊美。我无法预知若干年后，我会变成什么样子，但我单纯善良的心地应该不会改变。

我梦想闲庭信步的时光，和自己的影子对话。矜持的心性能否让生活越发简单，飘浮云端的梦幻是那么魅惑，竭尽全力的付出也会事与愿违……说真的，对于融入你那样的大家庭，我真的有许多隐忧和害怕，不知道未来的生活会不会如我所愿，简单、快乐、幸福！

我多么希望，你和我一样，喜欢安静的生活！安静，是一种超凡脱俗的美丽！

让我们一生手牵着手，安静地走路，安静地欣赏，安静地歌唱，安静地相伴，直到年华老去……

我喜欢，远离尘世的喧嚣，避开嘈杂的人海，静听鸟语花香，漫赏云卷云舒，那才是最享受的生活。但身为长子的你，怎么可能只为我一个人舍去你绚丽多彩的生活，而陪我一起安享这低调的人生？这是我俩最本质的不同，未来，也许我们还有不知多少东西需要磨合？你有信心吗？也许我自己要做好充分的心理准备了。

夜已深，明月沉默，心事向谁说？但我不肯回头，所有的爱都别错过。别笑我痴情，别笑我憨傻，我始终不能猜透为何经历了无数风雨之后，你却还是给我那么多！

我知道，我们相爱，有无数的不解，无数的羁绊。很多人不看好我们的恋情，我的心常常有一丝无助的郁闷，但你总能在我感觉寒冷的时候，为我挡住寒冬，挡住风雨，挡住暮雪，只把温暖留给我，而把风霜寂寞凋落在你的怀抱中。

人生千百种风景在时刻地游走，每当孤独时我蓦然回首，你的爱却总在不远处等着我。

我在安静的岁月里，如游鱼一样快乐地穿梭行走，所有的喜怒哀乐我深锁内心，只因有你在路的尽头等着我，就是走遍天涯我也不害怕。月朦胧，鸟朦胧。风声萧萧夜色朦胧。我对你的思念却如旭日东升，一泻千里呀，锐不可当！

在此时此刻，在这安静寂寞的夜晚，你是否也如我一样待在自己的房间里安静地想我？

安静是一种美丽啊，寂寞也是一种美丽啊！你我再见时那奔放的激情更是一种极致的美丽啊！

思念你，在这微醺的夜色里，安静地想你！

你圆眼睛的“洋娃娃”
周末深夜

附上小诗一首，抒发我深切的思念：

思　念

思念，
是春天里的风信子，
是深秋里漫山遍野的火红的枫叶，
是寒冬里覆盖大地的莹洁的白雪。

思念，
是一份美丽的孤独，
一份甜蜜的惆怅，

一份纯净的忧伤。

思念，
是一首皎洁的诗，
一汪清澈的泉水，
一曲凄美的歌谣。

思念，
像一首小夜曲，
在万籁俱寂中，
奏着生命华美的乐章！

思念，
更像一只羊，
在循环往复中，
痛苦地咀嚼忧伤。

思念，
在朗月下黄昏里春雨中，
在朝晖里烈日下冬雪中，
无处不在。

思念，
是一枚枚凝聚着深情的邮票，
一封封散发着温馨的信笺，
一声声撕心裂肺的心灵呼唤。

思念，
铸造了性格的沉稳，
感情的深沉，
生命的执着！

寂寥的人行道上，
可以清晰地听见路人凌乱的脚步声，
忽快忽慢，伴着思念，

自由行走。

那朵朵桃花依然盛开，
不经意间，
思念的风吹落了花瓣，
一片片，一瓣瓣。

思念，
似不食人间烟火的天使，
坠落在有情人的心间，
洒下一片淡淡的情淡淡的美！

思念，
更如空谷幽兰，
清新而自然，温暖而馨香，
永远留在人们心间。

第七章　桃园野炊　妙趣横生

“缺少了斑斓的记忆，人生必是黯淡无光。没有人能回到过去重新开始，但是你可以从今天开始创造一个新的结局。世界很大，个人很小，没有必要把一些事情看得那么重要。笑看得失才会海阔天空，心有透明才会春暖花开。走远的，只是过眼云烟，留下的，才是值得珍惜的情缘。”

快乐懒散的寒假很快就过去了。

第二学期又开学了。

同学们大包小包地从车站把自己的行李拖回宿舍，尤其是几个女生，除了必备的生活用品，行李中很大一部分是各种零食。整理好行李，洗漱完毕，都拿出自己带来的食物与大家一起分享。

402室的女生感情很好，每个人都很善良，毫无保留地贡献自己的爱心。现在回忆起来，恐怕很少有哪个班级的女生像她们几个，人都长得漂亮，关系也很和睦，不像隔壁的女生上学期就有两个人打了一架，还惊动了校学生会和校团委来调处。

每个人带来的食品都不一样，基本都带有各个城市的地方特色，最好吃的还是茵子带来的茶馓，可能是沾了伟人的名气，制作也特别精细，细细的纹路，二两重一把，炸得焦黄，入口慢慢咀嚼，芬香四溢。茵子很大方。一人一把，很快包里见了底。大家干脆把平时写作业的两张课桌拼在一起，一股脑儿把自己带来的东西全部都摆在桌子上，一起分享，随便谁爱吃什么。

梅子很惭愧，只能带点家乡黑土地生长的落花生，那是母亲精心挑选，一个个饱满丰盈，洗得干干净净，在风口太阳下晾干，用大铁锅爆炒过的。

炒花生也很讲究，在院子里支起一口大锅，装上半锅细沙，再把花生倒进去，下边用木材大火烘烤。母亲用很大的铁铲不停地翻炒，沙子烫手的时候，花生差不多就熟了，这时要换小火，直到锅里不再有雾气冒出，花生就熟透了，这样炒出的花生，香脆不煳。

正在吃得高兴，海阔天空闲聊的时候，有人轻轻敲门，靠近门的样子起来拉开门，探头进来的是一个个子很小的男生。

说实话，这男生长得实在有点另类，一米五几的个头，皮肤暗黑，脸上也有几颗雀斑，可能小时候也不听父母话偷吃了麻雀。他头发枯黄，一撮头发在脑门上扬，特别搞笑，尤其是他那双眼睛，不正面望人，躲躲闪闪的，东张西望。他就是他们班不怎么开口说话，但一开口必有惊人之语的武京，淮县人，背地里同学们都说叫他乌鲸比较适合，因而他的真名其实很少有人叫。他这个人其实很善良，在学校时梅子和他还很谈得来，不知道后来怎么变得油嘴滑舌了。

小乌鲸鬼头鬼脑地说：

“班长请你们到303室开会。”

女生们漫声应着，请他进来吃东西，他却吓得一溜烟跑了，留下她们“哈哈哈”大笑。

大家收拾整齐准备向男生楼303室去，聆听班长有什么指示，却无意中发现茵子红了脸，磨磨蹭蹭走在最后，梅子不明就里，拉着她的胳膊催她快走。

五分钟后，女生们到了男生楼303室。

只见几个班干部都到齐了，还有其他男生挤了一房间。看女生们进去，男生纷纷站起来，给她们挪地方，椅子板凳不够，只能坐在下边的床边。班长衣衫整齐地站在靠窗的床边，脉脉含情地盯住茵子看，梅子突然明白刚才茵子为何脸红了。

同室的汪蛹扯扯班长的衣角：

“魂没啦？”

茵子粉白的脸一下子涨得通红。

茵子是性格内向的人，平时笑眯眯的不多说话，见他们开玩笑，赶紧羞涩地低下头。

这一世只为你一个人吐露所有芳华——其实茵子和班长早在开学不久就有了情愫。

“一直欣赏这样一种爱情：没有太多的轰轰烈烈，惊天动地，有的是像流水一样绵延不断的感觉；没有太多的海誓山盟花前月下，有的是相对无言眼波如流的默契……这该是一种‘执子之手，与子偕老’的感觉吧？在陌生的人群中，在迷失和彷徨间，你却始终安详而从容——因为你知道，冥冥之中，自有一双属于你的双手，它们紧紧地握住你，陪你走过所有的阴天和所有的艳阳天，直到一生一世。”

这大概就是班长和茵子的经典爱情写照吧！

梅子最先发现茵子的异样。茵子一向安安静静，淡泊写意，不施脂粉，穿着讲究的是随意舒适，从不穿高跟鞋。也不太喜欢经常换衣服，一件外套能穿好几天不换。

有一天，是周六中午吧？衣着一新，换上中跟黑色皮鞋的她突然在镜子前流连不已，拿着一支玫瑰红的唇膏左描右描。梅子惊诧于她的变化，把手伸到她胳肢窝里挠她：

"老实交代吧！是不是有情况？女为悦己者容，女孩子一旦注意穿着打扮了，一定是有了心仪的人了。"

茵子一下子羞红了脸：

"没有啦！没有！这几天有点感冒，气色不好，嘴唇发白，涂点唇膏，好看一点。"

"好！好！好！不说就不说呗！看你能瞒多久?!"

梅子笑着放开茵子，转身到卫生间洗衣服去了。

但吃晚饭的时候茵子却不见了踪影，梅子里外寻找也不见人影，因为是同桌，所以经常结伴一起到食堂吃饭，正在纳闷，耗子过来对她说：

"阿梅呀，你可真的是傻帽啊，茵子人家跟班长走了！"

"什么？她跟班长走了？去干吗?"

梅子一时没反应过来，有点蒙。

"哈哈哈！哈哈哈！梅子呀。你可真逗！你是真傻呀还是假傻呀？你说茵子跟班长去能干吗？茵子被班长追去了，他们俩好上了，他们是谈恋爱去了！"

"啊！真的吗?"

梅子这才恍然大悟，一拍脑门，和耗子一起大笑起来。

"真是的，怪不得茵子最近注意打扮了呢！"

唉，梅子呀，她那时一心盘算能早点毕业，走上工作岗位，为家里减轻点负担，对感情的事没花心思想过，反应也比较迟钝。茵子和她是同桌，朝夕相处，愣是没看出来，到现在都没想清楚他俩到底是何时好上的。

整个是一个大傻帽呀！

怪不得，在许多个场合同学们都不自觉地给他们创造机会，敢情大家都心知肚明了，梅子还以为大家是开玩笑呢！

唉！情商可真低得要命！

想起许多个晚上，下晚自习的路上，总能碰到班长，茵子低头疾走，梅子还不知趣地和班长说话。还有在食堂吃饭，梅子就奇了怪了，怎么每顿饭班长几乎都在她们的对面桌吃呢？尤其是最近一个月，周末班长经常请402室女生出去吃饭看电影，敢情是醉翁之意不在酒呀！呵呵呵！有时候，班长到女生宿舍转达谷老师的一些指示，一坐就是半天，以前这些活都是快腿马驹和调皮鬼蛹子干的，他俩可是班长的死党哦，现在这些活都是班长亲力亲为了，敢情那是为了多有机会看到茵子呀！呵呵呵！梅子都不知道自己做了多久的电灯泡呢！

今天，茵子和班长一起出去了，说明班长取得了决定性胜利了。从此后，他俩就常常出双入对，除上课休息时间，两个人好得就像一个人，整天黏在一起了。茵子有点娇气，班长总是笑呵呵地让着她，在茵子面前再也没有班长的任何威仪了。

但是班长也有闹心事。

起初，茵子的父母并不看好这段恋情。他们认为，茵子生在楚城，伟人之乡，家庭条件优渥，从小养尊处优，是父母的掌上明珠，唯一的宝贝女儿，哪里舍得她将来嫁到湖州那小县城受苦？所以再三告诫茵子要慎重慎重再慎重，茵子不忍忤逆父母，内心也有点犹疑。这可急坏了重情的班长，他忧心忡忡地找到他的智囊团成员商讨对策。还是来自滨城的韩君一语提醒梦中人：

“在感情的世界里，没有捷径可走，心诚则灵，你只要一心一意对待茵子，时间久了，让茵子父母看到你的真心，觉得你是个可以托付终身的人就行了。”

韩君平时话不多，忠厚待人，语言朴素，但字字珠玑，席君觉得说得有理，所以对茵子更加用心。对班里班外的女生是视而不见，一门心思都扑在茵子身上：

天冷了，送来了暖和的棉手套；天热了，大中午的拖着高大的身子，双手捧着雪糕一溜小跑送到茵子的手上；刮风了，适时提醒茵子加件风衣；下雨了，打着伞在门口等着；茵子受了风寒，感冒发热，他一夜没睡，为茵子换毛巾、量体温……点点滴滴，让茵子感动不已，深信这就是自己一生要依托的人。

一天晚上，熄灯过后，茵子一个人打着手电筒在被窝里看什么东西，耗子上卫生间回来看见，一时童心陡起，一把抢过来，就着走廊的灯光念道：

“亲爱的茵子：天气渐渐地凉了，你要记得多加衣裳，我的心情，却比以往任何时候都感觉到暖融融的，因为，这个秋天，我不孤单，一个人给另一个人的温暖，不需要海誓山盟的誓言，如溪水般潺潺流入心田的感觉，足够让一个人沉醉，沉醉到露出笑颜，有你的陪伴，感觉这个秋天阳光如此灿烂，如菊花般金黄艳丽！花飘落了，有谁怜？叶飘落了，有谁叹？而我的心飘落的瞬间，却让你如此慌乱，你，就那样轻轻柔柔地走来，轻舒广袖，如嫦娥仙子，飘飘洒洒地凌空而来，如微风吹进窗口一样的安然，随心随性。因为，在遇到你之前，我花了太多的时间让自己不孤单，因为，在遇到你之前，这个秋天我不会感到这样温暖和富足。

“我屏住呼吸，静静地聆听，祈望你真实的心跳，等待心与心碰撞的瞬间，微微地疼，微微地暖，微微地渴盼，微微地祈祷……我的心扉已经慢慢地开启，任你来去，你的心扉呢？是否，演奏出清脆的绝响，不是心碎，而是欢畅！

“我知道，我们有许多无法跨越的鸿沟，但心与心的交融，不应该受任何时间和空间的制约，我相信，光阴似箭，而我对你的感情不会随日月的流逝而有任何改变！白驹过隙，一天又一天，我的情意会一天比一天绵长深远！

“今天，闻着你发际飘散的淡淡的栀子花香，我平静的心，溢满了从未有过的幸福欢欣，牵挂一个人的感觉真的很好很妙。轻轻地靠近，浅浅地试探，真的很好！很甜蜜！很温馨！

“我要暖暖的阳光缠绕你终生，我要平淡的日子里有你相伴，即便琐碎，即便平凡，也很温暖，我想接触你的目光，闻到你的发香，看你懒懒地皱起眉梢，生气地嘟起嘴巴，忙忙碌碌地快步走路，还有急躁中透着快乐的轻声责备，荡漾着温柔的曼声问候……

“无数个日子，就这样思绪纷飞如雨，散乱地在心头萦绕，淅淅沥沥流淌着甜蜜温柔的秘密，暖暖的，像阳春三月温润的雨，滋润着辽阔高远的天空，湛蓝的天空飘渺了淡蓝的流云，悠悠地润湿了美妙的心情，软软的，像鹅黄的丰收的秋色！

“因为你，这个秋天变得更加饱满丰盈，阳光格外灿烂耀眼，明朗的天空不带有一丝浮云，艳阳高照的日子就像明镜似的，照出我心里无限的幸福。纷乱的思绪已慢慢散去，只留下清明的心空，承载着你带给我的幸福！这样欢乐的心情，真的好像触手可及！一切都好像做梦一样，我生怕梦醒了，伸手摸不到你，那样的恐惧害怕，常常让我感到这幸福来得多么奇妙！我会紧紧攥住你的手，一辈子都不会松开！我会让这幸福永远跟随着我们！

“我知道，无数个阳光明媚的日子还在后边，我们要一起手牵着手，笑看花开花落，白云苍狗，一起慢慢变老！

“匆匆絮语，不能成章。深爱你的君！即日。”

原来是班长写给茵子的情书。没想到人高马大的班长还有如此细腻的心思！

茵子急了，赤脚跳下床抢过信：

“耗子呀，你怎么能这样呢？羞死人了！”

“没啥！没啥！茵子，你好幸福哦！”

402室全体都没了睡意，一个个给茵子出主意，如何让班长对茵子更加服服帖帖。

同时，班长也展开了对茵子父母的攻势。周六和茵子一起回到楚城茵子的家，大包小包买了许多东西，也不知道班长家里是什么境况，总之班长以他永恒的微笑和不屈不挠的毅力，竭尽所能地向茵子父母表白，将来一定会善待茵子，茵子的父母也是明白人，看出班长的诚意，为他的真情深深打动，默认了此事。从此后，班长成了茵子名副其实的护花使者。

别的男生再也不敢对茵子有任何非分之想了，其实，茵子长得细皮嫩肉的，喜欢她的男生可不止班长一个哦！但现在是名花有主了，其他人想也只能是瞎想了！

其实，早在开学不久，班长就打起了茵子的主意，班长喜欢茵子细白的肤色和自己一样，还有茵子慢吞吞的性子和自己很像，所以上课时坐在最后一排的班长每天都用火辣辣的目光盯住茵子的后脑勺看，偶尔茵子回头目光掠到他，他马上羞红了脸低下头。

开始茵子有点莫名其妙摸不着头脑，久而久之，情窦顿开。

一天上午，课间操时，班长的死党蛹子开玩笑地把茵子推到班长怀里，茵子居然没有生气，只是娇羞地追着蛹子打，班长心里乐开了花，心知茵子对自己也有好感。

下晚自习后，梅子和茵子一起回宿舍，在回字楼对面碰到班长，他向梅子笑笑，直接把一张纸条塞给茵子，梅子当时并没多想，急着回宿舍，因为表哥从老家带东西过来。其实班长是请茵子周末一起去看电影，茵子什么也没说，接过纸条默认了。

班长的脸上笑开了花。

周六晚上，淮海路头的电影院里，班长第一次拉住了茵子的手。茵子幸福地靠在班长宽厚的肩头……从此后，一场如火如荼的马拉松恋爱开始了。

人们经常会说，在大学里谈恋爱的人，十有八九不成，等一毕业后分配工作不在一起，差不多都劳燕分飞了。而我们的金童玉女班长和茵子就是那难得的十分之一，真可谓千古绝唱呀！是一曲壮美的爱情佳话矣！真值得羡慕！

管八七 402 室的女生们真心地为茵子高兴，祝福她找到了自己的真爱！高大英俊的班长对茵子真的是言听计从，百依百顺，不敢有丝毫反抗。

听说婚后班长更是变成了“小媳妇”“妻管严”，唯茵子马首是瞻了！呵呵呵！

汪蛹是楚城人，中等偏下身材，瘦了吧唧的，黄白色的小圆脸，但一双眼睛炯炯有神。

大家奇怪他怎么叫这么好笑的名字？想必小时候喜欢吃蝉蛹吧？所以大家干脆就叫他“知了”。个子高的男生在路上遇到他常常摸摸他的头：

“知了，知了，到底知道多少了？”

气得他常常挥着拳头要和人拼命，但也不是真的生气，比画一下罢了，这是个很好玩的家伙。

这时，在大家的一片笑声中，他们像大山样厚重的班长慢慢站起来（经过一个学期的相处，大家发现，班长虽不多说话，却是个难得的憨厚之人，品行端正，任何时候都不会大声喊叫，慢声细语地对待每一个人，宝贝茵子日后有福了）：

“请大家来是按谷老师的要求，商量一下春游的事，到哪里玩？什么时间合适？请大家发表意见。”

商量的结果是三月中旬，先到废黄河边的桃园那儿去野炊，每人出 10 元钱，由班委一起购买食物、油布等。大家都很雀跃，也很期待。

三月十八日是个阳光明媚的日子。

上午八点，管八七全班同学在谷老师的带领下兴高采烈地向桃园而去。一路上耗子夸张地大声歌唱：

“我们的校园是花园，花园里花朵真美丽……”

在她的欢乐情绪的感染下，大家一起放开喉咙高声合唱，路人纷纷侧目，谷老师走在前边微微发笑，一边和班长小声地嘀咕着什么。

桃园离他们学校很近，至多二里路吧。

从学校的东大门出去，沿北京路向北半里路光景，经过职业大学、电子学校，到十字路口向西，经过食品工业学校向前半里路左右，向右一条两米宽左右的土路下去，不到 500 米就望到桃园了。同学们顿时欢呼起来。眼前的美景让他们简直快要疯狂了：

一眼望不到边的桃林，桃花开得正热闹非凡：一株株枝繁叶茂的桃树开满了粉红的花，就如同一片片落在地上的云锦。刚吐蕊的花朵还像少女羞答答地撩起眉梢，刚长成的花朵，颜色不很浓艳，她们着一身淡粉，给人一种淡雅清新的质朴之感。那些正在迎风吐艳的花朵呢，一脸的浓妆艳抹，一身的魅力成熟，极具丰姿。一群群辛勤的小蜜蜂也被她们的风韵感染了，不停地舞动着双翼，“嗡嗡——嗡嗡——”贪婪地吮吸着花粉，白色、黄色和彩色的蝴蝶，更是自由自在地在花间穿梭不停，这儿吻吻那儿亲亲。好一幅动与静的结合！生生演绎了一曲生机勃勃的春之赞歌。

同学们欢笑着每人伸手摘下一束桃花，美美地嗅一嗅，那神奇的花香，那蕴含着春的气息的花香，沁人心脾，让他们情不自禁地陶醉在春天的芬香里。看林的人赶紧过来制止他们，说：

“一朵花就是一个桃儿，摘了多可惜呀，只许看不许摘哦!”

沐浴着春风，挟缕缕花香，梅子凝眸那满园的春色，情不自禁地吟诵起来：

桃花吟

春来三月桃花俏，
玉色红颜分外娇。
凝神频品乱红雨，
飞落瑶台仙人笑。

桃林紧靠黄河故道，大家把东西放在河堤开阔的地方，各自自由组合，在桃园里、废黄河边漫游，也许就在这天，又不知有多少人暗生了情愫？

梅子一个人漫步在河边的小路上，耳畔不时传来小鸟啾啾的啼鸣，婉转悠扬；河边的垂柳不停地向她招手，兴高采烈地欢迎她的到来；她走累了坐在大柳树下向桃园眺望：那一簇簇花儿或鲜艳的红，或淡雅的粉，或清新的蓝，或无瑕的白……个个都在那争奇斗艳，为春天增添一份独有的烂漫；河堤两岸那一排排，一棵棵柏杨树，尽情地舒展着修长挺拔的四肢，向着春天吹奏它的生命之歌。它们都把一冬天蕴藏的力量尽情地释放出来了。当真是满眼万紫千红。河道里还有残冰化掉的水流，细细长长的像天边掉下的白练，一尾尾小目量子（一种很小的草鱼，指甲大小）清晰可见，蜻蜓在头顶上驻足……大自然的一切美妙景象让梅子醺醺然陶醉极了。

快乐的时光总是过得很快，转眼到吃饭时间了。

正当几个女生还在桃树下、河道边流连忘返的时候，班长和哒哥（哒哥本名叫黄一达，调皮的男生叫他黄一打，女生都喜欢他，爱叫他哒哥，因为有事找他时他回答得格外爽快豁达，总是说“好哒好哒”。他来自海州，中等身材，长得眉清目秀，为人朴实厚道，是管八七很多人的贴心人，大家有了烦恼都喜欢找他倾诉）已把五块黄色的油纸布展开，铺好在桃林边上，紧靠黄河故道边，把带来的各种食物和水分五份悉数摆在上面。

谷老师笑着招呼大家快到那里就座，自由组合。

很自然地，大家都心照不宣地让茵子坐到班长身边。也没东西坐，爱干净的女生铺张纸，男生就地坐下，班长掏出自己雪白的手绢，十分仔细地为茵子铺好，只看得大家直了眼，暗暗羡慕茵子好福气。

阿飞挨挨蹭蹭地想往耗子身边靠，耗子本能地蹿起，一下子奔到扬子身边坐下，留下阿飞讪讪地愣在那儿。还是乌鲸厚道：

"阿飞快到我这边坐。"

方解了阿飞的尴尬。

接下来谷老师宣布：

"每个人必须讲个笑话才能吃东西。"

大家你看我我看你，没想到谷老师还有这一招。

"谁先说？"

静默了三秒钟。

耗子第一个站起来，

"我先说！怎么我们班男生都娘们叽叽的不吭声？"

"哇！"

好勇敢的耗子！晕！男生们只好在心里翻翻白眼，吐吐槽。

她面不改色地讲了一个笑话：

"上学期有一次薇薇晒被子，晚上收被子的时候发现被子不见了，无奈只好请在学校广播站的播音员春春播了启事，说谁把被子送回，表示一定重谢。后来'机八六'的3个男生送被子来了，被我一顿臭骂。他们说不是要重谢的吗？我说重谢个屁！臭流氓，不认识自己的被子啊！我上去就要打，3个男生抱头鼠窜，哈哈哈哈！"

小薇气得脸都红了。同学们大笑。

接着大家争先恐后地讲，因为讲完了就可以吃东西了。废黄河边久久回荡着大家开心快乐的笑声。

吃饱后谷老师宣布下午自由活动，大家自便，不用一起回校，但要注意安全。

三三两两的相约出去看电影、洗澡、逛街等，一会儿人都没了影。

梅子和没人约的几个一起回宿舍睡觉。

第八章　春游三日　佳话连连

“掬一缕风的温柔，揽一泓月的纯白与清秀，煮一壶闲暇的溪水，让沉积心底的泥沙在静怡的空灵中如烟如雾的升华。”

四月三十日，是个激动人心的日子，酝酿许久的沿运河扬州镇江无锡三日游，终于成行。

一大早，马驹子就在楼下大声喊叫：

“402室的快下来！七点半出发，迟到不候哦！”

女生们慌慌忙忙拿起自己的东西向外走。女孩子出门就是麻烦，不但要带简单的换洗衣服，还要带洗漱用品、化妆品（她们已学会了打扮自己，如何使自己看起来更美丽），还不忘在背包里装上一些零食。所以一个个都带了很大的背包，到楼前集合，谷老师看到她们的大包不觉微微皱了皱眉头：

“我说女同学们哪，这是去旅游，不是去常驻唉，要轻装上阵啊！还是减轻点行装比较好！”

憨厚的哒哥说：

“算了，老师，时间不早了，等她们背累了，我们男生帮她们背吧！”老师颔首同意。阿飞第一个响应：

“我背耗子的！”

耗子狠狠地瞥了他一眼：

“多事！”

眼光不自觉地瞥向扬子，扬子把头扭向一边，耗子不高兴地嘟起了嘴。而大班长早已接过了茵子的背包。

大家说笑着爬上租来的汽车，车子很旧，里面的座位很脏，痰迹在侧壁上，恶心得要命。女同学们嫌恶得不肯坐在窗边。遂都坐在靠里的走道边。老师清点人数，数来数去少了一人，原来是对班级活动最热心的大江。

大江，本名江湖，因为性格豪爽，讲话幽默。因为名叫江湖，所以他的口头禅也是“人在江湖身不由己”。他来自淮县，高高的个子，腰板挺直，皮肤黝黑，天庭饱满，地阁方圆。眼睛很大，和嘴巴一样喜欢不停地逡巡。大江特别能搞笑，一开口说话就能让人笑掉大牙。他有个经典习惯，就是每次讲完了一件事，总不忘“嘎嘎嘎”像鸭子一样地大笑几声，本来并不好笑的事情，经他这么一渲染就变得十分有趣，所以每次他都能把大家逗得捧腹。直到现在，梅子只要一想到他“嘎嘎嘎”的笑声，总有微笑袭上心头。

老师赶紧让快腿小马驹子跑回 304 室看看，原来他头天跑汽车公司租车跑累了，还在呼呼大睡。

马驹子急了，上去一把掀掉他的被子，把睡得迷迷糊糊的大江拉起就跑，大江连脸都没洗，什么也没带就上了汽车。大家笑得上气不接下气的。那时候的同学们就是那么单纯，这么简单的事情就觉得好笑开心，现在比这好笑十倍的事情最多也就咧咧嘴巴罢了。

人员到齐，老师一声令下：

“出发!”

大汽车向港口绝尘而去。

此次行程的第一站是扬州，走运河水路。

“烟花三月下扬州!”

多少年企盼的事就要实现了，怎么能不欣喜若狂？大家激动得不行，终于可以在梦寐以求的大运河中畅游，内心的激动真是无以复加。

同学们站在轮船上观看运河美景。

梅子认为，京杭大运河的丰功伟绩应该归于隋炀帝，这个历史上传说荒淫无道的暴君，其实是一个酷爱诗词歌赋的大才子。《隋唐演义》中把他演绎成一个悲壮的角色，梅子深有同感。

沿河众多的历史名城、名胜古迹，拥有着丰富而灿烂的中国传统文化。

三月的运河两岸，莺飞草长，一派生机盎然。河道里很多带桅杆的帆船，搭着乌篷，有炊烟在袅袅升起，船家女带着彩色头巾出来倒水，溅起一片片水花，惊得河里的鱼儿跳出水面，给沿河的旅人平添了几分乐趣。

“二十四桥明月夜”的扬州就挂在大运河的肩头，公元前 486 年，吴王夫差在这里铲下第一锹土。自隋朝开始，贯穿南北水系的大运河从这里延伸开去，逐渐成为如今世界上最长、历史最悠久的运河。而枕在运河上的扬州，也成了沿岸最为繁华的城市。

不到三小时就到了扬州口岸。大家鱼贯下了机帆船。

自打念书识字，先生就开始教古诗，“故人西辞黄鹤楼，烟花三月下扬州”。古诗里的春天总是最美好的，万物苏醒，春光明媚，一切都是刚刚开始的，什么都是欣欣向荣满怀希望的，这在梅子幼小的心灵里播下了希望的种子，梅子不止一次构思着幻想着憧憬着，长大了能到李白留下千古绝唱的扬州去。今天终于如愿以偿，她闭上眼吸一口带着咸腥味的空气：扬州，我梦里的城市，今天终于得见你的笑颜！

扬州，地处江苏省中部，南临滔滔的长江，东依静静的京杭大运河，历来就是风光秀美的风景城、人文荟萃的文化城、博大精深的博物城。春秋时代的运河，汉代广陵王的墓，南北朝的古刹大明寺，隋代迷宫、隋炀帝陵，唐城遗址，宋元时期的普哈丁墓、仙鹤寺、平山堂以及明清时期的楼、台、亭、阁、园林等，更使古城扬州放射出夺目的光辉。

“故人西辞黄鹤楼，烟花三月下扬州。”李白脍炙人口的千古绝唱平添了扬州这座古城名邑的无限风韵。

管八七班来的这个时候正是那里最美的季节。那里的天气，那里的烟柳，那里的琼花，都带着浓浓的春的气息。

大家到那里已近中午，安排好住处，简单吃了午饭，老师召集班干简单开了小会，要求班干带好头，注意同学们别走散了，大家一起到第一个景点瘦西湖去。

瘦西湖风景区为我国湖上园林的代表，古典园林群融南秀北雄于一体，组合巧妙，互为因借，构成了一个以瘦西湖为共同空间，景外有景，园中有园的艺术境界，历史上有二十四景著称于世。

同学们正值青春年少，还不十分理解这些历史的奥妙。只是一窝蜂地涌向湖边。

十里湖光，清澄缥碧，花木扶疏，连绵滴翠，亭台楼榭，错落有致。人文景观，独具风韵。冬子小心地跟在媛媛和醇子后边，和她们一路细声说话。

班长自然地和茵子走在一起，一边观看美景，一边喁喁交谈。阿飞不看景致只是跟在耗子后边偷窥，耗子感到无限烦恼，看风景的心情都没有了。

梅子一个人在美丽的琼花树下流连，用鼻子深深地嗅闻着花香，陶醉极了，不知不觉忘了移步，同学们走远了，小薇跑回来叫她快走，这才恋恋不舍地和她一起追上同学们。

接下来大家游览了“小秦淮河”。

乾隆皇帝下江南的御码头就在那儿，那里可以划着船去吃早点，游瘦西湖，大明寺，因为冶春茶社就在小秦淮河上。出来以后顺便到了东关街一游，那里有各种精致的小吃。扬州素以美食著称，那里和“小秦淮河”边一样，有烫干丝、三丁包、蟹黄包、蒸饺、汤包、烧卖、油糕……应有尽有，让同学们大饱了口腹。此后二十多年，梅子先后到扬州不下十次，但每次都是行色匆匆，没有到其他任何景点去游玩，但每次都要抽出时间到东关街去，买几件绣着兰花梅花的粗布棉布做的精致的家居服，还有各色糕点，带回家孝敬母亲公婆。

同学们还看了古城墙。扬州城墙，历经千年，由于战火、屠城的毁坏，以及人为无知拆毁，尚能让人见到城墙之残存，是扬州之幸。其城砖比之南京明城墙城砖小巧精致，显现出古代能工巧匠建设风格。但愿，先人留给的财富，后人倍加珍惜。

随后游览了大明寺、个园等，还听导游讲了扬州八怪、板桥竹子等。

天色已近黄昏，谷老师召集大家回住处，简单吃了晚饭，洗漱入睡。朦胧中有人敲门，不知是哪位出去约会刚回，梅子迷迷糊糊起来开门并没看清是谁，咕噜一句赶紧洗洗睡吧，倒头又昏昏然，这也是梅子第一次在外面第一晚睡觉就睡着了，可能是坐船晕船又很劳累的缘故吧，总之，是闻着琼花的清香沐浴着春风酣然入睡了。

第二天是五一节了，农历三月二十九，是个特殊难忘的日子。大家起早赶车到镇江去。

镇江市位于长江三角洲北翼中心，北揽长江，西接南京，南与常州、无锡、苏州串联构成苏南经济板块，处于上海经济圈走廊，长三角重要的港口和旅游城市。镇江是个优秀的旅游城市，与扬州仅有一江之隔。镇江交通方便，随着润扬大桥的建成，镇江旅游业也迈出了更大的一步，吸引着更多的人前来镇江旅游。

但二十多年前的镇江可没有这么发达，城市街道到处是补丁，房屋破旧。大家上午游览了北固山公园、焦山古炮台，下午到金山公园去。就在去金山公园的途中，可怕的一幕发生了：

同学们站在站牌下等公交车，梅子看见地上有人扔了垃圾，顺手捡起，放到旁边的垃圾桶里，转眼工夫，待回身一看，公交车已开走了，她惊慌地跟着车跑，哪里还能追得到呢?!

梅子真是吓坏了，六神无主，那时候没有手机，没法和老师同学联系，她一个人害怕地淌下泪水，听天由命地沿着公交车离去的方向走去，因为都是跟着大家走，她又不是班干部，并不知道下一站要到哪里停车。

梅子到现在都不知道，当时那么多人，难道就没有一个人看到她丢了，没有上车吗？这件事像一条小小的青蛇，几十年来一直盘踞在她的心中，也许，自己就是那么不起眼的女生？无人注意罢了！

梅子一个人走来走去迷了方向，天快黑了，不知怎么，竟然走到了煤矿附近，也不知是煤矿还是钢厂，反正已经到了镇江的郊区了，那儿有一处很大很大的空旷的废旧场院，里面堆着很大一堆焦煤和废弃的钢铁，她像没头苍蝇一样到处乱窜，边走边流眼泪，不知老师有没有发现自己丢了？就是发现了，又到哪里找呢？

梅子穿着单薄的格子外套，害怕加上紧张，浑身瑟瑟发抖。

梅子一边哭着一边漫无目标地朝前走。无法和老师联系，附近也看不到人影。正在梅子绝望得濒临崩溃的时候，救星来了。

这时，一辆黑色的轿车在她身边停下，一个干部模样长相清秀的青年男子走下车，喊住梅子，介绍自己在市政府工作，是一个重要领导的秘书。问明情况后，说镇江最好玩的地方是金山公园，既然你们明天要走，最后肯定要到金山公园去。漂亮的男子可能对梅子一见钟情，留了地址给梅子，希望以后能常联系。回到学校后，梅子居然真的接到了他的信，承诺将来可以帮梅子在镇江找工作，可惜那时梅子心思单纯，一门心思想回老家，回报培养自己上学的哥嫂，没有给他回信。以后又陆续来了几封信，梅子都没有回，渐渐也就不再来信了。梅子就这样错失了一次可以到镇江工作生活的机会。

他开车把梅子送到公园门口，同学们都进去玩了，而谷老师和班长、大江、邹祥等几人正焦急地向门口张望，一边商量办法，如何寻找梅子这迷途的孤雁。

看梅子归来，谷老师如释重负地舒了一口气，邹祥上前给了梅子一拳：

“怎么这么没用?”

梅子再也控制不住委屈，失声痛哭。老师赶紧制止邹祥：

“好了，好了，回来就好，吓死我们了!”

梅子回头再想感谢送她回来的人，哪里还有人影？黑色的轿车卷起一片尘烟，呼啸而去……

多少年了，梅子始终忘不了那个好心人，每到一处寺庙，她都会为他祷告，愿好人一生平安!

话说回来，如果是发生在现在年代，说不定还不敢坐陌生人的车呢!

梅子跟随老师他们到了金山寺，心里痛恨着法海的无情，同情白娘娘和许仙的凄美爱情，在娘娘像前“扑通”跪下：

“请娘娘保佑我一生平安，任何时候都能逢凶化吉!”

晚上回到住处，感谢老师记得今天是梅子的生日，他出去转了一圈，自己花钱买了一包蛋糕，那时没有奶油蛋糕，就是鸡蛋糕，分给几个女生算是替梅子过了生日。

梅子感动得无语凝噎，觉得那是她这辈子吃过的最好吃的蛋糕了!

第二天大家一行乘车到了无锡，那里又是另一番美景了。

梅子只记得游太湖的事了，在鼋头渚坐快艇，风驰电掣的感觉，女同学们大声惊叫，梅子有恐高症，在快艇上感觉像飞上了天，吓得眼都不敢睁，那是她平生唯一一次坐快艇，以后到哪里游玩都只有看别人坐的份，因为当时的惊悸的感觉留在心里几十年，挥之不去。

天黑透了的时候回到了学校，大家累得筋疲力尽，洗漱完很快睡着了。

第九章　体考奥妙　世人皆知

“生命如水，潺潺流动，时而涟漪，时而波涛，每个人的生命的四季轮回里，总有花开花落，日出日落时，有时温柔了梦，有时滋润了心，留下许多深深浅浅的痕。既然我们生命的长度无法控制，那就应该好好活在当下每一个时刻，平安、快乐、健康、幸福！”

期末考试结束了，除了体育。

这几天，梅子真是愁死了，平时喜欢宅在宿舍里看书，不喜欢运动，就是上体育课也找出各种理由能躲就躲，现在要考试了才慌了麻爪。这可不像文化考试，可以临时抱佛脚，加班加点，身体素质的提高非一日之功。怎么办呢？上学期 100 米短跑就勉强及格，这次女生考的 800 米长跑和仰卧起坐都是梅子的弱项。

教体育的是来自北方的女老师汤平，1 米 76 的个子，身材结实饱满，身穿紧身运动衣，胸前堆起了两座山，大胆的男生常常看得目不转睛。她永远都是剪着运动短发，在运动场上健步如飞，那些男体育老师的精力也不如她，但她其实是个很温柔的人，眼睛很大，皮肤晒得黑里透红，鼻梁挺直，嘴唇红润，是个很健美的女子。但她不爱打扮，永远都是一身黑色或蓝色的运动服，二十八岁了还是单身一人。所以她最喜欢和女生交谈，每每上体育课，她让男生们自行训练，而女生们简单练了一会就可以缠着她问东问西。她是有问必答，简直就是一部百科全书，没什么难得倒她的。

后来，大家零星知道一些她的故事。

她生长在北方一个富裕家庭，上大学的时候也有一个苦恋了四年的男友，就快谈婚论嫁了，男朋友却在她到楚城来上班后，一声关照也没有就和单位处长的女儿闪电般结了婚，双双到美国留学去了，从此像空气一样消失。

汤平老师在家关起门睡了三天三夜，滴水未进，愣是一滴眼泪也没流。三天后起来，把和男友的所有往来信件烧了个干干净净，对悲痛担忧的父母平静地笑笑：

“爸，妈，你们什么也不要说，也别担心，我会照顾好自己！”

她留在了楚城，从此在她的生活里只有她年迈的双亲和梅子这些山月不知愁滋味的学生。

同学们非常痛恨她的男友如此薄情寡义和势利，也很同情她的遭遇，大家像爱姐姐一样地爱着她。平时常常拿她和这个老师那个老师相比，希望她早日走出悲伤，寻得知心爱人。但她对这一切毫无兴趣，只喜欢和同学们海阔天空地闲聊。

但最近管八七班的男生发现了一个秘密，就是上体育课的时候，老师的目光有意无意地向汪冬凝望，目光里有说不出的爱怜。

机灵鬼汪蛹说：

“冬子，汤老师看上你了！”

冬子的脸一下子红到了脖子根：

“别胡说！”

冬子追逐汪蛹满操场跑，汤老师目光紧紧缠绕他们奔波的身影。

上午八点，上课铃声响后，管八七班所有同学排好队向操场走去。

上午女生考 800 米，男生考 1500 米，女生先考，九个人分两组。

没有什么悬念，耗子像箭一样很快冲到终点，梅子跑到一半就腿脚发软，浑身直冒虚汗，脸涨得像紫猪肝一样，气喘如牛，恨不得停下来不跑了，同学们为她加油，汤老师焦急地喊道：

“梅子加油，不要慌！”

梅子咬牙坚持，双腿像灌满了铅，毫无知觉地在最后一秒跑到终点，自然是最后一名。

接着男生 1500 米长跑，按学号顺序，六人一组，“建八七”的体育老师葛静言发令枪一响，同学们发力向前跑去，终点处，汤老师在记时。

一批一批同学们都跑过了，没有不及格的，大江和冬子、赵坦、哒哥、阿飞和林子在最后一组。林子也是新阳城人，中等身材，五官端正，说话慢声细语像个学究，所以后来做了老师，走路也慢慢叽叽的，性格温良。

葛老师发令枪一响，他们六个像离弦的箭一样飞了出去。渐渐地，林子的体力不支，落在了最后边，阿飞倒数第二，大江倒数第三，快腿马驹理所当然跑在第一，冬子第二，哒哥第三。

绕操场一圈是 500 米，大家跑得是上气不接下气。第二圈刚开始的时候阿飞就像鸭子一样摇摇摆摆跑在了最后。冬子前后看看，第三圈快到终点时，作冲刺状跑到汤老师跟前，汤老师举手示意，真不知老师到底是有意还是无意，宣布冬子跑了第一名。其时小马驹也冲到了终点，其余几个还有一圈才陆续跑到终点，林子勉强在最后两秒跑到终点，但阿飞就没那么幸运了，快到终点的时候体力不支，晕了过去，可能是平时身架大，饭食差，营养不良加上剧烈运动，一时急火攻心所致。

大家慌了手脚，急忙把阿飞送到医务室抢救，好在有惊无险，阿飞在输了一瓶葡萄糖以后悠悠醒来，记得医药费还是汤老师给的，阿飞的体育成绩汤老师当然不忍心让他不及格了。冬子就这样匪夷所思地得了第一，马驹子大呼奇怪：

“我明明比冬子跑得快，怎么他得第一？”

耗子也觉得奇怪，这个谜也许冬子能解，也许汤老师能解。从此耗子对冬子又刮目相看了。冬子是一号种子的话也悄悄传开了。

下午是女生考仰卧起坐，男生自由活动。

九个女生考得很快，汤老师在旁边监督，一个人仰面躺在垫子上，双手抱头，一个人按住双腿，上半身来回坐起躺下，每分钟要坐 50 个。其他人都顺利完成，梅子挨挨蹭蹭地磨在最后，蔚蔚按住她的双腿，样子帮她数数，眼看一分钟时间快到了，才做了四十，汤老师转身到门口张望了一下，样子大声说：

“四十八、四十九、五十！一分钟刚刚好哎！”

梅子暗笑着瘫在垫子上，汤老师朝她们意味深长地笑笑，大声宣布：

“全体过关！快回宿舍洗澡休息去吧！”

女生们高兴得像欢乐的燕子，一路嘻嘻哈哈地向宿舍而去，尤其是梅子，更是开心，又混过了一关!!

第十章　顺鸡故事　啼笑皆非

“如果说人生是五彩缤纷的，那么青春必是其中最绚丽的一抹；如果说人生是动静交融的，那么青春必是其中最活力四射的一份。”

“不要责怪自己的轻狂，那是年轻最明亮的标记；不要自卑自己的浅薄，经过岁月的打磨，你会得到满载的智慧和经验。”

“把尘封在心底的灰暗扫出门去，让生活随着你的脚步翩翩起舞！”

考试结束，大家一下子卸下了心里的重负，欣喜若狂。

周六下午，很多同学就不见了踪影，逛街的逛街，洗澡的洗澡，打球的打球……教室里只有寥寥几个书虫了。谷老师到教室瞟了一眼，无可奈何地笑笑走了。剩下的几个见老师走了，也觉得索然无味，收拾书包回了宿舍。

吃过晚饭，302 室的男同学们相约一起去看电影，外带上 301 的猛子，力哥请客。

电影院在距学校约一里路的淮海路头左边。那时正流行电影《欢颜》，几个男孩子对里面缠绵哀怨的故事不大感兴趣，好不容易熬到电影结束，蜂拥着出了电影院门。

阿京提议：

“他妈的，学校清汤寡水的晚饭早随几泡尿没了，不如到阳春面馆去喝酒吧？”

大家说好，但猛子开玩笑说：

“也不能都让力哥一个人掏钱呀，你负责下酒菜好不好？”

精明古怪的小乌鲸挠了挠头，不好意思地闭口不言了。

力哥大度地说：

“好了，好了，猛子你就别为难他了，我都请，我都请！”

也许是天助阿京，几个人拐过淮海路头，向西沿大治路向北京路上走去。

走着走着，猛子发现阿京落在了后边。他回头催促他快走，阿京摆摆手，蹑手蹑脚地沿制药厂的墙根走，猛子好奇地跑到他身后一看，原来不知谁家的一只大公鸡，正沿墙根六神无主地东张西望，估计是药厂谁家圈养的鸡跑出厂门，现在找不到回去的路了。

今天碰到了阿京也算是孽缘吧!

阿京悄没声息地跟在公鸡后边,公鸡丝毫不知危险已经逼近。

猛子在后边捂着嘴笑。

及至走到药厂大门垛边,公鸡一头闯进了门垛下的小洞里,阿京暗笑:

“乖乖!真听话!真有趣!”

阿京想都没想,伸手进去把大公鸡掏了出来,公鸡死命挣扎。

“喔喔喔”地鬼叫,吓得阿京赶紧用衣袖捂住它的嘴,无奈还是发出叫声。

阿京怕叫声惊动了药厂看门人,狠狠心,一手攥住鸡脖子,一手攥住双腿,来个九十度逆转,公鸡很快没了声息,死了!

阿京吓得瑟瑟发抖,猛子上前抱住阿京安慰他:

“不怕,不怕,你不是故意的!”

说完了又觉得不像,自己“哈哈哈”笑了起来,阿京哼哼着给了他一拳。这时,走在前面的几个同学感到了异常,都回过头,看到了刚才的一幕,催促阿京快跑。

一行人抱着已经断气的大公鸡,一路赌咒发誓不许说出去,气喘吁吁地来到北京路上的阳春面馆,请老板帮忙把鸡炖了,谎称是在亲戚家拿的。

老板半信半疑地接过鸡子,一边打量鸡子,奇怪谁家会给一只死鸡,会不会是瘟鸡?一边狐疑地在每个人的脸上逡巡。阿京努力挤出笑容,装出一副满不在乎的样子。

做饭反正有人给钱,老板遂不再多问,赶紧收拾干净剁好洗净,放进大铁锅里,洒上八角花椒葱蒜生姜盐,倒进漫过食材的清水,放在炭炉上炖着。

在等鸡熟的时候,力哥点了花生米、油豆腐、蒜黄炒肉丝、清炒小白菜,每人一瓶啤酒,一碗阳春面。

阿京一言不发,拿起啤酒瓶,拔掉瓶盖,一口气“咕嘟咕嘟”把一瓶啤酒喝了个精光!

大概是太紧张了,也许是为自己的荒唐后悔,也许是觉得对不起鸡子吧?

力哥无奈又给他要了一瓶啤酒,猛子连说:

“不能喝这样猛呀!”

很快,满屋飘荡着鸡肉的香味。

鸡炖熟了,几个人猛吸着口水,眼巴巴看着老板,催着快点盛出来。老板笑哈哈地说:

“小哥们啊,再急,也要等熟透了才好吃呀!”

“熟透了,熟透了!”

唉,在那个物资还很匮乏的年代,几个人能饱餐一整只大公鸡,实在是多么奢侈的一件事呀!

面馆老板可不顾迫不及待的同学们，慢吞吞直等到鸡熟透了才盛出来，满满一大乌盆呀！

出锅的时候，老板又在盆里撒上一把香菜、茴香，几个红辣椒，那更是色香味俱全。端上桌，几个人风卷残云，很快把一大盆鸡子吃了个精光！

而阿京，却一口没吃，闷头喝酒，只是把猛子夹给他的鸡头反复拨溜来拨溜去，真不知他心里到底想的是什么？也许真的觉得深深对不起可怜的鸡了！

吃饱喝足的同学们可没人顾虑阿京的感受，力哥付完钱，一路打趣着阿京。

大家兴高采烈地唱着赵传的流行歌曲：

“我很丑，可是我很温柔……”

阿京却像霜打的茄子一样一声不吭，可能在阿京善良的心里，这件事会留下很深的阴影吧？当时也许是鬼使神差，其实谁没年轻过呢？年轻时谁没干过荒唐事呢？何况在那半饥半饱的年代！

他在心里默念小诗一首，算是对枉死的公鸡有了交代：

祭奠公鸡

我本善良
无意要你离开亲娘
谁叫你贪玩不知回府
着急忙慌撞到我的枪口之上

夏虫已亡
黑夜静悄悄有点迷茫
倦鸟归藏
天籁无处听尔细话凄凉

每年今天
我会带着几把高粱来祭奠你
那上面有你几缕颤抖的羽毛
还有我追悔莫及的哀伤

火光也许会惊动了风之灵
带着你的魂魄
化作蝴蝶翩翩地飞舞
亦如生时你在墙垛下拼命地挣扎

我知道
你独自居住在黑暗中
有多么孤单害怕忧愁
还有多少思念眷恋无奈

即使再寂寞，
我也无力回天让你重见光明
我只能一遍遍地向你说声“抱歉”
“鸡子鸡子请你原谅我！”

待到北雁南归时
秋实落地便是你重生的敲门声
让饱满多情的秋天为我们和解
等你来生我一定好好喂养你

这件事过去了好久以后，不知谁走漏了风声，全班同学都知道了，大家觉得是那么好玩有趣。小乌鲸在路上遇到了梅子，撒腿就跑，好像梅子会代替公鸡向他索命一样。

阿飞后悔得直拍大腿，都怪自己只关心耗子的行踪，没有和他们一起去，少打一次牙祭呢！

第十一章　送别阿京　依依不舍

“奋斗的路上别总急着奔跑，偶尔停下来，听听生活的道理。”

“该记的记下，该忘的遗忘，来的期待，走的目送。不以物喜，不以己悲。恬然若处，冷暖自尝。”

六月炎热似火，瓦蓝的天空没有一丝云彩。

傍晚了，太阳还像火球似的，烤得大地滋滋冒烟。天热得连蜻蜓都只敢贴着树荫处飞，好像怕阳光灼伤了自己的翅膀。蝈蝈躺在草丛里叫声凄凉。

北京路两旁不规则的柳树像得了黄疸病似的，黄白色的叶子挂着尘土在枝上打着卷，枝条一动也不动。马路上发着刺目的白光，小摊贩不敢吆喝，生怕一开口热浪就冲进口腔。商店门口的有机玻璃招牌，也似乎给晒化了，店员躲在屋里用力摇着芭蕉扇，偶尔有淘气的孩子光着胳膊跑出来，母亲忙不迭地追出来把他拽进屋，汽车卷起的尘烟呛得行人快要窒息了……

宿舍楼的东侧有一大片土地，刚割过不久的麦茬里点的大豆已出了叶芽，但都被晒得耷拉下脑袋，委屈得无处申冤。

阿京一个人坐在田埂上静静地望着远方发呆，丝毫感觉不到酷暑难耐。

他的心里空洞而茫然：

今天是最后一天在“狗不吃”管八七了。今晚，班里要为他送行，明天学校就要放暑假了。而开学后自己就将是财八八的新生了。

阿京虽然一万分不愿意，但父母认为学财会，将来好就业，比空洞的企业管理有前途得多，家里经济条件也不是十分富裕，就是希望将来毕业了能找个稳定的工作就满足了，所以执意让他留级。阿京是个孝顺的孩子，不愿违背父母心愿，虽心里难过，但还是勉强答应了。能够留在财会系，得亏了他的小姨和校长是同学。小姨在一个大中午买了一大包礼品到校长家门口等了半天，等校长午休醒了才敲响他家的门，毕竟是老同学，校长很给面子，答应了她的要求，但礼物到底没有收，小姨也没有给乌鲸，寒着脸提到小卖部里退了。本来昌哥也想改学财会，但是又不想浪费一年时间，还没有门路，也只好想想作罢。

在管八七的一年，是难忘的一年，有欢乐有烦恼，阿京知道自己一辈子也不会忘记这一段记忆，老师和同学，兄弟姐妹一样的情谊，那些挥洒欢笑和汗水的日子……

正在阿京心里十分不得劲在这胡思乱想的时候，同宿舍的春子（春子大名韩春，来自滨城，憨厚老实，几乎没听过他大声讲过话）来喊他回宿舍，这时天已快黑了，西天的火烧云正大放异彩，晚风已悄悄刮起，天气陡然变得凉爽了许多。

回到宿舍，不由分说，俊子（徐俊，盐都人，中等个头，大眼睛，憨厚内向）拉着阿京就向食堂走去，阿京连连说：

“俊弟，我不去，没胃口！”

俊子也不多解释，只顾和春子一起把阿京连拖带拽地弄到食堂。

阿京一脚踏进食堂，一下子傻眼了：

谷老师包下了食堂靠门的两排餐桌，同学们各自把自己打来的饭菜一起摆在桌子上，302 室的同学们一起出钱买了啤酒，全班每人面前一瓶，要为阿京来个隆重的送行。

谷老师带领“狗不吃”所有同学一起站着迎接阿京，阿京再也忍不住感动和心酸，一任泪水哗哗地流下来，男儿有泪不轻弹，只是未到伤心处！

谷老师上前把阿京拉到自己身边坐下，替他抹去泪水，阿京像个孩子一样十分听话。

老师清了清喉咙：

“阿京哪，今天我们全班同学就在学校餐厅为你送行，虽然没到饭店去，但心意是一样的，全班同学到饭店去，费用很大，请你理解。”

阿京连连点头：

“谢谢谷老师！谢谢同学们！”

“但好在财八八就在我们隔壁，以后你有什么事还可以一样过来找我或同学们！你永远都是我们管八七的一员！今天就和同学们好好聊个痛快，但不许喝醉了，明天放假，要安全回家！”

他们可敬的老师，任何时候都不会忘了他的职责，不会忘了同学们的安全。

谷老师先和阿京碰了一杯有事先走了，留下“狗不吃”所有人。

没了老师的拘束，大家放开胸怀，一个个和阿京碰杯，简单的饭菜哪里够吃，每人一瓶啤酒马上就见了底，力哥很豪爽地拿钱让来自滨城的大个子郑昌和阿飞到学校小卖部去买。

所有人都喝得歪歪扭扭的，食堂大师傅催了一遍又一遍。

梅子端着酒瓶和阿京碰了一下：

“好好保重，阿京，你永远都是我们可爱的小乌鲸！希望你像鲸鱼一样坚强勇敢有韧性！”

阿京大着舌头：

“谢谢大侠！”

也许就是那时，“大侠”这个美名就不经意间流传出去了吧？

为什么叫梅子大侠呢？——因为梅子善良、乐于助人、侠义心肠。经常帮不会缝被子的男生的忙，偶尔有谁的衣服刮了口子，只要找到她，都会很热心地帮忙，所以人缘很好，大家私下里都这么叫。

女生们比较含蓄，稍稍喝了一点，剩下的酒就给旁边的男生代了。茵子不会喝酒，只抿了一口就把瓶子递给了班长，冬子主动把媛媛和醇子的酒喝了，样子酒量不错，酒品也很好，说自己的任务自己完成。猛子喝了黎黎的酒，可能因为是老乡吧，就多了几分关心。跃子悄悄踱到小薇后边，不声不响地把小薇的酒瓶拿去了，学习委员群哥目光复杂地望了一眼（群哥也来自樊哙之乡）。倩倩的酒就被靠近的民子（陶民长得白白净净的，来自滨城）喝了。梅子无意找人带酒，仰起脸，“咕嘟咕嘟”一口气喝了个精光，大家怔了一下，接着欢呼：

“大侠厉害！”

这更印证了大侠这个称呼不是浪得虚名了。

阿飞想替耗子代酒，耗子高傲地说：

“你省省吧！我就是醉死了，也不会让你代酒！”

阿飞讨了个没趣，但满不在乎地说：

“不代就不代，只是不要喝醉了，真像耗子一样钻桌洞里去就好。”

耗子气得啐了他一口，阿飞摸摸脸嬉皮笑脸地回到自己位置上。

扬子看不下去了，主动要帮耗子代酒，耗子负气也一口气把酒喝光了，整个晚上一张小脸红红的艳若桃花了。

十点钟的时候，喝倒了几个男生，有人滑到桌底下去了。阿京也喝得坐那儿发呆，一句话没有。食堂管理员再次过来干涉：

“你们赶快结束吧！不然我要报告学校领导了！闹得太晚了。我们要收拾下班呢，热死人的天气啊！”

亏他一句话提醒，大家才觉得天气真的燠热啊。刚才一直忙着惜别喝酒都把炎热的天气忘记了，这会儿经管理员一说，顿时觉得各人浑身散发出难闻的汗味酸臭味，女生们一起要求：

“班长，快点总结，早点结束吧，明天还要回家呢！”

班长朝茵子含情地看了一眼。其实他巴不得早点结束好和茵子话别呢。

班长遂站起来声情并茂地说：

“时间不早了，明天还要回家。大家也喝得都差不多了，感谢力哥为我们提供啤酒。希望阿京到财八八后好好学习，好好保重。‘狗不吃’永远是你的家，我们永远是你的兄弟姐妹！也祝同学们假期愉快！大家拿好自己的东西回宿舍吧！晚上就不要再出去了，太晚了，注意安全！”

大家“扑哧”一笑，齐声说：

“班长，你先管好自己吧！”

茵子赶紧把头别过去。

阿京带着哭腔说：

“谢谢班长！谢谢力哥！谢谢管八七所有的同学们！我和你们同在！我们生长在同一片蓝天下，呼吸一样的空气！我永远不会忘记你们，希望将来你们也能记得我。我是你们永远的开心果！”

耗子也含糊不清地说：

“小乌鲸，加油！”

林春（来自灌县的老实厚道的男生）过来和阿京紧紧拥抱。

“好了，好了，大家都不要煽情了！明天才走呢！回宿舍吧！”

班长像撵小鸡似的赶着大家快走。

梅子走过阿京的面前，再次向他致意：

“阿京，未来的路很漫长，我们每个人都要好好地走！”

喝醉了的阿京被大江和魏子一路抱扶着向宿舍而去……

第十二章　插班之花　惊为天人

“真正的优雅，不是和别人一样，而是按照自己的意愿去塑造。时间，带不走真正的朋友；岁月，留不住虚幻的拥有。”

开学了。

结束了二十多天慵懒舒适的寒假生活，大家还没从家的氛围中调整过来，坐在教室里一个个哈气连天。

阿飞肆无忌惮地说：

“放假真他娘的舒服，懒觉睡个够，烤地瓜的香味还在鼻端飘着呢！”

耗子低声嘀咕：

“吃货！”

阿飞美滋滋地说：

“吃货就吃货！我说话耗子愿意接就好！”

坐在旁边从不多说话的闫君（徐州人）弹了他一指：

“阿飞不要挑事啊。”

阿飞无所谓地笑笑：

“没事！耗子才不会生我的气呢。”

耗子双手捂住耳朵作厌恶状。梅子无语地看着阿飞胡闹。

正在大家七嘴八舌逗弄阿飞的时候，谷老师昂首挺胸大步走进了教室，在他的身后一前一后跟着两个女孩。

全班同学的目光一下子全被吸引了。

这两个女孩可真是人间尤物啊：

走在前边的女孩身材高挑，个子大约 1 米 70 左右，长着一双美丽忧郁的大眼睛，高高隆起的鼻梁，密密的长长的两排睫毛像两把小刷子，忽闪忽闪的，勾人魂魄，浓浓的眉毛充满着豪气，身穿色彩艳丽的加厚连衣裙，棕色的高帮皮靴，浑身散发出一股浓烈的异域风情，夺人眼目。

另一个却和她有天壤之别，完全是一个小鸟依人的江南水乡女孩：1米58左右的身高，皮肤白皙细腻，挺直的小鼻梁骄傲地长在如诗如画的小脸上，眉毛弯弯的像一弯新月，眼睛不大，但很明亮，水水的，泫然欲泣的样子，看起来楚楚可怜，让人一见顿生爱怜，想要把她抱在怀里给她温暖的感觉。她身穿一身纯棉的白色套裙，外加一件紫罗兰羊毛短大衣，整个一个丁香花样的美丽女孩！我见犹怜呀！

全班同学看得眼睛都直了！

谷老师在哪里弄来这两个宝贝？活像仙女降落凡尘，让死气沉沉的"狗不吃"顿时蓬荜生辉，暗流涌动。就连老实巴交的来自滨城的军子(刘军)都低声嘀咕：

"真的好美呀！"

顽皮的蛹子更语出惊人：

"来了两个阆苑仙葩！"

阿飞口出狂言：

"呱呱呱！这两个虽美，但还是不如耗子，耗子无人能及呀！"

大家哄堂大笑。

耗子恶狠狠地瞪着阿飞：

"无可救药！"

唉，这也许就是情有独钟吧！

全班同学的笑声经久不息，谷老师制止了三次方才停下。

可能"狗不吃"的男生看惯了本班这些相貌平庸的女同学，把压抑太久的情绪借机宣泄了出来，好多个男生心里差不多会想：

"乖乖！这才是我的梦中情人呢！"

来自项王之乡的调皮的王庆居然发出夸张贪婪的"啧啧"声，他是个中等身材的性格开朗的人，个性很有英雄遗风，豪迈慷慨，平时很讨女生欢心。

大家再次发出欢快的笑声。

站在前面的两个女生，高个子的面不改色，若无其事，矮个子的羞得面红耳赤，头低到领口处了。

谷老师有点不快，大声制止：

"大家不要笑了，你们不觉得这样很失礼吗？"

大家看老师生气了，使劲憋住笑，其实有多大事呢？大家就是觉得好笑嘛！

"我来给大家介绍一下，这两位是我们班新来的同学，高个子的这位是来自新疆的古雪莲，他父亲是楚城人，母亲是维吾尔族人，随父母工作变动转学来到楚城。"

怪不得！原来是混血儿！

"个子矮点的这位来自姑苏，名叫楚云锦，也是随父母转学来。大家以后对两位新同学要多多照顾！她们不住女生楼，走读。"

云锦，多么美丽的名字！和人一样让人产生无限遐想！配上楚楚可怜的姓，她父母可真会起！

跃子迫不及待地说：

“一定好好照顾！好好照顾！”

来自楚城的倪冰冰情不自禁地吹了一声口哨。

阿飞起哄：

“跃子看上谁了？高的还是矮的？”

跃子羞红了脸：

“你管得着吗？”

全班男生跟着起哄：

“跃子喜新厌旧，要觅新欢了！”

跃子恨不得找地缝钻进去，自己一向低调，从不多言，平时只是老远地跟在小薇和媛媛后边痴望，今天怎么会失态多言，让同学们笑话？

谷老师看大家闹得不像话，遂板起脸：

“好了，好了！不许笑了！席君和赵坦，你俩到前边总务室去，那儿有张桌子，还有两个凳子，搬来给她们坐，我安排过了。”

席君答应一声，和赵坦去了。

两个大美女就在讲台边站着等，接受全班同学的目光检阅。梅子敢说“狗不吃”的男生可能长这么大，也没机会这么肆无忌惮地盯着女孩子看吧？一边看还一边窃窃私语，评头论足。

谷老师无奈，一个人踱出教室，站在门口张望，心里大概希望席君他们快点来吧！

两个女生的表现可大相径庭：

雪莲无所畏惧地迎着男生们的目光，在全班同学脸上逡巡，目力所及，碰到冰冰，死死盯住他看，吓得冰冰赶紧低下头，雪莲嘴角不自觉地露出了微笑，和冬子目光纠缠了一下，冬子像受惊的兔子赶快低下头，雪莲再次微笑，眼光从阿飞头顶掠过，定格在周飞脸上，目光深邃，不置可否地笑笑。周飞有点芒刺在背的感觉，但还是很勇敢地承接了雪莲的目光，彼此眼光流转，情愫顿生，在心里订下了三生约定。

而云锦是那么羞涩的女孩子，一直把头低着，不敢向大家张望，来自湖城的活泼好动的孙君，大声唱道：

“掀起你的盖头来，抬起你的眉头来，让我们看看你娇羞的面孔呀！”

“狗不吃”所有的包括新来的两位同学，再也绷不住了，笑声震动了屋宇。

管八六的钱江老师听到这一阵阵笑声，止不住好奇，踱过来探问究竟，也想趁机看黎黎一眼。

谷老师赶紧把他推开：

“没事，没事！就是来了两个漂亮的女同学，大家在欢迎呢！”

钱老师想伸头看看，被谷老师硬是推回去了。

正在谷老师感到烦躁的时候，班长和赵坦把桌凳子都搬来了，就放在靠近讲台最前面一排边上。阿飞叫嚷：

"到我这边坐呀！"

昌哥给他一拳：

"怎么？想改弦易辙呀？没定性！"

阿飞伸了伸舌头：

"不能啊，不能！任谁都不能和耗子比！"

"那不结了？赶快老实点吧！"

阿飞无所谓地继续起哄。

谷老师过来安顿好两位女生坐下，教市场营销的卫老师就走了进来，谷老师离开教室回办公室去了。

卫老师开始给大家讲课，但时不时有人叽叽喳喳小声说话，卫老师在黑板上写板书，回过两次头，还是有压抑不住的低语，从不发脾气、性格温厚的卫老师终于停下手里的粉笔，站在讲桌前：

"大家今天很奇怪，有什么重要的事发生吗？怎么都不认真听讲？你们班纪律一向很好呀！怎么？谁还想讲到外面讲够了再进来！不就是来了两个新同学吗？有什么好大惊小怪的?！你们唧唧喔喔说话，我辛苦讲课还有什么意思？你们都不知道尊重人的吗？"

看到从不动怒的卫老师真生了气，全班再也没有一个人敢讲话了。一个个正襟危坐，作认真听课状，但一堂课下来，到底听了多少，只有天知道了。

岂不知有多少男生的目光，一直在两位女生身后发出灼热的光呢！

而从此，两位漂亮的女生也就每天都会接受无数爱恋的目光洗礼了。

梅子后来听人隐隐约约地讲，雪莲和云锦转学来也不是容易的事，毕竟大学不是中小学，是动用了相当的关系才办成的呢。当然，这也不是她要关心的事。

梅子注视着卫老师清瘦的身影，心里感到无限凄凉。

和卫老师深交，缘于一次偶然的机会。她是"狗不吃"的营销课老师，每次上过课就走人，来去匆匆，但因为她长得漂亮，说话温柔，讲课条理清晰，同学们都很喜欢她，但每次班级聚会，都请不到她。大家私下悄悄说她清高，大上海人，高干家庭，三十多岁了还孤身一人，像云端的仙子，不食人间烟火。

有一次，几个同学又在一起瞎议论，被谷老师听见了，他很生气地告诉他们：

"不许背后议论老师！事实不是你们想的那样。卫老师身体不好，生了一种病，不能乱吃东西！"

"什么病？"

"不要瞎打听。"

谷老师不安地离去,更加激起同学们的好奇心和担忧。

一个周末的下午,其他女生都出去约会去了,梅子一个人忽然想起卫老师常常一个人在办公室看书,就悄悄洗好两只苹果,想去看看她。

刚走到回字楼下边,就听楼上有人喊:

"快来人呀!卫老师昏倒了!"

梅子吓得三步并作两步一路狂奔上三楼卫老师的办公室。只见她面色苍白地躺在长椅上,气息微弱。梅子和两个外系的老师手足无措,正不知如何是好,卫老师悠悠醒来:

"谢谢你们!不要怕,我没事,梅子,把我办公桌抽屉里的药拿来。"

梅子赶紧拉开抽屉,一瓶白色的药丸赫然出现在眼前,只可惜瓶上都是外文字,梅子可怜的外语水平匆忙之间并不能看得懂。

梅子赶紧把药丸倒出来三颗喂给老师,卫老师吞了两颗,喝了一口水,哑声说道:

"几位老师请回吧!谢谢!梅子留下陪我。"

就这样,从此后,梅子和卫老师成了无话不说的好朋友,虽是师生,却情似姐妹,那些难解的心事,痛苦的忧伤,委屈与辛酸,统统说给老师听,在她那儿总能找到安慰。只可惜,粗心的梅子却始终没问出老师的病情,偶尔问起,她只是轻描淡写地说没事没事,小病。可如今,听说病魔已侵入她的心肺,老师将不久于人世,这叫梅子情何以堪?!

第十三章　春光明媚　书画展览

“不管多险峻的高山，都会给勇敢者留一条攀登的路。多看一本书，多做一件力所能及的事，你离成功就会更近一步。”

正是阳春三月好时光，到处是桃红柳绿，莺歌燕舞，蝴蝶在花间自由自在地翩翩起舞。

“春风拂面杨柳风。”这是学校最美的季节。虽然南北路两旁依然杂草丛生，但和煦的春风送来醉人的花香——回形楼门前有一个小小的花圃，那里种着玫瑰、月季、金菊、白玉兰、夹竹桃……还有一棵大大的海棠，是女生们闲暇时最爱流连的地方。

梅子一直遗憾，学校有那么多荒地，为何不建一个大点的花园，现在想来，敢情那时学校的经费也很不足，荒地还要等着建设呢。

嫩绿的小草已偷偷地织成了地毯，把冬天冻裂了的丑陋的大地覆盖，翠鸟在柳树上高唱“春之赞歌”，杨柳随风舞动着柔软的腰肢。

周五晚自习快结束的时候，班长站起来：

“大家注意了，说个通知，明天上午 8 点整，在学校图书馆门前的广场上，举行本校本届第一次书画展，有作品的同学赶紧和校学生会文艺部联系。我们班魏子和阿明的作品已经送去了，所以请大家明天一起去参加会展。”

班长刚讲完，小马驹带头鼓掌：

“魏子和阿明真牛哦！”

阿飞也跟着起哄：

“耗子，我明早等你一起去啊！”

“神经病！谁和你一起去！”

阿明是楚城人，学名朱俊明，和红红同桌，在梅子的后排，他们俩都喜静不喜动。阿明中等身材，浓眉秀目，长得清爽，喜欢画画和写字，尤以书法见长。梅子的表哥当时是印刷厂的管理员，给了她许多高档的稿纸，所以经常拿给他用。他写的字刚劲有力，当时梅子就想，假以时日必成大家，后来不知怎么成了金融家了。

红红学名梁光红，和阿明同城，个子很高，长得清瘦，和阿明一样，不喜欢活动，下课了从没看到他出去玩。不是待在座位上写字，就是坐那儿发呆，是个老实憨厚的男孩子。他和阿明感情深厚，三年同学，从来没见他们有过一句争执，非常默契的一对同桌。

周六早八点，同学们按时来到图书馆门前广场。

广场上已是人山人海，全校几乎所有师生都来到这儿看展览了。从南到北一溜长排放着条桌，上面铺展着全校各个年级的学生，还有老师们的书画作品。

有素描、国画、油画，画山水的，画花鸟虫鱼的，画人物肖像的……

还有一个同学画了人物写真，这在那个思想还相对保守的时代，无异于一石激起千层浪，画作刚一摆出来，就有人跑去汇报给了校长，说作者动机不纯，思想不正，无限上纲。校长倒很开明，说：

“这是艺术，不要大惊小怪，毛主席还提倡百花齐放、百家争鸣呢！”

告密者碰了一鼻子灰，灰溜溜躲在人群里死盯着写真看。

阿明参展的作品是一幅山水画，高山流水，清新脱俗，配自己题的小诗，工整的行楷，画美字更美。

魏子是把自己反复酝酿了几个星期，才落笔画好的一幅《梅花傲雪图》拿来参展了。他一步不离地站在画作前，生怕被人弄坏了，足见他对这幅画的珍爱程度。

这幅《梅花傲雪图》：

冰天雪地里，世界一片银装素裹，几枝寒梅，傲立雪中。一眼看去，顿觉奇梅飘香，傲雪凌霜。画作的意思旨在歌咏梅花迎寒风、傲飞雪的姿态，使人看后不禁为雪中的梅花所陶醉。

梅子久久立在画作前不肯离去，头脑中不由自主想起南北朝诗人阴铿的《雪里梅花诗》：

春近寒虽转，梅舒雪尚飘。
从风还共落，照日不俱销。
叶开随足影，花多助重条。
今来渐异昨，向晚判胜朝。

这首小诗，语言平易朴实，然而又给人清新明快之感。状物写景都极为细腻，以梅花傲雪开放到随风与雪飘落，以及花落放叶之状、花儿多变等都写到了，让作者观赏到了雪里梅花的千姿百态，创造了美的意境，给人无尽的想象和美的感受。

而魏子的这幅《梅花傲雪图》和这首诗竟有异曲同工之妙，也让人感到一朵朵傲然开放的梅花，或红或白，或粉或黄，在漫天飞雪的映衬下，色彩是多么分明。这梅花，充满着多么顽强的生命力呀。望此景象，怎不令人顿生敬意?

梅子在这幅画前流连忘返，好想向魏子把它要过来，因为她叫梅子，自小就喜欢梅花，自己也一直希望像梅花一样坚贞不屈。

梅子和小薇一起，草草地把其他所有作品浏览了一遍，又回到了魏子的画前，盯着画赞不绝口。大概魏子看出了她的心思，遂问她：

“梅子，你是不是很喜欢这幅画?”

“当然了，非常非常喜欢啊!”

梅子不好意思开口，魏子倒很善解人意：

“看你这么喜欢，那就送给你好了！好东西送给看得懂的人(估计魏子不好意思说知音吧)，其实我也很喜欢这幅画。”

梅子很为难，君子不夺人之所爱，但她是真的喜欢呀!

“魏子，这样好不好？你把这幅给我，你自己以后再画一幅?”

魏子挠挠头笑了：

“好吧！送给你了！它也总算被珍惜懂它的人拥有!”

其实梅子也知道，世界上没有任何两片相同的树叶，魏子想画出和这一模一样的画作是不可能的。

看着魏子仔细小心地把画卷起来，用红丝线扎起，犹犹豫豫地递过来，梅子一把接过来，如获至宝，一迭声感谢着：

“谢谢！谢谢！我一定好好收藏着!”

在一旁的跃子也很喜欢，梅子生怕他抢了去，接过画一溜烟地跑回了宿舍，赶紧把它锁在了箱子里。

这以后二十多年了，梅子看过了无数画展，再也找不到这种感觉，觉得所有画梅的画作都不如魏子的《梅花傲雪图》，所有看过的画作在她的脑海里都了无痕迹。

在梅子的书房里只挂这一幅画，每每在疲劳困倦或者为生活所迫觉得快坚持不住的时候，就默默对着画作看，从中汲取无限力量，总能让她鼓起勇气，勇往直前。其间经历了多次搬家，扔掉的东西不计其数，但无论如何，梅子都把画作当宝贝一样珍藏着，只可惜，在最后一次搬家时，她因在外地出差，吩咐侄子一定要把画藏好，但在忙乱中不知给谁顺手牵羊拿去了，一起丢了的还有她收集多年的邮票。回到家梅子气得狠狠把搬家的人数落了一顿，她心疼的不仅是价值不菲的邮票，更是珍藏多年的《梅花傲雪图》，一是觉得对不起魏子，二是它已成了她的精神动力，成了她生活的一部分，她感觉一下子被人抽掉了大筋一样，痛苦惋惜了好久好久，恐怕此生再也得不到那么美好的梅花图了。

梅子一直很奇怪，出身书香世家的魏子，后来怎么没有成为画家却成了个商人呢?！人生是个难解的谜，谁知道呢?!

而在大家都在参观书画展览的时候，周飞和雪莲却手牵手在楚秀园里徜徉。因为，从雪莲插班第一天开始，就注定了和周飞不死不休的情缘。真可谓是有刺的玫瑰——暧昧地开。

周飞和雪莲相爱也有一番曲折呢！

“矜持，但双眸含秋十指带香，保持一种很有张力的距离感，是令男孩子们最头痛可又不得不紧追不舍的一种美妙状态，不爱你的人，看不出你刻意留下的距离；爱你的人，自会为这段暧昧有致可又伸手不可及的距离而兴奋不已，不要担心，男孩子们喜欢这种富有挑战性的征服。”

“百变女神”雪莲成了“狗不吃”的抢手货。

雪莲家庭条件很好，经济宽裕，父母只她一个掌上明珠。吃得好，把她养得珠圆玉润，每天一套不同的艳丽服饰，一个礼拜不带重茬。把全班男生的眼球差不多都吸引过去了，但一般人也就仅仅是饱饱眼福，无缘一亲芳泽。

雪莲习惯每天下课向后倚在桌子上，眼光在教室里逡巡，本身个子又高，目光在一个个男生脸上逗留一瞬，迅疾掠过，最后定格在周飞的脸上。

周飞是楚城郊区人，瘦高的个子，1 米 75 左右，面色苍白中带点暗黄，目光冷峻中带点残酷的意味，走路摇摇摆摆的好像来了一阵风就会被吹倒了一样，真不知道，健康红润精力旺盛的雪莲为何只对他情有独钟？这让“狗不吃”许多男生很不服气，几个人暗暗较劲，要和周飞一较短长。

周六下午下课铃声一响，蛹子一溜小跑到雪莲面前，递给她一张纸条，雪莲展开来一看，是蛹子请她晚上看电影，彼时最流行的电影是《欢颜》，里面哀怨缠绵的故事正适合谈恋爱的人观看。

雪莲把玩着纸条，似笑非笑地看着蛹子，不置可否。眼光却向周飞看去，周飞在桌子上匆忙地收拾着笔墨，他可没心情和他们玩猫捉老鼠的游戏。他是家中长子，自幼失怙，姐姐出嫁，母亲一个人带着妹妹，还有好几亩责任田要忙，这不，母亲早上就派人捎信来，让他回家帮着收麦子呢。

周飞整理好东西，脸色阴沉，一言不发地从雪莲身边扬长而过。

雪莲的眼光暗了下来，赌气地对蛹子说：

“好！我答应你！吃完饭六点前在电影院门口等你，不见不散啊！”

“哦！哦！蛹子和雪莲约会了！”

阿飞不合时宜地叫了起来。

蛹子可不管这些，小脸兴奋得直发光。

大江暗暗地摇了摇头。他和周飞同桌，周飞的心思他很清楚。

看完电影的蛹子回到宿舍久久不肯就寝，峰哥催了几次还在那神侃大山，许是太激动了，不停地感叹：

“雪莲真是太美了！我根本没看电影里放的是什么内容，都在偷看她了！她的侧面影更好看呀！刚毅俊美！美呆了！”

庆子戏语：

“有没有摸摸小手或者搂搂小蛮腰？”

蛹子遗憾地说：

“我倒是很想呀，就怕惊跑了她，以后连看电影的机会都不给我了！没敢碰呢！她一边嗑着瓜子一边看得可开心了，只苦了我，放松了坐怕碰到她不高兴，一晚上直挺挺坐着活像个僵尸呢！但就是这样我还是高兴得不得了，毕竟雪莲和我待在一起一晚上，也不知她用的是什么香水，真是香呀！也许就是雪莲的体香呢！”

蛹子越说越向往，好像自己抱住雪莲闻到了体香。

庆子一声断喝：

“别做梦了，睡觉！”

来自盐都的小马建不忘叽咕一声：

“真没用！”

蛹子遗憾地关灯睡觉，但一晚上都在烙烧饼，辗转到天明，根本没睡着。他是在后悔，在电影院里为何不敢抓住雪莲的手，也许她不会拒绝呢！蛹子就在这样后悔纠结的心境中迎来了东方发白。

礼拜天下午，周飞就回了学校，也许是心里有事吧，吃过晚饭，他从隔壁304室慢慢吞吞踱到303室，来到蛹子跟前，王顾左右而言他，最后才转弯抹角地问蛹子：

“昨晚电影好看吗？”

蛹子干脆大方地回答：

“不知道，因为我压根就没看电影，在那儿光盯着雪莲看了。”

周飞碰了一鼻子灰：

“没啥！没啥！大家都是同学，难得相聚，看场电影有个啥？”

蛹子不客气地说：

“我可是在追求雪莲呢！她又不是谁的谁！”

周飞闷不吭声地走了，硝烟陡起！

好不容易熬到周一，周飞早早来到教室，眼巴巴地等着雪莲到校，可是上课铃声响了，还不见雪莲的踪影。周飞坐立不安，一堂课都不知道老师讲了什么东西，一个字也没听进去。好不容易巴到下课，周飞像离弦的箭，一个箭步窜到云锦身边：

“云锦啊，你知道雪莲怎么没来学校的吗？她生病了还是怎么的？”

云锦睁大无辜的眼睛，小声说道：

“我怎么知道？她家又不和我家住一起！”

周飞失望地回到座位上，像霜打的茄子了。那时候可没有手机更没电脑微信哦！蛹子倒和平常没什么两样，反而更加兴奋活跃了，和阿飞打闹，妙语连珠。

周二早上，周飞早早吃过早饭，来到学校东门大门口，站在门北边向雪莲来的方向张望。

一个小时过去了，雪莲骑着她那辆簇新的二六紫罗兰凤凰自行车急行而来，周飞冷漠的眸子透出一丝亮色，稳稳地站在门边不动，但雪莲从他身边飞奔而过，像没看见他一样，他苍白的小脸一下子变得蜡黄。都说女人心海底针，两天没见，雪莲怎么变得这样无情了？居然对他视而不见？

周飞压抑着心中懊恼，若无其事地回到教室，坐在座位上一言不发。雪莲几次回头，他也像没看见一样，顺下眼皮，和雪莲斗智斗勇了。周飞最大的毛病就是心眼太小，他倘若能大度一点也许就不会发生那么多误会，害得雪莲差点和别人好了。其实雪莲骑车目不斜视，根本没看见他站在门旁，哪里是故意不理他的？小心眼的男孩子呀！

几次脉脉含情的注视，都遭到周飞冷漠的拒绝，雪莲的心冷了下来：

"你有什么了不起的？班干部算什么？个子高又怎样？家庭条件又不好，还那样骄傲，凭什么？想我雪莲花容月貌，追我的男孩子多了去了，哼！"

雪莲决计不再理他。

一上午安心在座位上看书学习，再没回头张望一次。

这可吓坏了周飞，自己故作姿态，惹恼了雪莲，怎么办呢？一上午一个字也没看进去。

好不容易熬到下课，周飞放下身段，来到雪莲的座位旁，云锦知趣地出去玩了。周飞挨挨蹭蹭地坐到雪莲身边，低声下气地问：

"怎么了？生气了？昨天怎么没上学的？生病了吗？"

雪莲猛可地站了起来：

"谢谢你！怎么？跟你有关系么？"

周飞一下子愣住了：

"犯得着生这么大气么？那天我回家确实有事啊。"

雪莲一跺脚走了出去，留下周飞一个人尴尬地坐在她们的位置上，教室里还有好多同学看着呢！

周飞恨恨地站起身，脸色铁青越发苍白了。

唉！女孩的心，绵里针呀，为了一点点小事，马上翻脸不认人。好吧，看谁熬过谁？

周飞悻悻地回到座位上，阿飞看不到火候：

"怎么啦？吃瘪了?!"

"去你的！"

周飞一肚子气正没地方发泄呢，狠狠给了没眼色的阿飞一拳，正好打在下巴上，也许是力度太大，阿飞的下巴被打得脱臼了，痛得"呜呜哇哇"地哀号。此事惊动了谷老师，谷老师很生气，把周飞找到办公室：

"你是班干部，遇事要冷静，你一向是很沉着的人啊，今儿是怎么了？带头在教室里打架，多难看，影响多坏呢！好在阿飞看了医生，把下巴复位无大碍，以后遇事一定要冷静冷静再冷静！”

周飞垂头丧气地回到宿舍闷头大睡。好在阿飞是个胸无城府开朗大方的人，一点也没往心里去，看周飞没吃饭，还帮着打了一份饭过来，来到周飞床前，把他拉起：

“起来吃饭了，再怎么生气，也不要拿自己的肚子开玩笑，饿的是自己，伤的也是自己的身体，我都没怪你呀！快吃饭吧！”

周飞懒懒地爬起：

“谢谢阿飞啊！我不饿！对不起阿飞，我不是故意的！”

“知道啦！你是失恋了。”

“你！”

周飞抡起胳膊又想揍阿飞：

“你猪啊！真是哪壶不开提哪壶！”

好在阿飞早有防备，一下子蹦出老远，嘻嘻笑着：

“没事啦，女人嘛，你再想法哄哄吧，女人是感情动物，都喜欢甜言蜜语，你放低姿态，态度诚恳向她认错，千万别发火，对那样骄傲的女孩，一定要有耐心，雪莲是和你赌气，又不是真的不要你了，你急什么？反过来，‘狗不吃’女生谁不漂亮？你又何必非要在一棵树上吊死？”

阿飞永远是阿飞！语出惊人：

“女人如衣服，旧的不去，新的不来！”

“废话！那你为何死盯着耗子不放？”

“我那是真爱情！非耗子不娶，海枯石烂不动摇的！”

“你就吹吧，你是追不到耗子的，耗子能看上你？看你将来还娶不娶别人了？！”

“你凭什么这么说我？我哪里不好？耗子为何一定看不上我？你倒是说说看哪！”

阿飞一听周飞说耗子一定看不上自己，马上变了脸，不依不饶地和周飞理论。

周飞心烦得要命，哪里有心情和他打嘴仗：

“好好好！我错了！你一定能追到耗子好了！你俩是郎才女貌、天造地设的一对，行了吧？”

“这还差不多！”

阿飞这才心满意足地回到隔壁自己床上，倒头呼呼大睡。

别看阿飞看起来二五呱嗒的，但说起爱情来一套一套的，周飞被他这样一搅和，反倒来了灵感。他一个鲤鱼打挺坐起来，三下五除二把饭扒到肚子里，洗刷完毕，到楼下借了看门大爷的破单车，一溜烟向废黄河边骑去。以后为了和雪莲约会方便，他从家里带了一辆破“永久”。

你道周飞是去干吗的？他曾经听雪莲说，她们新疆女孩没到过海边，她很想要一串美丽的贝壳串成的手链。周飞也没到过海边，他灵机一动，废黄河夏天涨水，有各种各样的蚬子贝类，串起来一定也非常好看。

周飞一顿猛骑，十来分钟就到了河边。

正是中午酷热午休时，四下无人，一片沉寂。周飞停好车，卷起裤腿，沿着河边在水里摸蚬子。摸了一米多远，还没摸到一个，周飞的心冷了，估计白忙活一场吧。就在他感到失望的时候，右手一下子触摸到一个硬硬的东西，拿起来一看，啊！好大的一个贝子！又白又亮！周飞激动不已，赶紧把贝子放在脖子上的塑料袋里继续努力。

一个小时过去了，离下午上课还有半小时，周飞终于摸到了三十个美丽的仙贝。他找来小石头把贝子一个个撬开，清去里面的肉，只留下壳，用黄河水反复地清理干净，如获至宝一样飞车赶回学校，还了单车，又借了大爷的小锉，在门口小卖部买了两根红绳，让大江帮他请假，谎说肚子不舒服。一下午就躲在宿舍里捣鼓他那些贝壳，在同学们放学前终于把两串美丽的贝壳串好了！

周飞信心满满地等着天黑！唉！饶是再坚硬的男子，在爱情面前都会变成弱智！

下课铃声终于响了，雪莲惊鸿一瞥，发现周飞没来上课，心里“咯噔”一下：

“这个家伙到底想怎样？上午揍了阿飞，气还没有出够么？”

她心情忐忑不安，决定不回家吃饭，就在学校食堂吃，反正还要上晚自习呢，回家也好跟妈妈交代。

其实雪莲只是一时和周飞赌气，自从第一天来到“狗不吃”，第一次目光和周飞相遇，雪莲就知道，这辈子和这个男子都会纠缠不清，也许这就是命运啊！

雪莲和样子一起来到402室拿存放在这儿的碗筷，到食堂吃晚餐。途中遇见周飞，其实周飞就是特意等在路边，因为阿飞早飞报他雪莲没回家，而是来食堂吃饭了，周飞窃喜，装着不经意遇到雪莲的样子，向样子羞赧地笑笑：

“你们吃饭去呀？”

样子哂笑他：

“你不废话吗？等雪莲就直说吧！”

雪莲低头疾走，并不理会周飞。

“还不快追？”

“等等我！雪莲，别这样！”

周飞紧赶几步追上雪莲：

“等一下，雪莲，我有东西给你！”

雪莲斜着眼看看：

“什么嘛？你能有什么好东西？”

只见周飞抖抖簌簌地从口袋里掏出自己的杰作——那是两串用鲜艳的红绳穿

成的雪白的贝壳手链！两手的食指和拇指都巴着胶布，那是挫贝壳留下的纪念。

雪莲陡然眼光发亮，一把接过手链，戴在手上左看右看：

“哪里弄来贝壳的？你又没到海边？你的手怎么了？”

周飞委屈地说：

“你不理人啊，我就到黄河里去摸扇贝，花一下午锉好的，手都磨破了！”

雪莲再也不好意思绷着了：

“你傻呀？谁让你弄的？看手破成这样！”

“只要你开心，手破了有啥？总比心破了好呀，以后能不能不要让我心碎了？”

雪莲暗笑着说：

“那可不一定哦！要看你一贯表现呢！”

“那你以后还和蛹子一起玩吗？”

“那又怎么了？同学一起玩怎么了？你对自己这么没信心呀？小心眼！傻瓜！”

雪莲一把抓起周飞的手：

“快点走，吃饭了！”

周飞一颗悬着的心总算落到了肚子里。

晚饭两个人打了好几个菜，自然吃得是眉开眼笑，蛹子在对面桌上目光闪烁地向雪莲张望，雪莲装作视而不见，只顾和周飞谈笑风生，蛹子狠狠地咽了一口唾沫，负气而去。

周飞和雪莲成了“狗不吃”人人羡慕的一对。

此时，两人在温暖的楚秀园里踟蹰，雪莲突然担心地说：

“飞，你身为‘狗不吃’团支部书记，班级集体活动都不参加，会不会有点那个？”

“哪个？”

“就是那个！”

“哪个嘛？”周飞故意逗她。

“就是有点不务正业啦！”

“才不呢！陪你就是最大的正业！”

“讨厌！”雪莲幸福地靠在周飞的肩膀上。

第十四章　文娱晚会　异彩纷呈

“记忆是一位带有太多偏见和情绪的编辑。它常自作主张地留下它所喜欢的东西,而对那些不尽如人意的事情充耳不闻。在这种剪辑下,玫瑰色的往事清晰如昨,一切美好的时光也被注入了神奇的魔力,不开心的日子慢慢消退,直至消失,只留下一片颇具魅力、朦朦胧胧的阳光岁月。”

紧张而有序的半学期很快过去了,期中考试一结束,谷老师就在班里宣布:

“期中考试过了,这几天课程比较少,为了缓解一下大家的紧张情绪,丰富一下文娱生活,经报校长办、管理系主任同意,我们管八七班决定这星期六,在学校礼堂举办文娱晚会,请大家抓紧排练,每个人都要上台,不能单独出节目的,以寝室为单位集体出也行,今天是星期一,还有五天时间,大家各显神通啊!”

此言一出,全班哗然:

“每个人都要上台?太夸张了吧?谷老师,我五音不全呀!”

“五天时间?太短了呀?新编节目再排练,哪里来得及?!”

文娱委员黎黎笑眯眯地说:

“没事呀!大家以前在中学里难道没搞过文娱活动吗?把以前的节目拿过来改改就能用了,只要是好玩健康向上的就行,不会表演的来个大合唱总行吧?”

真不愧是文娱委员,一语提醒梦中人。

大家吵吵嚷嚷地各自自由组合,商量出什么节目去了。

402室的女生们出了两个节目,一个是梅子和耗子的双人对口相声,另一个是歌曲联唱。

梅子和耗子翻遍了笑话大全,终于为自己找到了脚本。

这几天,所有同学吃过晚饭都在教室里、宿舍里、学校礼堂里组织排练,常常半夜还听到男生楼发出鬼哭狼嚎似的唱歌声,惹得其他班级的学生找宿舍管理员出面干预,而可敬的“狗不吃”同学们居然振振有词:

“我们练习也是为了大家嘛,也是任务呀,时间紧,没办法,请多多谅解呀!马上熄灯睡觉！马上睡！”

管理员一走，依然故我。而往往，学校的灯早熄了，宿舍里点的是蜡烛，为此还差点酿出了大祸：

粗心的庆子临睡前忘了吹蜡烛，睡着后不知怎么碰倒了蜡烛，把邻床来自滨城的忠厚仁义的泉哥（孙泉，中等身材，皮肤稍暗，木讷老实，来自东海之滨）的蚊帐，烧了个大洞。幸亏泉哥警醒，赶紧扑灭了火才没酿成事故，也没惊动楼管，只是把庆子吓得要命，以后再也不敢在宿舍点蜡烛了。傍晚和清晨都看到他在宿舍东侧麦田埂上吊嗓子了，他唱的可是《霸王别姬》，那可是英雄泣血之歌呀！

很快到了周六，大家觉得这几天日子过得可真快呀，晚上那几对鸳鸯也没人出去约会，都在抓紧排练节目。

晚饭过后六点整，小礼堂里济济一堂，来的不光是管八七班的所有师生，还有谷老师请来的校领导、管理系的所有老师们，以及其他年级闻讯而来的同学们。

大家把通道挤得水泄不通。

无奈，班长出面疏散，好不容易才把过道留出来。

如此热闹场面，把女生们紧张得要死。梅子和耗子双手紧紧握在一起，互相打气：

“不要慌啊，就按练习好的那样说，保证没问题！”

晚会由普通话好的文娱委员黎黎主持。梅子记得那晚，黎黎穿着一身浅色的紫罗兰套裙，画了淡妆，美得像百合一样。

第一个节目就是力哥的琵琶独奏。力哥身穿栗色休闲装，同色皮鞋，表情庄重，一改平时闲散的样子，神采奕奕地走上台。本来就长得很帅的力哥，此时显得更加出类拔萃，看得台下机八六的一个女生眼睛都直了。

力哥的演奏非常成功，弹的就是《掀起你的盖头来》吧，迷倒了不知多少痴情少女！

接下来是庆子和303室全体同学的合唱《霸王别姬》。说是合唱，其实就是庆子领唱，其他同学和。可能是为了都上台吧，因为实事求是地讲，让每个人都出节目，实在有点力不能及呀。谷老师这样安排，目的也是为了大家有归属感、集体感。

303室在器宇轩昂的班长带领下，昂首挺胸地走上舞台。

上台的时候出了点笑话，破坏了本是肃穆悲壮的《霸王别姬》的效果。

那就是蛹子的鞋子被走在后边的良子踩掉了后跟，他低头拔鞋，后边泉哥、峰哥（单峰，中等个，白净皮肤，是来自易县的憨厚纯良的男孩子）、冬子都太紧张了，根本没注意脚下，一下子连锁反应，通通被绊倒了。全场哗然，笑声震天。几个人好不容易爬起来，慌慌忙忙整好队，头脑中的歌词紧张得不知跑哪儿去了。愣了半天，庆子就是发不出一声。还是班长临危不乱，把庆子拉到一边：

“你别紧张呀！就是娱乐娱乐玩的，又不是参加什么比赛，静下心，唱呀，台下领导老师同学们都等着呢！你可不能让我们303室丢人呀！难道就这样灰溜溜下台呀?”

一语激起庆子的好胜心。他闭闭眼，感觉台下无人了，这就是进入了状态。他开口唱道：

“力拔山兮气盖世……”

声音洪亮高亢，很有点霸王的况味，全场掌声雷动，庆子一下子找到了感觉，一流似水地唱下去，其他人跟着和，效果超好。临下台，班长带领他们给台下鞠了几个躬，特别搞笑，大家开心地热烈鼓掌。

再接下来是梅子和耗子的对口相声。

梅子记得清清楚楚，那天，梅子感冒好几天，嘴被火气冲得起了两个大水泡。头一晚，小薇把针放在火上烧烧消消毒，狠狠心帮她把水泡挑破了，第二天嘴唇上就出现了红红的疤痕。梅子气恼不已，勉勉强强上了台，穿的是一件淡粉色的卡雀衫，那个时代最流行的服装，黑色的紧身裤，白色的平底皮鞋，那是和502室她的老乡死党闺蜜红菱，一起在花街花五元钱淘来的，头发是新烫的齐耳短发，素面朝天，没有化妆，估计嘴上有火泡，化了妆会更难看，画蛇添足，就这样不施脂粉上了台。耗子和梅子一样，清清爽爽，她还是穿着运动服，只不过把平时爱穿的银色换成了黄色，鲜艳的鹅黄色和梅子的粉红堪称绝配。

建八六那位一遇到梅子就盯着看的男生目不转睛地盯着梅子看。就在上一周，他还让人送了《欢颜》的电影票给梅子，请梅子去看电影，梅子根本没往心里去，更不会去，送个电影票还让别人送，有什么出息。

梅子和耗子说的相声中有几句是这样的：

“嫂嫂，沙发上棉纱线，来斗，来斗！”

这是梅子说的，意思就是：

“嫂子，沙发上棉纱线，拿来，拿来！”

耗子说：

“勿来斗，勿来斗！”

意思就是：

“不拿来，不拿来！”

这到底是哪里俗语，实在记不清了。

还有好多段子，年代久远记不得了，她俩表演得很入戏，自然大方，台下的听众听得可开心了，一个个都笑翻了，使劲鼓掌，阿飞嗓子都喊哑了：

“耗子好样的！耗子加油！”

这张嘴上有水泡的“剧照”至今还在梅子家里的影集里，每每端详，感慨万千。那如花一样的年华，梦一样的年轻记忆呀！

下面一个是402室全体女生的歌曲联唱。

排练的时候，九个女生是每个人唱一句，然后再一起合唱一遍，领唱是歌声美妙的黎黎。

选的歌曲是当时校园流行歌曲《秋千上的童话》。

排给梅子的那句是“秋千上的阳光在蹦蹦跳跳”，因为梅子的声音比较尖细，排练的时候被黎黎纠正了几次，还是不行，一唱出口就拔高了音量，很不协调，但也没人说不让唱，但到了台上，到她这句时，她们一下子合唱起来，梅子顿时红了脸，不知谁出的主意，其实应该事先对她说明，好让她有点心理准备，当时就觉得十分尴尬，心里很不高兴，觉得这事做得不厚道，后来整个合影“剧照”梅子都是沉着脸。

如今捧着这些照片看，往事历历在目，犹如昨天。

其实现在真觉得特别好笑，有多大事呢？不唱就不唱嘛！谁小心眼出的主意，明说就好了，何必偷偷？想必大家都知道，要不怎么心照不宣都唱了？呵呵呵！幼稚的青春岁月啊！但这件事还是给梅子留下了很深的印记，从那以后她从不上台唱歌，也许越是年轻时的伤害烙在心里的伤痕越深吧？

最后一个节目是全班同学的大合唱，谷老师也上台和大家一起，唱的是《黄河大合唱》，指挥当然是多才多艺的黎黎了。

晚会就在《黄河大合唱》雄壮的旋律中圆满结束了。

第十五章　知识竞赛　各显神通

“拥有梦想的人从不做选择题，他们只做证明题。”

“不管多险峻的高山，都会给勇敢者留一条攀登的路。”

管八七的文娱晚会结束后，学校接着要在下周六下午两点，举行八七级有奖知识竞赛。方式是各个班级出两个代表队，一队女生一队男生，各四名。在阶梯教室举行现场抢答，以班级为单位，按得分多少评出一二三等奖各一二三名，分别是奖证书一本和价值 100、80、50 元的奖品一份。

通知发出后，群情振奋，很多同学都跃跃欲试。大家都想在知识竞赛上崭露头角，如果能得奖，不但能提高自己在班级里的威信，更能在全校师生面前露脸。尤其是几个平时学习好的同学，更是在暗暗较劲，都想参加。学霸群哥平时深得谷老师喜爱，跑到老师面前毫不谦虚地说：

“谷老师，知识竞赛我要参加哦，保证给你拿到奖。”谷老师微笑不语。

耗子得到消息也第一时间冲到谷老师办公室：

“谷老师，知识竞赛这样考反应能力和知识储备的活动，怎么能少了反应敏捷的耗子呢？”

谷老师实在憋不住笑：

“耗子，你在田径场上反应敏捷，谁知道你在应答灯前反应如何？”

“那你到时候看好啦，我一定不会让您失望的。”耗子一下子急了。

“好好好！逗你呢！”谷老师好脾气地笑了。

其他同学也都跑到谷老师面前主动请缨，要求参加比赛，还有几个居然请外系的老师说情，要求参加。女生性格中的那点小心眼也充分暴露无遗，大都跑到谷老师面前申请参加。

谷老师感到既高兴又为难。高兴的是大家精神状态超好，激情很高，对集体活动十分热心，主动参与，为难的是差不多每个人都想参加，全班四十多个人，又不能都上台，选谁好呢？操作不好，怕冷了一部分同学的心，感到十分挠头。

最后还是聪明的黎黎给谷老师出了个主意，干脆让全班同学投票，谁得票多就选谁，男女生各选四个。

投票的结果是男生队员有学霸群哥、才子金子、秀才仲仲和小巧伶俐的健健，女生队员有黎黎、耗子、醇子、梅子。

梅子的学习成绩只是中等，本来知识竞赛也没她什么事，而且梅子性格安淡，也不愿出风头，更没有到谷老师那儿主动申请，可能大家知道梅子平时喜欢看杂书，知识面应该很宽，适合这种比赛。总之梅子是毫无希望地却被选上了，心里也有一点小小的激动，毕竟，同学们还是认可自己的。作为九个女生中唯一一个农村来的孩子，梅子平时一直小心翼翼地夹着尾巴做人，温良恭俭让，奉行得饶人处且饶人，只要不伤害到她的自尊，凡事得过且过，一般不和人计较短长。有时刻意把自己缩在自己营造的壳里，悄悄地把自己的锋芒藏起，用冷漠作为坚硬的屏障把自己笼罩其中，不想引起别人的嫉恨，招来不必要的烦恼。这可能是没有家庭背景的女孩子保护自己的一种手段，既自卑又自尊。工专三年，梅子小心地守护着自己的自尊和纯良。在父亲去世后，不知谁发起，全班给她捐款，梅子坚决地拒绝了。她觉得自尊心受到莫大的伤害，在班级讲台上只说了一句话："谢谢大家！我不需要！"便哭着跑回宿舍。这件事给梅子的伤害阴影，留在心里几十年，挥之不去。也许同学老师是好心，想给梅子以帮助，但对年轻的梅子是多么大的羞辱和委屈呀！贫穷并不可怕，可怕的是把别人的贫穷拿出来曝晒！所以，每当梅子在电视上看到有人给穷孩子资助，还让穷孩子在镜头前感谢，梅子都不忍目睹，赶紧低下头。岂不知这样是如何伤害孩子的自尊心呀！这份无奈屈辱会影响孩子一生。有的人也许会发奋图强，有的人也许会仇富，长大了干出匪夷所思的事情！不知道搞这些活动的人有认真地为这些孩子真正着想吗？何况梅子的家人再怎么辛苦，从来也没有委屈过梅子。梅子的吃穿用度一样不比别人少。反过来，梅子是当时班级穿着打扮很有品位的一个。二十多年后，机八六的一位学长看到梅子，第一句话就是"你是当时穿衣打扮最漂亮的女生"。梅子的委屈怨尤从没放下过，她只想平静地生活着。只有一次，小虫子无意中说乡下人这样那样，梅子听得格外刺耳，忍无可忍，和小虫子大吵了一架。事后想想，也觉得没有必要，毕竟小虫子生在城市，是父母捧在手心里长大的掌上明珠，她怎么能体会农村人的艰难不易？实在也没必要和她置气。

梅子怀着忐忑不安的心情，欢欢喜喜地坐在位子上。其他几个也都十分兴奋。

学霸群哥是他们班有名的书虫，中等身材，来自樊哙之乡，但他可不像樊哙粗鲁无知。他是一个文韬武略都在行的男孩，尤其是学习，不管哪门课考试，他是逢考必是第一，你不服气都不行，不管多难的题目，到他那儿，三下五除二就解决了，真不知他那脑子是怎么生的。

群哥心里也有深深的隐痛，高考志愿没报好，本来可以上一流大学的分数，一路滚下来，最后落到了"狗不吃"里，他的内心是多么不甘呢！好在群哥是内敛大气的人，平时不显山不露水地根本看不出，是很实在憨厚的人，人缘极好。

金子名叫郝金，坐梅子的邻座，来自龙虾之乡盱眙，中等个子，长得文文弱弱的一个白面书生，志趣高远。每天一下课就会和梅子论道，梅子最喜欢听他侃大山，他是一个杂家，五花八门各种知识，上知天文下知地理，没有难得倒他的。梅子也喜欢山海经，无论梅子提出什么问题，他总能给个圆满的答复，是一个非常好的聊天对象。此后二十多年，遇见过形形色色的人，梅子再也没遇见过这么好的聊天对象。梅子现在这样好的口才应该得益于那时每天和金子论道吧！

哈哈哈！还真应该感谢他呢！

苗仲仲来自淮扬，是个非常内秀的人，平时不多说话，学习成绩很好，脑子灵活反应快，属于锦绣男孩。

谷老师在看到投票结果又充分征求大家的意见和本人同意后，在班级宣布了参赛名单。

大家进入了紧张的准备学习中。

梅子一向淡泊名利，但为了集体的荣誉，也一样用功。

大家找来了大量有关知识竞赛的书籍，零时抱佛脚，连夜突击充电。第一晚几个人在教室几乎熬到通宵，大家相互提问，相互交流出主意，找问题，寻找最佳答案，空前的团结统一。

第二晚梅子就熬不住了，11 点不到就拿着书包回宿舍去了，梅子嗜睡，每天习惯早睡晚起，熬夜对她来说是个天大的折磨，所以不顾其他人不满，扬长而走。

其他人无可奈何留下来继续讨论，可能有人也曾想找老师把她换下来吧？但终于也没换。呵呵呵！

全班同学对此也很关注，很多同学找来各种资料，供大家参考。参赛者几人调动所有智慧，强记各种知识。可以说，此后二十多年，梅子从来没像那一周一样那么用功啃书本，比高考时还要紧张。也许这就是荣誉感吧！他们可是代表“狗不吃”全体呀！

谷老师一向不多说话，那一周几乎每天放学后都要把参赛的几个人集中起来简单地沟通一下情况，鼓励大家要充满信心。

一周时间弹指而过。

周六那天，刚吃过午饭，全校所有师生不约而同向阶梯教室涌去，各年级以班级为单位按指定区域坐好。班长早已在那里清点人数，看看还有谁没到场。

几个参赛选手，打扮一新，尽可能让自己显得干净利索。男生女生各自在桌前坐好，每个人面前放着一个抢答器一盏灯，一溜长排各个班级的选手各自坐在自己的位置上，前面是主考席。

主考由年轻有为的管理系副主任单明主持，由各个系精选的老师组成评委团，担任点评。学生会主席，现在新华报业的陆君组织四位同学拿分、记分、累分、复核。

报分就由主持人石红担任。

两点到了，所有参赛选手和观众都在各自位置上坐好，主持人机八六的石红用优美的声音宣布：

“各位领导、各位老师、各位同学们！大家下午好！楚城工专八七届有奖知识竞赛现在开始！请大家遵守现场纪律，保持安静。现在我宣布比赛规则——

“一、比赛采用百分制，100 道题，答对了得一分，答错了倒扣一分。

“二、比赛采用现场抢答的方式，由第一个亮灯的同学回答问题，时间不超过三分钟。

“三、比赛采用现场亮分，答完每道题后相关老师现场点评，答题者有不同意见可以现场反驳。

“四、参赛同学无人能回答的题目，台下的同学可以回答，成绩计入所在班级总分。

“五、第一二三题答完后报第一题的得分，以下顺延。

“六、比赛当场汇出总分，评出名次，当场颁奖。

“七、本比赛规则解释权归大赛组委会。

“好，比赛开始！让我们热忱期待各位参赛选手都能取得优异的好成绩！预祝各位成功！”

石红动人的声音在一片热烈的掌声中结束。

比赛正式开始。

单老师开始提问第一道题：

“慈禧是女人家还是政治家？说明理由！”

单老师一开口就知道有没有，这题目出得还是很有水平的，答案好说，理由难解。其他学理科的同学反应慢了一拍，管八七男生女生同时亮起了几盏灯，梅子以爱好文学出名，当仁不让亮起了灯，可能单老师是老乡吧，示意她起身回答。

梅子压抑着紧张的情绪，朗声说道：

“慈禧既是女人家又是政治家。清末慈禧统治时期，中国和外国打过几次仗。这几场战争，一开始慈禧都不愿意打，倾向于主和。以当时的情形论，选择不开战是明智的，一是没有非打不可的迫切性，二来以中国的实力也承受不了大规模的战争，打了只会拖慢发展的步伐。但慈禧经不住左右的人整天在耳边吹送‘玉碎瓦全’的高调，于是‘赌徒式’的侥幸心理渐渐占了上风，钟摆摆向了主战一方。中法战争、甲午战争如此，庚子之变还是如此。慈禧每次都是在这些热血大臣的鼓动下，从主和变成主战。庚子年慈禧向十一国宣战，又是一例。美国历史学家摩尔斯便说：‘太后一向做事留有余地，但只有这次她这个政治家却只剩下女人家了。’但在此之前呢？其实呢，她一直是个女人家而已！

“但历史告诉我们，慈禧在六十六岁那年，她从女人家完成了向政治家的蜕变。

她结束逃亡后回到北京进行了一系列大刀阔斧的改革。慈禧在她近半个世纪的当政时间里既做过坏事也做过好事，一生可臧可否。所以，慈禧既是个爱美怕死的女人家，又是一个当之无愧的政治家。回答完毕，谢谢！”

全场掌声雷动，梅子很得意，因为梅子喜欢研究晚清历史，对慈禧的一生更是如数家珍，心里很是安慰。

单老师现场点评，一句话：

“回答得很好，我没什么补充。”

梅子激动得不知所以。

接下来一题是：

“《周易》是从什么时候开始在社会上流传的？”

金子喜欢谈山海经，老师话音刚落他的灯就亮了：

“《周易》这部书是从春秋早期开始在社会上流传，至今两千多年了。”

建八六的朴老师点评：“不错，两千多年来，一代又一代数不胜数的文人学士绞尽脑汁在钻研它，连孔老夫子为了钻研它，把编竹简的牛皮绳翻断了好几次，留下了‘韦编三绝’的佳话呢。”

群哥抢到的题目是：

“清朝前期，主管教育的国子监司业（今教育部部长）是谁？”

这可是冷僻的题目，一般人谁会回答？但学霸就是学霸，应该是博览群书吧，毫不犹豫地回答：

“是胡简敬，他二十岁中举，二十四岁中进士，名列二甲七十七名进士，被钦选为庶吉士，不久升任国子监司业。后调任吏部侍郎、翰林院侍读，康熙十年到十三年回江苏沭阳新河为父守孝，康熙十二年春，知县张奇抱到任，劝其节哀并主持重修《沭阳县志》，历时十个月，县志即杀青。”

梅子惊诧于群哥的博学，身为新阳城人，对这段历史并不清楚，梅子不由得想是不是群哥从小薇那里知道的还是考证了历史。

耗子抢到的题目是：

“《红楼梦》中被宝钗戏称诗魔的香菱梦中得到的诗句是什么？”

这道题其实很难，我们看《红楼梦》大多只注意黛玉宝钗宝玉的诗，对小小一个香菱哪里关注呢？

只听耗子一字一板地答道：

“精华欲掩料应难，影自娟娟魄自寒。一片砧敲千里白，半轮鸡唱五更残。绿蓑江上秋闻笛，红袖楼头夜倚栏。博得嫦娥应自问，何缘不使永团圆？”

此诗一出，大家对耗子刮目相看了，因为耗子平时一向大大咧咧的像个男孩，没想到她还能把这么新巧且意趣盎然的小诗记得。

当真是真人不露相，露相不真人啊！

醇子回答的题目是：

“《老残游记》的作者是谁?”

当然是清刘鹗了。

黎黎回答的题目是：

“《新大陆游记》的作者是谁？主要内容?”

“是晚清梁启超所作。是一百多年前梁启超游美之旅的异文化体验，是对当时东西方之间‘观察’与‘被观察’的文化权力格局的冲破。他的美国书写可看作是一次文化行动，显示了甲午之后中国‘士人’之中的‘自强’之气。梁启超作为一个中国‘士人’，对美国怀有浓厚的兴趣，而他对美国的许多发现、判断又超出了中国的利害本身，成为对美国相当客观准确的预言。”

嘿嘿！都是大家呀！

仲仲回答的题目是：

“鲁迅白话文学的中心思想是什么?”

“鲁迅不仅是白话文学写作的实践者，也是白话文学思想的倡导者。鲁迅对‘五四’白话和大众语的思考，超越了胡适的工具论的语言观，而直接回应语言的本质：语言即思想、声音作为语言的本质属性及语言的意识形态属性三个层面。”

健健回答的题目是：

“你喜欢你所学的专业吗?”

“喜欢。管理工程系涵盖了经济管理特别是工业企业管理所需要掌握的许多知识，我认为这个专业将来大有作为，在这个大变革的时代，国家需要一大批懂管理懂经营的人才为社会服务、为企业服务。在我们这样一个农业大国，要想赶超世界，工业经济必须赶上去。我们毕业了既可作为企业经营管理人才，也可作为企业财务统计专业人员。总之，机会是有的，只要学到了真本领，相信将来一定可以大有作为。”

校长站起来带头鼓掌，别看健健(陆健，江南水乡出身，眉清目秀)平时闷不吭声的，讲起话来可一点也不含糊，一套一套的侃侃而谈呢！

另一题：

“什么动物跑得最快?”台上没人抢答。

快腿马驹不假思索抢着回答：

“当然是飞马了!”

“狗不吃”被当场扣了一分！庆子嬉笑着给了马驹一拳！班长爱怜地摸摸神情沮丧的小马驹的头，安慰他：

“马驹子啊，没事的!”

接下来管八七还抢到了其他许多题目。整个100道题目，管八七一个班就抢到了39个，得分38分，当之无愧地得了第一名。其实这也应该是预料之中的结果，“狗不吃”可是文科班，相对于其他理科班，肯定大大地占优势了。

抢答结束后，在后台累计总分和写证书的时候，校长作了即兴发言，大大表扬了“管八七”一把。

谷老师的脸上笑开了花，几个小雀斑也在兴奋地跳跃着。

得了第一名的“狗不吃”沸腾了！

颁奖的时候，阿飞不管不顾地高喊：

“耗子无敌！耗子万岁！”

班长细白的脸涨得通红，紧紧握住茵子的手，把茵子细嫩的手都掐痛了。小马驹高声唱道：

“可爱的‘狗不吃’，‘狗不吃’，我们爱吃！”

全校同学都笑疯了，校长微笑着摇摇头，谷老师的眼光只好瞟向大门外！

当天晚饭，同学们自发地集中到食堂，几个走读的同学也没有回家，都一起到食堂吃饭。“狗不吃”占了整整两排饭桌。毫无悬念地，力哥让阿飞到小卖部搬来了几箱啤酒，大家开心地大笑，引来别班同学的侧目，但“狗不吃”才不管这些，照样谈笑风生，大声哄笑。男生们手拿啤酒瓶嘴对着瓶口喝，女生倒在饭碗里小口地抿着。

男生挨个给参加比赛的几个女生敬酒，梅子觉得他们看自己的眼光都很不同了，里面有赞赏也有惊诧，他们一定觉得这个平时不声不响的女生不鸣则已，一鸣就惊人呢！收起这点小小的得意，梅子一如既往地笑得温婉谦和。

没参加比赛的女生默不作声，不知道心里在想什么，也许是五味杂陈吧。

阿飞拿着酒瓶肆无忌惮地对耗子说：

“耗子呀，你真帅呀！你比赛时候的样子简直帅呆了，我真是爱死你了！和我喝一杯吧?”

“你去死吧！”耗子恼怒地说。

“哈哈哈！哈哈哈！”同学们笑得前仰后合。

第十六章　麦田情话　永恒忧伤

“往往优美的生命，就是一曲无字的挽歌。漫过心底的孤独，早已蔚然成冰，而你就是这个季节最美的音符。”

“往事是尘封在记忆中的梦，而你是我唯一鲜明的记忆。那绿叶上的水珠，是思念的泪滴。”

生性胆怯的跃子无可救药地爱上了水一样的女孩云锦。

周六的上午，最后一堂数学课，跃子听得是云里雾里，不知老师讲的是什么。他整个心思都盯在云锦身上，整堂课不错眼珠地盯住云锦的后脑勺看，云锦浑然不觉。

跃子最近陷入了痛苦的单相思中，云锦的一举一动都牵动着他的心。云锦是个娟秀内敛的江南水乡女孩，一举手一投足浑身洋溢着娇憨惑人的魅力。跃子着了迷一样，每天目光追随着云锦：

下课了，云锦出去，他也出去，远远地望着，云锦不出去，他也不出去，就坐在座位上呆呆地看着云锦的背影，云锦中午不回家在食堂吃饭，跃子食不知味，在对面的餐位上看云锦小巧的嘴巴文雅地咀嚼着饭菜，感觉那是世界上最美的图画。上体育课时，看着云锦小巧的身子在运动场上飞舞，跃子觉得云锦真的像仙子下凡，世间再也没有比云锦更美的女孩了。

跃子发誓要把云锦追到手，可惜他天生胆小害羞，貌看起来，自己倒像个女孩子，尤其是一说话就脸红的毛病，更让人觉得他活脱脱像个大姑娘，不过梅子觉得他儒雅的性格和云锦的温婉倒是绝配。

试想，那样抒情唯美的小女子如果每天面对一个粗犷霸道的汉子，日子要如何过？岂不是大煞风景、暴殄天物了？

跃子的内心排山倒海似的激情汹涌，可就是抹不开面子向云锦表白，最近一段时间思念云锦的心更是变本加厉，食不知味，夜不能寐。眼看着一张白白净净的小脸越发变得苍白瘦小，同室的智囊韩君实在看不下去，昨天晚上就对他说：

“跃子，你太优柔寡断了，你爱她，就要大胆表白，你不说，云锦怎么知道你喜欢她？就是知道，难道你还指望那样内秀的女孩先向你表白？你再不下手，恐怕云锦就不是你的了！你没看到，有多少人对云锦虎视眈眈？今天赶紧约云锦见面，大胆向她表白吧！”

阿飞更是快人快语：

“就是嘛，要快刀斩乱麻呀！”

305室全体男生都为跃子打气，所以跃子今天要振作精神，背水一战，向心中的女神倾诉衷肠了。

好不容易熬到下课，跃子鼓起勇气，来到云锦身边，期期艾艾地说：

“云锦，你今天下午能不回家吗？”(他们周六下午就不上课了。)

“我不回家干吗呢？”

云锦奇怪地问。

“我，我，我想请你出去玩！”

跃子挣红了脸，哼哼唧唧地说：

“云锦，我喜欢你，真的好喜欢！请你一定要答应我！”教室里还有好多同学呢。云锦羞得头抵在桌子上，微微点了点头，算是答应了！

“你先出去，我马上来。”

“哦，跃子成功了！”

猛子快活地吹了一声响亮的口哨，阿飞哪里热闹哪里有他，也不失时机地喧嚣：

“跃子看好云锦喽！轻巧的你在云锦上飞跃！”

唉，什么话到阿飞嘴里就变味了，跃子气得狠狠瞪了阿飞一眼。大江宽厚地说：

“好啦，好啦，小妖，快带着你的锦绣妹妹约会去吧！和阿飞这个无厘头计较什么呢！”

跃子觉得说得有理，丢下一句：

“阿飞呀，回来再和你算账！”

“嘿！我还怕你这只小妖不成！”

阿飞满不在乎地回敬跃子。

跃子遂不再多言，快步走出教室，在门口的香樟树下等着云锦。云锦慢条斯理地整理好自己的学具，袅袅婷婷地走出教室，和跃子一前一后向大门口走去，全然不顾阿冰他们喷火的目光。

刚刚走出东大门，跃子一把抓住云锦的手：

“云锦呀云锦，我真的好喜欢你！”

云锦挣了挣被跃子抓住的手，没挣脱，也就随跃子抓住了。

“其实我也好喜欢你呀！我很早就喜欢你了！我们俩个性相投！你在课外活动兴趣小组上朗诵的诗歌我都好喜欢的！我喜欢安静，你也喜欢安静，我喜欢古典音乐和外国文学你也喜欢，我喜欢泰戈尔的《飞鸟集》，你也喜欢，你喜欢莎士比亚的戏剧我也喜欢，我们俩有太多的相同之处。你在学校广播站、学生会的扬帆文学社、会刊《下江船》上经常有个叫锦儿的作者写的小诗，都是我写的，难道你不知道吗？”

跃子激动不已：

“我知道，我知道，云锦，我以后一定会一心一意对你好的，你放心！”

跃子和云锦手牵着手，一起到北京路上的阳春面馆去吃午饭。

跃子点了一盘香椿炒鸡蛋和一盘水煮豆腐，还有两碗阳春面。

云锦的饭量很小，只吃了半碗面，夹了几块香椿炒鸡蛋，把剩下的半碗面都倒在跃子的碗里。跃子心疼地说：

“云锦，你吃得太少了，这样身体怎么会棒棒的？”

“没事的，习惯了！”

“怪不得你长得小巧玲珑的，吃得太少啦！”

“你什么时候见过江南女孩长得人高马大的？”

没了拘束的云锦讲起话来也不像她的外表看起来那么文雅。

吃完饭，云锦和跃子到淮海路头的电影院里看电影，当时除了看电影吃饭，最多到楚秀园里去逛逛，其他也实在没什么好玩的地方呀。

那天看的电影还是《欢颜》，跃子和冬子他们看过了，乐得陪云锦看，因为他可以踏踏实实地看云锦，云锦看电影，各得其所了。

跃子买了一包鱼皮花生米给云锦，自己手里拿着一瓶水。云锦靠在跃子旁边看得很投入，剧中男女主角哀怨缠绵的爱情故事深深感动着云锦。云锦是个多愁善感的女孩，随剧情发展哭得是稀里哗啦，跃子顺势把云锦抱在怀里，小声说：

“云锦，别这样，大家都在笑你呢！这是电影，是演戏。不是真的！”

“谁说的？生活中这样的事多呢？你以后会不会这样对我？”

“不会的！不会的！我一定对你全心全意！”

云锦这才破涕为笑，真是个感性的女孩子呀。

看完电影，他们走在大治路上，在路边简单买了一张薄饼，两个人你吃一口我吃一口，旁若无人地一路嬉笑着回学校，引来路人一阵阵侧目，但他俩浑然不觉。

唉，也许这就是爱情的魔力吧！能把那样害羞的女孩子变得忘了矜持。

快到男生楼的时候，云锦想起天黑了，要回家去，不然父母该着急了，他们对她管得可严格了，不让她晚上在外面游荡。跃子舍不得云锦离开，哀求她再留一会，路上的同学一拨一拨走过，有的起哄，有的吹口哨，云锦脸上挂不住，执意要走。跃子灵机一动：

“云锦，我们到宿舍东边的麦田里待会吧！”

云锦经不住跃子软磨硬泡，而且自己也不愿早早离开跃子，也就默许了。

两个人来到麦田东头北边靠大沟的地方，找了一条无人的田垄，跃子脱下自己的薄外套铺在地上让云锦坐，自己只穿一件背心。

五月的夜晚，麦田发出麦子快成熟时的饱满香甜的清香味。

一阵暖暖的微风吹过，麦地里涌起一层层波浪，空气中到处弥漫着麦香，先淡后浓，一阵比一阵喷香诱人。

没吃过什么晚饭的跃子和云锦被这香味搅得肚子里一阵阵叽叽咕咕的欢叫。

黑夜，饥饿，兴奋，焦虑，紧张，女孩，蓬蓬勃勃的欲望。

跃子的心像鼓风机一样高涨起来。

跃子截取嫩一点的麦粒放在手里揉搓，一会儿饱满的麦粒就在掌心了。他吹干净麦粒放在云锦的手心，云锦一粒粒向小嘴里送着，跃子笑她怎么像个松鼠。看云锦咀嚼得口舌生津，满口喷香，跃子的童心陡起。

随着麦地里一阵阵麦香随风袭来，充满迷人的诱惑。跃子毅然决然地扑向麦浪，钻进了麦地。留下云锦在田埂上紧张地四下张望。

麦地里除了麦子、青草就是欢蹦乱飞的蚂蚱、鹌鹑。跃子可没工夫理它们，他主要的是在寻找嫩一点的麦子搓揉。

蔚蓝的星空下，跃子在麦地里尽情地和麦子嬉戏，麦穗不时亲吻他的脸。脚下的蚂蚱鹌鹑蹦跳翻飞。他就像麦浪里的一叶小船，随着麦浪的起伏时隐时现。很快他搓了满满两把，返回头把麦粒交给云锦，云锦小心地把自己的手帕铺在地上，把饱满多汁的麦粒放在上面，一粒粒往嘴里送着。跃子自己拔了几把麦子铺在云锦的脚边，把自己只穿背心的清瘦的身子躺上去，云锦心疼地在他瘦弱的胸脯上用细嫩的小手摩挲着，这时不知从哪里传来看麦子人嘹亮的歌声，跃子心一慌，一个鲤鱼打挺拉着云锦一起双双倒在麦子上，密密实实压倒了一大片麦子。

满眼的麦芒密密匝匝，在星光下闪着银光。青里泛黄的麦穗齐齐刷刷，在他们眼前随风晃悠，发出魅惑的光泽。

云锦伸手抓住一株麦穗，把它摁进自己的掌心。那株麦穗上的麦芒毫不客气地扎进她的手心，但那点疼根本算不得什么，比蚊子咬的还轻。她双手合住那株麦穗搓揉起来。不一会，麦穗上的麦粒就脱落下来，涨满了她的小手。

她毫不犹豫地把麦粒分给跃子和自己一起使劲咀嚼起来，咀嚼得满口发出醉人的麦香，这时候跃子才发觉自己紧紧贴在云锦的身旁，刚才由于慌乱倒在麦地里却没感觉出来，也许是新鲜的麦粒让跃子的勇气倍增。他舔了舔湿润的嘴唇，清清干涩的嗓子，抑制住紧张：

“云锦，我能吻吻你吗？”

“讨厌！这种事还要问的？”

云锦说着在他的身旁扭动了一下身子。得到鼓励的跃子，闭上眼把湿润的嘴唇凑向云锦红润的唇。

正在两人的嘴唇快碰到一起的瞬间，突然“踏踏踏”地传来一阵脚步声。

云锦使劲推开跃子，原来是看麦子的老人在一行行一个个田垄地赶人呢：

“不谈了，不谈了，我们不谈喽！孩子，谈恋爱到别处去啊！你们看，麦子都被你们压倒了，罪过呀，罪过！麦子是粮食呀。糟蹋粮食是罪过呀！”

敢情这地里还不止他们两个呢！

跃子狠狠地向老头吐了一口唾沫，心想老家伙早不来迟不来，偏偏在这时候来，坏了自己的好事！

云锦抓起手帕低头疾走，跃子一手拿着外套跟在后边，外套上沾满了密密麻麻的麦芒。

由于慌乱疾走，密密的麦秆又把跃子绊了一跤，结结实实跌了个狗啃泥。

跃子简直是气疯了，背后远处还听到看麦子老人絮絮叨叨的埋怨声：

“罪过呀！罪过！”

云锦拉起他再跑，两个人像小偷一样跑到大路上，你看看我我看看你，云锦的秀发凌乱了，跃子的外套脏透了。他们俩一起哈哈哈大笑，笑得上气不接下气。笑声在一阵阵飘忽的温茵里荡漾。

跃子搂住云锦安慰道：

“别怕，别怕！我们又没干什么坏事！这件事就好比美女脸上长了一颗美人痣，不影响美观！蛮好蛮好！”

为了排解刚才的尴尬，跃子提议唱歌，两个人不约而同地唱起了“我们的校园是花园，花园里花朵真美丽……”

夜深了，云锦真的要回家了。

跃子把云锦凌乱的秀发理顺，在她的脸颊上亲了一下，恋恋不舍地把她送上回家的路，目送了好远好远。他们相约周一再见。

跃子回到宿舍躲在卫生间里洗澡久久不出来，为的是仔细回味一下和云锦在一起的点点滴滴。

爱好八卦的阿飞早耐不住性子，鼓动同室的室友，要听跃子的罗曼史。跃子怎么能轻易告诉他们真相呢？磨磨唧唧的在洗澡间里就是不出来。阿飞催了几次，他才裹住毛巾一头钻进自己的蚊帐，任他们如何调侃盘问就是不吭声。305 室的男同学们只好在一片遗憾声中酣然入梦了。

跃子和云锦从此后真的是形影不离，说不尽的海誓山盟，道不完的海枯石烂，成了甜甜蜜蜜的一对小爱人，不知引来“狗不吃”多少男生满心的嫉妒和恨了。

但上帝这只无形的黑手，并不以人的意志为转移，最后的结果是跃子和云锦成了两只离群的孤雁，失去了联系，有情人难成眷属。

最先发现异样的是云锦的妈妈。

云锦周六晚上深夜回到家，隔老远就看见自家的灯还亮着，她忐忑不安地打开门，看见做教师的妈妈沉着脸坐在客厅的椅子上，闭着眼假寐。

云锦轻手轻脚地走进去，想溜到自己房间。

“站住！”

妈妈一声断喝，云锦吓得浑身一激灵：

“姆妈干吗呀？您吓死人了！”

“我吓死人？你要气死我呢！说吧，这么晚了，在学校干吗的？我不是说过，晚上不许在外边玩的吗？女孩子多危险！”

“姆妈，我已不是孩子了，我已经长大了，都是大学生了！”

“那又怎么样？你今年才 19 岁呢，还是个孩子呀！”

“我都大二了，还小呀？”

“大二又怎样？你就是再大点，姆妈也不放心你一个人在外边瞎逛！”

“我没有一个人瞎逛！”

“那你是和谁在一起的？”

“是，是……”

妈妈一句句紧逼，从不会撒谎的云锦一时语塞，妈妈正式说道：

“锦儿呀，坐到我面前来，告诉姆妈是不是有男朋友了？”

云锦见瞒不过，只好期期艾艾地对妈妈老实交代，完了还不忘补一句：

“跃子真的是很好的男孩子呀，姆妈你要相信我的眼光啦。”

“那他毕业后能和你一起到苏州去吗？你有办法帮他在苏州安排工作吗？如果不能，那你们不纯粹是浪费感情浪费精力吗？”

“我可没想那么多，车到山前必有路，船到桥头自然直嘛！”

“你呀！真是个孩子！”

在另一所大学任教的云锦妈妈没再说什么，催促云锦赶紧洗洗睡觉：

“哦！对了，云锦，幸亏你爸爸出差没在家，否则你今天晚上难过关了！”

云锦吐了吐舌头：

“谢谢姆妈！”

天真的云锦以为妈妈同意了，岂不知云锦妈妈一夜没睡，在心里犯了嘀咕，她可不会把她的宝贝掌上明珠嫁给苏北佬呢，自己就是因为在大学里和家在苏北的老公恋爱，毕业后不顾姆妈啼哭执意跟老公走，这些年一直在北方几个城市生活，真的是受够了。

老公老家那些人整天为鸡毛蒜皮的事来麻烦吵闹，哪里能比得上温柔多情的苏州娘家人？怎么能让唯一的女儿走自己的老路步自己的后尘？

所以她将来就是拼了命动用一切关系，也要把云锦弄到苏州工作，自己老了也好回到家乡颐养天年，怎么能任由云锦在外面瞎谈男朋友多个累赘呢？她要等云锦爸爸回来一起商量个万全之策，趁两个孩子感情还没到不可分离的地步，尽量减少对他们的伤害，早点把他们分开，才是上策。

毫不知情的云锦礼拜一打扮得花枝招展地到学校上课。

一走进教室，阿飞就带头鼓掌。

几个女生都有点莫名其妙，抬头看看，发现云锦头低到桌子上，冰冰抱住跃子：

“给喜糖呀！给喜糖呀！”

“别闹了！别闹了！”

调皮的蛹子挠挠跃子的胳肢窝：

“看不出呀！小妖！有两下子呀！那样一朵鲜花就这样轻易给你摘了呀?!”

“别胡说了！说得这样难听！云锦该难为情了！”

“瞧瞧瞧！瞧瞧！这就护上了？说说怕什么?”

快腿马驹一溜小跑到云锦面前，左看看右看看：

“哟！云锦，脸红了，敢情是真的了！快给我们讲讲，你和跃子发展到什么地步了?”

“讨厌！小马驹！快跑回你的座位上去！”

云锦的脸红得真像西天的彩霞了。

“好啦好啦，别闹了！谈个恋爱有什么稀奇的呢！”

班长出来打圆场了。

“对啊！谈个恋爱有什么稀奇的呢？那就请我们资深恋爱专家班长谈谈恋爱史吧！”

大家一下子又把矛头指向了班长。

“好好好！没事谈！没事谈！”

班长老好人地笑着应着。

“谈你个大头鬼！傻样！”

茵子低声嘀咕一句。

一堂早读课就在这样闹哄哄的热闹气氛中很快过去，大家像自己谈恋爱一样兴奋，呵呵呵！年轻的骚动的青春呀！

中午放学后云锦没回家吃饭，很自然地和跃子一起到食堂吃饭，平常和跃子一起吃饭的冬子失落地一个人走在后边，庆子大咧咧地追上来：

“冬子，别介。小妖跑了，还有我这大侠呢！咱们一起呀！”

魏子追上来拍拍冬子的肩膀：

“还有我嘛！你情绪低落该不会是也喜欢云锦吧？吃醋了?”

“瞎说什么呢？怎么会呢?”

就是呀！冬子的目光一直都是在媛媛和小薇身上逡巡的，天知道他到底喜欢谁呢！

其实冬子自己也搞不清楚自己到底喜欢谁，就在犹疑不定之间，云锦已被跃子追走，媛媛早被欧阳追走。他的内心有点郁闷，心里有一股怨气无处发泄，也不知向谁发泄，如何发泄。庆子高声大气地嚷嚷：

“就是小妖太气人了，典型的重色轻友呀！回宿舍看我怎么收拾他！”

“理解！理解！”

魏子善解人意地安抚他们：

“走，一起吃饭去吧！”

晚自习结束后跃子磨磨唧唧地不肯回宿舍，他要和云锦道别呢。云锦匆匆忙忙收拾好学具，急着要走，对跃子说：

“我今天肯定不敢迟回家了，不然，姆妈不会答应的！跃子，两情若是久长时，又岂在朝朝暮暮！”

“我知道！我知道，我就想看着你走！”

跃子陪云锦走到东大门，看着云锦飞身骑车走了，才心满意足地回宿舍，免不了又被同室打趣一番。

阿飞唉声叹气地说：

“我怎么就追不到耗子呢！”

大家给阿飞打气：

“别灰心，阿飞！只要功夫深，铁棒磨成针！”

把阿飞说得抓耳挠腮，信心陡增！

跃子觉得每天的时间过得真快呀！

不知不觉周六又到了，上午最后一堂课刚下课，跃子就兴冲冲地跑到云锦面前：

“云锦，中午别回家吃饭了，我们到楚秀园去玩吧，那里新栽了很大很大一片毛竹，幽静得很，适合我俩谈话呢！”

云锦犹豫着：

“不太好吧？”

“有什么不好？走吧！”

跃子一把拉起云锦，就向门外走。

“别急！我还没把书都拿着呢！”

“拿书干什么？下周一又不是不来了。”

云锦的脸色陡然变得苍白了，执拗地说：

“我就是要都拿着，明天在家学习呢！”

跃子虽然觉得有点不解，星期天还学哪门子习？但他不愿违拗云锦：

“好吧！拿吧！拿吧！我帮你背书包！”

云锦一言不发地收拾好书包，留恋地向教室里逡巡一周。

“走吧！走吧！云锦，磨叽啥呢？”

“好！我们走！再见了！‘狗不吃’！”

“呵呵呵！再什么见！后天就来了！云锦你真好笑！”

处于兴奋状态的跃子对云锦的反常并没有注意。

他哪里知道，昨晚，云锦妈妈已给云锦下了最后通牒，今天是她在校的最后一天，爸爸已帮她转学到另一所学校，虽然大学里转学很难，也不知爸妈动用了什么关系，反正这一个礼拜，他们已把转学的所有事弄好了，到哪个学校没告诉云锦，只告诉她下周一就不用到工专上学了，并且再三告诫云锦不准告诉跃子，他们不想节外生枝。

妈妈威胁云锦，如果告诉跃子，她就不认她这个女儿了。云锦是那样孝顺胆怯的女孩子，刚刚 19 岁，哪里敢违拗父母的命令呢？所以一上午云锦的心里痛苦极了，老师讲课什么也没听进去，只是不停地对雪莲说：

"雪莲，如果有一天我不见了，你会想我吗？"

雪莲大咧咧地伸手摸摸云锦的头脑：

"不发烧呀！你这丫头，瞎说什么呢？怎么不见了？你要转学？"

"没有！没有！我是说如果。"

"没什么如果，没事别瞎想，想多了脸上会起小痘痘！"

雪莲爱抚地摸摸云锦光滑细腻的小脸，开玩笑地吓唬她。

云锦推开雪莲的手，泫然欲泣，可惜粗心的雪莲并没留意，她在低头给周飞写情书呢！

在北京路上的阳春面馆简单吃了午饭，吃的还是香椿炒鸡蛋、水煮豆腐、阳春面。云锦推说不饿，几乎没动筷子，跃子风卷残云把剩下的饭菜吃个精光，拉着云锦登上到楚秀园的公交车。

工专到楚秀园也就三站路吧。中午人不多，公交车上空荡荡的没几个乘客，跃子找了一个靠窗的位子和云锦一起坐下，絮絮叨叨地讲阿飞的一些好笑的故事给云锦听，完全没发现云锦的脸色越来越阴沉。

楚秀园到了，他们一同下了车。

跃子到售票口买票，云锦在门口等着，眯着眼抬头看湛蓝的天空纯净得没有一丝云彩，而她的内心可真是山雨欲来风满楼了呀！

跃子买了票和云锦一起进了楚秀园。这是个新建的公园，面积很大，许多地方还在施工，搭棚子，盖亭子，人工湖也刚挖了一半。跃子和云锦顺着正门向里走半里路光景，有一条小路向左拐进去，行了几百米，前面就是人工堆起的高高的土堆，也可以说是小山吧！方圆万米。上面植满了密密麻麻的毛竹，毛竹很大，几人高，长得茂盛，沿山脚有一条供游人上山的小路，每十几米安放一条石凳供游人休憩。

跃子拉着云锦从小路拾级而上，越往上走，游人越少。

正是中午时分，到山顶的时候已不见一个游人，竹林里发出潮湿温暖的气息，微风吹得竹叶飒飒作响。云锦有点害怕，紧紧拉住跃子的手。

跃子把云锦带进竹林最深处，一处竹子稀少的地方。

这地方看样子有人坐过，地上干干净净的没一根杂草，泥土被踩得密密实实，有一米见方,看样子是恋人幽会的好地方。

跃子这次可有准备,从自己的背包里拿出早已准备好的一块塑料布,足够两个人躺着。跃子细心地把布铺好,把云锦的书包和自己的背包放在旁边,让云锦坐在布上,接着变戏法似的从背包里拿出两个苹果,一包面包,一包火腿肠和两瓶果汁,不知这些东西他要省吃俭用多久才能节余下钱买来的? 云锦责怪跃子乱花钱,跃子说:

"没事! 没事! 这点钱还是有的! 你刚没吃什么饭,你吃呀!"

跃子撕开面包,把一只小圆面包递给云锦,云锦接过来一片一片往嘴里送,食不知味。

跃子觉得很奇怪,今天云锦是有点不对头:

"云锦,你怎么啦? 有心事?"

"没事,没有,你想哪去了,我就是有点累了,中午没午休嘛!"

"那好,你枕着我的腿睡一会。"

跃子坐下来,把云锦的头小心地放在自己的腿上,云锦闭上眼和跃子东拉西扯地说着不知所云的情话。

时间过得很快,一个小时很快过去了,云锦迷迷糊糊地睡着了,跃子看着云锦俊美的脸庞,心里感动不已,想自己一个小城不起眼的小子居然能让这么美丽的女孩看上,看来上苍对自己真的不薄,他低下头在云锦红润的嘴唇上轻轻地吻了一下,满足地叹了一口气。

云锦其实根本就没睡熟,跃子的轻轻一吻还是把她弄醒了,云锦再也控制不住自己,一把把跃子拉过来一起躺下,主动送上樱桃小口,跃子深深吻上去,天地动容,时间好像静止了一样,天地间只有这两个恋人在激吻,跃子的欲望蓬蓬勃勃地兴起,在他想把云锦完全拥有的瞬间,云锦坚决地抵制了他:

"跃子,我们还小,不能乱来!"

跃子一下子清醒过来:

"好! 好! 我们不乱来! 我们以后的日子还长着呢?!"

跃子和云锦坐起身理好衣服,云锦突然抱住跃子嘤嘤哭泣,跃子吓坏了:

"怎么了? 云锦,我没有乱来呀!"

"我知道! 我知道! 我倒真想你乱来呢! 可是不行呀! 跃子,我对不起你!"

"说什么傻话呀? 你怎么对不起我了? 我们还有一辈子要在一起呢! 你不是答应将来要嫁给我的吗? 云锦,你可得说话算话呀!"

"算话! 算话!"

云锦的心刺痛着,但只能强打起精神应付着,云锦真恨不得把自己完全交给跃子,可是自己太年轻了,跃子也是,他根本没有能力保护自己,养活自己。

云锦在心里默念:

"再见了，跃子，来生吧！来生我一定嫁给你！"

唉！可怜的孩子，今生都把握不住，哪里还有来生呢！

被云锦哭得心烦意乱的跃子有点莫名其妙：

"云锦，到底怎么啦？你今天有点反常呀！挺高兴的事。你别哭呀！你哭了，我感觉像犯罪一样！"

云锦勉强抑制住抽搐，挤出一丝笑容：

"好啦，好啦，没事了呀！人家是高兴的。"

"高兴还哭？真是傻丫头！"

跃子把云锦紧紧搂在怀里安慰着。

天黑的时候，云锦执意要回家。

折腾了一下午，他们都有点累了，关键是云锦妈妈怕女儿做出什么傻事，告诫她天黑必须回家。可怜的妈妈呀，如果要做出格的事，白天就没办法做了？孩子自己懂事，就永远不会出事。

云锦在公园门口就可坐直达自己家门口的公交车，不和跃子一路，跃子把云锦送到公交车站，云锦不顾大庭广众，再次紧紧拥抱跃子，失声痛哭。

跃子这才真的感觉苗头不对，连声问云锦到底出了什么事，而云锦已经登上了公交车，挥手向跃子作别！

跃子跟着车跑了好几百米，直到看不见了才停下，心事重重地回到学校，洗完澡，一言不发，倒头就睡。

同室的人感到很奇怪，春风得意的跃子怎么垂头丧气的没了声息？更有那看不到火候的阿飞还在聒噪：

"跃子又在玩什么幺蛾子，怎么像死猪一样没了气息？"

韩君大致看出了点苗头，制止阿飞：

"阿飞睡觉！别瞎说了。"

"好，睡觉就睡觉！世上再也没有比睡觉更幸福的事了。"

礼拜天，跃子在床上整整睡了一天一夜，饭都没吃，他隐隐约约感到要出事。

昨天云锦太不正常了，明天，明天一定要问问清楚。可怜的跃子！哪里还有明天！到明天，他的云锦再也不见了呀！

好不容易熬到周一，跃子第一个冲到教室，他眼巴巴地看着门口，等着云锦的到来，可直到上课铃声响了，再也不见云锦俏丽的身影，谷老师面色沉重地走进教室，对大家宣布：

"因为不知道的原因，云锦同学转学了！"

这真好像晴天霹雳呀！

所有同学的目光齐刷刷地望向跃子！

跃子傻了呆了，头脑里一片空白。

原来，那天云锦是和自己诀别了！自己怎么那么傻，没有早一点发现她的异常？可是到底为什么呢？为什么都不和自己说？有什么难言之隐吗？是她家里不同意？那也用不着转学呀？云锦呀，你怎么能这么狠心呢？你就这样消失不见了吗？你还会和我联系吗？

一上午，跃子的心撕裂一样的疼痛。

好不容易熬到下课，歪歪扭扭地走到宿舍，再也控制不住自己，一头倒在床上，把头蒙在床单里呜咽着，所谓男儿有泪不轻弹，只是未到伤心处呀！

同室的人各个轻手轻脚不敢打扰跃子，就连一向迷迷瞪瞪的阿飞也蹑手蹑脚，把饭菜放在跃子床头，一声不吭地爬上床睡觉了。

可怜的小跃子经受前所未有的情感折磨。如果没相爱，也就不相恋，没相恋也就不相思，不相思也就不痛苦了。

刚刚处于热恋期的跃子能熬过这一劫吗？也许他还幻想着云锦能和他联系呢！

不幸的是，受父母控制的云锦从此就像天边的白云，就那样随风飘走了，连她转到哪个学校都没人知道，校长许是受人之托，跃子请谷老师去打听，愣是没告诉。

可怜的跃子每天给云锦写信，却没地方寄，真是伤心欲绝！

两个月后跃子接到了一封没有地址的来信，是云锦写来的，算是对他们短暂的恋情画上一个伤感的句号。

征得跃子同意，把云锦的来信和跃子写的一封情书公布在此，让所有关爱云锦和跃子的同学唏嘘感叹一把，同时也祝他们能真正找到属于自己的幸福！

跃：

我的如阳光一样明媚的男孩！

很久没有你的消息了，你还好吗？在这寂静的夜晚，你是否也像我思念你一样地在想我？也许你在恨我吧？恨我为何一声不吭如黄鹤一去不复返？

请你原谅我吧！我们都还太年轻，无法左右自己的命运，人是不能和命运抗争的，本来我不相信命运，但是现在我信了，请你也认命吧！

明知我们已经不可能在一起，但仍然阻止不了对你的思念，虽然我们相爱的时间是那么短暂，但好像用尽了我一生的爱情，我真的好爱你！雾霾深重的空气在黑夜里凝固，激越飞扬的思绪在黑夜里游走，心绪不宁的挂钟单调地摇摆着，无边的寂寥和愁绪如冷月般漫过我的心头。

我们在“狗不吃”里不经意间相遇相识了，你的坦诚，你的幽默，你的睿智，你的体贴，你的温柔，你清秀的面庞，你瘦削的身材，还有你纯正悦耳的声音，一如涓涓细流滋润着我年轻的少女的心田，唤醒我沉睡的激情，那一见钟情的感慨，一见如故的亲切，把时间和空间的距离无限地缩短了，把我们的心紧紧地连在一起。我们在一起是那样开心,快乐,默契,无忧无虑。一个眼神就能传递我们快乐的音符,手牵住手一言不发都能传递着彼此的愉悦和幸福。

我们晚自习后在寂静的路灯下手拉着手交谈,没有白天的喧嚣,没有刻意的伪装,我们彼此关心,彼此信赖,坦诚相见。每一次倾情的诉说,每一次怜惜的关怀,都会将我满心的不快和烦恼吹得烟消云散。记得你说过,我是个善良的女孩,能找到我是你一生的运气,我信誓旦旦地说要做你永远善良的女孩!但从来都是人算不如天算!我做不了你永远的女孩!但是我知道,这世上善良的女孩很多,我相信,一定有个真正属于你的善良的女孩,在某个地方静静地等着你。

今晚月色清冷,傍晚的时候下了一场雨。雨滴从屋檐滴落到积水的地面,溅起一朵朵水花,又瞬间消失得无影无踪,看不见绚烂的彩虹,就像我的思念,像洪水一样汹涌,却无法到达你的身边。

我真的好难过,亲爱!

这真的不是我要的那种结果,我和你说过,这辈子都不会离开你!但我失言了!我不求你能原谅我,但请你不要太恨我!因为恨一个人很累,人生短暂,生命很长,我们需要爱着生活。爱人,被人爱!虽然今后我无法再爱你,但在我的心里,永远为你留着一隅,晨钟暮鼓,我都会为你虔诚祈祷,只愿你一生过得比我好!

从此后,我再也无法见到你,我内心的伤痛一点不比你少。你要记得,在遥远的地方有一个人时时挂念着你,你要照顾好自己,别太累着自己。请别担心,一切都会好起来的,生活给你选择的机会还很多。

我也有太多的委屈,太多的心酸,太多的无助,太多的无奈,无法向你一一尽说,在顷刻化作我决堤的泪水,压抑不住从我的脸上滑落,我的心已碎,我的情已醉!此时,我多想再牵一次你温暖的手,多想再一次靠着你温暖的胸膛,哪怕是泪流满面,我心也会醉……

我只是个没长大不太成熟的小姑娘,还没有长成参天大树,我没有勇气拒绝父母的安排,和你一起面对困难,我只能违心地逃逸把你拒绝成荒芜,我的心和你一样荒凉成沙漠。我真的好痛苦!亲爱!你一定要原谅我!

多少多少个不眠之夜,我一个人躺在床上静静地回忆我们的过往,亲爱!那一切已成永恒,刻在我的心坎上!

今夜,又是个无眠之夜,躺在黑暗的房间里我感到无边的寂寞,没有你急切的关怀,没有你温情的话语,没有你温暖的怀抱,没有你呢喃的情话,只有挂钟的滴滴答答声,把无情的黑暗、冰冷的黑夜撕裂,内心的伤痛瞬间散乱，眼泪瞬间滑落，我真的真的好想你！

我一遍遍在心底深深地呼唤你，你还好吗？一股股冰冷的失望时不时侵袭着我的内心，一种未曾有过的牵挂惦念撕扯着我伤痕累累的心。

为什么凡是美好的东西都是那么短暂呢！就像昙花一现！只留下绝世的悲凉和哀怨！

当失望已变成愤怒，当牵挂已变成怨怼，我不敢祈求你再爱我，我只求你好好善待自己！

当苦苦的等待已变成难耐的痛苦，当深深的情爱已变成如烟的往事，当你背负着伤痛失望的心，无助地消失在茫茫人海的时候，我蓦然发觉，原来，没有你的日子，我是多么痛苦，多么孤单，多么寂寞，没有你，我是如此失魂落魄，如此慌乱莫名！原来，我真的真的很在乎你，很在乎你！其实，我是真的不能没有你呀！！

但是，亲爱，我却无法和你在一起，这是怎样的伤痛呢！

我问清风，清风无语！我问大地，大地含悲！我问河流，河水呜咽着汩汩流走……

每天的第一缕阳光就是我对你的真心祝福呀！

忘了我吧！亲爱！我会在远处虔诚地祝福于你！祝你一生快乐安康！永远拥有晴美的天空和真挚的爱情！幸福美满！

随信附小诗一首留着纪念：

昙花一现

你我本是天空中
偶然相遇的两颗流星
那一刻宿命的碰撞
定然是前缘未了

我们
在青涩无助的时节相逢
注定是一种没有结局的邂逅

我深知
所有初遇时的喜悦
都只是昙花一现的悲凉
恰如海市蜃楼

转瞬即逝
不留一丝痕迹
今生若想和你十指紧扣
那只是一种徒劳的奢望

再真挚的情感
也挽留不住匆匆时光
岁月荏苒
叹关山万里
鸿雁无书
内心丝丝无奈感慨
凄凉淡薄
犹如雪花飘零

而这是上天给予的一份——
流泪的幸福
我们不能拒绝
也不要抱怨
更不要后悔
就像那美丽绝伦的——
四月飘雪
所有的一切
都是那样虚幻

人生匆匆
我们所拥有的
已不是尘缘中那
可望而不可即的幸福
所有的等待期许
都是一场无瑕的美丽梦幻

感谢上苍
虽然此生不能牵手
但两颗心偶然交汇的光芒
足以燃亮内心黑暗的世界

在未来无数个——
花香鸟鸣的清晨
无数个——
燠热难耐的午后
无数个——
安静肃穆的黄昏
还有无数个——
万籁俱寂的深夜
我们的心都会因回忆
而感到幸福温暖
……

你永远的锦儿

心情稍稍有点平复的跃子,收到云锦没有地址落款的来信,无异于在他刚刚结痂的伤口上又撒了一把盐。跃子怨恨云锦的绝情,居然连地址都不告诉他,但又体谅云锦的无奈,百般纠结痛苦中,一个人在教室一夜没回宿舍,给云锦写了一封无法寄出的回信,也算对自己和云锦这段昙花一现的爱情有了一个凄婉的交代。

给我那栀子花一样美丽的女孩

锦儿:

我如花朵一样美丽的姑娘!

接到你没有地址的来信,我真的是又悲又喜,悲的是你居然狠心到都不告诉我,你现在到底去了何方?喜的是你心里还是惦念着我记挂着我。我很感动,也很悲哀。

你可知道,这两个月我是如何在痛苦中煎熬!我的心承受着多么巨大的悲伤!

校园里再也看不见你俏丽的身影!课堂上再也听不见你娇憨的笑声!食堂里再也不见你拿着小碗忸怩的容颜!我的床前再也不见拿着毛笔,趁我睡着把我画成熊猫眼的调皮的顽童样的女孩……

我不能接受!我也无法接受!我真的绝望!真的无助!真的崩溃!我不知我要如何在这残酷的世界存在?

我每时每刻都在心里千百遍地呼唤:

锦儿!我的锦儿!你在哪里?你怎么能狠心把我抛弃!

我对着清风喊，清风无语！我对着明月喊，明月摇头！我对着花朵喊，花朵伤心得枯萎了……

我的生活中突然没有了你的音讯！我的心慌乱得找不到回家的路！

虽然我们在同一片蓝天下生活，空气中弥漫着你的气息！但你却像天边的彩霞，遥远得看不见踪影！你在哪里呢？

锦儿！我的锦儿！我真的好想你！好想你！

我一个人孤单地走在校园的小路上，像行尸走肉一样不知要到哪里去！突然间，耳边传来罗大佑那低沉的，充满悲怆的声音："我听到传来的谁的声音，是那梦里呜咽中的小河……"再也难掩自己悲凉的心情，眼泪夺眶而出。

今天下午，我独自一人在喧嚣而热闹的花街穿行，我不知道我在想什么，有人和我擦肩，也有人踩了一下我的鞋。然后我经过一家音像店，传来《你的样子》的歌声。

我驻足，歌声似乎从四面八方汇流进我的耳膜，驻足、倾听，我这一次完整地听完这首歌。

"不变的你，伫立在苍茫的人世中，聪明的孩子，提着易碎的灯笼；潇洒的你，将心事化尽尘缘中，孤独的孩子，你是造物的恩宠。"——我仿佛看到你决绝的身影，消失，然后又重现。

歌声冲击着我，我不可抑制地疯狂地思念起你的样子来。

旁若无人地穿行，撞倒了一个又一个人，行人纷纷侧目，把绝望的我当着了精神病人！

我不在乎别人的怒骂，心思恍惚地在街上游走，一遍遍回忆着我俩相识以来的点点滴滴。

我这样痛苦而绝望地爱着你。

蓝天，白云，树荫，麦田，竹林，绿草地，红毛衣，桃林，古黄河，女孩和我，一切如昨！游戏、呼唤、蓦然回首，抬起头凝望你的样子，那一刻的瞬间化作永恒，于是永远地记住了你的样子。

我明白所有的道理，我知道一切的努力都是徒劳，我清楚自己无法改变，所以不求有一天世间能出现奇迹。

在每个旭日初升的清晨与星光灿烂的夜晚，你的样子终将随时间淡淡而去，但那份刻骨铭心的感觉将永远埋在心间。也许多年以后，我依然会如今天般思念和沉默，我在《你的样子》的旋律中迎来一个又一个新的一天，无望而执着地期待着耳边传来那熟悉的声音，眼前出现那孤独的影子。

此去经年，你的样子也许会渐渐模糊，如果有一天你见到这些文字，希望你明白你所拥有的其实比你知道的更多。我重听《你的样子》，才明白，那其实是一个哀伤的开始。

我安静而寂寞地看着你的来信，一遍遍读着你忧伤的文字，一次次感到痛彻心扉！

我们时常感到很累，尤其是心累，那是因为我们背负着太多的遗憾和怨恨！每天在自怨自艾中回首、伤感！

锦儿！我的锦儿！你是那样单纯的女孩，我不愿你背负沉重的负疚感生活！请你相信！遗憾也是一种美丽！也是人生的另一种阅历！快乐一点，不要和自己过不去，我们不能永远沉溺在昨日的遗憾中伤感，我们应该感谢遗憾给我们带来的思考，因为遗憾，才让我们的生活五味杂陈，变得日渐丰盈！

锦儿！因为我们的爱情没有开出美丽丰硕的花朵，在萌芽中夭折了，让我俩的心经历了前所未有的伤痛，给我们带来五彩缤纷的斑驳的梦幻，却又在遗憾中如落花流水一样逝去了，我的遗憾是苦涩干涸的，有苦没处诉的感觉你可懂得？也许你可以随时在家大哭一场，流泪也是一种幸福呀！但身为男儿的我如何能常常哭鼻子抹泪？我的伤痛只有深埋在心底！

但我从不后悔！人生不如意事十之八九，但只要有一件事是成功的，也要让生活充满着芳香味！没有缺憾的人生，也是不完美的人生！

因为生活中有不如意，我们要学会宽容，学会思考，才能懂得取舍！因为遗憾，我们才能更加感到真情的可贵，才能勇往直前地去追求人生更美好的事！完美的人生不过是把千疮百孔的生活盖上一块洁白的锦缎！追求完美的过程才是最美丽动人的乐章！

我的锦儿！我们不要在现实面前痛不欲生！我们从来都不是为自己一个人而活！我们背负着太多的责任道义。快乐地生活，带点遗憾，带点轻愁！

不要再痛苦逃避自己的责任，也不要在逃避中麻痹自己的神经，为了深爱我们的父母家人，我们要学会坦然接受，学会遗忘，轻装上阵！该记住的永远不会忘，该忘记的一定要忘记！在自律中奋起！早日走出伤痛的阴影！

锦儿！人生什么都能选择，唯独出身，唯独父母！孝顺乃天经地义！既然父母不看好我们的恋情，一定有他们的道理！毕竟，他们吃的盐差不多比我们吃的米还多！认命吧！我心戚戚焉！

锦儿，就让我们把我们的遗憾当成人生一种淡淡的美丽吧！小心地珍藏在彼此微笑的梦幻里！请你再也不要为我悲伤！再也不要为我难过！

但我爱你的心也永远不会变！虽然未来我只能把你埋藏在心底里！

我会像你希望的那样，振作精神，重新上路，你说的在某个不知名的地方一定有我要的美丽！昙花一定会再次开放！茫茫人海，大千世界，几十亿人，总有一个愿意无怨无悔地为我一个人怒放！

锦儿！我深爱的锦儿！没有我的日子，你要好好爱惜自己！没有我的岁月里，你要好好把握自己！

人生的路很漫长！你一个人要好好地走！既然此生不能与你牵手，我只有真诚地祝福于你！

愿你一生平安快乐！愿一个适合你的人早日牵起你的手，为你遮着风挡着雨！

愿你永远保持19岁的样子！在我的记忆里永恒！

随信也附上我的小诗一首，为了永别了的纪念：

昙花一现

昙花
你这娇艳的精灵
世间能有几人得见
你盛开时的刹那芳华

昙花
你这美艳绝伦的处子
为什么总是凋谢在
太阳升起的清晨

而你
只有在你漫漫走过
才会栗然发现
昨晚
就在你的窗外
我曾经是
怎样美丽又怎样寂寞的一朵

曾几何时
我的冰冷的心
总是被你温暖的雨融化
当有一天

我的心再也无力暖起
你是否
还能为我撑起伞
挡着风挡着雨

你看
窗外凉风习习
初夏的天空
纯净得没有一丝杂质
蔚蓝深远
就像我的心
澄澈透明

我只想
摘一朵鲜红的玫瑰
看花蕾吐露芬芳
愿你永远拥有晴美的青春
总有飘扬不断的笑语
甜蜜和谐的生活

到如今
我之所以能忍受孤独
只因期待着重逢时的欢乐
如果这一切只能是
昙花一现的悲凉
那我也不悔这
怒放时极致的芬芳

也许这一切只是梦幻
但在这多梦的季节
人生若无梦幻点缀
该是何等的枯燥无味
再美的景致也会
黯然失色

烟波千里兮路漫漫
捎一大把祝福给你
请你平安快乐幸福
哪怕今生不相见
我们的心却永远在一起

曾经珍惜护持的面具
现已破裂成泥
一切都只因泛滥着
思念的洪水
一泻千里
锐不可当

但只要在我的眸中
曾经有你芬芳的春日
在我心中
永存一首真挚的诗
永无相见又何妨

哪怕是昙花一现
也已成永恒
我已把你珍藏在
我微笑的梦幻里
更哪怕是山高水又长
……

你永远的小妖

第十七章 “伟人”出现 风起云涌

“成长是一笔交易，我们都是用朴素的童真与未经人事的洁白交换长大的勇气。”

“每个人最怕的是自己给出去的是心，而别人送回来的却是刀子。友情也好，爱情也罢。”

“钟表，可以回到起点，却已不是昨天；日历，撕下一页简单，把握一天却难。人生，步步都要谨慎，才能涉过激流险滩。”

大二开学后，校学生会改选。

不鸣则已，一鸣惊人的邹祥，口若悬河，巧舌如簧，打败众多竞争对手，顺利当选上校学生会主席。梅子也过关斩将，通过一分钟演讲比赛，崭露头角，成功竞选上管理工程系学生会主席，并因为舌灿莲花，出口成章，行云流水似的语言表达，被选为校学生会宣传部部长，从此和“扬帆文学社”结缘，第一篇处女作短诗《等待》，在校刊《下江船》上发表，也从此埋下了她对文学挚爱的情缘。

邹祥当上学生会主席后，大刀阔斧，锐意改革，把学生会中占着位子却不能干事，或不想干事怕得罪人的同学先清理出去，选拔一批有能力、热心公共事务的同学为骨干，为此也得罪了不少同学。当时建八六的郝韦、机八六的石红都是文艺骨干，吹拉弹唱都很拿手。力哥的吉他也堪称一绝。

每周六学校都会在食堂里面的大舞台上举行一次舞会，梅子是校学生会宣传部长，当仁不让地担负起布置舞会现场的任务。

常言道：人小鬼精。邹祥个子虽然不大，但他脑子灵活，眼睛一眨一个主意，在他任学生会主席两年期间，组织了全校智力竞赛、歌咏比赛、篮球比赛、排球比赛、乒乓球比赛、田径比赛等不下15场大小活动，得到广大师生的一致好评。

邹祥自己也很得意，每天把并不浓密的头发，梳理得油光闪亮的能滑倒苍蝇。稍微有点外八字的步伐越发有板有眼，说话也越来越云山雾罩，常常让“狗不吃”的女生们捧腹大笑。她们偶尔也会讥笑他个子矮，属于三等残废之列，他哈哈一笑并不着恼。所以邹祥的人缘极好，这也是他具备做学生会主席的基本潜质吧！

日子如流水一样静静滑过，管八七的校园生活简单快乐安宁幸福。邹祥也像其他同学一样，过着毫无悬念的学生生活。

周六下午，邹祥同宿舍的同学都回家了，他一个人百无聊赖地在北京路上散步，想着是不是要到花街去逛逛，男孩子最不喜欢的就是逛街，但唯一的一双运动鞋有点破了，确实需要买双新的。

邹祥边走边无可奈何地想着。突然，在路旁走着的一名老者口吐白沫，轰然倒地。邹祥被吓了一跳，赶紧跑到跟前，老人双眼紧闭，已经不省人事，必须赶紧送医院抢救。可是前后左右也没看到人，奇怪的是北京路上平日车水马龙的大道，今天竟然一辆车也没有，安静得出奇，就连扫马路的清洁工也不见踪影，行道树上偶尔有一只小鸟飞过，好奇地停在树梢侧耳聆听一会又悄悄飞走了。

空气好像静止了一样。

时间就是生命！邹祥俯下身，慢慢把老人抱扶起，这是一个高个子的老人，起码1米75，比自己高，没办法，邹祥一只腿跪在地上，把老人伏背在背上，艰难地爬起，亦步亦趋朝前走。

其实邹祥完全可以一走了之。可是他没有丝毫犹豫，愣是用不到1米70的瘦小身板把老人背到附近的诊所，也接近二里多路，身上的衣服被汗水湿透了，头发像刚刚洗过一样。好在老人及时得到抢救，慢慢醒转过来，邹祥用准备买鞋的五十元钱替他交了医药费。

老人有间歇性癫痫症，平时都带着药呢，今天和老伴怄气，忘了带药，差点酿成大祸，如果得不到及时救治，很可能一睡不起。

得到消息的老人的儿子第一时间骑车赶来，对邹祥是千恩万谢，问邹祥是哪个学校的，邹祥不愿说，但老人机灵的儿子还是看到了他的校徽。他把五十元钱还给邹祥，另外拿出200元作为谢礼，邹祥说什么也没有收，直说这是自己应该做的事情。

梅子知道这件事是此事过后第二天，刚上早自习，一个青年男子拿着一面鲜艳的锦旗来到“狗不吃”教室，谷老师惊异地看着男子，被告知原来是邹祥见义勇为，人家送锦旗来了。谷老师很高兴，亲自代邹祥接下锦旗，男子再一次对邹祥表示感谢，同时也感谢谷老师教导得好，谷老师脸上那几个小雀斑再一次跳跃起来。

这件事很快传遍了全校，校长在全校大会上号召同学们向邹祥学习，作为见义勇为标兵，学习他敢于担当，无私博爱，勇于奉献的精神。

小马驹悄悄地讲：

“乖乖！祥子真是伟大！那么点小个子，愣是把那么高的老人背到医院里，不服都不行，真伟人也。”

一切又恢复了正常。

阿飞的目光一如既往地追逐着耗子。

而邹祥救人被赋予了一种特殊的含义，他的见义勇为行为被当作是“狗不吃”精神，走到哪里都是一张靓丽的名片，了解内情的同学一传十、十传百，都觉得邹祥深明大义，无私无畏，站得高看得远，有大将风度，能够统领一切，有伟人气魄！

“伟人”这个绰号就这样被喊开了。刚开始的时候，邹祥听同学喊还有点害羞，时间久了，也就坦然接受，甘之如饴了！

可“伟人”称号并没有给他以后的生活带来任何好处。

上帝有时候是不长眼睛的！

第十八章　云英将散　情难自禁

“世界上最远的距离，不是爱，不是恨，而是熟悉的人，渐渐变得陌生。”

“世上没有那么多冷漠无情的人，多的只是不善表达的人。”

“太阳每天从同一个地方升起，但人生不能总在同一个地方徘徊。”

正值盛夏七月。

瓦蓝的天空没有一丝云彩，更没有一丝凉风。火热的太阳炙烤着大地，回字楼后边小河里的水都能烫手，几尾小鲫鱼可怜巴巴地把头露出水面，刚一冒头，就赶快潜入水底，水面的温度实在是太高了。校园南北路两边地里的土吱吱冒着青烟，让人感觉好像跑到了《聊斋》里，有什么妖魔鬼怪在地下作法。空气中充满着难闻的焦煳味。路上行人的衣服湿漉漉的，好像刚从水里洗过澡一样，后背却有一片片黄白色的斑点，像盐卤过似的。

但谷老师的心里却拔凉拔凉的，没有一丝暖意。他的心情真的很复杂。明天，就要放假了，不，不是放假，他走上工作岗位后所带的第一个班的47个学生就要毕业了，一个个就会像脱缰的野马，都要离他远去了，他的心里既高兴又难过。他有点紧张，不知道一会要和同学们说点什么。

谷老师是一个内心火热却不善表达的人，他把对同学们的关爱深深地埋在心里。

三年来，很少看到老师大声讲话或者大声欢笑，大家看到的永远都是一个不温不火、微笑着的老师。今天，就要给朝夕相处了三年的学生们最后一次训话，谷老师的心里真是打翻了五味瓶。

近了，近了，还有几步就到教室了，还有几步就能看到一千多个日日夜夜操心挂怀的学生了！谷老师的嗓子一阵发干，居然觉得像三年前第一次上教室和同学们见面一样忐忑不安。

但终究，谷老师还是表情庄严地走进教室。

“起立！”

班长洪亮的声音响起，全班同学齐刷刷地站了起来。

“坐下！快坐下！不用这么客气！”

谷老师眼睛湿润了，他挥手让大家坐下，用充满爱抚的目光逐一在每个同学脸上逡巡了一遍，发现阿飞还没有到，刚要询问，突然阿飞满头大汗地闯进了教室，看到谷老师，搞怪地敬了一个礼，大声嚷嚷：

“谷老师早安，同学们早安，美好的一天从真诚祝福开始！祝愿大家每天都充满快乐、充满智慧、充满健康、充满光明、充满信心、充满收获、充满福报！祝福所有老师同学善愿圆满。一切吉祥！”

逗笑的阿飞并没有看到预想的效果，全班同学没有一个人发笑，全都向他投去嗔怪的目光，只有老师充满疼爱地说：

“阿飞，来，擦把汗！瞧把你热的！”

老师掏出自己的手帕递给阿飞，懵懵懂懂的阿飞刚想接过老师的手帕，却被冬子暗暗投掷的一支粉笔砸中了脑袋，刚想发作，却见小妖连连给他使眼色，这才发现今天气氛有点异样，遂尴尬地挠挠头皮，连忙跑到座位上去。

谷老师叹息着说：

“阿飞呀，我真是担心你呀，你整天迷迷糊糊的，拖三拉四的，马上要走出校门，走上工作岗位了，你怎么能适应社会呢？你要清醒一点，赶快长大，成熟一点，不是孩子了，别整天昏头昏脑的不知自己需要啥，社会可是个大染缸，不比校园纯净，凡事多思考，别像个没头苍蝇似的，唉！”

“谷老师，您就别担心我了，吉人自有天相，何况，凭我一米八五的个头，壮得像头牛，就是下苦力也比别人劲儿大，难道还能饿死不成？”

“好！好！我们阿飞最想得开，这就好，只要有信心，肯努力，就一定有好前途。”

只可惜，阿飞一语成谶，此后的人生充满坎坷，历经磨难。但正如他自己所说，凭借一身好力气，日子终究是过得下去。

谷老师安抚好阿飞，把目光投向全班同学，声音喑哑地说：

“同学们！明天，你们就要毕业了，一个个就会像雄鹰一样，展翅高飞！但究竟能飞得多高多远，还要看你们各自的造化。社会远比校园复杂得多，你们要赶快成熟起来，遇事多看多思多想，多问几个为什么。不管你们分到什么单位，都要勤恳做事，踏实做人，多向前辈老同志学习，谦虚谨慎，不耻下问，不要不懂装懂。刚走出校门，什么都是新鲜的，许多问题不懂也是正常的，不懂并不可怕，可怕的是不懂装懂。一个人，千万不要有虚荣心，社会是个更大的学校，你们要学的东西实在太多太多。社会也是个大熔炉，但好钢不怕火炼。人的一生，不可能都是一帆风顺的，遇到挫折，要勇敢面对，哪里跌倒哪里爬起，哪怕碰得头破血流，也不要轻言放弃，坚持就是胜利，只要认准了目标，就要为了实现目标而努力奋斗！”

难得激动的老师涨红了脸，头上的汗珠一排排地滚下脸颊。

“同学们！你们都是我心爱的好学生。三年来，没有任何人让我失望，我一直对你们寄予厚望，我希望我的学生将来都能有所建树，在社会上作出成绩，以一腔热血报效国家，真正实现人生的价值！

“同学们！我真诚地希望，你们每个人都能有一个好前程，将来每个人都能组建一个幸福的家庭，生活得美满快乐！尊老爱幼，孝顺贤德！做一个无愧于时代，无愧于社会，无愧于家庭的优秀人才！才能对得起这三年的辛苦努力，让青春无悔！

“同学们，三年来，所有的朝朝暮暮，如果老师照顾有所不周，也请大家原谅，来日方长，希望大家不要忘了老师，多回母校看看，我会在这里一直等着你们，你们的每一点进步，都是对老师极大的奖赏！老师舍不得你们！真的舍不得！”谷老师情难自禁，讲不下去了，掏出手帕悄悄擦掉眼角的泪滴。

多愁善感的梅子觉得老师的语言像做诗，突然心中酸楚，低声啜泣起来，女同学跟着一个个哭得稀里哗啦，男同学们也一个个悄悄掏出手帕擦眼。平时飞扬跋扈的阿飞傻眼了，好像刚刚懂事的孩子，突然觉得大人要远离家门，丢下自己一个人，他这才真的感到害怕难受。只见他蜡黄着脸，一会望望老师，一会望望耗子，更深的迷茫在他那无助的脸上显现。

“好了！好了！同学们，大家不要太难过，毕竟，我们又不是生离死别，走出校门，独立了，工作了，是好事情，人总得要长大，不可能永远在学校里。今天大家就在一起好好聊聊，写写毕业纪念册，留下给彼此的祝福，日后也好留作念想。晚上都不要私自安排活动，7 点钟，大食堂，全班师生大会餐。”

“最后的晚餐啊！”

眼里永远没水的阿飞不合时宜地又蹦出一句，惹得刚刚止住泪的女生又一阵泪海。

谷老师再没说话，摇摇头，重新把每个同学望了一遍，静静地走出了教室，不用班长喊起立，全班同学齐刷刷地起身目送老师离去。

白得耀眼的阳光下，老师单薄的身影显得那样落寞孤单，一股无言的忧伤充斥在每个同学的心头，教室里死一般的寂静。

静默了几分钟，阿飞打破了这沉闷的气氛：

“小妖，晚上拼拼酒量啊！”

小妖还他一个狠狠的白眼。

第十九章　最后晚餐　珠光烛泪

“看的是书，读的却是世界；沏的是茶，泡的却是生活；斟的是酒，品的却是滋味；喝的是水，醉的却是红尘。”

“人生不过是一场旅行，你路过我，我路过你，然后各自前行，各自修行。每个人都有自己的故事，看淡心境才会秀丽，看开心情才会明媚。”

夏天天黑得迟，晚七点了太阳还没落尽，天边的晚霞分外绚烂，十分壮美，偶尔有一朵乌云飘过，空气湿漉漉的，有腥甜的水蒸气味，没有一丝凉风。明天也许会下雨吧。

七点还差十几分钟，梅子无精打采地拿着自己的碗筷，怏怏地向大食堂走去，她的工作还没有落实好，心情沉重得很，因为没有任何家庭好背景的她，前几日回家去托人找工作，可巧班级安排那天照毕业合影，全班唯独梅子一人不在，合影照上少了梅子一个，真可谓“遍插茱萸少一人”。可能也没什么人介意。梅子没有男朋友，没什么显赫的家世，平时也就是一个和蔼可亲的大姐姐似的，谁也不会为了这样的人影响整个班级的活动计划。可这是梅子心里一个难解的结，此后若干年，每当她看着那张缺了自己一人的毕业照，心头就涌起一股酸痛和怨尤的感觉。同窗三载，最后的纪念，却少了自己，这不能不说是自己一辈子的遗憾、伤痛。她可没什么好心情喝酒哦。

“梅子，梅子，等等我！”

小薇从后面追上来。

梅子驻足回头，只见小薇穿着一件淡蓝的短袖 T 恤，雪白的长裙，乌黑的齐耳短发，发出柔顺的亮光，衬着瓷白的肌肤，干净秀丽，真是一个小璧人啊。

看到小薇，梅子心里就有一丝委屈，她俩是好姐妹，虽然小薇比梅子小，但处处维护她，梅子有心思也愿意对她说，又同是新阳城人，自然更多了一分亲切，所以毕业后她俩分在同一个小城工作，成了铁杆闺蜜。

“梅子，怎么了？不开心？”

“有什么好开心的?”

“还在为照相的事生气呢?”

“没有！我算老几？照不照有什么关系？他们不等我，我还不愿意和他们一起照呢！走出校门，不知猴年马月能见到，也许有的人一辈子再也看不见了，照不照有什么要紧?”

梅子赌气地发泄着心中的郁闷不满。

“呵呵呵！还说没有呢？算了，别不开心了，有多大个事？你说得对，如果心里有你的人，没有照片，也会把你装在心里，如果不关心你，就是一打照片带回家，说不定还嫌碍事呢！相见不如怀念，将来有一天，有谁用老花镜一个个看着照片上的人，忽然想起美丽的梅子没在上面，他们就会想起你的种种好处，让他们遗憾去吧!”

“哈哈哈！也是的呢!”

三言两语，小薇总能在关键时候给梅子以安慰。

梅子愁容稍减，挽起小薇的胳膊，忧虑地说：

“也不光因为这事，我的工作还没找好呢！茫茫人海，能帮助我的人在哪呢？老天真是不公平，有的人只因有了好父母，吃喝嫖赌，啥都不缺，却早早有人帮助安排好工作，为什么老百姓家的孩子做什么事都那么难呢?!”

还没踏进社会的梅子已深深感到社会的不公和险恶。这几天回家找工作，处处碰壁，让她身心疲惫，对前途充满深深的忧虑，绝望的情绪在她阳光少女的心里投下了浓重的阴影。

“你不要太担心，现在是包分配，工作总会有的。”

“是包分配，但还不是事先弄好的，有关系的可以进机关、事业单位，没关系的只能进企业。人事局的人打着官腔，你是学企业管理的，不上企业干什么？不白上学了吗？说得冠冕堂皇。可是你知道，新阳城有几家企业吃得上饭的?”

“那也不至于，总之你不要太灰心，再想想办法，一定可以找到好单位。”

看着小薇说得轻描淡写的，梅子心里突然觉得更加烦躁。

小薇可是父母早早就联系好了一家金融机构，将来可前途无量，衣食无忧哟。

梅子遂不再说话，小薇也觉得无法安慰梅子，只是更紧地握住梅子的手：

“开心点吧！这是我们班最后的晚餐，有什么不开心忍着点，何必让大家扫兴？还有全体任课老师都来了，最喜欢最关心你的卫小雅老师也从南京赶回来了，你不是最喜欢她吗？别让她担心你，听说她最近身体不太好呢，上南京就是去检查身体的，也不知结果怎么样呢？不过一会你千万不要冒冒失失询问哦!”

“好，知道啦！我又不傻。你真像个小老太婆，絮絮叨叨的。”

“我可是为你好呢!”

小薇抽出粉掌扰乱了梅子飘逸的长头发，又在梅子胳肢窝挠了一把。

“哈哈哈！要死呢!”

两个人嘻嘻哈哈地一路笑着走向食堂。

梅子暂时收拾好心情，和小薇手挽手走进食堂。一进食堂大门，她们就被眼前的景象惊住了：

食堂昏暗的灯光下，不知谁的创意，还在每张餐桌上摆了几只红红的蜡烛，正燃烧得像火一样，一行行烛泪却悄悄地流淌在桌子上。

在自己班级的位置上黑压压地坐满了人，所有男生像约好了似的，统一穿着白色的短袖上衣，深色裤子，也不怕晚餐污了雪白的衬衫。女生都穿上了自己最漂亮的衣服，没有了往日的喧闹、杂乱，一个个表情凝重，就像将要和至亲的人生离死别，就连一向肆无忌惮，不知天高地厚的阿飞也规规矩矩地坐在位子上，面前摆好碗筷，面色沉重，一言不发。

餐桌上已摆好了形形色色的菜肴，鸡鸭鱼肉一应俱全，每张桌上还放了一瓶双沟大曲。馋猫阿飞却视而不见，正襟危坐，只是偷偷咽下口水。

空气中有一种情绪，像火山一样，好像随时都能爆发。

梅子和小薇悄悄走到自己平时常坐的位子，放好碗筷，和同学们一起，眼巴巴望着大门口，听说校长和三年来所有任课老师都要来——来参加她们学校首届工业企业管理班的毕业聚餐。大门边那儿留出的两排长条桌是给他们准备的。

时间一分一秒地过去，墙上时钟的“嘀嗒”声，刺耳地灌进耳膜，让人心生烦躁。

梅子任何时候都没觉得时间过得这么慢！好像一个世纪那么长，其实也就是五分钟。

“来了！来了！全体起立！”

坐在门口的班长一声令下，全班同学“刷”的一声站了起来！

由于用力过猛，庆子刚买的裤子被饭桌边缘的钉子划了一个口子，他心疼地嘴里“丝丝”冒着热气，却没有说话！冬子忧虑地向他投去安慰的目光，庆子涨红了脸，却微笑着。阿飞刚想幸灾乐祸却被猛子捂住嘴巴发不出声。

“同学们好！请坐下！坐下吧！”

校长汪林声音洪亮，高声招呼大家落座。

汪校长中等身材，皮肤白净，长得眉清目秀。江南口音，据说老家无锡，说得一口吴侬软语，平时从不对师生发脾气，再大的问题出现，他都能沉着冷静，笑眯眯地化解于无形。全校师生都很崇拜他。大家只是觉得那么一副好皮肤长在一个大男子身上太可惜了，实在应该长在一个水乡女子的身上才好。

谷老师今天也算是主角吧，汪校长招呼他坐在他的身边，待所有人落定，校长站起来：

“大家把酒倒点在自己的碗里。”

一阵乒乒乓乓碗盘碰撞声，大家倒好了酒。

“来！大家举起碗来，干了碗中酒！明天，你们就要毕业了，走进社会，未来的大门向你们敞开着！你们是我们学校第一届也是唯一一届文科生！以后工业企业管理专业不再招收文科生，让你们学的大多是理科课程，这三年，辛苦你们了！但付出终会有回报！你们的专业在目前还是凤毛麟角的，国家要强大，离不开经济管理人才，广阔天地，你们将大有可为。你们要踏实做事，爱岗敬业！与人为善，真诚做人！善待家人，和睦相处！敬老爱幼，温良贤德！刻苦努力，敢想敢干！自尊、自重、自警、自省、自励！不忘师恩，铭记教诲！把有限的生命献给无限的事业，把真挚的情感献给自己的爱人、家庭和身边的所有人！预祝你们旗开得胜，马到成功！家庭幸福，心想事成！干！当然，女老师和女同学可以少喝一点点哦！呵呵呵！”

唉，校长任何时候都是优雅的，不会忘了绅士风度。但是所有的老师同学全都一干而尽，因为喝得太急，小虫子被辣得嘴里“嘶嘶”冒着热气。

“好！下面大家自便！今天学校为你们送行，大家尽情吃菜，但酒要少喝，酒多伤身，喝多了不好，意思到了就好。”

大家安静地吃了一会，班长带头，挨个给校长老师敬酒，轮到梅子，她端起碗给校长和每个老师敬完酒，特意挨到卫老师跟前，老师朝旁边挪挪，给梅子让了个位置，拉梅子坐下，她温柔地抚摸一下梅子柔顺的秀发，满眼爱怜与不舍：

“梅子，听说你的工作还没落实好？不要急，天无绝人之路，慢慢来，也许会柳暗花明呢！”

“我知道，您不用担心我，我会找到好工作的。老师，听说您身体又不好了，到底怎么了呢？我很担心您！”

“没事，没事，小毛病，调理一下就好，你不用担心，老师会照顾自己。”

“老师，您可千万不能有事，大学三年，您是对我最好的老师，您不但教会我知识，还教我怎么做人，尤其您是那样高贵的出身，却不嫌弃我是农家的孩子，甚至还比对其他同学更关心，我真的好感动，是您让我在丧父的剧痛中走出黑暗，感受到亲人的温暖，感受到姐妹的关怀。您就是我的亲人，我这辈子都不会忘记您，您一定要健康长寿，我会一直在心里为您祈祷！”

梅子说着不由自主流下泪来，卫老师把梅子紧紧抱在怀里，用手拍抚梅子单薄的后背，泪水也悄悄流下。

卫老师忧虑地说：

“梅子，你要阳光一点，开心一点，人生不如意事十之八九，但只要有一件事是成功的，也要让生活充满着芳香味！没有人会喜欢一个整天愁眉苦脸，唉声叹气的人，你要学会微笑，笑着面对一切风雨，笑着生活。生活的酸甜苦辣微笑着去品尝，你如果做得到，你就成功了。人生在世，不在成就大小，在于你努力了，尽心了，没留下遗憾，这就够了。老师认识了你，三年来，你也给我很多欢笑，老师也够了。老师希望你这辈子过得平安健康、幸福快乐就好了。”

说到最后，卫老师安详地笑了。

“好！好！我一定听您的，我一定会幸福的。”

“人生不如意事十之八九，但只要有一件事是成功的，也要让生活充满着芳香味。”

说得多好！这句话，成了梅子终身的座右铭。

在未来无数个挫折面前，梅子只要想到这句话，就充满了无穷的动力。因为这句话，梅子才可以在苦难面前百折不挠，面对人世强加给她的一切不公待遇，活得坦然安然，执着地走过人生一个又一个拐角。始终心怀善念，朝着有阳光的方向走，就一定会看见阳光。微笑，是梅子不变的武器，笑着生活，是梅子人生的信念。苦也罢，累也罢，没有过不去的火焰山，阳光总在风雨后。

“好了，回到你的位子上去，好好吃饭，你太瘦了，不要怕发胖，胖是福气，老师想胖还胖不起来呢。”

为了老师的这句话，梅子结婚生子后迅速发福，好多朋友苦劝她减肥，她也偶尔减一下，但无法坚持，因为她从内心就不愿减肥，所以多少年来，始终是胖胖的，任凭别人冷讥热嘲，梅子丝毫也不介意。

梅子含泪和卫老师最后握了一下手，老师的手真瘦呀，瘦得只剩下皮包骨头了，梅子心酸得不能自持。

“好了，好了，快去吧!”

梅子依依不舍地和卫老师告别，回到自己的座位上，远远向卫老师望去，眼前出现了幻觉，仿佛看见卫老师真的变成仙女，轻舒广袖，飞舞着飘向天宫。梅子知道，此生，只怕真的是最后一次和她一起吃饭了。事实是，刚毕业不久，就听到老师辞世的消息，但因忙于生计，梅子居然没来得及去送老师一程，这在梅子的心里留下了永远的遗憾伤痛，这辈子她都不会原谅自己。老师，安息吧！原谅你无知的学生。下辈子，如果有下辈子，梅子一定愿做你的手，帮你洗衣做饭，翻书磨墨，或者就做你的眼，帮你阅尽人间万象，再有就做你的腿，陪你走遍万水千山。永别了！亲爱的老师！来生，来生我们再相见!!

梅子心情沉重地喝着闷酒，梅子的酒量在同学中还是不错的，酒品和人品一样，干脆、豪爽。但，今晚，她却没心思和同学喝酒。几位女生大多不胜酒力，都面有酡色，男同学们不再拘束，开怀畅饮，好多个同学喝着喝着就莫名其妙地哭了起来，惹得其他同学跟着哭起来，食堂里哭声一片。也许，压抑了三年，大家真的需要宣泄，这哭声，有不舍，有无奈，有痛苦，有忧伤，有希望。阿飞的哭声最响亮，可能他在痛哭坚守了三年却始终得不到耗子的芳心吧！

校长和老师们不知何时已经退席，只有班主任谷老师还在和班长喁喁私语，完全不管同学们在痛哭。也许他们的心情也很沉重吧。

一阵宣泄，同学们重又喝酒。

看着同学们觥筹交错地喝得无状，梅子却丝毫提不起兴趣。

梅子意兴阑珊地看着耗子和冬子、扬子拼酒，阿飞忧伤的目光始终环绕耗子旋转，突然深感悲哀。人生不如意事真的十之八九，相爱的不能相守，不爱的死死纠缠着，这是什么样的孽缘？可怜的阿飞，爱了耗子三年，追了耗子三年，到临了，都没得到过耗子一分好眼色！真是叫人心痛！

可笑的是，在行将离校的前一天，那个仰慕梅子许久的外系男生，这个时候居然不合时宜地闯进食堂，邀请喝得半醉的梅子去看电影《欢颜》，这是一部当时十分流行的爱情片子。

梅子突然觉得这世界真的好滑稽，该来时不来，不该来时瞎来。这个时候来追她，不是天大的讽刺？

梅子用手摸摸脸，露出高冷的微笑：

“谢谢你了，帅哥！你来迟了，不是宝玉说，我来迟了，是黛玉说，你来迟了！明天毕业了，各回各家，各找各妈！”

小薇责怪男孩：

“你早干什么去了？”

男生羞赧地期期艾艾地说：

“平时不敢，今天是鼓了十二分的勇气，再不表白，就没机会了。”

“你走吧！太迟了，我们生在两地，谁有力气再去经历一场没有未来的恋爱？不过还是要谢谢你！”

梅子掷下冷冰冰的话语，留下尴尬的男孩独自离去。

今晚，注定是一个无眠之夜。

红尘滚滚，珠光烛泪，人生几何，对酒当歌，再回首，已是百年身！

再见了，老师！再见了，同学！再见了，爱我的人！再见了，我爱的人！再见了，“狗不吃！”

第二十章　车站送别　劳燕分飞

“生命若水，石过处，惊涛骇浪；生命若梦，回首处，梦过嫣然。生命本身就是一个奇迹，这奇迹里有太多的酸甜苦辣；生命本身就是一个传说，悲欢离合，每个人都是风景。”

“这世界上，走得最急的，总是最美的风景；痛得最深的，总是沧桑的心。生活，是煮一壶月光，醉了欢喜，也醉了忧伤，人生，是磨难在枝头上被晾晒成坚强。”

毕业季，大家归心似箭。

一想到终于结束了十几年的校园生活，同学们是既激动又不舍。激动的是马上就要走上工作岗位，社会的万花筒将呈现五彩缤纷的异样色彩，那些灰暗单调的生活将一去不复返，难舍的是三年同学情谊，此一别，再相见，不知何年何月？特别是那几对鸳鸯，更是难舍难分，整天腻在一起，缠缠绵绵。

但分别近在眼前，不管大家愿不愿意，离校的日子很快就要到了。

随着分别的日子一天天临近，校园里突然安静了许多，大家讲话的分贝不自觉地降了下来，声音更加温柔，彼此更有耐心。

其实从7月中旬开始，已经陆陆续续有同学走了，家里有关系、条件好的，早有父母帮忙联系好了理想的工作单位，没有什么家庭背景的，只好提前离校，回家找工作去了。梅子因为照毕业照期间回去过，也没有那么着急，其他女生都走了，她一个人慢慢腾腾地整理好行李，看着空荡荡的402室，一阵悲从中来，想到在一起朝夕与共的同学们就这样一下子都走光了，再相见不知是何年何月，心里感到空落落的，更有对未来前途的迷茫和担忧，心情很沉重。但是终归是要走的，她去和邻室的雪莲告了别。

雪莲和周飞是走得最迟的一对，并不是他俩有什么惊人的背景，只是不愿早早分开，而且雪莲的去留一直困扰着他俩。

雪莲的父母早在一年前就双双调回新疆工作，随后雪莲就住到了401室，那里有财八八一女生休学腾出了床位。他们希望雪莲能回新疆，和他们生活在一起，之前已为雪莲联系好了一家国营加油站，做收费员，工作惬意安稳，工资不薄。但他们都是有文化的人，非常在意女儿的感情生活，认为只要雪莲觉得幸福，留在楚城和周飞在一起也没有关系。

雪莲当然想和心爱的人在一起，他们多方努力，为雪莲留校奔波。但造化弄人，原来雪莲品学兼优，能歌善舞，学校有意把她留下，但临近毕业，上级突然下来文件，所有同学毕业一律回原地，哪里来哪里去，最后一次一刀切！雪莲的留校名额作废了。

那几天，雪莲急得嘴上起了一串串的火泡，声音喑哑，哭得美丽的大眼睛肿得像水蜜桃。周飞心痛得彻夜难眠，在床上辗转烙饼。突然，电光火石中，他忽而想到自己的舅舅，自己的工作不就是他帮助安排的吗？那么自己的爱人的工作，他也一定不会不帮忙的。他兴奋得一个鲤鱼打挺蹦了起来，看看同室睡得正香甜，无奈复又躺下。

好不容易熬到天亮，周飞赶忙起床，简单梳洗完毕，一口气跑到女生楼 401 室，“咚咚咚”一阵乒乒乓乓敲开门，不顾还有其他女生，一把拉起雪莲，紧紧搂在怀里，口里连声说：

“没事了！没事了！”

雪莲懵懵懂懂，不知所以，周飞语无伦次地告诉她，自己的舅舅可以帮忙把她留下，雪莲不敢相信地睁着无辜的大眼睛，长长的睫毛激动地跳跃着，脸上笑得像美丽的五月花。

欣喜若狂的雪莲赶紧起床，翻箱倒柜，把自己仅存的三百元钱拿出来，递给周飞，让他拿去买点礼物送到舅舅家，周飞赧然，他的兜里可是光溜溜的没几个大子儿了，他平时常骑着一辆破永久自行车到处转悠奔走。

但他无论如何也不能拿雪莲的钱买东西给舅舅家，急得头上直冒冷汗，雪莲善解人意地安抚他：

“拿着吧！我的就是你的，将来我们就是一家人了，就是舅舅不介意，还有舅妈呢！”

周飞无语，最后到底拿了雪莲两百元钱。

吃过早饭后，两人一起到商场买了一大包糕点水果，想趁中午送到舅舅家，舅舅要午休，中午肯定在家。周飞让雪莲和他一起去，但雪莲毕竟是个未出阁的姑娘，害羞，不敢去。周飞无奈，自己把一大包东西横担在自行车大梁上，让雪莲在宿舍等着，哪儿都不要去，然后自己吹着口哨，志得意满，骑着破自行车，载着礼品，高高兴兴地向舅舅家而去。

痴心的雪莲在宿舍等啊等啊，等得中午不敢去食堂吃饭，怕周飞回来找不到她，等得太阳西斜，等得忘记饥饿，等得晚饭又没吃，等得月上柳梢，趴在窗口眼巴巴地望着周飞该来的方向，望得双眼发直，脖子酸痛，八点多钟才见周飞无精打采地从远处慢慢地骑车而来。雪莲陡然一阵心悸，不祥的预感充斥在心头。

果然，等周飞刚一敲门，雪莲冲过去拉着周飞的手，用目光询问：

"怎么样了？"

周飞有气无力地摇摇头。

雪莲颓然跌坐在床上，胃部感到一阵揪心的痉挛，饥饿、失望、痛苦排山倒海般袭来，不由得倒在床上嘤嘤啜泣。

周飞慌得手足无措，期期艾艾地说：

"雪莲呀，你别急嘛！舅舅说，你们现在只是谈恋爱，又没结婚，如果我费尽心思把她留下，将来她不和你结婚怎么办？如果她真的爱你，毕业后你们就结婚，结了婚我保证把她调来。任凭我如何哀求都不松口，连舅妈也和舅舅一个意见。"

"雪莲，你放心。一年，就一年，我保证想办法把你调过来！"

雪莲突然不哭了，她知道一切已无可挽回，她回了新疆，爸妈是无论如何再不会放她回来，何况世事多变，谁知道一年后是什么样子？世间有永恒的爱情吗？一切都是未知数，无从把握，还是珍惜和他在一起的最后的机会吧，为将来留下更多美好的回忆。

雪莲擦干眼泪，走到脸盆架前洗把脸，认真收拾了一番，勉强绽开笑脸对周飞说：

"走吧！我们出去吃饭，我两顿都没吃呢！陪我吃一顿最后的晚餐吧！"说着又不自觉地掉下眼泪。

周飞心如刀绞，一言不发。

周飞和雪莲手挽手走到北京路上的阳春面馆，一路无语，只是两双手握得几乎红肿，恨不得把自己融进对方。

两人找了一个靠窗的位置坐下，点了两碗阳春面，一个韭菜炒蛋皮，一碟花生米。周飞摸遍了所有口袋付了钱。

雪莲很饿，却没有一点食欲，吃了几口就放下筷子，呆呆地看着周飞一根根地挑着面条往嘴里送，眼前浮现出往日在一起的种种甜蜜快乐，泪水不由自主地又往下淌，流到嘴里，咸咸的，有点苦，像极了她此刻的心情。

周飞苍白着脸扒拉完一碗面条，炒蛋和花生米纹丝未动。他居然不敢朝雪莲望。两人之间突然出现了难堪的沉默。他们知道，再多说什么都是无益，也许，这真的是他们在一起吃的最后一顿晚餐。世事难料，谁知道以后会发生什么变化呢？痛苦和绝望的情绪像瘟疫一样在他们的心里蔓长。

时间一分一秒地过去，面馆老板在远处怜惜地看着这对苦命的鸳鸯，几次走近却欲言又止。

"走吧！"

终于，周飞站了起来。

“好！”

雪莲机械地回答。

两人一前一后走出面馆，门外已是繁星满天。路上的行人很少，偶尔有汽车驶过，车灯惨白的光映出他们没有血色的脸，显得更加凄凉。

慢慢踱到北京路小区，广场边篮球架下，这是他们平时常来的地方。雪莲喜欢打篮球，没事时喜欢拉周飞一起玩球，累了背靠背坐在一起聊天，开心大笑，雪莲的初吻就是在一次大笑后倒在周飞怀里被他抢吻了的。往事历历在目。周飞再也忍不住，上前一步，拉住雪莲的手：

“雪莲，你说话呀！你不要不做声，你不说话，我心里怕得慌！”

雪莲终于崩溃，倒在周飞怀里，爆发出小兽一样的哭声：

“你让我说什么呀？说什么还有用吗？我们完了，再也回不到过去了，我们没有未来了！今天，就把我们的爱情埋葬了吧！”

周飞的眼泪瞬间像断线的珍珠，一串串无声地流淌下来。男儿有泪不轻弹呀，只是未到伤心处！那些唯美的过去，甜蜜的往事，真的就这样一去不复返了吗？他真的好不甘心！但他无法给自己更无法给雪莲安心，只有把自己滚烫的吻印在雪莲干裂的唇上，安慰那颗可怜的破碎的少女之心。

夜露深重，深夜寒凉，周飞无言地把雪莲送回宿舍，等待黎明那可怕的光亮。

分别的时候终于到了！

周飞骑着那辆老旧的自行车把雪莲送到车站。

雪莲的脸紧紧贴着他的后背，泪水浸湿了他的衣服。

曾经，用这辆浑身叮当作响的自行车载着雪莲游遍了废黄河、桃园边、楚秀园以及楚城所有的大街小巷，洒下一路欢笑一路歌唱，可事到如今……

周飞的心像锥子挖一样疼痛，他觉得自己快要窒息了。

周飞慢腾腾地蹬着车，希望车站的路程远一点，再远一点，好让他们能这样紧贴着久一点。

可他再怎么骑得慢，车站还是很快就到了。

周飞把车子停在车站院子靠墙角的地方，把雪莲的小箱子搬到客车上（大件行李前几天已被雪莲爸爸的朋友带走）。

“我走了，飞哥，你要好好的哦！”

雪莲边说边一步一回头地踏上了车门。

周飞突然间崩溃了。

只见他猛地上前一步，拉住雪莲的手，失声喊道：

“我求你！不要走！”随即抖抖索索地从口袋里摸出一枚漂亮的塑料蝴蝶红发夹，替雪莲戴上。

雪莲顿时泪如雨下，泣不成声：

“我不走又能怎么样呢？难道要我在楚城流浪?!”

“我不要你走！我爱你！我舍不得你！”

“我也爱你！我更舍不得你！”

两人不顾车站人来人往和旅客们怪异的目光，无所顾忌地紧紧拥抱，失声痛哭！

发车铃响了好久，两人还不愿松开紧握的手。一个门里一个门外，他们知道，这一别，终成永诀。

此去经年，你还是我心中那朵最艳的玫瑰吗？你还是我眼中那个俊逸的王子吗？所有的海誓山盟，在现实面前，是多么可笑脆弱，经不起一点点摔打，所谓的爱情，就像捧在手里的玻璃瓶，一不小心，就被摔得粉身碎骨！

客车师傅终于耐不住性子，喇叭一声长鸣，车门缓缓关上，两双手不得不分开。

雪莲哭着趴在窗边向周飞挥手：

“再见！你要给我来信呀!! 千万别忘了!!!”

“再见！你等着我!! 你一定要等我!!!”

大客车冒着黑烟裹挟着黄尘，呼啸着远去，留下周飞像蜡人一样呆立在闷热的夏风里……

谁知道，这一别，竟成永诀呀！

傍晚，谷老师收拾好自己简单的生活用品，准备回家。他的家就在楚城，平时为了方便管理照顾“狗不吃”的学生，就住在学校教师宿舍里，很少回去。放假了，老母亲催了多次了。

他把行李搬到门卫大爷处，出门沿南北路向教学楼走去，他想再去看一眼“狗不吃”管八七的教室，看有没有什么东西遗漏在那儿。

没了学生的校园里真是安静呀！

平时这时候，路上都是来来往往的师生。有的学生一路走一路高歌，有的互相追逐打闹，女同学们打扮得花枝招展的，勾肩搭背，一路嘻嘻哈哈，煞是热闹，可如今，只有几只麻雀站在路边电线杆上啾啾。

谷老师心中一紧，赶紧低头把一粒垫痛脚掌的小石子踢到路边的水田里，惊起了两只小青蛙一阵“呱呱”叫。他十分惊奇，都不知道什么时候稻子长得这么高了，茂密碧绿，一阵微风刮过，似在提醒他，快到秋天了，快到收获的季节了。

是啊！他的学生们毕业了，在“狗不吃”里长大了，是到收获成果的时候了，为什么要难过呢?

谷老师抬起头，西天的晚霞真的好美呀！七色彩虹横挂西天，人间美若仙境！

他不由得吹起口哨，加快步伐朝教室走去，路过操场边，似乎远远看见耗子和男生在田径场上勇猛角逐，朦胧中还看见阿飞倚在篮球架下落寞的身影和一直追逐着耗子的忧伤的目光……

谷老师摇摇头，叹息一声，快步向前走。他不能再想了，真的不敢再想了，他的学生们刚刚离校，就这样让他魂牵梦绕，他不知道在未来无数个日日夜夜里，他会怎样思念他的学生们！

还有十来米就到教室了，东大门进来了四五个男女同学，高声说笑着迎面走来。

“喂！你们怎么又回来了？”谷老师欣喜地大声喊道。

几个同学有点莫名其妙，愣愣地没人理他！

谷老师紧走几步，近了才发现，原来是“八八”体育系几个留校训练的同学。

“唉！”谷老师自嘲地摇摇头，看来他又产生了幻觉，以为是“狗不吃”的蛹子几人呢！

三步两步走到教室门口，谷老师从裤子口袋里掏出钥匙，颤抖着手打开锁，推开教室的门，一股冷风扑面而来，不由得打了个寒战，在外面的酷热一下子变得凉爽。

他站在讲台上，望着空荡荡的教室，一股没来由的酸痛潮水一样袭上心头。

曾经朝夕相处的像燕子一样的同学们一下子都飞走了，留下他孤零零的一个人。他感到空前的哀伤和孤寂。三年了，他已习惯了他们的吵吵闹闹，嘻嘻哈哈，他的心像被谁抽走了一样，一种无奈和无助的感觉紧紧地扼住了他的喉咙。

万分伤感的谷老师，在每个桌位上、地上逡巡了一遍，在梅子的桌肚里发现了一本《随园诗话》，谷老师奇怪爱书如命的梅子怎么把这么好的一本书丢下了，遂拿起，准备将来有机会再给她。他再没有发现什么有用的东西。他一个一个把每个座位抚摸了一遍，感觉仿佛抚摸了每个同学的面庞，他的心里得到一丝安慰。走到阿飞的座位上，在桌肚里发现了一封没有寄出的情书，这是可怜的阿飞暗恋苦恋耗子的泣血的歌声：

什么是爱情？

栀子花盛开，香气袭人，走在彩霞满天的傍晚，你俏皮地对她说：

“我最喜欢去的地方就是待在你的身边！”

这是你给她种下了前世今生的毒，那杯爱情的毒酒她含笑饮下了，纵然喝过了孟婆汤喝过了忘情水，来生也无法把你忘怀。

奈何桥上她牵着你的手，闭上眼一起跳进忘川谷，重新投胎做人，她还要做你的爱人。

“我今生来世最好的生活就是和你在一起！”

惊天地泣鬼神的千古绝恋！红尘男女几人可得！

天妒红颜百花羞！

一阵阵战栗在一众痴男怨女的心里掠过，天女散开缤纷花雨，迷乱了世人的眼。

你在断壁处静静站立，西风卷走了昔日黄花，你眼前的她已不再曼妙，舞姿迟缓凝滞，笑容似熟透了的向日葵，但在你的心里她仍然是你掌心里的宝，她眼神里跳跃的火苗足以让十八岁的小伙赧颜！令彩虹失色！

清风溜走，天地间仿佛只剩下你们二人，百鸟噤声，蚂蚁的尸骸在松树底下堆集，松鼠躲在树梢上偷窥，月老叹息着左冲右突，他很想把她从你身边拉走，可她像生了根一样站在你面前，任是海枯石烂坚不可摧，大概这就是所谓的爱情的魔力，是凤凰涅槃般的决绝，是尘埃中开出的最美丽的罂粟花，岂是凡夫俗子们能望其项背的？尔等只能像一粒粒芥子匍匐在尘埃里仰视，眼里含着欣喜的泪水，默默向上天祈祷来世今生会撞上那个叫做爱情的东西！

这份清绝的情书末尾又加了一个括号：

（耗子，我真的真的好爱你，爱到骨髓里！这辈子非你不娶！你永远的阿飞。）

谷老师小心地把这一页纸折叠好放进口袋里，有朝一日，也许阿飞还能用得到吧。想不到外表粗犷的阿飞还能写出这么细腻的东西，也许是抄来的吧？但不管怎么说，这是阿飞的心声，不知这个粗粗拉拉的男孩怎么会把这么重要的东西丢了？也许，这就是命吧？命运注定阿飞得不到耗子的芳心。

再也没有什么有用的东西了！

谷老师最后看了一眼他心爱的教室和他的“学生们”，锁好门，背靠着门，闭上眼，任泪水尽情地流淌。他在心里一遍遍地默念：

“再见了，我的学生们！愿你们像天上的云雀，永远在蓝天下欢乐歌唱！再见了，我一样流逝的三年美好时光！再见了，我的可爱的‘狗不吃’！不论将来身在何处，我都永远怀念我们这个团结可爱的集体！再见！！”

第二十一章　艰难抉择　终遂心愿

“假如我们能不被那些功利所左右，保持一份平静心对待生活，安然于世，便会发现生活美好之处，不必埋怨上天不公，因为它本来就是不公平，它所给予我们的总是很让人无奈，剩下空白只能靠我们自己去填补。”

梅子甚至都没有来得及回到学校照毕业照片，提前一周回到新阳城，想找找亲友，看看毕业分配能否分到好点的单位。等回到学校时，毕业照已照过了。毕业多年后每每翻看毕业照片，看着那一张张熟悉的笑脸，唯独没有自己，心里真是深感遗憾。随着时光流逝，有些人的面孔越来越模糊。有时候，梅子一个人坐在阳台上，翻看着老照片，久久不动，一待就是半天。那些逝去的岁月，曾经的美好，一切随风而散了。

梅子孑然一身回到新阳城。她可不比别人，别人家都有亲戚朋友做官或者有钱，全班九个女生，唯有她一个是农村出身的孩子，没有任何社会背景，想要分到一个好点的单位真的是难上加难。这不，跑了一个多月了，最后还是听说毕业档案到了人事局，初定方案是在县木材公司。而此时，改革开放的春风早已吹遍了全国，政策放开，个人可以买卖木材，国有的木材公司已经竞争不过私营企业，早已过了它的辉煌时期，濒临倒闭，半年前已经开不出工资了。

听到这个消息，梅子的心一下子掉到冰窟窿里。一家人辛辛苦苦培养自己上了大学，难道就为了到这半死不活的单位去受罪？

梅子能够上大学真的要感谢改革开放。梅子生在农村，家里兄弟姐妹众多，大集体时，一大家子挣得的工分也不够上学的费用。好在，考上大学时，农村已普遍实现了家庭联产承包责任制，土地分到了农民手里，通过辛苦的劳动，除去交的公粮，维持一家温饱，还有一些富余。其时，农村的一些副业也可以搞了，大小队领导都是默许的。哥哥会编笸斗的手艺，也为家庭带来不少收益。如果还是过去吃大锅饭时，哪怕梅子学习成绩再好，再聪明，家里也培养不起她上大学。

梅子一个人茫然地走在人民路上，季节已到深秋，秋风肃杀，亦如梅子凄冷的心情。她抬起略微有些怔忪的双眼，无语地四顾，伸开手指感受秋风的凉意，心里沉甸甸地有点难受，许多关于秋天的美好句子却一股脑儿地涌进脑海里。

秋天，美得从容，一年四季，最美的季节要数秋天，她之美美在气质、美在理性、美在从容，更美在成熟与天高地远。生命面对秋天，一种开阔与深沉会不请自来！如果你能像梅子一样，倾倒生命，那么，她一定会给你带来丰盛和意外的惊喜！

秋天的小日子送走炎热的夏季，秋迈着轻盈的脚步悄悄走来，虽没有春的繁华，夏的热情，但秋却在金色中收获了睿智和成熟，在秋叶中收获了那份淡然和静美。不用哀叹四季的更替和变化，每一个季节都有自己独特的那份美，让我们在聆听和感悟中，将每一季的美都烙在心中。

梅子一路胡思乱想中，不知不觉走到了闺蜜毕虹在城后的家门口。

毕虹是梅子中学时的铁杆闺蜜。高中三年，一个是高三(5)班，一个是高三(6)班，可能是机缘巧合，两个都很善良的女孩走到了一起，成就了一辈子的友谊。因为诸多因素，梅子高三一年都是吃住在虹虹家，享受和虹虹一样的待遇，感受到其母亲娘般的照顾关心，这份恩情，梅子铭记终生，时刻不敢忘记。

虹虹嫁的老公和梅子同乡，其父是县里某个部门的领导，梅子想碰碰运气，去找一下叔叔，看能否找下人事局领导，改变一下分配方案，这对自己以后的命运至关重要。

梅子抛却心中的怯懦不安，伸手敲门。

虹虹开门热情地把梅子让进家门，坐在沙发上，刚刚端起茶杯，还没来得及喝一口水，又有人敲门，虹虹暗笑：

“又是哪位大仙呀！”

她拉开门，一看是谢天意，不禁失笑：

“今天真是贵客临门呀！你们俩是约好的吗?”

“没有！没有!”梅子和谢天意异口同声地说。

“哈哈！那咋这么巧呢?”虹虹笑容暧昧。

梅子看着这个漂亮帅气的男子玉树临风地站在自己面前，想起多少个思念的不眠之夜，一下子羞红了脸。

早在去年五一节的时候，虹虹和许豹结婚，让梅子回来做伴娘，而天意是许豹的同窗好友，从小穿开裆裤时一起长大的铁杆朋友，许豹结婚自然请了天意去当伴郎。但有趣的事，在婚礼上天意和梅子一见钟情，互相盯着看到眼睛里再也拔不出来。

梅子清楚地记得，那天自己穿了一件粉红色的羊毛外套，是那种粉粉的颜色，胸前一排可爱的粉色小球球，柔柔软软的，里面也是一件粉红色的的确良衬衣，只是颜色深一点，下身是一条和外套同色系的裙子，肉色丝袜，白色的高跟皮鞋，要多飘逸有多飘逸。1 米 65 的身材，雪白的肌肤，瓜子脸丹凤眼，垂到半腰的披肩长发，油光水滑。所有年轻的小伙子都看直了眼睛。情商很高的天意更是心如鹿撞，不错眼珠地盯着梅子看。梅子那两排长长的睫毛活像两把小刷子，忽闪忽闪的，直扫得天意心痒难耐，但梅子眼里的犹豫冷漠又让他望而却步。

其实呢，梅子对天意的印象也非常好，天意 1 米 76 的身材，偏瘦，肤色白净，一双剑眉，有点凶，显得刚毅果敢，嘴唇的线条很明显，一看就是个有主见的主。上身穿着一件灰底带红色条纹的衬衫，外罩一件水洗的牛仔外套，同色系的牛仔裤，只是裤脚边沿被长时间踩在脚底，有点破，深咖色的皮鞋有点脏，看得出不是个勤快的人，但瑕不掩瑜，整个人看起来很阳光舒朗，幽默风趣，给人的感觉很舒服。他妙语连珠地说着开心逗趣的话，引得宾客一阵阵哄堂大笑。

天意的家世很好，学校毕业已上班一年，在一个不错的事业单位上班，衣食无忧。

梅子略低低冰冷的眼眸，避开天意火辣辣的目光，心想还是离这些花花大少远一点，不是自己这个阶级的人能惹的。

婚礼上的事很多，天意遗憾没有单独和梅子深谈的机会，只是他负责录像工作，等婚礼结束后，虹虹拿出当天拍的照片，作为新娘子的她只有几张照片，倒是梅子几乎每张照片上都有，特别是有很多张梅子的单独特写照片，这件事被虹虹和许豹他们哂笑了许多年。

两个人虽然芳心暗许，但天意是骄傲的，不愿先主动，梅子更是有诸多顾虑，不会先开口。婚礼结束后，两个人各奔东西，各找各妈。梅子还有一年才毕业，没有多做停留，第二天一早就赶回学校去搞毕业设计。及至第二天天意再到虹虹家时，梅子已经走了，天意明显地感到失望，虹虹打趣他，看上了梅子就去追呀，我给你她的地址。可是天意太骄傲，终究没有给梅子写过只字片言。梅子刚回到学校的时候还有点期待，心想天意或许会写信来，但很快她就被毕业设计和临近分配的苦恼淹没了，残酷的现实让她不能有任何旖旎的想法，为了生存，她必须努力搞好毕业设计，找到好工作。

时间过得飞快，一转眼到了毕业分配的季节，别的同学家里早早地帮自己的孩子找到了下家，只有梅子等几个农村出身的同学还是一筹莫展，不知前途在哪里。所以，梅子像没头苍蝇一样跑了几个月，甚至耽误了毕业照，工作分配还是不理想。没有照毕业照成为梅子终身的遗憾，那几个敬爱的老师，时间长了也许早就忘了自己，朝夕相处三年的“狗不吃”的同窗，老来闲来无事，翻翻老照片，再也想不起班上还有一个善良的梅子同学，这真让梅子难以忍受，甚至形成了一种痛苦，每每想起，心里就揪痛得不能呼吸。

忙得天昏地暗的梅子早已把天意忘在了脑后。但苍天有眼，冥冥之中天注定，在梅子走投无路、面临绝境的时候，在虹虹家和天意却不期而遇，真是上天注定的奖赏。

乍一看到梅子，天意也是眼睛一亮，连忙伸出手和梅子相握，紧紧握住就不愿意松手，连声说：

“真巧哦！梅子，你怎么也在这儿？”

“我，我……”梅子讷讷地说不出话来。

她真是不知如何形容自己的尴尬，把自己最无助的一面在心仪的男子面前展露，梅子觉得自尊心大受损伤。

可许豹却不这么认为，他是个性格大大咧咧的人，根本没注意到梅子心思百结的难受，一拍大腿，高声大嗓地说：

“哎呀！来得早不如来得巧！天意呀，梅子的毕业分配不理想，木材公司都快要倒闭了，怎么能去呢？我家老头子话是能说，但就是不知道人事局的领导睬不睬他，他毕竟从乡镇上来时间不长，人又太直率，和他们的关系也不是很好。你来了正好，帮帮梅子，找找你家叔叔，他老人家在我们这里门路广，这点小事应该没问题。”

天意沉吟了不到一秒钟，马上回答：

“好，我带你们到我家去，但你说得不对，这可不是一件小事，既然方案都定了，要改，肯定有难度。”

“是，是，那是，先去找叔叔看看吧。你不要推托。”虹虹不客气地说。

“我没有推托，说的是实话。”

自始至终，梅子都没发一言，这时才嗫嚅着开口：

“谢谢你，天意，你，你可以把我的手放开了吗？”

“哈哈哈！哈哈哈！”虹虹和许豹一起大笑。梅子红了脸，天意却面不改色，恋恋不舍地放开梅子细嫩的小手，临了还似有若无地在梅子的手面子上摸了一把。梅子羞愧地抽出手，再也不敢看天意一眼。

梅子虽然虚度了二十几年光阴，但从没和一个男子这么亲近过，她的心头咚咚咚乱跳，梅子不知道，此后几十年，这双手要被天意无数次地紧紧握住，天意最喜欢的事就是睡觉时和梅子十指相扣，几十年如一日从不改变。

梅子和天意一行到了天意家，找到他的父亲，谢老听说了情况，二话没说，一口答应帮忙，梅子没地方住，就被安置在天意家住，也许，这就是命运。梅子没有感到任何不当，也许是天意一家的善良，让梅子放松了警惕，把女孩子的娇羞收起，大大方方地住在天意家等待结果。虹虹和许豹高兴地把梅子留在天意家，大大地松了一口气。

梅子就这样留在了天意家，等待分配的最终结果。每天，天意的妈妈，就是现在梅子的婆婆好吃好喝地招待梅子，天意多数时间没事，骑着破永久自行车带着梅子在新阳城大街小巷玩耍，和他的朋友见面，把梅子介绍给他们，让他们误会梅子是他的女朋友。

日子过得飞快，一个月转眼过去，毕业分配结果终于公布，梅子被分到天意老家的乡镇当工业办事员，行政编制，公务员。梅子终于从一只乡村的丑小鸭变成了一名国家正式干部，这种翻转，梅子好长时间才能适应。做梦也没想到好事就这样落到自己头上。当然，这所谓的身份，也让梅子在未来的人生中吃尽了苦头，这是后话，人生就是一个努力渐进的过程，谁都不要后悔走过的路。

由于和天意朝夕相处，梅子的感情也发生了变化。从去年“五一”相遇，埋下欣赏的种子，如今通过近距离接触，综合各方面因素，梅子和天意的感情逐渐升温，在大运河边一个彩霞满天的早上，梅子默许了天意的追求，献上自己的初吻。

二十二三岁的男女，正是人生怒放的季节，成熟的感情势如破竹，节节升高。梅子在新阳城没有固定的住处，马上要到乡镇工作，两家大人商量，决定及早举行婚礼，双方安定下来，家长也好安心。就这样，梅子和天意恋爱三个月，就走上了婚姻的殿堂。这就是现代版的裸婚闪婚呀。当时结婚的时候，真的很穷，两家都拿不出什么钱，婆婆给了梅子 600 元钱，梅子买了红色的礼服、毛衣、鞋子，还帮天意买了一身新西装，因为如果梅子不买，婆婆打算让天意穿着穿过的西装结婚，这件事在梅子内心深处打了一个结。家具都是上面姐姐没看好留下的，公公为梅子买了一辆紫色的凤凰牌 26 自行车，还让梅子自己拿出 200 元钱。公公一生清廉，儿女众多，捉襟见肘。梅子没有提出任何要求，自己带着娘家准备的皮箱和农村姑娘出嫁该准备的东西义无反顾地嫁进谢家，开始了未知的婚姻生活。

结婚当天，梅子打扮得那叫一个漂亮！婚前一周周末，她和闺蜜红菱专门到南京新街口，为自己买了一套红呢子套裙，还有红色羊毛衫，蓝色又有点浅绿相间的裤子，一双红色的高跟皮鞋，一双红色的丝袜和一双肉色长筒袜，红色的头花。

催妆（就是结婚头一天）那天傍晚，闺蜜红菱坐了几个小时的大客车才来到梅子家，和梅子躺在一张床上说了一夜话，她是梅子最知心的朋友，她对梅子突然闪婚，很是不安，她希望梅子能幸福。

第二天，天有点阴，但没有下雨。张罗了早饭后天就接近中午，红菱开始为梅子化妆，梅子穿上亲手买的嫁衣，涂了口红，眼影，由于肤色很白，不用浓妆，只是薄施脂粉，擦了一点腮红，整个人就生动起来，黑亮的长发用红色的发卡别在两边，前边插了一圈美丽的红色珠花，颇有点古典美人的味道，只是一双高跟皮鞋暴露了身份，是个切切实实的现代姑娘。

从县城到梅子的家有近百里，路况又不好，接亲的队伍天过晌午才到，到了就赶紧安排吃茶水（农村的一种习俗，接亲的人来到新娘家，要安排一桌点心茶水给他们吃，然后才吃饭）。

接亲的是天意的好朋友古月和梅子单位的司机姜舒等人，他是天意家的亲戚，一辆吉普车，一辆 2000 型轿车，在当时也不算寒酸了。

接亲的队伍吃过饭后就开始放鞭，叫催轿鞭，放了三遍后，家里的长辈就开始到梅子跟前，催促早做准备，天黑之前一定要到婆家。

梅子的父亲走得早，母亲忙了多天早累坏了，但她强撑着煮了鸡蛋让梅子和哥哥们吃了,说是分家饭。梅子忍住泪,心里说绝对不能哭,一定要高高兴兴的,不为别的,哪怕只为了让母亲放心。

接亲的人陆陆续续把要带的东西都搬上车。催轿鞭再一次响起。嫂子把梅子的洗脸水狠狠地泼在外面的地上。梅子终于在红菱的搀扶下来到车旁,母亲拿来一块裹着红纸的芝麻云片大糕,梅子脚上套着哥哥的鞋子踏在糕上跨进车门,说是嫁出去的闺女,泼出去的水,不沾娘家一点土。

邻居表舅妈摇开车窗,专门看看梅子的裙子,直嚷嚷小满子今天真好看,梅子的乳名叫小满,取这个名字,是父亲说,三个女孩了,这是最后一个,满了,就好像是三哥,叫小全,是说三个男孩,全了的意思。梅子不敢抬头看母亲,但她感觉到母亲就站在车窗外,泪流满面,母亲,终于把她最疼爱的小女儿嫁出去了,可不知等待她的将会是什么样的生活,她怎么能放心得下!

随着一阵鞭炮齐鸣,车子缓缓移动,梅子到底没有忍住,抬起头,从车窗伸出手,大叫一声:

"妈,您一定要好好的!"

"你也一定要好好的,孝顺公婆啊!"

梅子的泪水肆意流淌。妈妈拉着梅子的手跟车走了几步,被姐姐搀扶回去了。红菱握住梅子的手安慰她,给她补了妆。

一路畅通无阻,遗憾的是在沂河淌的时候,吉普车由于年代太久了,出现了故障,抛锚了,梅子和红菱坐轿车先走,留下吉普车找人修理,好在天黑前也回到了家。

接新娘的车到天意家门口,看新娘的人围了个里三层外三层。天意家是大家族,亲戚朋友众多,大家都想看看谢老爷子最宝贝的老幺娶了个什么国色天香的媳妇。

梅子被红菱搀扶下车,跨过火盆,几步走到新房门前,那里已经紧紧堵住了十几个人,根本进不了屋。深秋的傍晚还是很冷的,梅子穿着裙子,腿上是一层丝袜,冻得浑身打战,但还得挂起微笑,不能生气。婆家姐姐实在看不过去,拖了一条板凳让梅子坐下,虽然不合规矩,但梅子实在太累了,颠簸了百来里土路,昨夜又没有睡,忙着结婚准备各种东西,个把月都没有休息好,简直快要崩溃了,只想躺在床上好好睡一觉。可是哪有可能呢?拦门的哇哇叫着:

"新娘子不许坐哦!"

古月更是促狭地说:

"大家看哦,好像不对哦,天意几天前带来的好像不是这个新娘子呀!"

一听这话,天意急了:

"臭小子不许胡说,你嫂子要当真了,我跟你没完。"

"哈哈哈!哈哈哈!天意怕了!"众人起哄:

"新娘子,想进门也可以,拿出二十条红塔山,五十包水果糖,二十块香皂,三十条毛巾就行。"

"哪里有那么多?"全福奶奶敲敲包正的头,他是天意一个要好的朋友。

梅子歇得差不多的时候,家里几个调皮的外甥侄女一起拥挤那些拦门的人,挤开了一条缝,齐声喊道:

"小舅妈,快来呀!"

梅子尝试着挤上前,被促狭的古月伸腿绊了一下,几乎跌了个四仰八叉,幸好有个姐姐在后面托住了,要不然可糗大了。

闹了将近两个小时,天快黑了,家里老人出面,全福奶奶好说歹说,梅子开箱拿出二条红双喜,二条红塔山,十块香皂,二十包水果糖,十条毛巾,才把拦门的人赶走。

好不容易进了门,梅子一屁股坐在床东头,再也不想动弹。天意进来倒了杯水给梅子,看梅子一动不动坐在那儿感到好笑,遂问道:

"梅子,你干吗呢?一动不动的?"

梅子"扑嗤"一笑:

"东头是上头,结婚后我压住你,你都得听我的。"

"啊?哈哈哈!哈哈哈!好,我都听你的。你快起来活动活动吧。"

"我不!"梅子固执地摇头。

"好!好!好!随你!幼稚!还大学生呢,这么迷信!"

"我就迷信!"

梅子倔强地不肯动窝。以后的日子里梅子想起来就觉得好笑,当时坚持坐在东头,也没看天意凡事都听自己的,小事无所谓,大事上他可从不含糊,不能听的就是不听的。特别是工作上他从没因为听了枕边风而做出任何不当的事。只要梅子插手,本来能干的事也不干了。倒不是他故意不给梅子面子,实在是他对亲属要求严格,不想因为自己的亲人而乱了章法。所以,但凡有亲戚朋友想通过梅子找老公办事,梅子直接回绝,说不找反好,越找反而越起反作用,本来能办的事反而办不成了。

天意出去敬酒了,梅子坐着坐着,迷迷糊糊就睡着了。

就这样梅子稀里糊涂地把自己闪嫁了出去。当时告诉一个朋友要和天意结婚时,朋友一脸不相信:

"梅子,你是不是疯了?才相处三个月,你了解他吗?你不怕他是纨绔吗?有你后悔的一天,我等着你到我跟前哭呢!"

"不会!我永远都不会后悔自己的选择,即使错了,我也自己承担后果,更不会到你面前哭。"

事实上,婚后的几十年,虽然跌跌撞撞的不容易,但梅子从没后悔过自己的选择,她觉得只要是自己认定的事情,好的坏的都要坦然接受,何况,人生哪有一帆风顺的事呢?人生都是在不断地取舍,得失之间永远都有一杆秤。人生不如意事十之八九,但只要有一件事是成功的,也要让生活充满着芳香味,这是卫老师教导过梅子的话,这句话,梅子一直铭记在心,终身受益。

第二十二章　命运无常　波诡云谲

“谁能如此幸运，在历史长河中徜徉漫步含英咀华？谁能如此坚守，在社会变迁中记录人间百态？谁又能如此执着，立于时代潮头拨开迷雾探明暗礁？”

在梅子为生活忙碌拼搏的时候，同在新阳城的“伟人”邹祥却完全享受不到伟人的待遇，他的一生注定是个不平凡的一生。

1990年的秋天，注定是个不平凡的季节。

1978年，党的十一届三中全会果断作出了党和国家工作中心转移到经济建设上来的战略决策。十二年来，全国经济形势发生了翻天覆地的变化。但是，身为小城，长期积淀下来的弊端，就像长在企业身上的毒瘤，很难彻底割除，人心浮躁，工业企业一片萧条，国有企业更是人浮于事，机构臃肿，效益低下，能正常开出工资的企业少之又少。作为工业企业经济管理专业毕业的“狗不吃”的同学们，如果没有好的家庭背景，想要专业对口，分到一个像样点的企业真是难于上青天。

八月初，梅子接到邹祥的电话，告诉她工作安排情况，他们是老乡，平时关系也比较好，互相非常关心各自的就业情况。

经过多方奔走，祥子终于拿到了新阳城砂矿的录用通知书，在当时也算是县里效益比较好的国企了。祥子满怀激情地到砂矿报到，希望能大展拳脚，好好干一番事业。作为“伟人”，祥子的心很大，相信天生我材必有用，但理想是丰满的，现实却是骨感的。

祥子怀着热扑扑的心肠来到砂矿报到，刚走到矿长门口，就听到里面有人大声嚷嚷：

“矿长，听说来了一个大学生，是学管理的，还听说这小子是活跃分子，在学校里就是个风云人物，您可要防着点！”

“凭他？黄口小儿？嫩得很呢！别瞎操心了。不过，你平时多盯住他点，一旦有什么风吹草动，你赶紧报告，我不信治不了他，想跟我斗，毛还没长全呢！”

“哈哈哈!”房间里传出一阵猥琐的震耳欲聋的笑声。

祥子的脸瞬间变得煞白。心想这叫什么事呀,老子人还没报到呢,就叫人算计上了。心里那叫一个憋闷呀!当时是进也不是退也不是,但人在矮檐下,不得不低头。到底是祥子,克制住内心的愤怒,抛开纠结,让微笑爬满脸颊,只是那双眼睛已变得冷漠,没有一丝温度,心里暗暗发誓,今天所受到的屈辱,将来一定会加倍讨还回来。主意打定,祥子坦然地伸手敲门,门一打开,屋内的人都有点尴尬,办公室主任主动上前握住祥子的手(前期祥子和他有过接触),向矿长介绍:

“这就是刚分来的大学生,邹祥,楚城工专企业管理专业毕业。”

矿长抬眼瞟了一下祥子,面无表情地说:

“好,好,来了就好。小邹呀,我可有言在先,千万别仗着自己是大学生,眼高手低,想飞上枝头当凤凰,一切得从底层做起,你先就在办公室打杂,跟着办公室李主任学习,听他指挥,干好了再给你转岗位,你没意见吧?”

“没,没有!一切听从领导安排。”

祥子艰难地咽下一口口水,压抑心里熊熊燃烧的怒火。

办公室李主任为难地说:

“矿长,这,这不太好吧?毕竟,人家是大学生。”

“大学生怎么啦?大学生就不是人啦?老子刚上班那会不一样给领导端茶倒水?就这样,别废话了。”

李主任缩了缩头不再吱声。

祥子涨红了脸跟着李主任走出矿长办公室,一双拳头攥得紧紧的,恨不得倒回去打碎矿长的“狗头”。可是他只能咬牙忍住,亦步亦趋地跟着李主任到他的办公室。李主任难为情地说:

“邹祥,你别介意哦,矿长就那个脾气,文化不高,脾气杠,人很好,没坏心,就是说话直。以后你就和我一个办公室,有什么为难的事尽管对我说,我马上让人搬套桌椅来。”

“好,好,没事,谢谢你!”

祥子勉强回答着,心说老子先安定下来再说,看我怎么收拾你们。

祥子就在这样恶劣的心情中在砂矿安定下来。可祥子是谁?他是“狗不吃”的“伟人”!怎能甘心久居人下?凭着自己的聪明才智和吃苦耐劳的精神,每天天不亮就起床,早早到办公室,打扫卫生,烧好开水,跟着主任到矿上熟悉业务,遇到脏活累活毫不畏惧,像个老职工一样干着,咬牙接受矿长安排的各种莫名其妙的工作,从不迟到早退,1米68的小身板,一天下来,累得像散了架,晚上一个人躺在不足二十平米的出租屋里,无声的泪水悄悄地流下,他不甘心,不服气,凭什么自己辛辛苦苦读了大学,却被这样瞎眼看待?他郁闷得想要抓狂。思考要如何才能让矿长看到自己的能力长处,如何才能脱颖而出,改变这种屈居人下、没有尊严的尴尬境地。

机会终于来了。一天中午，祥子正在办公室趴在桌上午休，突然听到工地上有人惊呼：

“快来人啊！救命呀！矿长掉到井里去了！”

原来矿长在饭馆里和客人吃饭，多喝了几杯，带着一群人到矿上参观，在打沙井边不慎失足，掉了进去。十米多深的矿井，黑洞洞的，正值中午，机械工人下班了，同来的人都吓呆了，一时慌乱得不知如何是好。矿长可能是摔晕了，随行的人趴在井口大声呼喊。

祥子一激灵跳起来，撒腿就往井边跑。到那儿一看，大家慌得没了主意，祥子当机立断，拿起不远处堆在一起的绳子，在腰上绕了两圈，左右狠狠地打了一个死结，同时非常冷静地对大家说：

“我下去救矿长，你们拽住绳子慢慢往下放，等我到了井底，找到矿长，你们再慢慢把我们拉上来。”

“你行吗？”看着祥子瘦小的身材，有人担心地问。

“没问题，快点，别耽误时间了，还不知矿长有没有摔坏呢！”

既然有人肯下井，大家也就没有话说。很快，四五个人把绳子理顺，拎起祥子慢慢地往井下放。很快，一股潮湿霉烂的气味直冲入祥子的喉咙，想是经年不见天日，各种生物腐烂的气味，毒性应该不小。祥子感到头晕目眩，心里有点后悔，但已无退路，他努力地咬住牙，保持清醒，心里只有一个念头，矿长年纪已大，不赶紧把他救上去，时间久了恐怕要出事，这时候的祥子心思很纯洁，一心一意只想快点到井底把矿长救上去，其他乱七八糟的想法早抛到九霄云外去了。

随着时间的推移，祥子离井底越来越近，空气也越来越稀薄，祥子感到呼吸困难，井底黑洞洞的，没有一丝光亮，看不见矿长在哪个角落。

祥子努力维持心里平静，张开口，发出的声音已喑哑不已：

“矿长，矿长，您在哪里？您听得到吗？”

黑暗的洞里没有一丝气息，只有潮湿闷热的腐败的气味。祥子心下一惊，难不成矿长已经“交待”了？祥子觉得自己这个想法太不敬，赶紧摇摇头，保持身体平衡，慢慢地把双脚落在地上，可是祥子错估了形势，脚下哪里有平地？都是肮脏的积水，差不多超过小腿上到膝盖。祥子心里一惊，浑身顿觉一阵寒凉，如此境况，矿长恐怕凶多吉少了。一时间，祥子心里掀起惊涛巨浪，无论如何，一定要赶快找到矿长。他不顾自己的身体不适，强压下一阵阵的反胃，双手在水里摸索着，一遍一遍声嘶力竭地喊着：

“矿长，矿长，您在哪儿？您出一点声，不要吓我呀！”

祥子在黑暗中摸索了几分钟，好在矿长命不该绝，终于听到一声微弱的咳嗽声，原来矿长栽下来的时候是头朝下的，但求生的本能让他在下落的过程中努力抬起身子，落入井底的时候身子偏了一下，掼在靠井边的地方，刚才只是昏过去了，要是直直地头朝下跌进井里，估计十个矿长也没有了。

听到矿长的呻吟，祥子揪紧的心才松了下来，他连忙爬到矿长身边，颤抖着声音问道：

“矿长，您怎么样？没事吧？”

“怎么能没事？老子的腿恐怕要废了。”

“没事的，矿长，现在当务之急是把您弄上去。”

矿长看着祥子的小身板，心里一阵激动：

“祥子，怎么是你？没想到哦！”

“矿长，先不说这个，您还能动吗？”

矿长动了一下，嘴里疼得“嘶嘶”冒气。

“不能动也要动啊，总不能待在这里呀！”

“是的，您老忍着点啊，我把您和我绑在一起，让上面的人把我们拉起来。”

“好，你弄吧，我忍得住。”

祥子把绑在自己身上的绳子解开，朝下拽了一些下来，先在自己身上绑好，又在矿长的腰上绑了几圈，然后以公主抱的形式，把矿长紧紧地抱在怀里，拉动绳索，示意上边的人拉动绳子。矿长已经只有出气的份，耷拉下脑袋，随祥子抱着，一副听天由命的样子。

站在井边的人们感到下面绳子的拉动，知道祥子已经做好准备，随后大家一起发力，慢慢地往上拉动绳索。毕竟是两个人绑在一起，近三百斤的重量，虽然祥子瘦弱，可矿长是大胖子呀。七八个人累得气喘吁吁，却丝毫不敢懈怠，因为稍不注意，手一滑，祥子他们有可能再次跌入井底，造成二次伤害。拉的过程也有讲究，不能太快也不能太慢，太快怕勒得他们更难受，太慢又怕矿长危险加重，毕竟时间就是生命，万般无奈之下，众人眼一闭，手上力量加大，一气呵成，把祥子他们拖上井口，七八个人只有大口喘着粗气的份，瘫在地上动弹不得。

再看向祥子，一张小脸白得像纸一样，浑身泥土垃圾的不像样子了。而矿长，真真的只剩下一口气了，早已等在一边的救护车里迅速下来几个医生护士，七手八脚地把矿长弄到车上，同时把知道消息赶来的矿长娘子，那个哭得上气不接下气的女人也抬上救护车，然后不顾在地上喘粗气的祥子，救护车一溜烟地开跑了，其间有明事理的人气愤地说：

“真过分！怎么不把祥子也带去检查检查！”

“没事！我没事。就是被脏水呛了，休息一会就没事了，麻烦你们把我扶到宿舍吧。”祥子睁开眼，无力地说。

“算了，还是把你带到澡堂子洗洗吧，瞧这一身泥水污垢的，不洗怎么休息？”

这时候办公室主任早已追去医院了，留下的人赶紧把祥子扶到矿上的大澡堂，好心的工人大乔看祥子实在无力洗澡，动手帮他脱了衣服，帮他简单地清洗一遍，并用自己的大衣把祥子包起来，扛到祥子的宿舍。祥子躺在床上像死人一样呼呼大睡，一直睡了两天两夜才清醒过来。

祥子醒来的第一件事是找人询问矿长的情况。办公室主任不冷不热地告诉他，矿长还在医院里，因为肺里呛了大量的脏水引发肺炎，正在住院挂水呢，要不是祥子义无反顾地下井施救，只怕再迟点时间，老命不保。就听办公室主任酸溜溜地在说：

“祥子，这下你救了矿长，是矿长的救命恩人，矿长好了一定不会亏待你的，飞黄腾达的时候，可不要忘了哥哥我呀。”

“怎么会呢？我不过是做我该做的，并没有想要什么好处，换了任何人掉下去我都会救的。”祥子真诚地说。

但祥子的心里还是有一点雀跃，心说：老子差一点也交待了，好不紧张，你以为容易的吗？生死一线呢，矿长厚待我也是应该的，毕竟以我这小身板那么勇敢地下去救人，也真是拼了。何况以前矿长还那么慢待自己。祥子思绪翻转，沉思不语。

两天过后，矿长的儿子找到祥子，说他老子让祥子到医院去一趟。祥子的心咚咚咚地跳个不停，不知是祸是福。跟着矿长儿子一路小跑着到医院，进了病房，意外地看到副矿长和办公室主任、老会计都在。

矿长半倚在病床上，手上打着吊水，脸色还很苍白，又有点蜡黄，看起来很虚弱的样子。但看到祥子时眼睛一亮，赶紧招呼祥子坐下来，矿长老婆又是倒茶又是拿水果，客气得不得了，祥子吊在半空中的心忽然安定下来，坦然地坐下来，和其他人一一打过招呼，安静地坐在一边。

矿长环视一周，用略带沙哑的声音对大家说：

“小邹同志自到矿上以来，任劳任怨，工作从不拈轻怕重，身为大学生却和工人一样吃苦耐劳，确实难能可贵，是人才就不能浪费，作为企业管理毕业的高才生，怎么能长期打杂呢？那不是暴殄天物、糟蹋资源吗？以前那样对待他，我是为了磨炼他，是金子总要发光的。”

矿长喘了一口气，在其他人脸上逡巡了一番，接着又说：

“矿上现在还缺个会计，老会计还有一个月就退休了，矿上的管理也还有很多不到位的地方。比如这次事故，下班的时候，矿井边怎么能不用东西围起来，做出标记？还好这次有惊无险，要是下次还有这种事，出了人命可怎么得了？”说完目光狠厉地瞥向副矿长，平时矿上的业务都是副矿长负责。

副矿长尴尬地不作声，心里却在狠狠地骂着“老匹夫，不也是没死人嘛”！

感受到副矿长冷冷的目光，矿长清了清嗓子，语气缓和下来：

“今天找你们几个过来，就是商量一下，准备把会计一职给小邹干，另外不能让他所学的本领荒废了，以后就协助副矿长管理矿上的业务吧！大家有没有意见？”

几个人大眼瞪小眼地互相望了一眼，心说有意见有球用？当着祥子的面，谁又好意思说出口？那个年代的人还是很厚道的呀。于是异口同声地说：

“没意见！”

矿长把期许的目光投向祥子，微笑着说：

“小邹，你表个态吧！”

祥子诚惶诚恐地站起来，讷讷地说：

“放心，矿长，我一定好好地干，不辜负您的期望，也会虚心向副矿长学习。”

“好！好！好！”矿长连说了三个好字，副矿长的脸色也有所缓和。

“当然了，大家千万不要以为是小邹同志救了我的命才这样安排的，本来老会计退休了我也准备这样安排的，只是凑巧了。人尽其才，物尽其用嘛！”

球！

除了祥子，其他三人一致在心里腹诽：

“要不是祥子救了你的命，你会这样安排？”但也只能在心里想想，绝对没人敢说出口，矿长可是绝对的一言堂，绝对的权威，霸道惯了。

瞧着大家还在愣神，矿长把没有挂水的大手一挥，像赶瘟疫似的低声说：

“都散了吧，回去吧，回去好好干好自己分内的事，老会计回去就可以和小邹同志交接一下，具体业务可以帮他熟悉一下。小邹也要虚心向老同志学习，不可骄傲自满。”

“好的，矿长好好休息吧！”几个人答应着离开。

出了病房，其他两人没说什么，倒是平时看着极好相处的办公室李主任不阴不阳酸溜溜地说：

“嚯！乖乖隆的咚！祥子，你可谓一步登天了，现在的权力仅次于矿长，名副其实的二把手了，以后可得仰仗你对哥们多多照顾了。”

“你说的哪里话？兄弟能有今天，还不多亏你们照顾提携？”

祥子嘴里说着客气话，其实脑子嗡嗡嗡作响，天上掉馅饼的事真的有？好运就这样势不可当地轮到自己头上了？一下子从打杂的变成二把手，这个逆转还真不是盖的。一时间，祥子都有点找不着北的感觉，但他清楚地知道自己的好运来了。一路胡思乱想，乱想胡思。快到单位门口的时候，突然想起矿长用了一个词“暴殄天物”，不由哂笑一声，矿长识字不多，平时跟大老粗差不多，怎么学会跩这个文词的？忽而又觉得自己真不厚道，不能嘲笑矿长，矿长现在可真真是自己的大恩人呢，可得好好干一番事业。思虑及此，祥子遂整整衣服，在脸上抹了一把，抬头挺胸朝办公室走去。

早有消息灵通人士把这消息公布出去了，祥子一进大门，一大群人便围了过来，祝贺的、讨好的，七嘴八舌，一起拥着祥子。祥子如鱼得水，从此真正开始了如火如荼的奋斗生涯。

俗话说，好事成双，人逢喜事精神爽。

正当祥子工作干得风生水起的时候，爱情也悄悄来临了。祥子觉得自己人生真正收获的季节终于到来了，事业爱情双丰收呀。

因为个子长得不高，一米六八的身高，对当时眼高于顶的“狗不吃”女大学生而言，是不屑一顾的。纵然祥子才华再高，女生们心里再怎么羡慕欣赏，还是不愿意陪在他身边，毕竟大多数的女孩子都是虚荣的，人人从小都有一个公主梦，希望长大了找一个白马王子为伴，而白马王子的首要条件就是高大帅气。所以，聪明有才一如“伟人”的祥子，在大学里始终是形单影只，没见有女生相随。朝夕相处三年，谁有没有男女朋友，大家是一清二楚。也许是他隐藏得太好，反正毕业的时候只见他一个人拖着行李孑然离去。

在一个偶然的机会，祥子结识了现在的爱人吴潇潇。有一次，县里举行全县企业会计业务培训，祥子正好和潇潇坐在一起，抬起头看见潇潇的一刹那，祥子的眼睛像被钉子定住了一样，死死地盯住潇潇看，再也挪不开眼光。

潇潇长得可真漂亮呀，身材高挑，苗条秀丽。一米七三的个头，瓜子脸配丹凤眼，皮肤白里透红，嫩得好像滴下水来，眉毛像画的一样，典型的柳叶眉呀，长长的睫毛像两把小刷子一样，忽闪忽闪的，撩得他心猿意马。一堂课下来，根本不知道老师讲的是什么。潇潇被他看得不好意思，用胳膊肘碰碰他，嬉笑着说：

“怎么了你？这位同学，你口水都要流下来啦，难不成是看上我啦！”

潇潇一笑，满目生辉，微微一笑很倾城呀！祥子像触了电一样地点头，大言不惭地说：

“是的，是的！这位美女，我真的看上你了，我对你是一见钟情啊，请你做我的女朋友吧！”

潇潇面色一红：

“有病！”

“是的，我真的有病，马上要得相思病了。”

祥子是何许人也？那是“狗不吃”的“伟人”呀，他决定的事，九条水牛都拉不回。从此开始艰难的追女朋友之路。

祥子通过各种途径打听潇潇的消息。潇潇本身也是个良家女子，父母都是老实巴交的工人，家里还有一个弟弟在读初中，自己技校毕业后在纱厂当了会计。因为要照顾父母，培养弟弟读书，所以迟迟没有恋爱，提亲的每天踏破了门槛。父母所在的麻纺厂里凡是有适婚儿子的人家，没有没上门求过亲的，但都被潇潇婉言拒绝了。冥冥中，潇潇觉得自己的姻缘另有天定，内心里总觉得有一个声音在小声地提醒自己，再等等，再等等，或许有更好的人等着我。现在，祥子出现了，虽然个头矮了一点，和理想相差甚远，但祥子有才华，有韧性。刚开始的时候，祥子约她，潇潇都以各种借口推托，但祥子是谁？锲而不舍，每天坚持给潇潇写一封情书，雷打不动。终于，在他们相识三个月后，潇潇最终答应了祥子和他约会。

第一次约会是在人民剧场，祥子里外一新，一身藏蓝色的休闲服穿在身上让他看起来精神奕奕，头发梳得滑油油的能滑倒苍蝇，为了增高，特意买了一双内增高的黑色皮鞋，和穿着平底鞋的潇潇站在一起，也就没觉得有什么不和谐的感觉了。

潇潇从大老远看见祥子玉树临风地站在电影院门口，不由得怦然心动，心想，完了，败给他了，看上他了，就和他好好相处吧。

这次约会，祥子在电影院成功地牵了潇潇的手，几次蠢蠢欲动，想亲一下潇潇的脸，都被潇潇不着痕迹地避过了，毕竟这才是第一次真正约会，潇潇心想，也太猴急了吧，潇潇可是好人家的女孩，本分羞涩得很呢。

此后的几个月里，祥子像黏皮糖一样紧追着潇潇，每次约会，都能刷新潇潇对他的认知，祥子知识渊博，口若悬河，滔滔不绝，什么稀奇古怪的事情，到他嘴里，经他一说，都有了合理的解释。潇潇真是越来越佩服他了，也越来越离不开他。

在经过半年的考察相处以后，潇潇认定祥子就是自己的真命天子，决定答应祥子的求婚，虽然偶尔会因为祥子的身高感到点遗憾，但金无足赤，人无完人，她看重的是祥子的才华品性，何况祥子除了稍矮一些，五官端正，剑眉清朗，长得也很好看，关键是工作实惠有前途，又是大学生。这样想着，心里那唯一的一点小小的遗憾也就不足为虑了。

梅子接到祥子结婚的邀请是在一个风雨交加的傍晚。没有电话，祥子冒雨骑着自行车跑到梅子家门口，门都没进，只说下周六他结婚，请梅子去参加，他报了时间地点就骑车跑了，估计是去通知其他人了。祥子的新房坐落在老城区西头，是老式的平房，面积不小，估计有一百五十平方米左右，不清楚是祥子的房子还是潇潇家的，总之与梅子住的三十平米的两间小平房而言，真的是豪宅啊，心里羡慕得不行。

周六很快到来，梅子约了小薇、耗子一起去参加祥子的婚礼。同窗三载，感情深厚，无论多忙，同学有事肯定是义不容辞的，更何况是结婚这样的人生大事，更不能马虎。

周六下午，梅子一行早早来到了新房，等着新娘子到来，各自心下嘀咕，祥子到底找了个什么样的老婆？真真的期待呀！

傍晚的时候，接新娘的车终于来了，大家精神一振，全都跑出屋观看，只见最前面的一辆吉普车的门开了，潇潇在搀轿姑也就是今天的伴娘的搀扶下袅袅婷婷地下了车，站在一条裹着红纸的芝麻云片大糕上，传说新婚这天刚到婆家，新娘子踏在糕上，以后的生活就像芝麻开花节节高呢。

新娘子穿着一身大红色喜服，中规中矩的旗袍，把她那苗条的身段衬托得更是千娇百媚，加上画了淡妆，描了口红，长发高高盘起，上面插了一朵美丽的红色珠花，就像从古装戏里走出的绝色美人。所有人眼都看直了，许久没人发出声音。就连见多识广的全福奶奶，就是喜婆，一时间都噤了声。

“我的天呀！新娘子简直太美了，是我见过的最最漂亮的新娘！”

最先发声的是耗子。她瞪大了一双惊异的大眼睛，高声喊道，丝毫不顾众人异样的目光。更可笑的是，耗子咕噜吞了一口口水，无所顾忌地啧啧有声：

“祥子，你是怎么把这么漂亮的新娘子骗到手的？你活坑人呀，真是一朵鲜花插在牛粪上。”

小薇尴尬地拉拉耗子的衣袖，示意她别胡说。

耗子满不在乎地说：

“本来就是嘛!”

“唉!”小薇无可奈何地向祥子摇摇头，生怕祥子动怒，可谁知，祥子不但不生气，反而哈哈大笑：

“谁说不是呢！这么美的老婆被我娶到了，说明我本领大呀，你们就去羡慕嫉妒恨吧!”

美丽的新娘子始终面带微笑，她可铭记着临出门前母亲的话，结婚这天新娘子是不能生气的，否则以后的日子都会讨气，若在平常时间，听了耗子的话，不知她会不会挥动粉拳，狠狠地给耗子一个嘴巴，梅子心里暗暗想，却很适时地拉住耗子，低声让她不要再说，说多了新娘子娘家人会尴尬的。还好，耗子很快意识到这点，伸了伸舌头，做个鬼脸，遮盖过去。

新娘子在伴娘的陪伴下向堂屋门口走来，门口摆着一个里面正在烧着炭火的火盆，传说新娘子新婚那天到丈夫家门口必须跨过火盆，就能把以前的霉运统统都烧掉，以后的运气就像这红红的炭火，旺气得很呢。许是祥子出身农民，秉承传统，门口一盆烧得旺旺的火盆在等着新娘子。梅子真担心，炭火会不会烧到新娘子的衣服？

其实梅子是杞人忧天呢，新娘子在喜婆的引领下走到火盆边，站定，抬头望了一眼祥子，嘴角上扬，腮边两个米酒窝越发明显，贝齿紧紧咬住下唇，伸出戴着红色薄纱手套的纤纤玉手，把旗袍两边下摆稍稍提起，一用力，微笑着大步迈了过去，整个动作行云流水，一气呵成，简直美不胜收。

“好！好！好!”耗子和喜婆一起喊道。所有人也把揪紧的心放下，对新娘子更是赞不绝口。

“火盆旺旺旺，霉运滚远去。新娘跨火盆，来年添小人。”

喜婆嘴里念念有词，大家嬉笑着把新娘子拥到堂屋门口。但是这道门可不容易进，早有男同学拿着几条长凳拦在门口，向新娘子要喜烟喜糖呢。

大家欢笑着大声说笑，要求新娘子拿出十条红双喜和五十包喜糖，三十块香皂，二十条毛巾才能放她进去。这要求太过分了，在那物资还比较贫乏的时代，这么些东西，还真不是潇潇这个普通家庭能够准备出来的，何况其他地方还要用到呢。

眼看着太阳渐渐西沉，新娘子脸上的笑容越来越僵硬。一向能言善语的祥子也直挠头。梅子赶紧上前打圆场，都是同学，大家为着取乐，适可而止，千万别误了吉时。古人风俗，新娘子要在日落前进夫家门，往后的日子才能过得敞亮。

好说歹说，新娘子拿出了两条红双喜，二十包水果糖，十块香皂，十条毛巾，总算打发了拦门的朋友。凳子一撤开，潇潇像兔子一样迅速跑进房里，坐在床边，再也不想动一下，心里想哦，结个婚真是累死了。

新娘子进屋，自有伴娘陪着，大家都到院子里喝酒，因为是初夏，酒席就摆在院子里，流水席一样，有的人吃了一会就进去看新娘子。

饭后安排撒帐，喜婆端了一小箩筐红枣桂圆白果花生，一边往床上撒一边念叨：一撒白果，果实累累；二撒红枣，红运早来；三撒花生，早生贵子；四撒桂圆，一生团团圆圆……

然后有人在窗外用一大把红筷子向贴着红纸的窗户上猛戳一把，红筷子纷纷落入房里。意思是催促快点圆房。礼成。

终于等到夜深人静，祥子和潇潇坐在床边脉脉含情，相对无言。半晌，祥子端起桌上的酒杯：

“潇潇，来，我们喝个交杯酒吧，从此后，我们的命运就连在一起了，你放心，我会一辈子对你好。”

潇潇什么也没说，端起酒杯，和祥子喝了交杯酒，两人还碰了一下杯，很响的那种。躲在窗外偷听的耗子，不知怎么脑补了阿飞新婚时会干什么。这个想法一出现，她赶紧摇摇脑袋：“有病！他结婚关我什么事？”

祥子就这样拥有了一个幸福的家庭，不到三年儿子女儿相继出生，可乐坏了这小不点，每次同学聚会，就见他挺着稍微有点发福的肚子，嘻嘻笑着，张口闭口不离他家潇潇，眉角眼梢都是爱，生生羡煞旁人。

但好景不长啊，幸福的日子总是短暂的。

第二十三章 悉听天命 顺应安排

“人生，坦坦荡荡，清清白白；做事，踏踏实实，勤勤恳恳，自在就好。生活，简简单单，平平凡凡；处世，高高兴兴，开开心心，快乐就好。风尘旧事，过往云烟，缘分里多少来来回回，断断续续，终是过往，多少强求，多少挽留，过不完的明天，理还乱的今天，安放着走远的昨天。简单地爱，简单地生活。”

蜜月刚过，梅子就到离家三十里的马集乡上班，任工业办事员，兼职工商公司也叫工副办现金会计，因为学的是工业企业经济管理专业，会计统计都学过，一点也难不倒梅子。日子过得轻松愉快。

在当时，这可是个好缺，轻松又有饭吃。当时班上有一个许大姐，非常喜欢梅子，一开始梅子对业务也不熟悉，她手把手地教，很快梅子就适应了。其时，乡里还有不少厂子在维持，像花炮厂、水泥厂都是当时乡里的支柱产业，效益很好。每到年终岁尾，工商公司全体人员都要出动，下去审计。这是大家最开心的时候，可以不用待在办公室，也可以到厂里顺便改善一下伙食，回来还会带些土特产什么的。水泥厂紧靠柴米河，每次到水泥厂审计，总能吃到厨师老方烧的大红鱼。

老方烧鱼的厨艺堪称一绝。红鱼一般人烧不好，总感觉有土腥味，但老方烧的红鱼那叫一个美味！两边剪得焦黄焦黄的，糖醋吊汁，生姜蒜葱胡椒香菜，不放味精，味道鲜美无比，肉质嫩滑，入口即化。两三斤重的大红鱼端上桌，几分钟之间，风卷残云，吃个精光，稍微懈怠，转眼之间，就只能用筷子拨溜一下大鱼骨头了。梅子从马集调走以后，再也没吃到那么美味的红烧鱼，虽然婆婆做的红烧鱼也很好吃，但和老方比还有一定差别。梅子每每想起，都直咽口水，深以为憾。后来梅子也尝试着自己做，但无论如何也做不出老方做的那个味来。

梅子优哉游哉地在马集乡政府过了五年，不求上进，一直是个办事员，但梅子最快乐幸福的也就是在马集的五年。梅子的性格恬淡谦和，与世无争，与人为善，也没觉得什么不好。

梅子住在乡政府院里，大会议室就在梅子家前面。梅子住的房子正对大圆门，夏天早晚甚至中午和邻居们拖着凉席放在圆门里乘凉，闲话家常，邻居两个陈姨都非常喜欢梅子，给梅子平淡的生活带来很多温暖和安慰。每天早点名的时候，梅子和院子里的其他妇女在门口井上洗衣服，铃声响起的时候大家才一起奔往会议室，有时还穿着拖鞋。等领导早会安排完工作，几人一溜烟又从后门跑回井边，继续洗涤还没洗完的衣服。那时还没有洗衣机，大院子里从东到西扯了一根尼龙绳子，大家把水淋淋的衣服就晾在绳子上，五彩缤纷的也不失为一道亮丽的风景。

大院子里的其他住户也最喜欢到梅子的小院里来溜门，小院一排共住了七户人家，都是性格很好的邻居。大家和睦相处，互相帮助，平静而幸福。谁家做了好吃的，必定邀请大家去品尝。梅子的爱人在新阳城上班，中午不回家吃饭，她就经常在两个陈姨家蹭饭。梅子最喜欢东边陈姨家的八宝咸稀饭，西边陈姨做的各色菜饼。闲来无事的时候，东边陈姨还会带着梅子到她的老家，一个叫七楞的地方去吃老豆饼咸干菜稀饭，里面放上花生瓣黄豆瓣蚕豆瓣，出锅时再撒一把切得细细碎碎的蒜苗香菜，那叫一个美味，梅子一顿都能吃上三大碗，是乡下那种粗瓷蓝花大碗。梅子生了儿子后一直胖胖的，朋友力劝其减肥，梅子也偶尔减了一下，瘦个几斤，可梅子实在禁不起饿，到最后总是半途而废。俗话说肥从口入，凡是肥胖的人必定是胃口好的人，吃得多，肠胃吸收好，肯定就长肉了。反正梅子觉得这辈子就这样了，才不受那些罪减肥呢，所以她一直是吃嘛嘛香。特别是最近，梅子一个朋友，平时身体好好的，面色红润，看不出任何毛病，突然之间头疼，五分钟之间人就走了。梅子觉得痛心极了，所以觉得吧，人真是无法预知自己什么时候就会死了，与其受那么多罪减肥，还不如想吃什么吃什么，即使早死几年又何妨？如果多活几年需要用忍饥挨饿的痛苦换得，也没多大价值。人生几何，对酒当歌，纵然比较颓废，但过度地委屈自己的胃，也是得不偿失的呀。

在马集最开心的事还有一件，每到夏天，各家吃过晚饭，洗刷清楚，邻居一个很会做家务的男老师，就在院子里拉起了一盏二百瓦的大电灯泡，端出吃饭的小方桌，在地上点上几盘蚊香，拿出两副扑克牌，轮流四个人打牌，其他人在旁边相眼(就是旁观)。人武部长性子急，沉不住气，就要上打牌人手里夺牌代为出牌，结果大家只好规定，相眼人许看不许说话，更不许代出牌。一局结束，输了的拿钱出来，让人到圆门对面大门口小商店里，拎一扎啤酒饮料回来分给大家喝。场面热闹开心。有时闹到凌晨三四点钟才结束，反正白天也很少有什么要紧事，吃过午饭后补觉，一觉能睡到天黑。

一天，在县城工作的小薇有事路过马集，想起梅子在那工作，决定来看望她。梅子在乡政府三十平米的小房子里招待她。梅子住的房子是连房带灶，门朝南。乡政府条件简陋，外面一间二十多平方的房子，靠窗户放着炭炉，有一次晚上睡觉，梅子忘了把窗户打开，第二天和母亲、儿子全部轻微煤气中毒，呕吐不止，把天意吓个半死，以后每天都提醒梅子，晚上要把外间窗户打开。左边靠墙放着一张老家带来的八仙桌子，几个长条凳子，靠门的地方放个脸盆架子。后面有一间十来平米的拖风，放着一张棕绷床，还有一个双人小沙发，衣服鞋袜都放在床头的一个小柜子里，整个家当都在那儿。梅子从来也没觉得贫穷是如此尴尬。最好的闺蜜来家只能给她看这样简陋的家，心里突然觉得是那样难过和不堪。

小薇毕业以后没什么波折直接进了银行，中国农业银行新阳城支行。

小薇其实不喜欢这份工作，但也没有选择的余地，毕竟能找到这样好的工作也该很知足了，何况小薇是个孝顺的孩子，家里的人说什么就是什么，从来都不知道反抗。就像当初考上“狗不吃”的时候，小薇是一千个不愿意一万个不愿意，她的成绩当时在班级都是前几名。可能是年纪太小的缘故，考试前几天就开始紧张、失眠，考前一晚更是整晚没睡，导致头昏脑胀，第二天考试失常，发挥不好，头一门一旦考砸了，后面几门患得患失，连锁反应都考砸了，所以高考成绩下来的时候，她都不敢去看成绩，还是自家大姐去看了分数。她自己躲在房间里暗暗饮泣，几天不出房门，不吃不喝，最后在父母千呼万唤之下才出来吃饭。

小薇本来是不愿到楚城工专上学的，希望再读一年考个好点的大学，可是父母家人一再劝说，说万一明年高考再发生意外情况呢？万一再考不好，那不是更失望难过吗？在家人一再劝说下，勉强上了工专。所以在学校的时候，相当长一段时间，小薇都是不开心的，加上性格本就内向，平时在班级里都很少听她讲话，也只有和梅子、耗子在一起的时候她才能放开胸怀。

小薇是内敛的，委曲求全的。在学校时更没有和男生传出任何绯闻，有个男生想向她求爱传个纸条，小薇在教室里居然都吓哭了，也不知是委屈还是气愤，或者是憋屈，大家都觉得好笑又奇怪，居然有人被求爱吓哭了的。但梅子当时唯一的感觉就是心疼，小薇真是像个孩子，她太小了，太纯洁，就像一朵高山上的雪莲，一点没有受到污染，冰清玉洁。在别的女生经常和男生彻夜不归的时候，在小薇心里，和男生多说几句话都感到羞赧得要命，更不要说和男生走得近，谈恋爱了，在小微心里，爱情，是多么遥远而神圣的事情，她的心智还没成熟，只觉得那是大人的事，和自己相去甚远，想都不要想。在大家的心里小薇就是这样一个瓷娃娃似的姑娘，起码在最是关爱她的梅子心里是这样的。因为梅子念书比较迟，比小薇大两岁，心里一直把她当个小妹妹看待，平时最看不得小薇受一点委屈，看到小薇哭了，二话不说，第一时间帮她把书本收拾好带回宿舍，好言好语安抚她，小薇所谓的桃色事件也就无疾而终。

总之，小薇的生活从来都是循规蹈矩的。听从家长安排，实实在在的是一个小绵羊小白兔，备受宠爱又当不了自己的主。也许这就是有福之人的人生吧，哪像梅子，什么都要自己打点，辛苦不说，那份无助，又更待何人说？

有个幸福温暖的家庭，宠爱自己的父母，没什么不好。

小薇十分听话地进了银行，在柜面上做了两年，因为工作踏实，为人低调谦和，性格温柔，很快得到领导赏识，从柜面调到办公室。时间不长，就被提拔为营业部主任，主管信贷。这可是银行最有权力的部门，也是最辛苦烦累忙碌的部门，压力大任务重。每天从早到晚面对的是形形色色的客户、老板，还有存款任务。小薇再也不能做那个闺阁中的小姐，把自己包裹起来。她每天必须面对各种各样的人，不停地说话介绍解释。拉存款跑外交，联系老板，落实存贷任务，烦琐芜杂。她迅速成熟老练起来，上学时说话像个小猫咪一样，一开口脸就会红，现在却是高声大嗓，也能快言快语面对各色人等，面对谁都不会再怯懦。

梅子在这样简陋的家里招待小薇，心里终究有点不好意思，期期艾艾地说：

“小薇，对不起，条件不好，你将就点。”

“你说哪里的话呢！我是来看你的，又不是来看你家大家小的，我们是好姐妹，只要你生活得好，我就放心了。”

梅子的眼睛湿润了，毕竟，在这茫茫人海中，还有几个关心自己的人。梅子因为娘家家庭条件负担重，始终感到压力山大，日子过得并不轻松。

梅子尝试着把新学的手艺展现一下，烧了一条一斤多重的红鱼给小薇吃，虽然没有老方烧得好吃，但也色香味俱全，小薇连夸好吃。梅子的心稍安。

闲谈中说到耗子的现状，还有阿飞那可叹的命运，感叹万分。耗子的工作并不理想，苦恋她的阿飞因为没有什么社会背景，也只能分到企业里，过着坎坷不平的生活。

那是1990年8月中旬的某天上午，阿飞拿着介绍信到淮县二布厂报到，刚到大门口就被门卫拦下了：

“喂，你是干什么的？”

“我是学校毕业，被分到你们厂，今天我来报到的。”

“好啊，请你到二楼厂办公室报到。”门卫边说边指厂办公室的位置。

来到厂办公室，阿飞见到两个年轻的男同志坐在那里，就打招呼说.

“同志好，我来报到了。”

听到阿飞讲话，有位年轻人立即起身和他握手，并热情道：

“什么事啊，先坐下来说。”

阿飞也没有坐就直接把介绍信递给了这位同志，这位同志看了介绍信以后对他讲：

“走，跟我去见厂长。”

厂长室就在隔壁，很快到了，只见偌大的办公室就只有一个50多岁的老男人坐在那里。

“厂长，这位大学生来报到。”

“噢。”厂长接过介绍信看了阿飞一眼，然后坐在那里说：

“你是学什么的，有什么特长啊？”

“我是学企业管理的，没有特长。”

“这么年轻，又没有特长，能管理什么？先到车间锻炼再说，就到纺布车间。”接着他又对带阿飞来的那个年轻人说：

“找个地方，先让这位新来的同志住下。”

厂长一直坐在那儿板着面孔将话讲完，接着挥挥手，意思让带阿飞来的人继续带他去找宿舍。

二布厂厂长漫不经心的态度，让阿飞的心掉进了冰窟，浑身上下一点不自在，在工专时，领导多次说道，社会上最缺管理人才了，学管理肯定吃香，今天他尝到“吃香”的滋味了！

厂办主任带着阿飞来到二布厂宿舍区，这个院子占地十余亩，共 3 排小瓦房，阿飞被安排在第二排东头第 3 间房，面积约 12 平方，里边放两张双人床，属于集体宿舍，工专有个学机械的李开洋也分到二布厂，他被安排和阿飞共住一间屋，整个宿舍区就一个露天水龙头，每家洗菜、弄饭、洗衣都到这个水龙头上取水，因为人口多，这个龙头白天基本开着。

报到第二天，阿飞来到纺纱车间上班，车间张主任带他到保健队长那儿，他对保健队长说：这位张同志就跟着你做事，他有不懂的地方，你要好好教教。所谓保健就是机器坏了修机器，机器没有坏时，每隔半小时用小毛刷清洁一下纺纱机器，防止因杂物太多卡住纱锭子。

纺纱车间里的环境太恶劣了，简直让阿飞受不了。一是噪音污染，整个车间有六台大鼓风机往外鼓气，每台机都发出巨大的嗡嗡声，再加上机器生产时发出的声响，可以叫震耳欲聋了；二是飞絮污染，机器开着以后，整个车间里的飞絮就如冬天里的雪花一样纷纷扬扬。

……

长坂坡上一声吼，只喝得桥下水断流啊！

在纺纱车间做保健工大约有 6 个月的时候，二布厂棉花仓库着了一场大火，当时，阿飞正在车间外边站着，突然，有人大声呼救：

“失火啦！快来救火啊！”

听到呼救声，各人都往失火地点跑去，阿飞也歪着方步走到失火地点，只见火光冲天，浓烟滚滚，并伴随着“噼噼啪啪”的声音。

阿飞站在距离着火点十几米的地方都感到热气扑人，机打的棉花包堆有十多米高，凭人力根本无法救火，虽然有几十个人站在那儿，但都是目瞪口呆，如泥塑木雕一样。

二布厂离消防队只有 2 里路，一会儿 3 辆消防车拉着警笛呼啸而来，3 支大水枪向火源扑去，因火势太大，3 车水没有将火扑灭，消防车一边吸水，一边请求支援，很快又来几辆消防车，经过大约半个小时的喷水，大火被扑灭了。

火一灭，淮县的公安民警有七八十人立即冲上去抬棉花包，一捆棉花二百来斤，两个人抬很吃力，这时，化肥厂的大铲车也过来帮忙，为什么要把棉花包往四周抬呢？一是棉花包刚喷上水需要及时晾晒，二是将所有棉花包都抬开可以及时清除烟斑、扑灭死火。

很快仓库摆满了，没有了库容，车间也就不能再生产了。就像一个人得了大肠癌，屎积在肠子里拉不下来，上面的嘴虽然没病也不能再吃了。

古人云：福无二至，祸不单行。失火只是倒霉的开始，越往后日子就越难过了，被救下来的棉花已成浸水棉，虽然晒干，但颜色已变，内行人一看便知，再加上烟斑作祟，纺出来的纱黄暗暗的，有的地方还有小黑点子，这样的纱都是等外品，不但价格低，而且无人要，只有放在仓库里积压着。

车间不能再生产了，几十个工人怎么办？厂里决定留下十几个骨干，其余人一律下岗。

一天，车间主任跟阿飞讲：

“阿飞啊，厂里研究决定，你也下岗吧，让你下岗工资停发，你有什么想法啊？”

阿飞一听下岗，工资还要停发就来脾气了。大声跟车间主任喊：

“要下岗可以，除非你也下岗，你不下岗我就不下岗，你上班一天，我也上班一天，不给工资我到你家吃去。”

车间主任被阿飞一喊，软下来说：

“要么你下岗拿60%的工资。”

“不行！你为什么不拿60%，要我拿啊？”

阿飞和车间主任吵过以后，第二天就被厂长调到大门口记录各人上班情况。二布厂8点上班，就负责记录谁超过8点来的，谁没有来。厂长跟阿飞讲：

“这个事很简单，你只要拿笔记一下交给厂长办公室即可。”

厂里要这个考勤记录目的是扣迟到、早退和无故缺席人员的工资，阿飞新来乍到，不知其中道理，也认为这事简单，只要照实记录，交到厂办就完事了，哪知一天记录下来就捅了马蜂窝。

第一天到厂门口考核，按照点名簿上的名字，来一个勾一个，机修工老王没来，就记了他缺席。结束后，交到了厂办。

第二天早晨，阿飞拿本子又到大门口记录，二布厂机修工老王气鼓鼓地来啦。老王，西坝人，身高一米八几，长得膀大腰圆，让人一看就是个不能惹的货。

在大门口，老王气势汹汹地来到阿飞面前，脸红脖子粗地问阿飞：

“阿飞，我昨天明明来了，你为什么记我缺席？”

“你昨天确实没来呀！”

“我7点半就到车间了！”老王一纵一纵到了阿飞身边，伸出右手将他的衣襟一拽就骂开了：

“你眼瞎了，我7点半就到车间了，我非什么事都要让你知道啊？你记我缺席，如果厂里扣我钱，我就把你的衣服扒了，走，和我到厂长那里讲理去。”

伸手抓住了阿飞衣领，动起手来。

阿飞气得气血上涌，准备还手。这时过来几个老工人，把老王拉开了，并告诫阿飞说：

“阿飞，不要死心眼，大家都不容易，睁一只眼闭一只眼吧！”

“拿着鸡毛当令箭！”老王骂骂咧咧地悻悻而去。

和老王过招以后，阿飞直接到二楼找厂长汇报情况：

“厂长，这个勤我没法考了，昨天早晨我到大门口考勤，没有看到机修工老王，我就记他缺席，可是，今天早晨他来找茬，说他7点半到车间了，他直接要打我。”

“哦，以后你考勤时，还要过过细，他7点半到车间，恐怕忙忘了，记他缺席有点不妥，从今以后，在大门口记过以后，还要到各处看看有没有漏网之鱼。好了，这件事不要往心里去，明天继续到门口考勤。”

第二天，阿飞又去考勤。一个迟到2分钟的妇女来到大门口，阿飞刚要画迟到，这位妇女赶紧来到他面前，连声说道：

“小兄弟手下留情，我婆婆生病，小孩挂水，我忙了这头，顾不了那头，连早饭都没有吃就来了，请高抬贵手。”

阿飞是吃软不吃硬的人，见她可怜兮兮的，就没有记她迟到。

这是阿飞第一次破规矩，有了第一次就有第二次，时间一长，人人都有违规的时候，记谁都不好，也没法考勤了。

没法考勤，阿飞又做起了好人，眼睛一瞎，各人都不迟到不早退，从此二布厂又涛声依旧了，以前在门口打招呼的人也不打招呼了。

怎么办呢？勤没法考，车间又回不去，小小的二布厂没有阿飞容身之处了，思来想去，还是早点离开是上策。

阿飞是先遇私利小人，后遇糊涂厂长，试想一下，厂里规定8点上班，你也不是雷锋，王进喜，你怎么可能7点半到车间？这不是给迟到缺席者有可乘之机吗？理没处说啊！

第二十四章　挥起利剑　扼住厄运

“如果生命里充满了忧伤，但也会一如往昔地歌唱。虽然歌声凄怆，但却能步履激昂。如果生活里没有了太阳，也永不会停止歌唱。要用歌声唤醒前进的希望，让我们内心布满阳光。”

同是新阳城人，作为同室三年的老乡，梅子和小薇对耗子的生活境遇十分关注。

耗子出身名门，从小在蜜罐里长大，衣食无忧，在家过着饭来张口衣来伸手的大小姐生活，从不知苦难为何物。在“狗不吃”的时候，她穿的衣服最是新潮，流行什么穿什么，是被父母家人当公主一样养着的。可命运好像也不完全偏袒她，踏入社会以后，她走得并不容易。每每想到耗子经历的痛苦和劳累，梅子都心疼得要命，她对耗子和小薇有着亲姊妹一样的感情。

耗子毕业的时候，分配在新阳城种子公司，当时的效益很好，是国企，耗子通过家人的关系，谋到了会计一职，工资高，活儿轻，耗子很是逍遥了几年。企业改制以后，变成股份有限公司，耗子拿出自己的积蓄，入了股，刚开始的时候，企业效益还很好，耗子也积攒了一些钱，但随着改革开放的进一步深入，很多私人买卖种子的门市如雨后春笋一样蓬勃兴起，老百姓图方便便宜，都不愿到大公司买卖，县种子公司再也竞争不过其他私营企业，很快被市场淘汰，倒闭了。耗子无奈中成了待岗青年，她心里那叫一个憋屈呀，暗呼晦气倒霉。

本来耗子不至于直接下岗，但耗子性格直率，得罪了顶头上司。上司是个四十多岁的中年男人，也许是看耗子年轻活泼可爱，想要改变一下自己一潭死水样的生活，言语中对耗子多有不轨。耗子那样不管不顾的性格，岂能容忍一个半老头子猥亵，在一个无人的中午，耗子一个响亮的耳光，结束了领导对她的幻想，也彻底把自己打回了家。但耗子从没后悔自己的选择和作为，宁为玉碎不为瓦全说的就是耗子这样的性格，耗子是多么干净纯洁的人，怎么能忍受那些污糟之事。

耗子其时已结婚数年，爱人在省属一个事业单位，工资很高，养家没问题。

耗子走上社会后，迅速成熟起来，在“狗不吃”时那些不切实际的幻想很快破灭了，对扬子的执念也很快放下，她本来就很单纯，口里常常夸的冬子也被她扔到脑后，很听话地相亲了。

经过同学介绍，和现在的爱人相遇，两人不算一见钟情，但她的爱人看上了她，经过不懈的追求，终于俘获了耗子的芳心。自始至终，阿飞在耗子心里都是没有一点分量，她相亲结婚几乎连想都没想过他，阿飞的一腔热血算是白付了。

耗子的婚礼盛大而热闹。

耗子家世很好，她有两个哥哥一个姐姐，父母都是知识分子，她是老幺，家里的掌上明珠，结婚了，家里断不会委屈了她。婚礼在当时新阳城最好的饭店第一招待所举行，男方家也有姐弟三个，双方的亲戚朋友来了近百桌，热闹非凡。耗子打扮得特别漂亮，她的姐姐是个服装设计师，专门为最小最宠爱的妹妹定做了一件雪白的婚纱，在那时穿婚纱的还不是很多，一路上围观的人山人海，极尽殊荣。

耗子化了浓妆，稍有点暗的皮肤被抹得雪白雪白的，身材高挑，穿着红色的高跟鞋，真像童话里走出来的小公主。

她的爱人一身深色西装，打着紫红的领带，笑容可掬，真是一对金童玉女。望着在红毯上挎着父亲胳膊缓缓走向新郎的小耗子，凡是"狗不吃"到场的同学都感到十分安慰，一边感叹阿飞的失落，一边欢喜，活泼好动的小耗子终于找到了自己的归宿，该有人好好疼着了。

这场婚礼在同学们心里留下了很深的印象，大家祝愿耗子有个幸福美满的婚姻。

婚后的生活却不尽如人意。夫妻感情很好，但婆家人却很不给力。

在种子公司倒闭，耗子失业的时候，他们已经有了一个宝宝，也许是天上的某个星星转世，他不愿早早说话，耗子大部分精力都花在照顾孩子身上，婆家又不架势，婆婆早逝，公公是江南人，不肯吃一点亏，还不愿意照顾孙子，娘家妈妈年纪又大了，没办法分担，所有的压力都加在耗子一个人身上。每天除了买菜洗衣做饭照顾儿子吃喝拉撒，带他出去散步，接触外面的世界，隔三岔五还要带出去看病，耗子带着儿子跑遍了全国各大医院，只要有一点希望能治好儿子，她都去尝试，她多么期盼自己的孩子和其他小朋友一样每天能开开心心地唱歌跳舞，哪怕付出再多的辛苦和金钱她都愿意。但事与愿违，耗子付出了全部的心血和汗水也没能让儿子在正常的年龄开口讲话，耗子常常想，儿子是在和她捉迷藏呢，在考验妈妈到底有多爱他，考验结束了，就会开口告诉她妈妈我逗你玩呢。

就这样，耗子为了照顾儿子，错过了许多二次就业的机会，每次同学聚会她也是匆匆而来匆匆而回，她不放心孩子一个人在家。但孩子一天天长大，家里的开销也越来越大，单靠爱人一个人的工资，也很难随心所欲了，物价上涨得太厉害了，钱也越来越不值钱。耗子要竭尽所能地让儿子吃好穿好，她开始感到了危机，思考如何才能增加收入，娘家父母搬到楚州哥哥家以后，更没人帮她一点忙了，所以她肯定没办法出去工作了，怎么办呢？耗子开动脑筋，只有自己想办法了。耗子真是聪明绝顶，她做了一些调查，随着改革开放政策深入人心，人民生活水平的提高，对居住条件的要求逐步提升。房地产业、建筑业呈现欣欣向荣的局面，但敢于吃螃蟹的大多是一些文化水平不高，但很有胆略的大老粗，他们识字不多，却敢想敢干，凭着一腔热血，抢占了先机，发了财。但是国家在经过许多探索和阵痛后，对各类产品和事业的质量要求越来越严格，那些没有资质的建筑单位岌岌可危了。耗子抓住这一机遇，决心自学，考证，租借给企业，换取不菲的收入来养家糊口。

很难想象，丢下书本多年的大专毕业的耗子，而且是文科生，回头再来学习考证，这些新鲜的玩意，是要多么辛苦。可是耗子憋着一股劲，真是置之死地而后生，她三年内，一口气考了四个证照，每年每个证照或租或借，价格不菲，生活很快走向富裕。

梅子和小薇每每谈起耗子都是既心疼又佩服得要命。偶尔三人会在周末一起小聚。谈到考证，在她俩都觉得匪夷所思的时候，耗子却云淡风轻地说：

“小意思啦！挺好考的呀，我还预备多考几个呢！”

梅子、小薇听了只有咂舌的份儿，无语死了。

可惜阿飞就没有这么好的运气了。

二布厂不能待了，阿飞想到了跳槽。就在他准备逃离二布厂的时候，他的一位高中同学到二布厂找他玩。看到他，阿飞的眼睛一亮，真是踏破铁鞋无觅处，得来全不费工夫。原来此人的兄弟在县政府工作，如果请他从中说说，离开二布厂应该没有问题。

中午，阿飞请他吃顿午饭，吃饭时，说出自己在厂里的苦恼以及想离开二布厂的打算。听了阿飞的叙述，同学讲：

“没有事，明天我带你去找找看，这个破厂有什么好的，早离开早好。”

第二天上午，阿飞和同学一起到县政府找他的兄弟，在同学兄弟的办公室，阿飞又将想离开二布厂的事情和盘托出。

几天以后，阿飞又到县政府找同学的兄弟，刚进门，这位兄弟就跟阿飞说：

“你的事办好了，物资局木材公司缺人，你就到那里去，今天你就到厂里办手续去。”

办手续很快，因为是企业之间调动。

到了木材公司，阿飞发现就是卖木材，既没噪音也没飞絮，环境让阿飞很满意。

阿飞一到木材公司就被分配到三树木材经销点上班，该经销点是租三树供销社的货场，位于跃进河东边，坐南朝北面向三树东西中心街，三树经销点总共 3 个人，都是公司业务员，人人都可开票卖木材，业务很简单，每人一把钢卷尺外加一本材积书，卖木材时，用钢卷尺量一下木材的小头直径，再拉一下木材的长度，到材积书上一查，就得到这根木材的材积，然后用这根木材的材积乘以这种木材每米的单价就能算出这根木材的价格。根据价格到办公室开张票，顾客将钱一交就可将木材拉走，一笔业务就做成了。到三树木材站，阿飞就做这个工作。

一天，阿飞闲着没事，在院内散步，突然，听见院墙外传来"当啷啷，当啷啷"的声音，哎呀，这不是掷骰子的声音吗？他要去看看，来到院墙外的树地，很远就见到十几个人围在那里赌钱。阿飞三步并着两步赶到骰子场，三树街上的赌徒一看有个生面孔来了，立即让座，并把碗推到阿飞面前，阿飞不问三七二十一就掷将起来，几把一掷，手里的钱没法拿了，阿飞把钱装进口袋，继续掷，又弄几把，赶紧往回跑，场上的赌徒连声说道，明天还来啊，还是和你赌钱舒坦，大小不问，也不辞注子。

俗话说好吃狗不离茅厕。第二天下午阿飞又到骰子场准备赢钱，哪知今天风向不对，被当头一棒，开始几把全是钩子，不仅把第一天赢的钱输了，还搭上几十元老本，赌徒还劝阿飞掷，阿飞没有同意就往回走，只听后边喊道：

"明天再来啊！"

还有个人说："吃了我的3步倒，他走不了几步路。"真是又输钱又挨骂，把阿飞气死了。

三树木材站是集体搞伙，伙食费每人每天2元，用蜂窝煤的炉子，菜在炉子上炒，饭用电饭锅做。阿飞在三树时基本是每天喝一次酒。每天2元的伙食费，按理讲能填饱肚皮就不错了，为什么还能喝上酒呢？因为山高皇帝远，在卖木材时吃点小回扣，吃的喝的都来了，还顺便弄点小赌本。

渐渐地，阿飞动起了歪脑筋。第二天正值他一个人在站里，有一个人来买木材，一根上好的木材，值840元，阿飞好说歹说卖了900元，顺手开了840元的票，言说开错了，不要浪费一张票了，下次再来买客气点，反正你也是私人买，少开一点无所谓，买木材的递个理解的眼神也就作罢，阿飞从中赚了60元，那时的60元可不是小数目，刚工作的公务员每月工资也就七八十元呢。

初尝甜头的阿飞，特别有成就感，认为自己真是聪明啊，毫不费力就从顾客身上挖了60元，而且公司毫发未伤。贪婪的闸门一旦打开，再也堵不住了，有时为吃顿好饭要去挖，有时为喝瓶好酒也要去挖，最后，挖糊涂了也不知是集体还是顾客了。

真是靠山吃山靠水吃水啊！阿飞卖木材就吃木材啊！日子乐哉哉的，后来他天天去赌钱，总是输多赢少，输了也不怕，反正有木大爷买单。

古人云：要想人不知，除非己莫为。这是金玉良言啊！

赌无余，色无途！要记住哟！

三树站有三个人，另外两个人都是人精，他俩早就对阿飞起了疑心，因为阿飞单独在时，卖得木材太多。只因他们粗心，没有发现破绽，当他俩细起心来，阿飞的鬼把戏立即被他俩识破了。

一天早晨，木材站站长老周到货场看了一圈，回到办公室就对阿飞说：

"小张啊，货场东南角有一个带疙瘩头笆斗粗的大水杉被你卖啦？"

阿飞一听坏了，因为这根木材为他创造了大几十块的效益，钱已被他输了。阿飞赶忙回答：

“是。”

他又说：

“你卖多少钱一方啊?”

阿飞说道：“500 元一方。”

他又说：“你怎么卖这么低啊? 原价 800 元，你一下降 300 元啊?”

阿飞说：“我把它当腐朽材卖了，因为靠地的一边有点烂掉了。”

“哎呀，你的胆子不小啊，赶紧把这根木材给我追回来，是不是腐朽材要公司来人鉴定，你怎么能私自做主呢?”

阿飞明白啊，没法追了，追回来自己就原形毕露了。

于是，阿飞无奈地说：

“站长，木材已经卖了，上哪追? 实在没有法子，我少卖的钱我自己补上。”

听了阿飞的话，站长不依不饶地说：

“那不行，一定要追回来，不然我要向公司汇报。”

后来木材没有人去追，站长真的把这事向公司汇报了，他还添油加醋地说了阿飞许多坏话。

这下阿飞就遭罪了，公司立即派人到三树查账，对他卖的每一笔发票都追根刨源，但阿飞死活不承认弄回扣，因为有毛病的业务，他全用假名字，反正是糊涂账，他们也找不到下家核实，在账面上查不出问题，他们又盘点库存木材，一盘点差 3 方多大材，因三树多年没盘点，少了 3 方木材也不知是哪年哪月少的，也不能定在阿飞的头上。

就这样阿飞逃过一劫。

说到底阿飞是个不聚财的人，吃点回扣也是日消日了，始终是两手空空，最后，就因为那根水杉木，公司对他作出处理决定：一是工资停发，立即调楚州木材公司上班；二是必须反省写检查，具体干什么事视悔过情况再定。

调到公司，阿飞也没有住处。公司把他安排在盐河边的两间小屋里居住，一到淮县就没有外水了，阿飞又吃起了菜粥面疙瘩。

一个人住两间屋，阿飞这简直是“处级”待遇。

这两间房是为看货场木材而盖，许多年了，一下雨就漏，而且里边住满了老鼠，大白天老鼠就跑来窜去的，阿飞从家里带来的米面都被老鼠偷吃过，这里的老鼠什么都吃，连阿飞从家里带来的大白菜都吃。有一天，阿飞刚开门进屋就看到一个筷子长的老鼠衔着一个菜皮往洞里跑。还有一次夜里有个老鼠从他脸上爬过，把他吓死了。

看样子，阿飞与“耗子”是死对头，也从此和“耗子”有了更深的情结！

木材公司是计划经济的产物，在计划经济时代，有国家调拨的计划木材，不仅价格低，而且别人买不到，但是，1992 年以后，全国上下都搞市场经济了，木材公司已没有计划木材了，做木材生意也和老百姓一样，哪儿便宜到哪买去。

和私人在同一平台上做生意，木材公司很快败下阵来，为什么呢？因为木材公司有 100 多人要养活，再加上各种机械，房屋每年都要维修，这笔开支已经苦不来了，同样的木材，私人 800 元一方卖了赚钱，木材公司卖 1000 元还要折本。

阿飞到木材公司时，工资 102 元，几年下来一分钱不涨，还渐渐发不出了，万般无奈之下，阿飞又想到了逃离。

第二十五章　青春无悔　岁月如烟

“脾气谁都有，但永远都不能让你的脾气比本事大。”

梅子在乡政府的工作，平淡无奇，与世无争。饶是如此，她还是遇到了生命中不能容忍的事情。

也许是嫉妒她优哉游哉的生活吧。工作第二年，梅子得到领导信任，担任现金会计。梅子是个工作细致入微的人，深感肩上的担子深重，一张票一毛钱都算得清清楚楚，从不贪公家一分钱好处，别的人报账也不能糊里糊涂。

梅子接手账务后，力主把以前的账目搞得清清白白。很快有人不乐意了，得罪了人，触犯了一些人多少年来的既得利益。工作中使绊子的马上就来了。本来是月结月清的账目，清清爽爽，有人却故意拖着几个月不报。上级乡镇企业局每月都会下来查账。拖欠了报账，就要接受批评。一而再再而三之后，平时像小绵羊一样的梅子，有一天终于爆发了。

一天中午，刚从花炮厂审计回来，到了办公室，刚好分管领导在，梅子把账本狠狠甩在会议桌上：

“大家有什么意见就提吧。我哪里做得不够好？为什么故意拖着不报账？让我挨批评？故意的吧？当我好欺负吗？”

大家目瞪口呆，可能谁也想不到好脾气的梅子会发这么大的火。

分管乡长是个慢性子的领导，他吃惊地说：

“怎么回事？还有人故意不报账？想干什么？”

见风使舵的某人赶紧跑到他面前说：

“我不是故意的，家里有事呀！”

“家里有事不是理由！也不能拖那么久，不要难为年轻同志，人家尤其还是女孩子，脸皮薄。”

“是，是。马上报，以后按时报。”

领导安抚梅子：

“梅子呀，年轻人，火气不要那么旺，有话好好说嘛。”

梅子一句话也没有说，自那以后，再也没人敢故意为难她了。

这可能是梅子这辈子唯一一次主动和人发脾气。事后梅子想想也觉得不值得。

发过脾气的梅子来到乡政府大门口对门的小卖部里玩。老板和梅子同姓，续起来还是长辈，她家有一个男孩，非常调皮。

梅子婚后第二年儿子就出生了，长得聪明可爱。就是没有人陪他玩。对门的小子就成了他的玩伴，但这家孩子手快，没注意就把梅子的儿子弄哭了，但偏偏儿子还就喜欢和他玩，这也是缘分吧。可能也是实在没有玩伴吧。

同在大院里还有邻居妇女主任家的儿子，另一个是人武部长家的儿子，还有一个是青年书记家的儿子，财政所长的女儿，民政股长的孙子，年纪都差不多大。但孩子的世界和大人一样明朗，谁家大人走得近，孩子玩得也好，谁家大人没什么往来，小孩子自然也生疏。同在一个大院，真正玩在一起的小伙伴真是少得可怜。所以，对门的小子倒成了香饽饽。

在对门闲坐了十几分钟，梅子平息了心中的怒气，回家陪母亲做饭照顾儿子。

母亲已经六十多岁了，中等个子，微胖，皮肤雪白，性格温和，任劳任怨。梅子儿子出生后就来帮忙。一家几口窝在几十平米的小房子里，她从没有怨言，真是委屈了她。

母亲性格好，人缘好，做饭也好吃。梅子最喜欢母亲做的各色小饼子，一口气能吃五六块，梅子今天能这样胖，很可能都是吃母亲做的小饼子吃的。如今，梅子再想吃一口母亲做的小饼子，那只有下辈子了。

看到梅子脸色不好，母亲遂问：

“乖，怎么了呢？发生什么事了？”

“没事！您别担心，工作上的小事。”

“哦，不要生气，生气对身体不好。有什么事慢慢解决。”

“嗯。好！您别担心，没事。”梅子在母亲的温言软语中很快忘记了烦恼。

一天，梅子无意中接到了哒哥的信，惊喜异常。“狗不吃”的时候，梅子和哒哥很谈得来，都性格敦厚，心地纯良。

1990 年 8 月，哒哥分到赣榆钟表厂，是一个只有一百多人的小型企业，厂房破破烂烂，机器老化，员工上班懒懒散散，工作拖拖拉拉，工人只拿基本工资，福利劳保什么都没有，根本吃不上饭，企业濒临破产。哒哥待了半年，心里急得冒火，厂里负责的人不过问生产销售好坏，更别谈技术更新和设备改造，照样是吃喝玩乐，一天天地混日子，根本不顾工人死活。

哒哥是农民的儿子，在这样半死不活的企业里度日如年，拿着五十多元钱工资，自己吃饭都不富余，更别谈孝敬含辛茹苦培养他上大学的父母双亲。正在哒哥苦闷得不知何去何从时，小时的玩伴张强从东北来家探亲，顺便来厂里看望哒哥。哒哥早就听说强子在东北发了财，就请他到钟表厂门口的小饭店吃饭，一边吃饭喝酒，一边聊天。哒哥向强子倾诉了自己的苦闷。强子一拍大腿，高声大嗓地说：

“哒哥，你信不信我？”

“信！当然信了。”哒哥忙回答。

“好！既然信我，你就把这半死不活的工作辞了，跟我回东北去，出去闯闯。”强子豪迈地说。

“这好不容易念了三年书，找了国营企业的工作，就这样丢了？”哒哥嗫嚅地说。

“不然呢？你难道指望这五十多元钱一月养家糊口娶妻生子？”强哥恨铁不成钢地瞪了哒哥一眼。

“好！我回家和父母商量一下，明天回你话。”

“你可不许动摇，现在辞职下海的人多了，哪个不是赚得盆满钵满的？”

“好！”

“你看我们小学同学徐青青，她还是大连大学本科毕业生呢，分在纺织厂，还是中层干部呢，人家都辞职了，到广州倒腾服装，听说第一次倒腾牛仔裤回来就狠赚了一笔，现在人家自己在县城开了一家很大的服装店，专门卖出口转内销的衣服，一本万利呀。”强子接着说，“你没有本钱，我们是粗人不食细果，做买卖不行，但我们是农民的儿子，种地会吧？大东北有广袤的土地，地广人稀，我们去办个大农场，一定比待在家里强。”

“有道理。”

“你说的是北大荒？”

“是！”

哒哥从很小的时候，就非常向往“北大荒”，那是一个浸透着英雄血汗的名字！一个让我们肃然起敬的名字！

还记得70年代，我们上小学时，学过的一篇课文《我是北大荒人》，描写了北大荒的创业者们奋斗的故事，从那时起，北大荒这个名字，便在我们这代人的心里扎下了根。

翻开那页尘封的历史，那火红的年代，火热的心，激荡着我们的情怀。——1958年，那个贫瘠的年代，人民解放军十万转业军人，从祖国的四面八方云集到黑龙江东北边境，素称“北大荒”的密（山）、虎（林）、宝（清）、饶（河）地区。经过三年的辛勤劳动，终于将这个荒原建成了能为国家生产大量农牧产品的基地，把“北大荒”变成了麦香千里，牲畜成群，人人向往的“北大仓”了。而这些拓荒者们，有的是刚刚翻身，还没有从“三十亩地一头牛，老婆孩子热炕头”的美梦中醒来的小伙子，便告别了崖畔上一朵朵怒放的兰花花，告别了白发亲娘，到这里圆梦来了。有的是下笔如有神的才子，却操起了另一支笔，在广袤的土地上，谱写他们更豪迈更雄壮更激情四溢更如痴如醉的诗篇……

哒哥彻底被强子说动了心，回家和父母一说，自然是遭到父母一致反对。父亲吸着旱烟袋摇摇头，担心地问：

“到那人生地不熟的地方，出了事，叫天天不应，叫地地不灵的。”

母亲更是一把鼻涕一把泪地说：

“好不容易供你上了大学，没想你怎样出人头地，但也不至于又返回去做农民啊，我跟你大一辈子在土里刨食吃，可不想你走我们的老路。”

“妈，那可是农场，和你们的农民可不是一个性质。”

“不行，反正说啥我也不同意，穷就穷点，也不到那鬼不靠地方去受苦。”

“妈，三个弟弟妹妹都在念书，一个也没成功，您要拿什么给我盖房娶妻？”哒哥一下说到了母亲的痛处。

“这……你是怪我们了？”

“没有，妈，我就是陈述一下事实，我们家太缺钱了，您就放我走吧，没准我能给自己闯出一片天地呢。”

“好吧！”许久没有出声的父亲看哒哥态度坚决，终于表态。母亲也不作声了，只是在一旁默默流泪。

哒哥搂住母亲的肩膀，默默坐了一会，就起身出去找张强，把自己的决定告诉他。强子很兴奋，捣了哒哥一拳：

“这就对了嘛，你赶快去厂里辞职，收拾行李，我们明天准备一天，后天就走。”

“好！”

哒哥老实内敛，但极有主见，决定了的事，就不再犹豫。当天就找到厂长辞去质检员的职务，结清了半个月工资，回家收拾好简单的行李，怀里揣着父母七凑八凑的八百块钱跟着强子一起闯东北。

到了黑龙江，本想跟强子一起倒腾点木材卖，但本钱实在有限，风险也太大，强子不愿憨厚的哒哥整天过得提心吊胆的，就通过这些年在东北做生意积累的人脉，打听到密山县有一个一千亩大农场暂时无人承包。赶紧带着哒哥找到相关负责人，要求承包农场。负责人是地地道道的东北汉子，性格耿直，一口价，二十块钱一亩，没有讨价还价的余地。其实他给出的价格很便宜了，但就是如此，哒哥也没那么多钱。从家里带来的八百块钱已花出去一百多。强子通过介绍人，好说歹说，农场负责人同意先交押金，等第一季收成获利后再全部交齐。但要求强子担保，因为强子名下有个木材交易公司。合同签好后，强子借给哒哥两千元，预付了一千元租金，其他的用来购买农具、招人。好在场里原来的农业机械虽然锈了，但整修一下还能用，给哒哥节省了一大笔资金。

哒哥就这样义无反顾地在东北扎下了根。

从一个文弱书生一下子变成这么大一个农场主，哒哥很长一段时间都有点恍惚。

但现实没有给他太多的时间自怨自艾，他必须面对现实。踏踏实实走好每一步，纵然再辛苦，也没有反悔的机会了。

好在吉人自有天相，原农场主的女儿看上了哒哥，这可是一个正宗的东北大妞，中专毕业，在村小教书。高高的个子，雪白的肌肤，北方凛冽的寒风没有吹黑她的皮肤，反而是一种发出荧光的瓷白。圆圆的大眼睛，长长的睫毛活像两把小刷子，忽闪忽闪的，两条油光水滑的辫子拖在脑后，别有一番风情。从看到哒哥第一眼就钉进了眼里，再也拔不出来。有事没事总爱往哒哥那儿跑。哒哥不是傻子，看得出大妞喜欢自己，但他不敢想，自己一事无成，还欠着场里那么多钱，拿什么娶人家？所以面对大妞的攻势只能装聋作哑。场长家里也不同意，既不想把女儿远嫁江苏，又嫌弃哒哥穷，但大妞执意爱他，家里安排的相亲拒不去看，心疼大妞的场长终于投降。场长亲自到哒哥那儿给女儿提亲，哒哥诚恳表示：

"我目前没有钱，只怕委屈了大妞。"

"无妨！你以后会有钱的，只要答应一辈子好好对待大妞，将来就是回了江苏老家也不要欺负她。"

"怎么会呢？我疼她都来不及呢，怎么会欺负她？"

就这样哒哥花了二百块钱把大妞娶回了家。新房就在场里的一排平房里，床头褥被家具全部是丈人家备齐。二百块是给大妞买了一身大红色的羊毛套裙和一件毛呢大衣，托徐青青从广州买给父母带来的。哒哥把父母家人接来，就在农场举行了简单的婚礼，哒哥一家和场长亲戚朋友摆了几桌酒席。

结婚当晚，哒哥喝醉了，洞房时迷迷糊糊喊的是媛媛的名字，好在大妞也叫圆圆，不知道哒哥到底喊的是谁。

有了场长家做靠山，哒哥彻底在东北扎下了根，农场慢慢上了头绪，收成一年比一年好。哒哥每天天不亮就起床，和场里工人一起劳动，人渐渐变黑了，不到一年完全脱了书生气，变成一个地地道道的农场主。好山好水的滋养，哒哥的体质变得十分强壮。但唯一揪心的是连着生了两个女儿后，哒哥有点重男轻女思想，执意要生个儿子，大妞虽然略有怨言，但还是很配合，结婚第四个年头终于生了个男孩，差点被开除了工作，后来把儿子藏在亲戚家谎说儿子走丢了，又看在场长的面子上勉强保住了工作，但升任小学校长的机会被剥夺了。但哒哥还是很高兴，儿子直长到十岁，计划生育政策有点松动的时候，才被接回家上小学。哒哥就在这一片黑土地上奉献着他的青春和汗水。

闲来无事的时候，哒哥喜欢一个人坐在田头，看着黑油油的土地，感受它的神奇，内心充满了安慰。

"这是一片神奇的土地——天上地下难寻。"诗人郭小川在描写北大荒的诗篇中，写下这诗句。

北大荒奇在哪里？神在何方？

黑土地，黑油油的土地，可以种白银，可以种黄金。黑油油的土地上，闪耀着新时期的光芒！它是中国社会主义农业的窗口，它是中国农民的希望。

弟弟妹妹都已成家立业，父母健在，哒哥是家里长子，一直想把父母接到自己身边照顾，但老人故土难离不愿意离开家。每年夏天，老家炎热的时候，哒哥会把他们接过来住一阵，但母亲总是担心弟弟家的孩子没人带，过不了多久就要回去，哒哥也很无奈，只有多给点钱，让他们好好吃饭，多买点好看的衣服，心里才会好过一点。

经营农场多年，有成功也有失败。因为缺乏经验，第二年选的大豆种子里有很多是二茬豆子，出的苗细瘦，施了肥后，蹿得很高，瘦骨伶仃的像杨二嫂。千方百计养护，当年还是本利无归，欠了工人几千块工资。但哒哥无法放弃，聘请了技术员，自己也到农科所学习，终于掌握了系统的农业生产知识，一步步把农场搞起来，收成也一年年变好。

哒哥是个非常有情怀的人，生活富足了，农闲的时候，他喜欢躺在场门口那棵大槐树下遥望家乡的方向，偶尔浏览一些杂志。有一天，无意中在《乡土》杂志上看到“狗不吃”梅子的一首短诗，激动万分，回家一整天在嘴里念念有词：

田野里的梦

我想要一个春暖花开的未来
在这个四月的季节
阳光和煦温暖
行道树冒着绿莹莹的光泽
斑驳陆离的光照花了翠鸟的眼

桃花落尽杏儿结果梨花已远走他乡
四月指缝里溜走的都是花魂
香风熏醉了南来北往的过客
燕泥鸿爪尚留梦的衣裳

田野里交织着绿色、白色、黄色和一望无际的青色
把我覆盖并推进一条前往大海的河流，肆意漂荡
岁月赐予我多么深的印记，让流水一般的爱情
裹挟着我与你，孤独而执着地前行

回首来时路
半世繁华已舞尽
丰满了岁月瘦了容颜

多么温柔的风，撩动你的长发和我粉红色的心绪
你用纤纤玉指辛苦抓住的那些风，如今与蒲公英一起
流浪在我们不可触及的家乡
在人潮中寻找你温柔的笑脸
却只看到飞逝的时光钉在岁月深处

不管怎样，要感激那些躲在角落里的相遇
即使背对着桃花、杏花还有海棠花，那盛开之后的落寞
始终徘徊在胸口，诉说着简单却深情的呐喊

一只燕子飞过头顶，期望我站在花前的模样
能被你永恒地记在心底

哒哥一激动给梅子写了一封信，向老同学倾诉了惦念之情，梅子激动不已。

第二十六章　相知相惜　情同姐妹

“朋友的作用是使你的快乐加倍，痛苦减半。”

梅子生了个蜜月宝宝，儿子长得聪明可爱，快到了上幼儿园的年纪了，家里才考虑要把梅子调回城里，带儿子上学。就在梅子在马集工作了五年后，一纸调令，梅子被调到城关镇负责共青团工作。梅子才真正感觉工作上了正轨，但其时孩子上学、家务、工作，梅子感觉到了辛苦，还好有娘家亲人帮忙照顾孩子，梅子方能慢慢适应紧张的生活。

梅子最初的职务是乡团委书记。梅子觉得自己已经有点老气横秋了，但为了适应工作，努力地改变自己。过惯了乡下闲云野鹤般懒散的生活，一下子上了笼头，梅子刚开始确实感到有点不适应。但梅子的运气还是不错的，到哪里都能遇到好人。

在乡里任副乡长的英大姐可以说是梅子生命中的贵人，她带着梅子一步一步适应了紧张的工作生活，告诉梅子如何规避工作中的各种风险，在处理人际关系上也给了梅子许多良好的建议。梅子从乡下来，懵懂无知，对职场上的游戏规则真是一窍不通，憨头憨脑的，不识人心。幸亏英大姐时时处处提点，才让梅子迅速成熟起来。那时候最开心的就是和大姐一起到各企业、村居去调研，这让梅子大大开阔了眼界，拓宽了视野，更快地适应了城关镇的工作。

梅子在城关镇一共待了十五年，把最好的青春年华都献给了城关镇，其间工作职务有几次变动，但不是那种大起大伏，就是时间到了自然升级。梅子不喜欢溜须拍马，更不会请客送礼，又有点清高，入不了领导的法眼。人常说，性格决定命运。有一个领导，临升迁之前找梅子谈话：

“你各方面都很优秀，就是性格有点清高，这几年没有提拔你，就是想磨炼你，你千万不要有意见，以后要变得开朗随和一点。”

梅子当时就在心里翻了一个大大的白眼：“磨炼个球！还不是因为我没有送礼！你还不是怕我考核时说你坏话？”

梅子当即表态：

"您放心，考核时我不会乱说的，我是共产党员，我有我做人的原则，您不提拔我我从不怪您，公道自在人心，我不后悔，我就是这样的性格，我讨厌献媚的小人，要我这样，我做不来。想让我变成委曲求全的低贱之人，还不如杀了我。"

梅子抬起头，高傲地离去。领导顿时被噎得目瞪口呆。

就是这样宁折不弯的性格让梅子在仕途上坎坷曲折，走得相当为难，纵然才华再高，工作再怎么努力，都无济于事，得不到好的升迁。

心情一度也很郁闷，还好有小薇时常陪伴，梅子才能熬过许多难过的时候。

小薇调到办公室工作的时候，梅子已到了城关镇上班，有自己分管的部门，事情安排下去，有很多自由的时间，几乎每周都能抽出半天时间来找小薇逛街买衣服。

大农行就在新阳城最繁华的商业街南京路上，出门四面八方都是商场饭店。每周这是她俩最开心的时间，有时也喊了耗子一起，但多数时间是梅子和小薇两个。她们一起逛街购物聊天，累了找个咖啡厅或者茶吧喝点东西吃点简餐，开心快乐放松。但小薇到了营业部后，忙得跟鬼一样，每次梅子去找她，说不了几句话就有人来找她，气得梅子渐渐就不来麻烦她了。在营业部辛苦了三年，直到被提拔为副行长，分管办公室后勤，这才又如鱼得水，自在了很多。梅子又恢复了每周找她逛街的习惯。

梅子的工作虽然很累，但分管一个部门，有自己独立的空间，有一部分时间可以自己把控。当时经常是白加黑五加二的工作，没有休息日，但梅子总能给自己找出一点放松的机会，雷打不动的，一周半天和小薇的相聚，就成了平凡生活中最高兴快乐的事了。如果哪个礼拜两个人因故没能见上一面，总觉得生活中缺少了什么一样，第二个星期会早早联系，争取早点见面。

梅子和小薇的感情无法形容，不是姐妹胜似姐妹。

小薇在家里是个乖乖女，什么事情都听从父母家人的安排，工作第二年就由家人安排和现在的爱人，同样是另一个商业银行的副行长相亲，双方家庭条件都差不多，爱人正宗南大毕业生，可以说是门当户对，没有什么不合适的。相处了半年，顺理成章地结了婚。结婚时梅子出差联系不上，没有参加他们的婚礼，心里懊恼了好长时间。婚后第二年他们有了一个可爱的儿子。因为在计划生育年代，婚后他们只要了一个孩子，如今已长成一个高高大大的帅小伙了。

小薇婚后的生活也很辛苦，爱人在市里银行上班，自己要带孩子，还要上班，婆婆是新阳城老住户，偏爱小儿子，认为大儿子两口子都在银行，有一份体面的工作，心里多疼一点条件稍微差一点的小儿子家也是难免的，人之常情。虽然手心手背都是肉，可是有时候还真的是有长有短，这也是没办法的事。

受几千年儒家思想熏陶的小薇，真的是秉承了优良传统，孝顺，隐忍，什么事都亲力亲为，孩子小的时候真的是吃了不少苦。梅子常常对她说，她老公可娶了一个全能婆。别看小薇外表温文尔雅，在生活中却不比任何一个女强人差，家里里里外外一把手,也真是难为了她。

随着孩子一天天长大,小薇终于盼来了丈夫调回新阳城,一家三口终于可以团聚了。可是好景不长,爱人调回来不到两年,小薇又被总行提拔调到了市行里,又开始了一家三口几处分居的状态。梅子好长时间不能适应小薇调走的生活,每周一次的相聚是不可能的了,但电话每周是必打的。梅子每次到市里开会,只要有时间,都要到小薇单位冒一圈,到那和小薇坐一会,时间允许还会和她一起到商场里逛一圈,一起喝个茶吃个饭,聊聊家常,说说生活中遇到的开心和不开心的事情。每次见面,梅子第一句话总是:

"小薇啊,你怎么还不调回新阳城呀?我都想死你了,想见你一面可真不容易呀!"

小薇也总是很无奈地说:

"我也很想回去呀,可是不是我想回去就能回去的。"梅子甚至怂恿她不要提拔,维持原级别回新阳城分行做个闲职吧。有一个时期,小薇都被梅子说动了心。仔细地想了想,可确实没什么合适的位子,只能作罢。

看着他们一家三口(孩子在外地上大学了)在三处漂泊,确实让人心焦。可是小薇很坦然,她已适应了这种生活状态,还宽慰梅子:

"距离产生美呀,亲戚隔远离香。"

想想这话确实有道理。天天见面的夫妻,纵然经常享受耳鬓厮磨的乐趣,但也常常面临相看两厌的风险,整天为鸡毛蒜皮的小事争吵不休的夫妻大有人在。而小薇他们好几天见一面,平时有点什么烦恼不满也会忍忍算了,反而有一种小别胜新婚的感觉,感情长盛不衰,历久弥新,未尝不是一件好事。反正和梅子在一起,从没听小薇念叨过家长里短有什么不开心的事,一派平和,这可能和小薇温和的性格有关吧。梅子其实很欣慰,小薇过得幸福,事业有成,身体健康,很少听说有哪里不舒服,除了工作有时感到疲惫,身心很健康。不像梅子,平时大病没有,小病不断,每年都要在医院里耗上个把月,烦都烦死了。

小薇的生活平静而幸福富足,在小城起码是个中产阶层。她没有太大的野心,却有意想不到的收获,别人是羡慕不来的,这可能就是人们常说的有福之人不用忙吧。

梅子有这样一个可以说说心里话的知心闺蜜,也是她八辈子修来的福气,要不然,她真不知要在这冗杂的生活中,如何保持一方清明。

人生得一知己足矣。

外面的阳光很灿烂,小薇的未来也很明媚,和梅子的友谊也会永远保持下去,源远流长,一切刚刚好。

而祥子的生活却发生了翻天覆地的变化。

正当祥子混得风生水起,赚得盆满钵满,家庭幸福美满,一双儿女慢慢长成的时候，平地一声惊雷，体制改革的春风也吹到了这个小县城。

全国改革开放十来年了，政策从上到下逐步放开，私营企业如雨后春笋般，一夜之间纷纷出现、崛起。全县改革的浪潮一浪高过一浪，单位沸沸扬扬传得面目全非，但改革是必要的，大锅饭绝对是不能吃了。

一天，矿长愁眉苦脸地把祥子喊到办公室。

"小邹啊，如今全国上下，改革的政策层层落实，上级的红头文件已经下发，国有企业都要进行改制，关停并转。从今以后再也没有大锅饭好吃了。"

祥子听了心里一激灵，早就听说要改制，但总不会一步到位吧，总得留一部分人善后吧，就是承包出去，也不会把自己会计拿掉吧，不管谁干，难道不要会计吗？思念及此，面上并没见异色。

矿长艰难地再次开口：

"小邹啊，实在对不住啊，这次改革，上级主管局物资局决定第一个从砂矿入手，改，就要改得彻底，已经决定把砂矿承包出去，所有人员要么留用，这要看承包人留谁，要么走人，劳动关系从此解除。当然，矿里最后还要进行审计，看盈亏情况适当做些补偿，但这个只是杯水车薪，一点心意。"

"这样啊。"祥子突然有一种不祥的预感，下面矿长的话彻底让他的心像掉入冰窟窿里。

"小邹啊，你知道，我们矿是谁来承包吗？"矿长同情地看了一眼祥子。

"是欧副矿长，你也知道，这些年，你和他貌合神离的，虽然没有什么大的矛盾，但现在人家自己承包，还怎么会把钱让一个外人管呢，我说的意思你明白吧？"

"明白。"祥子觉得嗓子发干，心里狠狠骂道，"妈拉个巴子，过河拆桥啊，原来矿里的账目乱七八糟，好不容易一切都上了轨道，怎么说改制就改制了？"话是如此，祥子心里可比谁都清楚，这几年，矿里早已入不敷出，负债累累了，改革是非常必要的。可心里咋这么酸溜溜地难受呢？

"你如果有什么要求尽可以提出来，我会好好考虑，能照顾的尽量照顾，如果你想留下来，也可以去找欧副矿长，毕竟，待资产盘点结束后就要宣布，他是矿长了，我说话已经不作数了。你好自为之吧。"

"好，我知道了，谢谢矿长这几年的照顾，回头我就把手头的账目理一理，等待盘点交接。"嘴里说着，心里却在狠狠地骂着，"求他个球啊？有用吗？这几年，我挡了他的财路，他怎么会留我呢？"

从矿长办公室出来，祥子脑子昏昏沉沉的有点蒙，感觉像要裂开一样。他想回宿舍休息一下，其他问题等会再想。

可就在快到宿舍门口的时候，遇到了欧副矿长。

祥子一个头两个大，真是冤家路窄，越不想遇见谁越要碰见谁。当下想低头过去，可副矿长却并不想放过这个奚落他的机会：

“哟嗬,这不是我们邹大会计吗？怎么脸色这样差?”

“没事,有点感冒了。”

“我猜不是感冒吧？是不是矿长对你说了改制的事？你有什么想法？马上我就要成矿长了,你想不想留下来?”

“留下来怎么样？您打算怎么安置我?”

“安置？哼!”副矿长从鼻子里冷哼一声,“如果你愿意,可以到矿上开小飞子(就是每天给来拖砂的车辆开条子,其实这个活不累),你的账算得好,不会开错。”

看祥子不作声,副矿长接着说：

“这是我能给你的最好的工作了,毕竟我们同事一场,你又是个人才,我也不想这么好的人才外流,但待遇方面就稍微差那么一点点了。”祥子抬起头盯住副矿长看。

副矿长清了清嗓子,慢条斯理地说：

“拿原来工资的三成,毕竟这是我自己的个人企业,钱多钱少都是我自己说了算。”

看着副矿长洋洋得意的脸,祥子恨不能一口老血吐在他的脸上。

“用不着！您还是另请高明吧!!”

“何必呢,现在工作可是不好找的哦。”

“我就是饿死,也不吃嗟来之食。你放心,等我账目交接清楚,立即卷铺盖走人,绝不会碍你的眼了。”

“小邹啊,你怎么可以说这样的话呢？我可是一片好心,你别好心全当驴肝肺啊。”副矿长奸兮兮地说。

“不需要,赶快收起你那假好心的嘴脸,我就是饿死,也不会再在你手下讨生活。”

“年轻人,干吗那么暴戾呀?”

“我就是这个脾气,不屑与小人为伍。”

祥子撂下一句狠话,逃也似的离开了副矿长,他心里知道,话说得硬气,眼下工作真的难找,老婆也面临下岗,还有一双正在上学的儿女,没有工作可不行。

祥子觉得有一千只蚂蚁在头脑里奔驰,感觉要崩溃,他就想赶紧跑到宿舍,休息休息,缓一缓,好好想想,下面怎么弄。

可办公室主任隔老远就喊：

“祥子,副矿长叫你呢,让你统计一下矿里的资产,明天局里来人要看。”

“统计个球！老子先睡一会。”

办公室主任看着气红了眼的祥子,吓得倒退了一步,这人可从来不说粗话的,摇摇头,忽然了然,想必祥子已知道他不能留下来的事了。

“那你先好好休息一会,歇好了再说。”

“唉！唉！造孽呀！怎么偏偏是他承包?”办公室主任一路摇头叹息着离开。

祥子揉揉淤胀胀的额头，冷静下来，当务之急，先去睡一觉，睡饱了，想一想有什么门路，到哪里找工作，家里这些年虽有一些积蓄，但老婆面临下岗，两个孩子的生活水平不能降低，都是长身体的时候，不能断了经济来源，不赶紧找到工作是万万不行的。

祥子在宿舍昏昏沉沉地睡了一下午，醒来时候感觉头还有点胀，他用冷水洗了一把脸，脑子清醒了许多，他有点不敢回家，怕面对潇潇失望的目光。

但家终究要回的，不然，又能到哪里去呢？

天傍黑的时候，祥子趔趔趄趄地走回家，潇潇远远地迎着他。

夫妻对望一眼，什么都不用说，什么都明白了。这几天，潇潇的右眼一直在跳，生怕有什么不好的事发生，但怕鬼有鬼，终究是逃不过命运。

潇潇试探性地问：

“能不能留在矿里不走？”

“不走，让那姓欧的笑话？在他手下讨生活，我还不如去捡垃圾！”祥子生气地口不择言，这也是结婚多年来第一次对潇潇大吼。

潇潇委屈地嘟哝一声：

“我也就是随口一问，干吗发脾气？”

祥子收敛一下心情道歉：

“对不起！我有点心烦。”

“没事，我知道。你也别烦了，活人还能让尿给憋死？车到山前必有路，船到桥头自然直。”潇潇柔声安慰着祥子。

“是的，现在国家政策放开了，天高任鸟飞，海阔凭鱼跃，我不相信我找不到事做，实在不行，我可以先出去做点小生意，以后再做长远打算。”

“好了，先在家好好休息几天，再想办法找工作吧。”

夫妻俩呆呆地在屋里坐着，饭都不想弄，直到两个孩子放学，进了家门，奇怪爸妈怎么不开灯坐在客厅。女孩像燕子一样扑进潇潇怀里：

“妈妈，妈妈，怎么不开灯呀？我饿了。”

“好，好，宝贝，先去写作业，妈妈马上就去做饭。”

潇潇强打精神起来做饭，不管怎么说，还有两个正在长身体的儿女，日子还是要过。

潇潇手脚麻利地做好了两菜一汤，把饭菜摆好，喊两个孩子吃饭，又大声喊祥子：

“祥子，过来吃饭了。”

喊了两声没动静，跑到客厅一看，祥子居然打起呼噜睡着了。

潇潇没有再喊，让两个孩子先吃，自己从卧室里拿出毛毯盖在祥子身上。祥子太累了，这些年，为这个家真是操碎了心。不光是自己的小家庭，还有双方的父母，肩上的担子很重。人常说秤砣虽小压千斤，在祥子不足一米七的身躯里却蕴藏着巨大的能量。整天超负荷运转，也没把他压垮，反而是活得乐乐呵呵。现在他真的累了，正好就这个机会好好休息休息，恢复一下体力。

但事与愿违，祥子还没有好好休息的命，他必须把手头的事情交接清楚。第二天，祥子早早到了班上，迅速整理好自己手头的往来账目，等新老矿长还有新任的会计到班上，第一时间把账目捧给他们，一目了然，往来账目，债权债务关系清清白白。交接完毕，新任矿长老欧假惺惺地说：

"老矿长，我知道你喜欢邹祥，我也舍不得，可昨天我问过他了，他自己不愿意留下，心去意难留呀，我也没办法。"

老矿长无声地叹了一口气：

"要不，祥子，你再考虑考虑？"

"不了，谢谢老矿长，天无绝人之路，我不相信，我祥子离开了砂矿就没活路了？您放心，我会找到适合的事做的。"

"那就好，你也别着急上火，工作慢慢找，不急。"

"好，我知道了，老矿长再见，有空我请你喝酒。"

"只怕到时候没有喝酒的钱咯！"欧矿长不阴不阳地来了这么一句。祥子懒得理他，倒是老矿长狠狠地瞪了他一眼：

"做人不可落井下石。"

"我没有，开个玩笑。"老欧缩了缩脖子。

"开玩笑也不能这时候开，人家多痛苦呀，有什么深仇大恨要这样奚落人家。"

"好！好！您老说得都对。"老欧不满地看了一眼老矿长。

老矿长眼皮都没抬，送祥子到大门口，紧紧握住祥子干瘦的小手，动情地说：

"祥子，你是我这么多年工作中，最得心应手的助手，现在你这个样子离开，我真的很难受，但胳膊拗不过大腿，况且改革是必要的，谁也阻挡不了历史的洪流，只是苦了你了，你没有能力承包，但又不能留下继续干，半路出家再找别的工作，一切重头再来，真是难为你了，我很不放心。"

"没事的，老矿长，我你还不知道？我不会让自己饿着的，一定能找到好工作，您就放心吧！这么多年多亏您照顾了，您放心，我永远都不会忘了您的。您多保重！"祥子的眼眶湿润了。

祥子最后看了一眼工作多年的单位，跳上自行车义无反顾地骑上回家了。

回到家的祥子蒙头昏睡了两天两夜，第三天早上爬起来，洗脸刷牙，换了一身很干净的行头，吃过早饭，准备出去找事做。但屋漏偏逢连阴雨，正吃早饭的时候，潇潇的一好姐妹慌里慌张地跑到祥子家，没进门就大声嚷嚷：

"哎呀！潇潇，你还有心思吃饭呀？"

"怎，怎么了？"不祥的预感一下子涌进潇潇的脑海，她的头嗡嗡作响。

“别急，慢慢说，西岚，什么事？”祥子倒很冷静。

“能不急吗？我下岗了，呜呜……”西岚说着就哭了起来。

“那我呢？”潇潇声音微弱地问，她还抱着最后一点希望。

“你？呜呜……”

“你别光顾着哭呀？我到底有没有下岗？”潇潇已经冷静下来，该来的山也挡不住。

“你，当然也下岗了，呜呜……”西岚哭得上气不接下气。

潇潇一屁股跌坐在椅子里一句话也发不出来。

虽然是意料中的事情，但突然被证实了，还是一阵揪心般的疼痛。

“你们两个都下岗了，以后的日子要怎么过呀？”好心的西岚倒担心起潇潇来了。

“没事，天无绝人之路，天将降大任于斯人也……”

祥子在潇潇无助的目光下说不出话来。他走过去搂住潇潇：

“老婆，别怕，一切有我呢，你老公又不是不厉害的，保证不会饿着你们娘几个。”

饶是再坚强的人，突然面对夫妻两个一同下岗的尴尬境地，心里都会发虚。祥子同样如此，他内心的煎熬痛苦又不能和潇潇说，只能自己一个人扛。

送走了西岚，安抚好老婆。祥子觉得一分钟也不能再在家里待下去。坐吃山空是可怕的事，何况还有两个年幼的孩子。残酷的现实不容许他有自怨自怜的时间，他必须尽快找到工作，给潇潇、孩子一个稳定的生活，不能让他们整天活在担惊受怕中。

祥子一个人茫然地在大街上走着，一时间不知今夕何夕，第一次有点惊慌失措的感觉。心口一阵阵发紧。

真是上天有好生之德呀！正当祥子手足无措的时候，他遇到了多年未见的小学同桌老同学闫飞。闫飞现在可是县主要领导面前的红人，年纪轻轻就做到了县人事局副局长，专管干部职工招考录用这项工作。他看祥子失魂落魄的样子，一把把他拉到街边咖啡厅，找了个安静的位子坐下，直截了当地问：

“祥子，怎么了？无精打采的，家里发生什么事了吗？说出来，看我能不能帮到你。”

“我，我和我爱人潇潇都下岗了。”

“什么？”闫飞倒抽一口凉气。

祥子白着脸把自己和潇潇同时下岗的事简明扼要地说了一遍：

“我现在是走投无路，不知道前途在哪呢。”

闫飞默不作声思考了几分钟，一拍大腿：

“祥子，你还真不用愁，今天你遇到我是你运气。马上县里事业单位招考，带编制。你也不要出去找工作了，回家好好复习，准备考试，考试时间和细则要求什么的你到人事局去问，公告应该已经发出去了，凭你的才华，一定能考上的。”

“真的吗？真是太谢谢你了！我一时间还真没勇气自己创业呢，主要是没资金，如果能考上个稳定的工作当然好了。”

“行,先去看看招考简章,回去好好准备,有什么不懂的打电话问我,我还有事,就先走了。”闫飞拖过桌上的台历,“撕拉”一声扯下一页,从公文包里拿出一支碳素笔,“刷刷刷”地写下一串数字,急急忙忙站起身。

“好!好!多谢你!考上了一定好好谢你。”

“老同学,说这个就见外了。”

“好!你慢走!”

祥子的心陡然变得明亮起来,人也像重新活过来一样。

祥子第一件事就是赶紧跑到人事局看看招考简章。人事局门口挤了好多人,都是来询问招考情况的,祥子好不容易弄清情况,去新华书店买了要看的书,骑着车赶紧回家复习。

当祥子一路哼着歌回到家,潇潇苦着脸不明所以地问:

“你还唱?有什么高兴的事情发生吗?咱家现在都这样了,过一阵子恐怕就揭不开锅了吧,你还有心情唱歌?我现在是只想哭。”

“别呀,你猜猜看,我今天遇到谁了?”

“遇到谁了?遇到谁也不能给我们钱呀,生活是真实的,我们现在需要工作,需要钱。”潇潇有点恼怒地说。

“切!真是头发长,见识短!钱!钱!钱!就知道钱!”

“我见识短?没有钱,拿什么买米买面?没有钱,拿什么给你孩子买肉买鱼?没有钱,拿什么交水电费?……”

“停!停!停!真是怕了你了。”祥子告饶说。

“你真不想知道我今天遇到谁了?他就是我们的财神爷呀!”

“你别再卖关子了,说不说?我烦着呢。”

“好!好!好!不逗你了,我告诉你,你别急。”

祥子把遇到闫飞的事情从头至尾说了一遍,潇潇美丽的大眼再一次发出亮晶晶的光,萦绕心头多日的阴霾一扫而光:

“还真是遇到贵人了!天无绝人之路呀,上天总会眷顾好人的,这么多年我看见街边乞讨的人从来都是给点钱的,也许这就是老天对我们的回报吧!”女人的脑回路真的和男人不一样,总能给自己找到心安的依据。

祥子也不和她计较:

“好了,从现在开始,半个月内,家里什么事都不要烦我,我静下心来好好看书,毕竟书本都丢了好多年了,还有许多新的知识要学。”

“好!好!好!你只管好好学习,家里任何事保证不让你伸手。吃饭时你出来吃饭就行。全家都靠你了,压力山大哦。”

“好!你放心,我一定能考上!”祥子信心满满。

果然，经过半个月近乎封闭式的学习，祥子最终以笔试第五名的成绩参加了面试，最后以总分第二名的成绩被顺利录取。根据个人意愿，分到了宿州报社新阳城记者站，做了编辑，事业编制，工资按国家干部标准发放。

当祥子兴冲冲地拿着录用通知书回家来对潇潇显摆时，好事成双的事情来了，潇潇在朋友的帮助下也拿到了一个房地产企业会计的录用通知书。夫妻俩着实高兴坏了，潇潇抱着祥子在屋子里转圈。

“好了，好了，别转了，我的头都被你转晕了。”祥子无奈地点点潇潇红红的晶莹闪亮的脸庞。

“祥子，今天真是个好日子，你去买肉和韭菜，我和面，我们包饺子吧！”

“好！”祥子摸摸口袋，“没钱了。”

“讨厌！”潇潇从包里拿出一百元给祥子。

及至祥子买好肉菜回家，潇潇已和好面擀好了很多面皮。

潇潇动作麻利地切菜剁肉，时间不长馅子就兑好了。放了盐、胡椒、麻油、花生油、少许香醋、糖、虾米，尝了甜咸，味道鲜美。

两个人心情很好，轻松愉快地包着饺子，潇潇觉得生活再一次向她露出了最灿烂的笑脸。

等到两个孩子放学回家，一大面板的饺子漂亮可爱地整齐排列着，还有潇潇飞扬的笑声。

“哇！有饺子吃咯！”

“爸，妈，今天有什么好事吗？难得你俩一起做饭呀？还不怕费事包了我们爱吃的韭菜肉馅饺子呢！”

“瞧你们说的，没好事就不能包饺子吃了？”祥子嗔怪地说。

“那可难说！前几天家里气压多低呀！我放个小臭屁还得夹着慢慢放呢！”儿子搞怪地说。

“呸！哥哥不文明！”妹妹抗议。

“好啦！好啦！别玩啦，妈妈告诉你们，今天是双喜临门，我和你爸都找到工作了，而且都是很好的工作哟！”

“好耶！好耶！我的奥特曼有着落了，妈妈你可得为我买。”儿子激动得双眼放光，他看中了一款玩具，前一阵子看父母心情不好，一直不敢开口。

“好！好！好！妈给你买。”

“妈妈，妈妈，我也要，我也要，我要彩笔。”丫头自是不甘落后。

“好！好！好！今天妈高兴，吃完饭就去给你们买。”

“噢耶！妈妈万岁！”

看着幸福的娘儿仨，祥子的心里有一股暖流在不停流淌。

美好幸福的日子过得平静而安详。

第二十七章　爱情无罪　无妄之灾

“在每个人的成长过程中，都会看到不同的风景，领略到不一样的爱恨情仇。”

“有些事轻轻放下未必不是解脱，有些人深深记住未必不是幸福。”

1995年6月下旬，一个燠热的中午，梅子正在家里午休。

“咚咚咚！咚咚咚！”一阵肆无忌惮的敲门声，把梅子惊醒。

“谁呀？大中午的，还让不让人活了？”梅子穿着塑料拖鞋，惺忪着睡眼，一边打着哈欠，一边向门口走去。

“咚咚咚！咚咚咚！！！”梅子家是一个小四合院，从卧室出来到过道有三道门，十来步远的距离，门外就不耐地一遍遍地敲。

“谁呀？没足月生的呀？急性子。”梅子在心里嘀咕。

“梅姐，梅姐，快开门！我是耗子。”

“啊？来了。”梅子的困意一下子没了。

竟然是耗子！她可是无事不登三宝殿，这么热的天，要不是有了不得的事，应该不会中午上门吧。梅子三步并做两步跑到门口，拨开门闩，耗子一下子直冲进来：

“梅姐，姐夫没在家吧？”

“没有，怎么了？耗子，热死人的天，你怎么来了？”梅子惊讶地看到耗子的头发乱糟糟的，这在平时注重形象的耗子身上太奇怪了。

“我……”耗子没言语先红了眼睛。

梅子吓坏了。“狗不吃”三年，从来没见耗子哭过。要不是受了天大的委屈，耗子不会这么难过。

“别急！你先坐下来，喝点冷饮。”

梅子把耗子安顿在沙发上坐好，打开电风扇，给她倒了一杯冰过的绿豆茶。

耗子接过来一口气喝光，抹抹嘴，十分气愤地说：

“梅姐，说给你评评理。”

“慢慢说。”梅子在沙发上找了个舒服点的位置坐下，踢掉拖鞋，盘腿坐好，摆出一副认真聆听的样子。

“还不是因为死阿飞嘛！”耗子心绪复杂地开始诉说：

“我昨天早上刚到班上，传达室老吴就喊‘好耗子’，你有一封信。老吴从来都叫我‘好耗子’，不像你们‘耗子耗子’地叫。”

我的天！她还有心情纠结这个吗？看来情况也没那么严重。梅子在心里吐槽。

“说正题！”

“嗯嗯！”

“我跑到老吴那接过一封厚厚的信，心想谁写这么厚一封信给我？汪冬吗？还是扬子？都不太可能呀。刚刚撕开来还没来得及看，经理在办公室门口大喊：‘耗子快点来，和我一起到银行去，我急需要一笔资金。’没办法，领导是老大，一切服从工作。我把信随手往包里一塞，心想等闲下来再看，反正也不会有什么大不了的事情。随后和经理一起跑银行，见客户，一直忙到下傍晚。到公司后，天都快黑了。我急急忙忙回家，孩子在家一天没见到我，姥姥带着，她身体也不太好，我不放心，一路骑车飞奔到家。到家就忙着洗衣服做饭陪孩子游戏，根本忘了还有一个烫手山芋在包里呢。

“快吃晚饭的时候，我老公回来了，我老公你知道的，他是一个性格温和的人，但脾气再好的人也有底线吧？也活该我倒霉，家里没有酱油了，我让他出去买瓶酱油来，他说身上没零钱，我说我包里有呀，你拿呀。话说完我突然想起包里还有一封不知谁来的信没看，于是从厨房飞奔到沙发边，这时老公已拿起了我的包，我赶快去抢，老公觉得奇怪：‘你抢包干吗？’‘不干吗。’‘不干吗你抢它干吗？’‘我我我……’我支支吾吾地说不出所以然。

“人的本性都是多疑的，从来都是单纯坦荡的我，突然变得这样，老公一下子觉出了异样，伸手打开包包拉链，一封厚厚的信件还有阿飞的画像就到了他的手里，我跳着去抢，无奈他个子高大，我也抢不过他。索性坐在沙发上不动，等了半天，老公才把信看完，脸色铁青，狠狠把信摔在我的脸上：‘说说吧！怎么个意思？老情人？藕断丝连？还寄来了画像，长得像个土豆似的。’

“我拿起信草草浏览一遍。我的个天！居然是死阿飞写来的，写得那样肉麻。我老公怎么能不生气呢？任是我怎么和他解释，他就是不听。这不，和我冷战上了，今天早上把换洗衣服拿走了，只说了一句‘晚上不回家住，住单位宿舍了’。你说，我这不是让阿飞坑了？真是无妄之灾呀！你们都知道的，我对他是一点意思都没有，‘狗不吃’时就被他烦死了，没想到毕业这么多年了，他还来害我。你是知道事情真相的，你有空和我老公说说，不然他心里会横着一根刺的。”耗子好不容易说完，气得呼呼喘气。

“你先别急，你老公也不是不讲理的人，让他先冷静冷静，在这气头上，作为男人，任谁都会生气的，等他想通了，他就不会怪你了，毕竟，是阿飞写给你，不是你写给他的。”梅子安抚她，也充满好奇。

“耗子，你说实话，这么多年，阿飞死缠烂打，你难道就没有一点点动心？”

“没有！梅姐，你想哪去了？我怎么会看得上他？任是他说得天花乱坠，滴溜溜乱转，我自岿然不动。”

“呵呵呵！呵呵呵呵！”梅子只有“呵呵”的份。

“喏！这是那个缺窍鬼写的信，你看看，写得倒是情真意切。可惜他搞错了对象。”

梅子接过信展开：

亲爱的耗子：

岁月如流水一样逝去，对你的思念却从没有改变，你在家乡还好吗？

残缺的感情，破败的日子，琐碎的生活，无望的工作，磨去了我所有的希望，内心里只有对你的爱恋如火如荼在熊熊燃烧。

我无法忘记你矫健的身影和明媚的笑容，今生中了你的毒，如何能解？我也想有新的感情新的生活，可是现实却残酷地粉碎了我的梦想。一次次的希望破灭，耗子，你告诉我，如何在这冰冷的世界立足？没有了你的感情，我简直如同行尸走肉，虽然你从没给过我希望，但在你厌恶的眼光里，我仍然看到了你善良的内心，你的目光里有无奈，更多的是同情，没关系，同情也是一种感情，只要你的眼里还有我，我今生就有希望。我幻想着，有一天，你走累了，能想起我，到我这儿停留，哪怕是歇歇脚，此生足矣！我就没白在这世上走一遭。

耗子耗子，睁开眼想到的是你，睡觉时想的还是你，工作时想你，吃饭时想你，走路时想的还是你……是你是你还是你！

我要拿你如何是好呢？你就从了我吧！思念成殇呀！我祝愿你事事如意！随信附上两首小诗，寄托我无尽的思念。

永远的阿飞　某年某月某日

怀　念

最先从心事纠结的指尖
抵达灵魂的高音
几许热泪的隐痛
在岁月持久的踌躇里
变成一个苍凉的手势
如此华丽的转身
真像童年那无边无际的彩云

爱情的眼泪

你似依水而立的芦苇
在晚风中簌簌颤抖
芦叶上滚落的露珠
就像你晶莹的泪滴

我一遍遍小声问你——
你爱我吗
你能爱我吗——
在你黑豆样的瞳仁里

如果你爱我
我愿如这河边芦苇
和你一起——
拦腰双双折断

另起一页：

耗子：

久等你的信不到，我心痛欲裂，你真狠心！看在我这么多年追求你的分上，你哪怕给个只言片语，对我也是莫大的安慰。你的心是石头做的吗？这么多年了，怎么就焐不热呢？世上哪里还有我这么痴情的男子呢？给我来信吧，哪怕骂我也行。每天每天，我都在疯狂地想你。

想你的名字，想起你娇俏的笑脸，想起你的一切，无数个感觉在我心翻涌，而这些对我来讲也是一场折磨，一场灾难。我总是在想，是爱一个人难，还是不爱一个人难，是想一个人难，还是不想一个人难，我现在想明白了：是想一个人难，不想一个人更难！我傻傻地问我自己：想你，究竟是对还是错，爱上你，究竟是宿命还是轮回；我不知道，我是真的不知道。有时假装什么事都没有，想去忘了你，可是“才下眉头，却上心头”，我的心却是那么的不舍。我真的不知道要给自己什么样的答案，才会让自己满意，想你的时候，我在心里声声将你呼唤，直到空气变了色，太阳失了光，我窒息了，是因为那如潮的思念和挂牵，你可曾想到，想你的时候，我真想能摘一朵天边的云霞，把她染成美丽的脸庞，将最耀眼的自己给你，让你永远难以忘怀。想你的时候，心在碎，身游荡，只想见到你，却无奈山高水长，我期盼着相聚的时刻，我要把你紧紧地，紧紧地拥抱在我的怀抱，拥入我的心中……

我是疯了，有时我觉得自己真的是处于疯狂的边缘。伸出手握到的是空气，无法掌控的是我的内心，我病了，我真的病了。我得了很严重的相思病，而且是彻头彻尾的单相思。

随信寄去我肖像，希望你不要忘了我的模样！！！

你永远的阿飞　某年某月某日

“我的老天爷呀，没想到阿飞这么文艺呀！我都快被打动了，你一点不感动？”梅子看完戏语说。

“去你的，人家正烦呢，你还笑我。”

“好好好！不逗你了。”

梅子把信交给耗子，心里感叹，可怜的阿飞，一腔深情，终究是所托非人，人家耗子根本无动于衷呀。自己得不到，还害耗子家庭不睦，这就不应该了，可是如何才能断了他的念想呢，梅子也感到一筹莫展。阿飞这是走火入魔了呀。

没办法，感情的事情真的不能强求。冷暖自知，只有自己过得了自己的关，别人说什么都是隔靴搔痒，解决不了实质问题。

“耗子，既然你对阿飞没感情。你回去和你老公好好谈谈，告诉他你只爱他，你不要太强势了，夫妻之间该服软时就服个软，不要长时间分居，感情容易真的产生隔阂，你老公是明理的人，会理解的。我不太好和他说。你知道吗，夫妻间有矛盾主要靠自己，别人插手帮忙，是越帮越乱。本来小事情，外人掺和进去，抹不开面子，倒互相两头大，容易激化了矛盾。”

“那怎么办？我才不想理他，又不怪我。还有，我不要死阿飞的信，你随便怎么处理吧。”耗子把手里的信又塞给梅子。

“也不能这么说，毕竟这件事伤害了他的感情，男人在感情上都是自私的，都希望自己的老婆是纯洁的小白兔。”

“我是纯洁呀！”耗子又急了。

“是是是！没说你不纯洁，但你老公不一定这么想的，就看你怎么哄他了。”

“我才不哄他！”耗子嘴硬。

“那这信怎么办？”

“管你怎么办？烧了也行，撕了也好。”

“那你干吗不自己撕？”

“我不是看他写得声情并茂嘛，你不是喜欢写写画画的？以为对你有用呢。”

“哦！这样啊！”梅子偷笑，敢情在耗子心里阿飞并不是一无是处的，只是不爱罢了，这可能也是对可怜的阿飞的一点安慰吧。

梅子安抚好耗子，把她送出家门，坐在沙发上反复看阿飞的来信，心里感叹，可怜的阿飞，纵然深情一片，只可惜用错了对象，最终只能是落花有意流水无情啊！

第二十八章　流光溢彩　锦绣华年

“不争,元气不伤;不畏,智慧闪光;不怒,百神和畅;不忧,心底清凉;不求,不卑不亢;不执,可圆可方;不贪,富贵安康;不苟,何惧君王。”

梅子在城关镇干了三年团委书记,其间被评为楚州市新长征突击手。改任宣传委员后又苦熬了八年,终于得到一位领导的信任,委以重任。

2015 年,新阳城县委组织部下文,明确梅子为城关镇副镇长,分管计划生育。梅子内心那个纠结呀!分管计划生育可不是好差事。梅子痛苦极了,她内心最敏感的神经一触即发。每天,头脑里想的是如何完成任务,又能最大限度地保护那些快要临盆的妇女。

工作的忙碌,丝毫不影响梅子爱好文学的激情。每天不论多么忙碌,她都要抽出时间看书,梅子养成看书做笔记的习惯,在城关镇那些年,做了六本读书笔记,十本剪报。当时单位里订了很多报刊,只有梅子一人的没有白订,梅子几乎每天下班以后都要留在办公室一小时,看看书报,整理笔记。其间也看了大量的中外名著,其他同事下班大多出去喝酒唱歌了,只有梅子 人在学习,这是 个很好的习惯,梅了一直坚持。

书看得多了,心里有很多想法就想表达出来。梅子开始把它们诉诸笔端,第一本散文集、诗歌集应运而生。

梅子的第一本诗歌集出版以后,新阳城曾经引起轰动,爱好文学的人争相传阅,为了满足大家需要,随后又加印了两次。办证大厅里的男男女女只要有闲暇都在阅读。梅子班上的几个年轻小伙子更是每天把诗集放在挎包里,到哪里都拿出来看上一段,很多篇章他们都能倒背如流。有一天,现在已调到市里做了处级干部的省委选调生小肖满头大汗地敲响了梅子办公室的门:

“梅子姐,您的诗集还有没有?”

“有啊。怎么了?”

“那您能不能给我一本?”

“我不是已经给过你了吗?”

“原来那本被我同学看见,抢去了。”

“好啊!再给你一本。”梅子高兴地说,“那你用不着跑了一头汗呀?”

“您不知道!”小肖神秘兮兮地说。

“我正在追女朋友,我要把您的诗当情诗发给她呢!能不能打动她的芳心,就看您的诗有没有魅力了。”小肖红着脸认真地说。

“啊!是吗?哈哈哈!”梅子开心地笑了,“那万一谈不成,我还是罪魁祸首了?”

“那哪能呢?!”小肖羞赧地笑了。

看着抱着诗集一路小跑着离开的小肖,梅子心里从没有过的满足。

梅子还不会电脑,两本集子出版,多亏了办公室统计员小张,是他一个字一个字打印出来的。梅子常常想,小张是如何认得自己写得龙飞凤舞的字的?

梅子每天最放松的时候,就是下班以后,人都走光了,看着空荡荡的计生办大院,安静寂寞得像另一个世界。梅子浮躁的心复归宁静。坐在桌前,闭目凝视,酝酿成熟后,“刷刷刷”奋笔疾书,半小时后,一篇千字文或者一首新鲜的小诗就喷薄而出。然后收拾东西下班回家。

梅子回到家就是完全进入了家庭妇女的角色,拖地,做饭,刷锅、洗碗,什么事都做,在爱人顶着一身疲惫回家的时候,端上一杯热茶,三花两绕摆好了满桌菜肴,看着风卷残云吃得满嘴流油的爱人孩子,梅子内心又有别样的欢喜。

可是,生活中,总有许多令人伤感的事猝不及防地撞到你的身边,让你心生痛苦,甚至是悲痛欲绝呀!

当梅子享受着难得的幸福生活的时候,同学样子却给她带来了骇人的消息。

样子应小薇之邀来新阳城玩。小薇邀请了梅子和耗子作陪,样子在“狗不吃”和小薇同桌,两人关系匪浅。小薇在新阳城最好的四星级酒店嘉年华招待了样子。席间,样子十分悲痛地告诉大家,她们的美女同学雪莲走了。

耗子懵懵懂懂地问:

“样子,你说清楚,走了,是什么意思?走了?到哪儿去了?她不是在新疆吗?”

“走了就是死了。”

“怎么会?我还是不懂啊!怎么就死了呢?为什么死了?”

“唉!”小薇眼含泪花,默默低下头。

“急死人了!小样,你快点说,到底是怎么回事嘛!”

“唉!你别急,听我说。”样子无奈地摇摇头。

“人的一生就是花的一生。然而,有人尽心绽放,布施美丽与清香;有人半开半合,在智慧的黎明时分,似梦似醒;有人浑然未觉,不知开启内在的绝世之美,忍心让生命成为早夭的白莲。”

雪莲的父母在1989年8月就双双调回新疆工作,他们之前为雪莲联系好了一家国营加油站，做收费员，工作惬意安稳，工资不薄。既然周飞无法帮雪莲留在楚城，何况他们本身也希望雪莲和他们生活在一起，之前是顾虑女儿的感受，没有拆散他们，现在倒正好，也不会被雪莲抱怨，背上不顾她感情的罪名。但他们心里还是很心疼女儿的，想女儿爱得轰轰烈烈，最后却无疾而终，内心一定痛苦极了。至于周飞说一年后把她调回楚城的话，他们也只姑妄听之，爱情是个可怕的东西，来的时候，山也挡不住，走了的时候也会销声匿迹。

两个小儿女，谁能抵挡距离和时间的侵蚀？所以他们压根不担心雪莲还会回到楚城。但看到女儿每天闷闷不乐的样子，他们还是很心疼，妈妈变着花样地做好吃的，带她出去玩，但雪莲始终提不起兴趣，为了不让父母担心，她强打起精神，在 8 月底到加油站报到上班。

雪莲到了加油站，简直成了一道靓丽的风景。她的办公室成了站里工作人员最愿意羁留的地方，大家有事没事总喜欢到她面前露一眼，那些加油的年轻司机，加好油也会停下来到她跟前问东问西，目的就是为了看美女一眼。

紧张忙乱的生活慢慢慰藉了她空虚的灵魂，生活渐渐上了正轨，周飞每周一封的情书慢慢安抚了她伤痛的心灵，她坚信周飞一定会想办法把她调到楚城去的。她需要做的就是慢慢等待，等周飞有能力娶她，再去找舅舅兑现诺言。

但雪莲的父母却不这样想，既然回来了，就不要来回折腾了，父母在哪里，作为唯一的女儿就应该留在身边，怎么还会舍得把她放在没有爹娘的地方呢？所以，雪莲父母试着给她介绍对象，但雪莲十分反感，跟父母说，就是嫁不了周飞，短时间内也不会重新找对象，自己还年轻，先好好工作，找对象的事，不急，甚至对父母开玩笑说，自己这么漂亮还怕找不到对象吗？父母想想也是，女儿天生丽质，年纪也不大，找对象也不急。

况且，雪莲肯定没有从周飞的感情旋涡里走出来，遂不再催她，心想时间一久，两个人见不到面，感情慢慢就会淡下来。

谁知道雪莲是个死脑筋，对感情十分忠贞，毕业两年了，周飞不但没有把她调回楚城，来信也渐渐稀少，从原来的每周一封，变成了每月一封，渐渐地几个月才有一封信，语气也没有那么热烈。雪莲不知道周飞发生了什么事，想请假到楚城去看看，但父母看得很紧，根本走不了。

其实她不知道，周飞的日子也不好过。毕业的时候，他分配在淮县棉织厂，厂里的效益不好，他是家里的长子，还有妹妹需要他照顾，父亲早逝，母亲是老实巴交的农民，一个姐姐出嫁了，一家三口指望他那几十元工资，捉襟见肘，根本没钱迎娶雪莲。家里住的还是老家的三间破瓦房，两个人的家庭条件相差太大，他根本没信心让美貌的雪莲下嫁到他这样的穷家过破日子，内心时时受着煎熬，不知道两人的感情到底何去何从。

1993 年棉织厂倒闭，好在他表舅帮了忙，把他调到县里乡镇企业局工作。工作环境的改变，让他有一个时间段处于混乱状态，忽视了雪莲的感受，加上许多主客观因素的影响，和雪莲结合的希望渺茫，让他火热的心逐渐冷却下来，思考着和雪莲能否有一个好的结局，给雪莲的信就少了。这时候，家里的亲戚朋友都走马灯似的劝说，让他实在点，找个本地知根知底的姑娘结婚算了，也能帮帮家里。

周飞陷入了迷茫中。正在这时，也就是1993年12月的时候，曾经的情敌蛹子到新疆出差，无巧不成书，他乘坐的客车到雪莲所在的加油站加油，坐在窗口的蛹子一眼看到坐在办公室窗口开票的雪莲，他激动万分，马上冲下车，跑到雪莲跟前：

“雪莲，是我呀，你在这里上班呀！”

“啊？汪蛹，你怎么到这里来了？”

“我到这里办事的。”

“你等会走，我有事问你。”

“好，你等等。”

蛹子回到车上，和同行的几人打了招呼，让他们先走，到下一站下车，找个旅馆先住下来，自己晚半天再到，反正是为自己企业办事。蛹子自己是一个建筑公司老板，其他人也不敢说什么。就这样，蛹子留了下来，雪莲找班上大姐代班，和站长请了假，把蛹子带到加油站旁边的小饭馆里招待他吃午饭。两人点了两份羊肉泡馍和几样炒菜，蛹子吃不惯那些东西，略微尝尝就放下了筷子，雪莲更是一口没吃。两个人尴尬地坐了一会，最终还是蛹子先开口：

“雪莲，你是不是想问问周飞现在什么情况？”

“是的！你知道吗？他现在都不怎么写信给我，就是写了也是王顾左右，敷衍得很。我很苦恼，他又不说分手，还给我留着希望，但也不说结婚，我等到什么时候是个头啊？”

雪莲说着忍不住流下了委屈的泪水。

蛹子掏出手帕递给雪莲，慌乱地说：

“雪莲，你不要哭！周飞有什么好的？家庭条件那么差，除了个子高点，哪一点比我高强？你当初怎么就看不上我呢？你看，我现在成了老板，要什么有什么，要不，你还是跟了我吧！我回去就准备好来迎娶你！”

“去你的！人家难受，你还开玩笑！”

“我没开玩笑，我说的是真的。”

“假的也不行。”雪莲破涕为笑。

蛹子收起笑脸，认真地说：

“我也不知周飞现在到底是什么情况，只知道他现在调到县机关工作了，地位提升了，为他介绍对象的人很多，至于他有没有爱上别人我就真不知道了。”

蛹子说的是事实，并没有冤枉周飞。雪莲听了脸色变得苍白。

蛹子心下不忍，对她说：

“你也别着急,我回去专门去看一下周飞,让他给你个准话,娶还是不娶,说死就断气,不,呸,我不是这个意思,就是,娶不娶干脆点,不能老这样吊着你啊。”蛹子说话还是那样口无遮拦。

雪莲没有作声,默许了。

蛹子接着说:

“雪莲,如果周飞变心,我立马娶你,保证一辈子爱你,永不变心。”

“去你的。”

“我是真心的!”

“真心也不行,你以为爱情是买菜啊,这棵不好,马上扔了再换另一棵呀?我可不是随便的人。”

“但你也不必在一棵树上吊死呀!”

唉,感情就是这样,爱而不得。不爱的非要得到,爱上的却不珍惜,问世间,情为何物,直教人生死相许!

蛹子回到楚州后是否找周飞理论,不得而知。

雪莲自他走后,整个人就变了个样,整天精神恍惚,一会想着周飞调到机关了,高升了,眼界高了,变心了,一会又想,那是不可能的,一定是家人逼迫的,他才产生别的想法。雪莲不相信爱情在现实面前是这样地不堪一击。她一定要亲口听周飞自己说,说他已经不爱她了,她才能死心。

雪莲向单位请了假,和父母摊开来谈了一次,向父母保证,自己去一趟楚城,看看周飞是不是真的变心,如果是真的,自己也会想得开,回来好好相亲,嫁人生子,安心过日子,不能这样浑浑噩噩揪心地混日子,没个盼头。父母担心雪莲受不了打击,不想让她去,但女儿的性格从小养成,说一不二,她想做的事他们也拦不住。无奈之下,还是同意了。只是对她有个要求,如果周飞真的变心了,也不要为这种人再伤心了,回来好好生活。

母亲拉住雪莲的手,含泪说:“女儿呀,你执意要去,妈也不拦你,妈希望你完好无损地回来。”

谁知道这是雪莲妈妈对她说的最后一句话。

雪莲告别了父母,到单位办公室拿自己放在抽屉里刚发的工资,准备带到楚城去,看周飞有没有需要。这天是1993年农历八月十二日,一个阳光明媚的好日子,离中秋只有三天了,雪莲打算好,不管结果如何,都要和周飞过个团圆快乐的中秋节,哪怕是分手,也留作永远的纪念。

但不幸的是,她再也没有机会了。

雪莲走到加油站不远,就闻到一股烧煳的味道,心里暗叫不好。她大步跑过去,就看到办公室里燃烧着熊熊的火焰,应该是过路司机扔的烟头点燃了木板房顶!屋里还有一堆劳保手套和衣服,都是易燃品,外边一个加油桶也在熊熊燃烧,加油站工作人员都在慌慌忙忙地灭火，可是汽油加干燥的天气，秋风拨弄着火舌，火势越来越大，整个加油站都要爆炸的感觉。

雪莲的脑子“轰”的一下爆炸一样疼。

不行！办公室里还有单位这几年的账目，还有一个月来所收的现金，还有一只红发卡，国家的财产不能受损失，红发卡更不能没有了。

雪莲想都没想，直接往办公室里冲，班上大姐拉都拉不住。

大火已烧得很旺了，里面一股股浓烟呛得雪莲咳嗽不止，她颤抖着手，打开橱柜抽屉，脱下外套，把账目和现金裹起来，狠劲从窗口推出去，外面的大姐接住了，拖着就往外跑。雪莲，颤抖着手拉开自己的抽屉，那枚红发卡，还安静地躺在抽屉里，雪莲喜极而泣。火苗像毒蛇一样把她的双手舔得起满了火泡，但她丝毫感觉不到疼痛。她倚在熊熊燃烧的木桌旁喘口气，浑身没了一丝力气，但生的欲望鼓舞着她，心想我一定要见周飞一面，告诉他，你送的红发卡我一直保存得好好的。她鼓起勇气，拖着失去知觉的双腿慢慢地往门口爬去。

火太大，没有人敢往里面冲，加油站一共几个人，都忙乱了，谁也顾不上谁，消防队迟迟不见踪影。风借火势，越烧越旺。由于肺里呛了浓烟，雪莲感到呼吸困难，很快，火苗舔了她的头发，雪莲一头美丽的卷发瞬间被烧焦了。雪莲的意识还很清醒，心想，我不能出事，我还有父母需要我照顾，还没有见到亲爱的周飞，我一定要问问他，到底有没有变心。

雪莲紧紧握着周飞给她买的唯一的礼物，那枚红发卡，一点一点向门口挪去。就在这时横梁上的一根椽子被火烧得掉了下来，不偏不倚砸在雪莲的脑袋上，可怜的雪莲，最后只发出一声痛呼“周飞”就没了气息，永远地离开了人世，死时年仅24岁，如花似玉的美好年华呀！

天可怜见！等到消防车来扑灭大火，雪莲已被烧成了一具黑乎乎的炭棍了，同事大姐跪在地上痛哭。

得知消息赶来的雪莲的父母当场晕死过去，拖到医院抢救了几天才保住了性命，但也从此成了行尸走肉了，痛失唯一的爱女，他们简直生不如死。

周飞得到消息时，已经是雪莲下葬以后的一个月了。

雪莲的父母都是善良的人，知道爱女的心思，想着周飞毕竟是女儿爱过的人，告诉他一声，让他以后好好开始自己的人生吧，遂按照地址把消息寄去。收到信的周飞简直惊呆了，自己不过是工作烦乱，心情没有收拾好，对雪莲略有疏忽，怎么就天人两隔了呢？他不敢相信，也不愿相信，他一个人躲在宿舍里痛哭失声，哭得喉咙没了声音。他向单位请了假，走上了寻找雪莲的凄凉之路，哪怕是雪莲变成了一抔黄土，他也必须亲眼所见，不然他始终无法相信。他根据地址找到雪莲的家，雪莲的父母一个月间像老了十岁。

雪莲妈妈一下下地打着周飞：

“你还来干什么？该来时不来，不该来时来有什么用哪？你如果早点把雪莲娶走，她也不会死，都是你害的。”

“别这样，小飞心里也不好受。”雪莲爸爸劝阻她。

“没事！妈，你打吧。如果打我能让雪莲活过来，你就打死我吧。”周飞涕泗横流。

“你别叫我妈。雪莲走了，以后我们就是路人。”

“不！以后我就是你们的儿子，我会照顾你们的，为你们养老送终。”

“不用了，小飞，我们都有工作，工资也不低，能照顾自己，倒是你，负担挺重，以后你就别管我们了，千里迢迢的，你好好找个姑娘结婚生子，你的日子过好了，也是雪莲希望的，她在九泉之下也会安心的，她是真的爱你的。”雪莲爸爸理性地说。周飞只有痛哭的份。

“爸，我想去看看雪莲。”

“好。”

雪莲爸妈带着周飞给雪莲上坟。雪莲葬在高高的山冈上，面朝阳光，坟上还没有长出新草，光秃秃的，在秋风中显得格外凄凉。

周飞抚摸着墓碑上雪莲的照片，那是一张在“狗不吃”时和周飞在楚秀园照的照片，其时正是春天，雪莲穿着一身淡绿色的毛呢连衣裙，笑得很张扬，眼里满满的都是幸福。周飞不知雪莲父母为什么用这张照片嵌在墓碑上，不是应该都用黑框的黑白照片吗？其实是雪莲妈妈，看女儿可怜，拿这张她生前最喜欢的照片陪着她，这是雪莲生前和她说过的，是和周飞定情那天照的照片，妈妈想女儿也许喜欢这张照片吧，就好像周飞还在陪着她女儿的灵魂。想法有点自私，可怜天下父母心啦。

周飞的两行清泪不知不觉滴在墓碑上。他一遍又一遍地抚摸着照片，嘴里喃喃着：

“雪莲，你真傻，账本烧就烧呗，钱烧就烧呗，什么东西能有你的命值钱？而且我向你保证，我从来都没有变心，我只是在准备，想以更好的姿态和条件来迎娶你，你为什么就不等着我呢？到如今，我到哪里再去寻找你的芳踪？你真真是要了我的命了。”

“雪莲不光是为了账本和钱，还有这个。”雪莲妈妈哆哆嗦嗦地从衣服口袋里摸出一只红色的塑料蝴蝶发卡，蝴蝶的翅膀已被烧掉了一只，这是雪莲入殓时紧紧握在手心，被土工死死扳开才发现的。雪莲妈妈认得这枚发卡，雪莲曾拿来在她面前显摆，说是她和周飞的定情信物，也是周飞买给她的唯一一件礼物，平时当宝贝一样地藏在办公室抽屉里的，这次她拼了命地跑进办公室里，不但把国家财产抢救了，还把心爱的红发卡拿出来了，可惜，她自己没能跑出来。

“你把这个拿去吧，也算留个念想，以后自己就好好照顾自己，你还会遇到很好的女孩子的，等你有了喜欢的人，就把发卡丢掉吧。雪莲也不会希望你永远沉浸在痛苦中。”

雪莲妈妈把红发卡递到周飞的手里，周飞紧紧捏在手里，再一次哭得不能自抑。雪莲父母默默地陪在旁边，暗暗落泪。

离别的时候终于到了，周飞望着墓碑上的雪莲，在心里默默地说：

“再见了，雪莲，我的爱！今生今世，我不会再爱别人了，你一个人好好在这里等着我，等我忙完自己的事，我会再来看你。”

周飞一步一回头地向来的方向走，离雪莲的墓地越来越远。心痛难当呀，可怜的雪莲呀，从此后，你一个人要在这深黑的地下长眠，有谁能照亮你回家的路？寂寞长空里，离群的孤雁发出悲苦的哀鸣。伸出双手，我再也摸不到你的模样……

周飞回到楚城后大病了一场，本来就瘦黄的皮肤更是黄得像鬼，请了半个月假，一个人把自己关在屋里谁也不见，几天几夜不眠不休，终于把自己折腾休克了，被姐夫强行送进医院，经过抢救，只是饿得休克脱水，没有大问题。在医院休养了几天，被姐姐、姐夫接回了家。姐姐在他面前痛哭流涕：

“小飞，你在干什么？你这样叫妈妈情何以堪？你如果有个三长两短，妈还怎么活呀？没见过你这么死心眼的。”

“我没事，姐。”

“还叫没事？你是不是等没气了才叫有事？你咋这么没出息呢？天下好姑娘多的是呢，雪莲已经走了，你就再痛苦，又能怎么样呢？还不如好好活着，这也许也是雪莲希望的，如果她真的爱你。”

“行了，你别说了，我知道了，你让我一个人静一静。”

周飞把姐姐赶出去，又睡了两天，自己爬了起来洗漱，准备上班，前后耽搁也快一个月了，自己是个大男人，身上有自己的责任和义务，为了母亲为了家族，也不能真的随雪莲而去，日子总是要过的。

周飞无精打采地到单位上班，整天像掉了魂一样，工作得过且过，还常常失误，错过了几次提拔的机会，此事传到他表舅耳中，是周妈妈哭着去求表弟，看能不能帮帮周飞，要不然这孩子就废了，不管多少人给他介绍对象，他都拒不见面，在心里暗暗发誓，要为雪莲守节五年。他是家中长子，母亲断断不能眼睁睁看着他颓废至此。

表舅了解到情况后也深深叹息，心里也在后悔，当年要是帮他们一把，把雪莲留下来，也不会有如此惨剧了。周飞嘴上不说，心里也是恨表舅的。但世上没有后悔药可吃，发生的事谁也改变不了。表舅只能为周飞在工作提升上使点劲，也算是弥补对他的一点愧疚之情。

不久后，周飞被调到了县经贸委任副主任，就职前，表舅找他谈了一次话：

“小飞呀，我知道你怨我，可谁也不知道会发生这样的事，事情已经是这样了，那就不要老是沉湎在其中不能自拔了，你是男人，男人要拿得起放得下，你母亲姐妹还都指望着你呢，你一定要振作起来，逝者长已矣，你只有向前看，才能找到人生的坐标。人活一辈子，不只有爱情，还有责任和义务。是时候放下过去，走出阴影，开始新生活了，你为她守节三年，也算对得起她了，赶快娶妻生子，好好生活，好好工作。”

“好！我知道了。”

此后，周飞在新的岗位上终于找到了自己的位子，工作渐渐进入佳境。1996年明确正科级。但个人问题一直是老大难，见过了不少姑娘，最多的见两面就不再理人家了，其实他总是把和他见面的姑娘与雪莲比较，任何人在他的心里都比不上雪莲的一个手指头。一蹉跎就是好几年，直到1998年，其他同学家孩子都会打酱油了，在母亲的哭求下，才和一个远房表妹结了婚，这是个出了五服的表妹，人长得漂亮，眼睛的神韵有点像雪莲，所以周飞才答应和她结婚。婚后的生活并不和睦，女子个性极强，丝毫理解不了周飞内心的伤痛，时常拿雪莲的事情刺激周飞，让周飞疲惫不堪，雪上加霜，心上伤痕累累。两个人经常分居，一赌气都个把月不讲话，错过了最好的生育时间，快四十岁的时候才得了一个女儿，从此周飞有了感情寄托，把女儿当宝贝一样养着。随后工作一再变动，最后调到楚城市工商局做了一把手局长。

周飞得空的时候，还是喜欢一个人到楚秀园散步，那里曾经留下他和雪莲许多甜蜜的回忆。那枚红发卡，用明黄色的丝绸紧紧包裹着，还是偷偷地放在办公桌一个隐秘的角落里，变动了多少个单位都没有遗失，时不时拿出来把玩一下，好像触摸到雪莲那娇艳的面庞。

样子含泪讲完雪莲和周飞凄惨的爱情故事，大家再也吃不下去了。就连一向咋咋呼呼的耗子也泪流满面，泣不成声。虽然梅子和雪莲并没有过多的交情，但毕竟是一条鲜活的生命，就这样没了，从此阴阳两隔，一辈子再无可能相聚，心里还是十分难过，也为可怜的周飞伤感。

生命真是太无常了，还是好好珍惜眼前人，珍惜活着的每一天吧！

第二十九章　峥嵘岁月　暗流涌动

“每个人的生活中，都有我们未曾经历过的部分，记住你生命里遇到的每个人每件事，都有它自身的价值和意义，在未来的生命里都会产生不可磨灭的影响。”

梅子在按部就班、紧张有序地生活工作着，一张看不见的网，却已经悄悄撒下。梅子是阳光善良的人，对人从不设防。耿直的性格往往无意中得罪了人。

梅子这辈子无事不喜欢跑领导面前说小话。也许太过骄傲，也许正像某位领导说的有点清高，不喜欢到领导面前溜须拍马。梅子认为干好自己的本职工作就是对领导最大的支持。殊不知，有的领导就是喜欢听好话，唱高调的。梅子对此深恶痛绝，最反感事情没干多少，跑到领导那儿好话说了一箩筐。可是，有的领导偏偏吃这一套。由于梅子的疏离，领导心里感到不爽，加之个别小人嫉妒诽谤，领导对梅子渐渐有了想法。

2010 年冬季，城关镇开展疏通城区所有路边沟工作。梅子带领计生办正在开会，是为了市计生委一项紧急任务，没及时参加镇里的动员会，事先已汇报过的。领导当场发作。随后把全镇最难搞的一条臭水沟分给了计生办，梅子挂帅。

十五天和污水臭泥打交道，梅子娇嫩的皮肤一下子被毁坏殆尽，脸上过敏，浮肿，额头起了一排密密麻麻的黄水泡，恶心死了。

第二天是镇里小河工结束总结大会。会议结束，梅子直接走到领导面前请假，回家治脸。领导抬头看了梅子一眼，迅速低下了头，许是嫌恶心吧，挥挥手让梅子回去。

梅子一回去就躺在了医院半个月，班上的工作渐渐都交到助手手里，梅子感到自己在城关镇的日子不多了。

郁闷加上不甘心，梅子真把自己怄出了病，血压不稳定了。其时梅子的爱人在一个乡镇当主要领导，整天忙得不着家，根本顾不上梅子，把梅子朝医院一送，找个人看护，整天不着一面，每天晚上像点名一样到医院一冒又回去忙了，梅子感到空前的悲哀和气恼。病情逐渐加重。

本来，梅子脸上的水泡上点药就行，只是有点血压不稳定，好好休息调理一下会好的，但是医生竟然让梅子做心脏造影，当时新阳城中医院刚刚进了仪器，自身并不具备做造影的技术，梅子成了他们的试验品，第一例。请了外面的医生来做，梅子是个医盲，以为造影不过像 X 光一样照个影子，都没有告诉爱人，八十岁的公公签了手术同意书，医生根本没向梅子讲清什么叫造影，有什么后遗症。

当梅子的爱人得到消息赶到医院时，梅子已经被推进了手术室。

半小时可以完成的手术，当时却做了 1 小时 40 分钟，一家人在外面担心害怕了 1 小时 40 分钟。

梅子是半麻，还清楚记得，手术刚开始的时候，爱人不顾医生阻拦，硬闯进手术室，只看见医生割开梅子的静脉，一下子没按住，血喷薄而出，溅了满地。梅子的爱人怕血，一下子快晕过去了。没办法，护士把他扶到手术室外面休息。

躺在手术床上，周围围着一大圈医生护士。其实没多大事，就是有点钙化，人到中年都是正常现象，只是梅子的血管和常人不同，别人的血管是直的，梅子的血管却是细细的曲曲弯弯的。爱人日后和她开玩笑"怪不得你长了个七孔溜溜心"。

正是这次手术，极大地破坏了梅子的身体。可能是第一例吧，医生也有点紧张，打造影的过程中力度不匀，梅子的右胳膊血管多处受损伤，出院以后，右胳膊就不能负重，一水壶水都提不动，阴天的时候更抬不起来了，年岁渐长，右胳膊简直要毁了，特别是冬天，更是常常疼得钻心。此后，梅子就落下了病根，右手不能负重了。体质也一天天变差，人也渐渐变得虚胖了。

出院上班后，领导就在想着怎样把梅子颠倒走，好给别人腾位置，不知有多少人虎视眈眈地等着呢。

而阿飞在乡政府的日子却过得优哉游哉。

闲来无事的时候，他最喜欢和乡里的半吊子文人作一些打油诗，苦中作乐啊！

老农作诗最朴素，操心劳碌把苦诉。感同身受乡味浓，活活气死老李杜！

《打工吟》：离乡别土寝无宫，走南迁北路万重。饮露餐风追月起，节衣缩食因囊空。上有高堂要赡养，下有儿孙需读书。打工之苦言难尽，劳碌奔波为家中。

《秋》：六塘八月好风光，万里碧空秋色长。村上楼台傍绿柳，田中稻谷送清香。牧童横笛骑牛背，渔父扬帆唱夕阳。霞蔚烟波农舍静，平原美景胜仙乡。

《中秋咏月》：一轮明月照长空，科技腾飞换旧容。巨响一声烟雾起，飞船撞进广寒宫。

《为美女题诗》：美女席地弹吉他，亮开嗓门也不差。歌声引来众人看，枚枚硬币投给她。

慢慢把心放平，生活就是一泓平静的水；把心放轻，人生就是一朵自在的云。

阿飞在感情路上却走得十分坎坷。

阿飞的爱情却像蘸了毒。耗子，是他心里永远的痛。毕业后，他写了无数封信给她，可狠心的耗子一个字都没回给他。也能理解，那样一个心高气傲的女子，怎么会看上阿飞这种无权无势，貌不惊人的农家子弟呢？但是，爱情，真的没道理可讲，她可以不喜欢阿飞，但不能阻止阿飞喜欢她，明知道是镜花水月，永远不可能达到彼岸，但是就让阿飞在岸这边默默地守望着她，此生无缘，来生或许能相见。阿飞会把她永远珍藏在心里。纵然儿孙满堂，心里也永远有一个角落属于她。她是阿飞的太阳，每天每天，哪怕想想她，都会给阿飞无穷的勇气和力量。

可是柏拉图式的单相思不能解决实际问题。阿飞是父母的独子，有传宗接代绵延子嗣的任务，不能让老张家没了后啊。在家人的强烈要求下，阿飞试着把眼光看向别的女人，可是他的内心真的是好纠结呀！在他眼里，除了耗子，世间无美女。

阿飞常常写诗寄托他无限的思念：

相思流年

风华翩跹，花样流年
皎洁的月光，笼着我的爱恋
还有未曾许下的承诺
——碧心沧海，桑田成堑

梦回过往，此去经年
几度相思，撩动了缱绻柔情
宛如夜风轻拂过湖面
嫣然笑浅，波光潋滟
是你、我走得太快
还是，我们停错了地方等待
蓦然回首
岁月蹉跎，流年已老
我们爱的秘密
却是依旧勃勃生机
俯身拾捡，春意盎然

阿飞怀着对耗子不可抑制的向往和无可奈何的思念，开始了他的情感奇遇！

阿飞这个人长得人高马大，有点呆，给人第一印象还有点二，和精明强干、小鲜肉什么的根本不搭。但是在二十多年前，正宗的大专毕业生在乡村里还是凤毛麟角，就是过去的秀才了，一个村里每年也就考上个把人吧，还是非常之稀罕。所以，好多待嫁的姑娘还是东打听西打听的，想要嫁给他。

虽然因为工作不顺，蹉跎了时光，直到33岁才结婚，但阿飞并不缺少爱情故事。在他30岁前，碰到了一个漂亮的姑娘，名字叫红红，个头比阿飞差一点吧，有一米七左右，人长得很美，银盆大脸，白里透红，很丰满，宽肩蜂腰肥臀，很会生养的样子，当时阿飞特别感兴趣。

阿飞家住在淮沭河东边3里，一天，他们相约一起出去游玩。见面后，他们俩就去淮沭河边流连，阿飞对丰满的姑娘是感到中意的，以为丰满的女人奶水一定足实（这是朴素的感情，实话实说啊），这对繁衍下一代肯定有利，太瘦的姑娘风一吹都能刮倒，没啥好的，老话说娶媳妇就要娶个旺夫相的，阿飞才不喜欢瘦骨伶仃的刻薄鬼。当然耗子除外。一见面，阿飞就拉着红红白嫩的小手，海阔天空地和她神侃，欢天喜地地在淮沭河边玩了很长时间。

走得有点累了，阿飞就说：

“红红，我们到那边的柳树下歇会吧！”

红红说：

“好啊。”

他们俩手拉手走到柳树下。此时，正值中午，五月的天空蓝蓝的，天空纯净得没有一丝杂质，河两岸没有一个人，大概都回家午休去了，河里偶尔有小鱼跳出水面的声音，格外清脆。阿飞拉着她躺在碧绿的草地上，大柳树的浓荫把他们遮得严严实实。阿飞突然觉得口舌发干，撑起身子看着红红，简直惊呆了，红红的面庞变得绯红，呼吸急促，睁着一双水灵灵的大眼睛看着他，嘴巴半张半合，睡成一个大字形，好一个诱人的画面！阿飞咕噜噜咽下一口口水。面对心仪的姑娘，阿飞心潮澎湃，伸手主动抱了她，双手抚上了姑娘高耸的胸脯。她一言不发，随阿飞摆布，情酣处，欲行周公之礼，可就在最后的关头，阿飞忍住了，还是不要在婚前破坏姑娘家的清白，两情若是久长时又岂在朝朝暮暮。想到这里，阿飞猛地起身，整理好衣物，搂着红红，发誓今生非她莫娶，海枯石烂，绝不动摇。红红恶狠狠地白了阿飞一眼，爬起身，整理好衣服，二话没说，黑着脸，疾步离去。阿飞莫名其妙，一个人在河边待到天黑才回家，怎么也没想明白，她怎么突然就生气了呢？

等他第二次约她时，她就说不谈了，阿飞问原因，她叫他问媒人，阿飞傻傻地跑去问媒人，媒人对他说：

“你太呆了，她说你没有用。”

阿飞真是无语呀！真是刷新三观呀！就因为要保住她的清白，就不和自己谈了？真是奇葩呀！可气归气，终究是无缘了。真可惜啊，就是这个原因，就不谈了，阿飞后悔啊，明明是为了她着想，怎么还怪上了呢？真是好人难做哦！

在追悔莫及之中，写下打油诗一首：

我与红红携手游，
淮沭河水乐悠悠。
面对佳人心潮动，
拦腰一抱说风流。

秋枝已荒凉，不见了果实，不见了绿叶，迎来秋风凉，迎来夜露寒。唯秋菊留恋，与晚秋缠绵。

天生就没有富贵命，安于现状吧，找个普通的女人，有热被窝暖暖脚就算了吧。

遭遇了红红事件后，有一度，阿飞的心情极为苦闷。这都哪跟哪呢？阿飞无法保持平常心，难得看到一个心仪的女子，却因为说不出口的原因夭折了，想想心里都不甘心。在心情低落的时候，夜深人静，不由得又想到了自己的女神耗子，不知她现在过得可好吗？反正睡不着，翻身起床，拿出纸笔，给耗子写信，聊寄相思之苦。

阿飞把信寄出去之后，就一天天掰着手指头算，明知耗子不会回信，还是每天痴痴地到信箱里查看，期望耗子能一时心软，给自己回信。没有，没有，还是没有！是了，怎么可能呢？此时，她应该是已结婚生子了吧？也许正过着幸福的生活，真是不应该去打扰她，可理智是一回事，感情却又是一回事。阿飞固执地等着她的回信，着了迷一样的每天往邮局跑，家里人都说他病了，他知道是什么病，这是单相思啊，熬死人不要命的呀！

阿飞每天神神叨叨的，吃不香睡不好，人也渐渐消瘦下去。在连续跑了一个月邮局之后，还是不死心，又请庄上一名画家，专门为他画了一幅肖像，再次寄给耗子，并且又附上一封短信，就是上面害耗子夫妻反目的那一次。

信寄出后如泥牛入海，阿飞每天心急火燎地盼着回信，但一天天过去，杳无音信。就在他绝望的时候，一天中午，阿飞像半个死人一样躺在值班室的床上，有一搭没一搭地和别人闲扯的时候，邮局拿报纸的文书，蹦蹦跳跳地拿着一封信向他跑来，隔老远就喊：

"阿飞阿飞，有你一封信！"

阿飞像打了鸡血一样，从床上一下子蹦起来，夺过文书手中的信，左看右看薄薄的信封，颤抖着手撕开信封，里面一张洁白的信纸像燕子一样轻轻飘出，悄没声息地落在地上，阿飞艰难地弯下腰，抖擞着手捡起来，睁大双眼，上面只有两个潦草的大字：有病！

阿飞难以置信地看着这两个字，这么多年的坚持，这么多年的执着、爱恋，换来的就这两字？他不愿相信，不想相信。他的脑子渐渐模糊，视力不清，咕咚一声倒在地上，可吓坏了办公室的人和文书。

他们把阿飞抬到乡卫生室，又是掐人中又是做心脏复苏，半天才把他弄出声。阿飞六十岁的老母亲闻讯吓得腿都软了，哭哭啼啼来医院照顾他。阿飞在医院打了三天点滴才出院，回家后又请了一个礼拜的假，总算是缓过来了。在家人亲朋走马灯似的攻势下，他决定忘了耗子，把她埋在心底，重新开始自己的感情生活，日子总要过了，又不能真的去死。可能一切都是命吧，命里有时终须有，命里无时莫强求。为此，阿飞伤心地作了一首长诗，以纪念自己这早夭的爱情：

命 运

你这可憎可怕又可敬可爱的家伙
你真的是如影随形亲密无间不离不弃呀
你像幽灵一样时刻缠绕追随左右挥之不去
高兴时，你轻舒广袖飞洒甘霖
我的生活就阳光灿烂风生水起
郁闷时，你就恶意作践翻云覆雨
我的生活就会掀起狂风暴雨跌宕起伏
我对你真的是爱也不能恨也不得

有时候
我们是两根同病相怜的苦瓜
息息相通甘苦与共情深意切
彼此温暖着创造生活的甜蜜
有时候
我们又像两个不共戴天的仇敌
你让我每天徘徊在天堂和地狱之间
把我的生活弄得就像一个破碎的玩笑

命运
你这讨厌的家伙
你时不时让我记起那些被刻意忘掉的日子
那些足以让人发狂和崩溃的岁月
那些铺满鲜花最美好和挥洒泪水最痛苦的生活
那些在刀尖上行走和在暴雨中穿行的孤独的流年
还有那些在花丛中放声欢笑的无忧无虑的幸福时光
你冷酷无情地让我一次次经受炼狱到天堂般的煎熬

呵，命运
你这只无形的黑手
转瞬摧毁了人间多少伦常
不知有多少人怨你恨你又敬你爱你

这一切都逃不过经世的怅惘和悲凉
正如太阳升起又落下潮水潮起又潮落
斗转星移日月轮转世事多无常
有多少欢乐就有多少凉薄
多少人笑就有多少人哭

唉,命运
你笑看东边日出西边雨
周而复始循环往复
有人苦命就有人命强
冥冥之中天注定
任你如何张牙舞爪拼命挣扎和冲撞
命运这张密不透风的黑网最终还是
会网住那些弱小病残无奈屈服的生灵

在一切行将灰飞烟灭的时候
我不禁还是要赞美你
命运,你这可爱的家伙
你是真的神奇呀
你既能操纵生也能操纵死
人类的一切生杀大权都牢牢握在你手中——
当然了,我们生得伟大死得也光荣
断不会心甘情愿任你恣意无情瞎摆布

第三十章　岁月如磐　一地鸡毛

“人，说到底活的就是一个心情，活得累是因为你的心情被许多东西左右了。不要一味依靠别人，自身的强大才是硬道理。”

梅子在医院养病，常常来看她的就是同在新阳城的小薇和耗子了。

一天下午，耗子哭丧着脸来到病房，未及开口先狠狠吐了一口唾沫。

“呸！”

梅子感到好笑：

“怎么了？耗子，谁又气你了？”

“还能有谁？管不过是那个够人精！”

“谁呀？阿飞呀？”

“不是！要是那个死阿飞就好了，我也不至于这么生气了。”

“快说呀！别卖关子了。”

“阿梅，我告诉你一件事，你可千万别和别人说。”耗子端个小凳子坐在梅子的床前。

“好！我发誓！保证不和别人说。”梅子举手作发誓状。

“好啦！我相信你。”

接下来耗子讲述的事情让梅子大跌眼镜：

那个耗子报到上班时和耗子大眼瞪小眼，说耗子长得黑的种子公司副经理，竟然想潜规则耗子。

今天晌午，单位的人都走了，耗子因为需要对账，没有回家。耗子兼任种子公司会计。在食堂吃过午饭，又回到办公室，想把账对一下，快到月底了，要报账。

耗子的房门是虚掩着的，大中午，静悄悄的。耗子埋头在账目上，丝毫没有觉得有一个罪恶的黑影悄无声息地逼近。副经理蹑手蹑脚地进了门，轻轻把门关上，上了门闩。耗子太投入了，还是没有发觉。副经理以为耗子是装看不见，胆子大了一点，悄悄靠近耗子，前胸差不多都贴到耗子的后背了，他把脸伸向前，就想亲亲耗子的面庞。一阵温热的气息吹拂在耗子的脸上，她感到痒痒的难受，一抬头，副经理的鼻子被狠狠地撞了一下，流出了鼻血。耗子惊异地瞪大了眼睛：

"经理，您干吗呢？吓死人了。"

副经理掏出卫生纸擦了擦鼻子，若无其事地说：

"我没干吗！看看你干吗。"

"那您有必要靠我这么近吗？"耗子嫌弃地推开副经理。

"那你也没必要反应这么大呀？都是成年人了，我靠你近点不好吗？"

"好什么好？男女授受不亲，您不懂吗？"

"别逗了！都什么年代了，还说这个？"

"什么年代该坚守的东西还要坚守。"耗子严正地说。

"那你和你老公在一起也坚守？"

"你不废话吗？你是我老公吗？"耗子急得口不择言。

"好啊！只要你愿意，我就当你临时老公，一起快活快活吧！"副经理说着又要抱耗子。

"啪！"耗子狠狠给了副经理一巴掌。

"你居然敢打我？"

"打的就是你！我还想杀了你呢！"

副经理彻底撕下伪装，一把抱住耗子，一双咸猪手不安分地在耗子身上乱摸。

"呀！"耗子暴叫一声，气得眼冒血丝。无奈副经理人高马大，把耗子抱得死死的，拖到沙发上，撕扯着耗子的衣服，欲行苟且之事。一边还不忘对耗子说：

"耗子，我一直喜欢你，你放心，跟了我，绝对不会让你吃亏，以后，单位有我的必定有你的。"

"呸！放你娘的狗臭屁！让你喜欢是我的耻辱。老娘什么没见过，我在新阳城大街上吃着冰淇淋晃荡的时候，你还不知道在没在你娘的腿肚子里转筋呢。"耗子一边挣扎一边大骂。

"乖乖！气性还不小呢，够味儿！一会儿我保证让你服服帖帖，在我身下像个小猫。老子不信办不了你。"

耗子一边和副经理撕扯一边高呼救命，可大中午静悄悄的，公司大门也被副经理锁了，看门的大爷被他打发出去办事了。

耗子的力气渐渐不支，身子慢慢软下来，副经理一个放松：

"这就对了嘛！不要反抗了，乖乖配合，让老子爽了，自然有你的好处。"

见耗子躺在那里不动，副经理放松了警惕，开始脱自己的衣服。耗子毕竟是爱好体育出身，身体素质很好，趁副经理不备，一个鲤鱼打挺，从沙发上跳起来，上去一脚，硬生生踢在副经理的命根子上，只踢得他鬼哭狼嚎，弯下腰抱着裤裆痛苦不堪。

耗子理理衣服，拉开门闩，气定神闲地说：

"怎么样？还玩吗？"

"不玩了！不玩了！姑奶奶，你就饶了我吧！"

"饶了你？平时看你人模狗样的像个人似的，谁知道却是个垃圾色狼！马上就要上班了，我要让大家看看你的'光辉形象'，看你以后还敢不敢欺负老娘了！"

"不敢了，不敢了，再也不敢了，以后，你就是我的亲娘。"

"滚！做我儿子你还不配。敢喊我老娘！"

"是是是！你说什么就是什么。"

副经理提着裤子一瘸一拐地跑了。

耗子像泄了气的皮球，一下子倒在沙发上半天缓不过气来。真是做梦也没想到，自己这辈子还会遇到这么糟心的事，真是晦气恶心，这件事回家绝不能对老公讲，要不然，还不得把他给气死。

"哈哈哈哈！"听完耗子的话，梅子压抑不住地大笑。

"讨厌！你还笑！我都气死了。"耗子气恼地假装捶打梅子。

"好好好！不闹了，耗子，你是好样的。你做得对，我们女人一定要自尊自重自爱，唯有如此，才能得到别人的尊重。你是好样的，我也是好样的，你是我的好姐妹。"

梅子和耗子紧紧拥抱。

耗子抹抹眼泪，从包里掏出一封皱皱巴巴的信：

"喏，给你看，这是缺窍鬼阿飞给我的信，他让给你看看。他干吗？我又不是他妈，干吗什么事都对我说？你说，阿飞是不是有病？这么多年，还不放弃？经常写信来。笑话，也不撒泡尿看看，我会看上他？这不有病嘛！不但有病，还病得不轻！切！憨货！"

"耗子，你不要这么说他。阿飞爱你没有错，你可以不爱他，但不能侮辱他。"梅子不忍地说。

"梅姐，怎么啦？你心疼？我就是看不上他怎么的？"

"要死了，胡说什么！"

"你看，这是他给我写的信。事无巨细，什么都告诉我，我又不是他妈，管得着吗？"

唉！没办法！这就是耗子，口无遮拦，想说什么就说什么，别人根本管不了她。

以下是阿飞的信：

亲爱的耗子：

我知道你烦我，我不知道你有没有耐心看完我的长信，但我就想对你说说，不管你看不看，我还是要写的。"狗不吃"三年你是我的精神支柱，现在仍然是！我爱你已不是为了得到你，这成了一种执念。如果不爱你，我都不知道我这人生真正的意义所在。

我们已各自成家，永远是两条平行线，但人生需要点寄托，你就是我精神上的寄托，我告诉你我的生活、工作、烦恼、痛苦、忧伤，我的心灵就能得到安慰，灵魂就能得到洗礼。

耗子，梅子是我们的大姐大，希望你把这封信给她看看，也许她会感动，会把我们的故事加工整理流传下去，让更多的人知道我们曲折无望的爱情。

我走出校门后的境遇真是一把辛酸泪，几堆荒唐事啊。

我 1990 年分到楚州棉纺织厂，因为下岗，找人调至楚州木材公司，后来又下岗，又找人于 1995 年调入楚州梅庄乡政府。

一个老农民的儿子想调到机关谈何容易。为了一碗饭，跑破几双鞋啊！

…… ……

在乡政府十几年，没有什么大的进步，慢慢地也熬到了副科，头发也白了许多，境遇可谓一点泪一滴血。

我就想不通，为什么我们“狗不吃”的女生，20 多年过去，脸上没有一丝岁月的印痕，特别是我的女神耗子，还是一如小姑娘。

第三十一章　蜗牛爬行　漫不经心

“踏踏实实做事，坦坦荡荡做人，你有你的烦，我有我的难，人人都有无声的泪，人人都有难言的苦。”

在医院躺了半个多月，梅子的心性发生了许多变化，以前许多看重的东西，现在觉得并不那么重要了，特别是对那些钩心斗角更是看得透透的。

出院这天，特意选在周六，小薇和耗子都来接梅子出院，梅子幸运的是有“狗不吃”结识的这些好姐妹，给苦闷的生活带来一丝亮光。

小薇喊了祥子，安排在小酒馆里给梅子压惊去晦气。

梅子不能喝酒，以前不说是海量，也是蛮能喝的。现在医生叮嘱千万要戒酒，梅子觉得人生有一大幸福被剥夺了。她们给梅子要了一瓶蓝莓汁，小薇也不喝酒，也拿了一瓶蓝莓汁，耗子、祥子二人喝酒。东拉西扯的，酒至半酣，耗子有点喝多了，口齿不清地说：

“阿飞那个憨货终于结婚了，我的耳根终于清静了。你们说，他不会再无事写信来打扰我了吧？我都给他烦死了。”

“啊？阿飞到现在才结婚？不会吧？”梅子和小薇同时问。

“不是啦！刚结时间不长，我这不是刚知道嘛。”耗子大着舌头说。

“哦！”梅子、小薇了然地点点头。

“耗子，你就对阿飞一点感情没有？他追了你这么多年？”祥子戏语。

“唉！谁叫他条件那么差呢！”梅子、小薇、祥子面面相觑。看来耗子对阿飞还是有点感动的。没办法，这就是命，谁叫阿飞没那个命呢！

但命运有时候是说不清楚的，什么叫好？什么叫坏？见仁见智。

经人介绍，阿飞认识了现在的爱人芷兰，这个为他生了儿子，和他共度一生的女人。

和芷兰相遇可能是阿飞这辈子遇到的最幸运的事了。有时候想想，上天待阿飞其实也很不薄，让他遇到这么好的老婆。可能是怜悯他这么多年追耗子的辛苦无助，在他三十二岁那年，命运终于肯垂青了。

六月的一天上午，天气燠热，大太阳火辣辣的，没有一丝风，树梢动都不动，偶尔有知了声声鸣叫，让人听了更加烦躁。庄上人称媒八嘴的张阿婆风风火火地跑到阿飞的办公室，大声嚷嚷："阿飞，阿飞，好事来了，快跟我走。"彼时，阿飞正躺在办公室长椅上呼呼睡大觉。毕业这么多年，三十出头了，阿飞的个人问题成了全家人的头等大事，成了父母的心头病，他们到处张罗，但凡有一点机会，都努力争取，而他的心里只有耗子，有一搭没一搭地应和着他们，不太认真。可如今，眼看着耗子嫁作他人妇，真的没希望了，可日子还是要过呀，阿飞还肩负着为老张家传宗接代的任务呢，所以有人介绍相亲也就打起精神去了。

阿飞被阿婆连拖带拽地拉着走，路上她悄悄告诉他，芷兰是邻村的姑娘，姓方，比他小六岁呢，二十六岁了，在当时农村也算大龄了，她是个孝顺姑娘，高中毕业没考上大学，通过关系，在村里的小学校代课。因为父母要照顾弟妹农田，七老八十的奶奶就全仗芷兰照顾，她的婚事就拖下来了。一年又一年，现在奶奶九十高龄，微笑着走完了人生之路，芷兰也就解脱了，家人这才着急她的婚事。可他们翻遍了前后三庄也找不出年龄相当的适婚小伙，只有阿飞相比较起来条件还不错，在当时农村算是"高干"了，虽然年龄大点，但身材魁梧，人也憨厚，也没得选了。

也许是阿飞命该如此，虽仕途不顺，可命里有桃花。乍一见面，他的眼睛都看直了，只见芷兰长得那叫一个俊呀：在村头的老柳树下，站着一个姑娘，一米六五的身材，瓜子脸，白里透红，高挺的鼻梁，一双秀眉，眼睫毛很长，忽闪忽闪的像两把小刷子，微微笑着，脸上还有两个浅浅的小酒窝，简直是天姿国色呀！阿飞看直了眼，咕噜噜地咽了一口口水，傻愣愣地只盯着姑娘看。张阿婆"扑哧"一声笑起来，在他肩上打了一下：

"阿飞呀，看傻啦？怎么样？不错吧？来来来，芷兰姑娘，这就是阿飞，你们好好谈谈，我先走了。"

张阿婆扭着肥胖的身子笑嘻嘻地走了，一边走一边还不忘了挥挥手里的汗帕子，典型的旧时代媒婆形象。阿飞感到十分好笑，但碍于情面，没有笑出声来，一旁的芷兰却羞红了脸，手里也拿着一方丝帕，在扭来扭去。阿飞定定神，挨挨蹭蹭地走到她的面前，壮着胆子，拉起她的手，红着脸开门见山地说道：

"芷兰，我就是阿飞，我的情况相信张阿婆都和你说过了，如果你不嫌弃，我们就谈恋爱吧！我这人没什么大出息，但我会对家庭负责任的，会对你负责的，更会对我们的孩子好的。"

"讨厌！八字还没见一撇呢，就想孩子了！"芷兰羞红了脸，扭扭捏捏地说。

阿飞高兴地一蹦老高："那还不容易？我们缩短恋爱过程，先上车，后买票吧！"

芷兰羞赧地一把推开他：

"什么人呢？哪有一见面，就想要流氓的？"芷兰虽然这样说，阿飞端详着看并没有真的生气。他的心里有底了，接受阿红的教训，有点厚脸皮地凑上前：

“既然我们是奔着结婚去的，那还不是迟早的事，我们都不小了，干脆早点结婚吧！”芷兰有点被阿飞吓到了：

“还是等等吧。我们先相处一段时间看看吧。”阿飞怕把她吓跑了，眼睛转了一圈，计上心头：

“好吧，芷兰，都听你的，现在我们到河边坐坐吧。”

“好的。”

阿飞牵着芷兰的手沿着村东的小河边向前走着，一路上东拉西扯地拉着家常，侃天侃地忽悠着芷兰，直说得她心花怒放，笑逐颜开。

快乐的时光总是过得很快，半天时间转眼之间就过去了，他们沿河一直向前，离村子越来越远了，在小河的尽头有一棵经年太久的老柳树，树荫浓密，像华盖一样覆盖着河堤，阿飞拉着芷兰疾步到了柳树下：

“芷兰，我们坐下歇会吧！”

“好的。”

大柳树下的河坡光滑平缓，看起来平时有很多人坐过，干干净净，阿飞把他的衬衫脱下，铺在地上，让芷兰坐下来，他也顺势躺在她的身边。小河里偶尔有白色的小银鱼蹦出水面，像梭子一样，倏忽之间又落进河水里，荡起一圈圈的涟漪，河两岸的玉米耷拉下脑袋，昏昏欲睡，河堤上的青草碧绿碧绿的，绿得人心里发疼。中午的阳光很强烈，从柳树的浓阴里照下来，洒在芷兰的脸上形成斑驳陆离的光圈，有点像歌厅里的霓虹。

阿飞从侧面看着芷兰俊美的容颜，不由得嘴唇发干，暗自吞咽了一口口水，体内一股莫名的燥热陡然窜起。他慢慢坐起身，伸出双手，小心地抱住芷兰，期期艾艾地说：

“芷兰，反正早晚你都要嫁给我，今天就给了我吧。”

芷兰僵硬着身子，紧张地说：“不好吧？阿飞，太急了点吧？”

阿飞再也忍耐不住了，不管芷兰愿不愿意，嘴唇慢慢凑上去一下子吻住了她，生涩地攻城略地，却悲哀地发现，头脑里显现的都是耗子那张倔强的面孔。芷兰半推半就，配合着他破了守了三十二年的童子功。

得偿所愿的阿飞，心满意足地拉着芷兰回到村东刘奶奶家的小吃部，要了两碗面条，一碟黄瓜，一碟韭菜炒鸡蛋，风卷残云地吃完，回家就和父母商量，两月以后初六是个好日子，迎娶芷兰。而急于把芷兰嫁出去的方家也并无异议，两家一拍即合，当即定下日子。谈到彩礼问题，父母犯难了，家里实在很穷，拿不出像样的东西，当时阿飞的工资只有不到九十块钱，每月吃饭理发洗澡人情来往，交点给父母，真的不剩下多少了，工作七八年了只藏了五百元钱，父母手头也就千儿八百的。买了新床，一套床头褥被，一台黑白电视，一套啡色的布沙发，一台电风扇，就再也拿不出钱了。

幸亏阿飞有个好姐姐，彼时她在县人民医院工作，是个医生，工资高，姐姐不但买了他结婚的全套行头，她还私下给了父母一笔钱，和阿飞的五百凑在一起，拿出两千块钱作为彩礼给了芷兰，这在当时农村也算不小的一笔钱了。芷兰家也没有争钱多钱少，这也是阿飞的幸运。姐姐还给芷兰买了一件大红的羊毛衫，一双红皮鞋，一双肉色长筒袜子，一件红衬衣，一件红色的薄型呢外套，一套红呢子套裙作为嫁衣，这在当时已经很奢侈了，姐姐也是心疼她家困难，想让她嫁得风风光光，不留遗憾，日后也对她的弟弟更好点，姐姐真是用心良苦，阿飞一辈子都会感激姐姐的厚爱。

忙碌的日子总是过得很快，婚期很快来临。一大早，阿飞就装扮整齐，坐上姐姐借来的2000型轿车到邻村去带新娘子，一路上遇桥放炮，好不热闹，及至到了芷兰家门口，看见里三层外三层地围了好多人，不让阿飞去见新娘，他傻了眼，赶紧让伴娘，他们那时叫搀轿姑，快点上前去问问，这是什么意思，回来说，娘家弟弟要什么上轿礼，抬箱礼，还有什么分家礼，洗脚礼，七七八八少说也得一千大洋，阿飞一听头就大了，他的口袋里可干净得像白雪公主的脸呀，一个子都没有了，怎么办呢？阿飞急得头上的汗珠像豆子一样滚下来，双方僵持不下，家里有长辈出面说话，说改成五百吧，五块他也没带呀！又不能回家拿，那样不吉利，况且家里也未必拿得出呢！

时间一分一秒地过去，催轿鞭放了一遍又一遍，舅爷就是不松口呀，太阳转到西边去了，快要误了吉时，乡下人迷信，天黑新人到家是不吉利的，阿飞的牛脾气上来了，扯开喉咙大声喊道：

“芷兰，你到底出不出来？不出来，我回去了，等我攒够了钱再来娶你哦！”

这一招果然神奇呀！闹哄哄的现场突然静下来，静得掉下一根针都能听见，大家目瞪口呆，这家姑爷真是奇葩呢！但看他气得脸红脖子粗的样子，还真怕他一怒之下，掉头而去。关键时候老丈人出面了，他口里含住旱烟袋，摇着头，一边慢条斯理地说：

“阿飞啊，说什么浑话呢？哪有回去的道理？那还不得让人笑掉大牙？你弟弟是和你闹着玩呢。闹喜闹喜，不闹怎么欢喜？也不是真的要你的钱，闹着喜兴好玩的，这样吧，天也不早了，也不难为你了，钱就不要了，你到门旁李阿婆家小店里先赊欠两条红双喜和四块香皂，分给闹喜的人吧。”

阿飞赶紧就坡下驴，给足老丈人面子，况且以后和小舅子还得相处呢，也不能闹得太僵。他立马到小商店赊了两条红双喜和四块香皂，为了讨好小舅子，特意又拿了两包大前门给他，这才让他一张拉得像驴脸一样长的脸好看点。阿飞现在也顾不了那么多了，赶紧放鞭催新娘子快点出门。很快，新娘子在伴娘的陪同下就出来了，只见她蛾眉高耸，黛若远山，面若桃花，唇红齿白，惊为天人。一身从头到脚红色的新娘装，红色的薄呢套裙把曼妙的身材衬托得无比惹火，红色的高跟皮鞋让小巧的纤纤玉足显得更圆润可爱，肉色的丝袜把白嫩修长的大腿包裹得若隐若现，让人引起无限遐想，红色的头花扎在漆黑如墨的长发上，显得妩媚诱人。看热闹的邻居大声惊呼：

“天呀！没想到芷兰打扮起来这么漂亮，真是十足的大美人呀！真是便宜了阿飞这个傻小子了。”

阿飞在一群农村小伙嫉妒的目光里洋洋得意地带着芷兰往家里赶，一边看着芷兰，头脑里却想着要是耗子穿上这身行头该是何等美丽呀！想到情深处，眼里不由得泛上泪花，一旁的芷兰抵抵他的胳膊：

“咋的啦？”

阿飞吓了一跳，赶紧收收心：

“没咋，高兴的。”

“傻样！”

后来阿飞时常想起这一天，内心里深感对不起老婆，此是后话。

紧赶慢赶，一行人车浩浩荡荡到家的时候，太阳快要落山了，新娘子在伴娘扶持下迈着小碎步款款下了车，毫无疑问地又引起了一阵轰动，阿飞何德何能娶了这么漂亮的媳妇儿！真真的羡煞旁人！母亲激动地走进走出都忘了自己要干什么。媒婆张阿婆指挥着新娘子跨火盆（这也是农村的老习俗了），新娘子跨火盆，消灾除难，生活红红火火。跨过火盆，来到堂屋门口，这里有一道人墙，都是他的好朋友们，在拦门，他们向新娘子要十条红双喜，四十包水果糖，十块香皂，乖乖隆的咚，这也太多了吧！新娘子站在那里不吭声，阿飞心疼她，找了一条凳子，想让她坐下来，可是拦门的人哪里肯依？纷纷大喊：

“阿飞，疼媳妇可不在今天！今天我们想怎么闹都行，你可不要阻拦。”

阿飞心里话，去你们的大头鬼，我才不会让你们胡来，可别累着我的美娇娘，她也许已经珠胎暗结了，可得小心点。

八月的傍晚还是有点温暖的，站的时间一长，芷兰的脸上都有细细的汗珠冒出，阿飞急得像热锅上的蚂蚁，和他们好说歹说，才同意各样减半，新娘子最后慢慢走到她的陪嫁小红皮箱前，从随身的小红皮包里摸出一把钥匙，打开箱子，把他们要的东西一样一样拿出来，里面基本上就空空如也了。拿到东西的拦门人这才撤开凳子，放新娘子进了门。

这就来到了第二道门，堂屋里的东间是洞房的门，这里聚集的十几个都是家里的姑婆妯娌，她们更是过分，叽叽喳喳地要得更多，但阿飞知道芷兰的箱子里已没多少东西了，可这班女人比外道门的拦门人更难缠，想轻易打发，估计不容易。看着芷兰为难，阿飞急得抓耳挠腮。最后还是心疼他的姐姐看不过，到外边商店买了两条红双喜，二十包水果糖，连拖带拽地让她们让开了门，芷兰才得以进了洞房。看着坐在床上气喘吁吁的芷兰，阿飞心疼不已，连忙安抚她先休息，自己出去陪酒。

待到敬完酒回房已是深夜，芷兰已经睡熟，阿飞不忍吵醒她，坐在床边看着她痴痴地傻笑，笑着笑着不禁泪流满面，他恍然看到，床上睡的就是耗子，他心爱的耗子，但是他知道不是，她是芷兰，他的新娘，从此要同生共死、休戚与共的妻子，他知道，从现在开始，自己应该忘了耗子，开始全新的生活，但他不知道能不能做得到。

仿佛冥冥中有感应一般，芷兰忽然就睁开了美丽的大眼睛，目不转睛地看着他，阿飞忍住心里对耗子无尽的不舍与无奈，缓缓躺下身搂住芷兰，喑哑着喉咙对她说：

“睡吧，天不早了，今天你太累了。”

“我不累！”

“不累？好吧，我们来做个运动吧。”

阿飞赶紧挥开脑子里耗子的形象，紧紧搂住他的新娘，这才是自己抓得到摸得着的幸福。他抛开杂念，专心致志地沉浸在和芷兰的欢爱中，在欲海中遨游沉浮。

婚后一年，芷兰产下儿子。日子过得平凡而庸常，没有什么大起大落，一切按部就班地走着，工作没有什么大起色，但也不算坏，从普通的办事员到副科职干部，十几年不骄不躁，不争不抢，日子就这样如流水一样过去。如今人到中年了，这辈子不想有大富大贵，只希望这样平平静静地度过余生，偶尔还是会想想耗子，阿飞心底的姑娘，不知现在过得怎么样？

第三十二章　阳光男儿　警徽烁烁

“我曾长久地洁身自爱，与世无争，在不大的生存空间里自娱自乐。当人类的欲望像火山一样剧烈喷发时，又有多少人能幸免于精神生态的灭顶之灾，潜伏的危机和不期而至的灾难总是如影随形般地跟随着，避世清欢的闲看与无争到头来只会走向更加危险的深渊。”

梅子出院后去上班，感觉什么都不一样了，手下人都有点阳奉阴违的了，可能是他们听到了什么风声，说梅子快要调走，梅子干什么都觉得不遂心愿了。

就在梅子苦闷得无处发作的时候，祥子打来电话，经年未见的汪冬要到新阳城办事，他负责招待，让梅子喊上小薇和耗子，晚上一起吃饭。梅子激动得不行，马上打电话约好小薇和耗子。地点就定在梅子家门口那条路边的一个小饭店。饭店不大，但很干净。

晚上六点，大家准时在小饭店见了面。梅子左看看右看看，把冬子看得都不好意思了，在学校三年，梅子于他而言，是长姐一样的存在。

耗子肆无忌惮地一把抱住冬子：

“冬子，这些年你还是这样帅！一点没变！其实‘狗不吃’你最帅了，我有一段时间是很喜欢你的，本想追你，可你的眼里只有小薇和媛媛。”

“你又胡说！”小薇一下子羞红了脸。

祥子哈哈哈大笑：

“耗子，什么时候你才能改变一下口无遮拦的毛病呀?”

“我又没说错。”耗子翻翻白眼。

“好好好！你都对。”

梅子拉着冬子坐下，细问他这些年的境遇，耗子也不闹了，坐在冬子旁边安静地听着：

我毕业以后，收拾好行李，黯然神伤地回到生我养我的故乡——泗县古城。

泗县位于中国“十大新天府”之一的苏北平原，属长江三角洲地区，是淮海经济圈、长三角经济区、沿运河城镇轴交叉辐射区。泗县东临周恩来故乡楚州，西接项王故里宿迁，北靠花卉之乡沭阳，南濒洪泽湖，与泗洪、洪泽、盱眙隔湖相望。中国京杭大运河古黄河遗产点，入选世界遗产名录。有“平原林海，世外桃源”之美誉。泗县具有5000多年的文明史、2000多年的建县史，南北文化在这里融合。

我知道我的一生将在这里度过，未来我的事业、我的爱情、我的小家庭都要在此诞生。我对未来的生活充满了向往，但同时也很迷茫。

想到苦苦暗恋了三年的媛媛，临毕业都没有回头看我一眼，我的心窒息一样的痛，此生注定和她无缘了。我怀着失落的心情回到家，看到熟悉的环境，慈爱的双亲，只觉得委屈万分，忍住想哭的冲动，倒头大睡了三天三夜。父母喊我吃饭，我直说累，毕业季累得要死，需要补觉。双亲哪里知道，我是在默默地祭奠自己那个不为人知的情殇。

昏睡了三天，怕父母担心，我打起精神，起来洗漱吃饭，这才想起要到人事局去看看分配结果。

我的档案刚到人事局的时候，第一方案是分在县缫丝厂。后在叔叔的关照下，我被分到了泗县城关镇派出所，正式干警。

刚分到派出所，我感到无所适从。想想看，我不是警校毕业，对公安刑侦知识一窍不通，像个迷路的孩子一下子闯进了陌生的大森林，纠结无助。我的性格是那种比较内向型的，有时候甚至有点像大姑娘，遇到陌生人，没说话脸就先红了，整天和一些工作在基层的粗糙的大老爷们在一起工作，内心是很崩溃的。

记得上学时梅子就打趣过我像林黛玉，我真是有点疯了，极不适应。但是也没办法，叔叔千方百计把我弄到派出所，这是别人想都不敢想的单位，我还有什么好抱怨的呢？毕竟生存才是第一重要的。

好在派出所所长是我叔叔的同学，他对我百般照顾，出警的时候让我一起去学习，平时安排我做内勤，学习户籍管理工作。

上班两周后，得到一个机会，参加了全省公安系统新入职人员岗前培训班，在省公安学校培训三个月，这是我这辈子学习最认真的阶段，堪比高考前的学习，严肃紧张。每天超负荷学习训练，但我的心很充实，我知道这是难得的机会，将是我安身立命的根本。所以，别人在玩耍娱乐睡觉的时候，我在啃书本，充电恶补公安知识。

三个月下来，考核合格。我对自己的未来充满了信心，只是偶尔想起媛媛，心里还是会难过酸涩，常常半夜睡不着，跑到操场上一个人遛圈，缓解相思之苦。这是一段无疾而终的单相思，纵然再痛苦也怪不得别人。

培训结束，我迅速适应了派出所的工作。因为我为人谦和，很快得到了所长和同事们的认可。我对户籍管理也有了新的认识，看似简单的户口录入转出，其实里面学问很大。

我决定在辖区内来一次大排查，摸清底数。我向所长提了建议，把所里可用人员全部分到辖区，每人负责几个街道，挨家挨户核对，确保准确无误。

这一次大清理大排查，彻底改变了过去人口底数不清，管理混乱的局面，也查出了很多问题，为有关部门制定决策提供了依据，受到县有关领导的表扬。

可能是工作首战告捷，我信心满满，所长也对我十分满意。年底所里总结会上，我被评为先进个人，得到了五百元奖励。五百元在当时可是巨款，我刚毕业定的工资标准刚刚七十八元，相当于大半年的工资呢。所长还在会上专门表扬了我，工作有思路，肯动脑筋，很有潜力，要作为可造之才加以培养。号召大家向我学习，工作不要墨守成规，不推不动。

当然，这也得罪了原来的一些老干警。所里历来评选先进都是论资排辈，风水轮流转，今年到我家。一下子把刚工作不到一年的我，而且又是半路出家，不是公安科班的我，树为典型，他们心里实在不服气，私下有很多怨言，认为所长刻意包庇，厚此薄彼，是看在我叔叔的面子上。

我私下很是郁闷，所长找到我，鼓励我：

"冬子，你不要有思想负担，你的工作有目共睹，不要介意别人的看法，该干吗干吗。"

"好！谢谢所长，没问题。"

我放下心头的包袱，在派出所安心工作。我工作吃苦耐劳，脚踏实地，兢兢业业，对老同志也很尊重，对来派出所办事的老百姓耐心细致。很多老百姓到派出所开口就问那个长得漂亮好看的小大哥在不在，我儒雅的外表给我招来不少艳羡的目光。时间一久，原来对我有微词的老同志也改变了看法，此后几年几乎年年被评为县公安系统先进工作者。

工作两年后，顺理成章地被提拔为所里副指导员，一年后转为指导员，协助所长分管行政工作和所里干警的思想教育工作，在"狗不吃"学的管理知识终于发挥了作用，因为经济管理和行政管理有很多共通之处。工作干得越来越得心应手，风生水起。

事业顺风顺水地干着，我的感情生活却一片空白。我二十七岁了，整天形单影只，独来独往，休息日躲在家里看小说，可把父母急坏了。

我 1 米 76 的个子，身材修长，腰板挺直，长腿长脚的一白面书生样。也是奇怪了，我整天在片区里跑，却总也晒不黑。我修眉虎目，气质出众，普通的制服穿在我身上也觉得丰神秀逸，为我介绍对象的人几乎踏破了我家的门槛，有医生教师还有女干部，没有一个不是漂亮的。我工作单位好，家世清白，人才出众，当真是多少姑娘的梦中情人呢。可我对这件事总是恹恹的，提不起精神，可能心里还是没有完全把媛媛放下吧。对那些提亲的人，我父母是百般抱歉，我的懈怠令他们生气，但也没办法，他们都是明事理的人，深知强扭的瓜不甜，况且男孩子二十七岁也没问题，又不是女孩子恨嫁。经过几次我应付式的相亲后，他们也就不再催我，只是给我一个期限，希望我三十岁前把媳妇娶回家，趁他们身体好时帮我带孩子。我理解他们想抱孙子的心情，想到自己一个人坚守这无望的感情，也没什么意思，因为媛媛两年前已经出嫁了，儿子都已一岁，自己还这样单着给谁看呢，有什么意思，又不能一辈子不娶，自认还没有痴情到那种地步。想通了，心下释然，突然就很想谈恋爱了。

也许是缘分使然。一天，我到局里开会，在走廊里和一熟人闲话，突然一姑娘气喘吁吁地跑过来，手里抱着一叠文件，也许是跑得急，没有抬头看路，毫无征兆地一头撞进我的怀里，结结实实和我来了个亲密接触，文件撒了一地。

“对不起！对不起！”

我慌忙扶住她，才发现这是一个多么美丽的姑娘呀：

一米六五左右的身高，风姿妖娆，肤色白皙，一双罗马鼻子高且直，一双会说话的眼睛带着水雾，好像盈盈欲泣，惹人爱怜，小巧的嘴巴稍微噘着，唇瓣嘬着，红红的像个樱桃，让人一看就想犯罪，想要去吻她。长长的睫毛像小扇子一样忽闪忽闪的，齐肩的长发随意地披散在肩上，是那种黑黑的发出像缎子一样光泽的黑直发。

我使劲咽了一口口水，心里有细碎的东西在奔腾。我要她，我想要她，这辈子就是她了，不管她现在是什么身份，我都要追她。此时，媛媛的形象在我心里已远远的，不见了踪影。

我艰难地开口，一出声，声音都是喑哑的：

“你好！你怎么称呼？我以前怎么没遇见过你？”

“嘻嘻嘻！帅哥，你以前都是这样搭讪姑娘的吗？”

姑娘低头捡文件，呼吸不稳，但还不忘了打趣我。看来是个活泼开朗的姑娘。

“不！我从来没有！你是这几年我第一个主动搭话的姑娘。”我认真地说。

“哈哈哈！谁信呢？”

看着我一本正经的样子，姑娘不由得放声大笑。

“你别笑呀，我说的是真的。”

我无奈地尴尬一笑。

“好！认识一下吧，我叫南溪，不是南希，苏州警校毕业的哦，今年刚毕业，分到局里，现在办公室工作。”

“好！我叫汪冬，城关派出所的指导员，钻石王老五哦。”

我一改以前羞涩的作风，上前紧紧握住姑娘的手，这是一双柔弱无骨的小手，皮肤细腻，攥住了就不想松开了。

“放开啦！你这人，堂堂指导员，可不要学登徒子哦！”

姑娘红着脸挣脱开手，我面不改色地说：

“不会呀，我可是超级好男人呢，怎么样？和我交个朋友吧？”

“我们不已经是朋友了吗？”

“此朋友非彼朋友也。”

“听不懂你说什么！”

“你懂的！”

“好啦，冬子你快放姑娘去忙，会议室要材料呢。”

局办公室主任在走廊那头高喊。

南溪羞红了脸，一路小跑着去了。

从此我要开始艰难的追妻之路了。

漂亮姑娘可选择的余地太大了，局里来了这么个尤物，整个系统那些单身的小伙，不管是丑的帅的，家庭条件好的一般的，都想一亲芳泽，希望能有机会追到南溪。

而南溪却像个懵懂无知的小姑娘一样，对谁都是笑眯眯的，来者不拒，谁请她看电影出去玩，只要有空她都答应，但就是不让任何人碰她，就是牵牵手都不行，一度都快把系统里的小伙子逼疯了，继而传出了不好的风言风语，说她作风轻浮。局政治部主任还专门找她谈了话，她委屈地大哭起来。

究其原因，才知道原来都是为了我。

我自从遇到南溪后，就决定要追求她，但恰好有个比较棘手的案子领导交给我去办，整整两个月我忙得是焦头烂额，完全没时间考虑南溪的事。而这丫头对我是一见钟情，情根深种，看我迟迟没有动静，赌气和各个小伙见面，目的就是为了激我，但也仅仅限于和系统内的人见面，否则要是常和外面乱七八糟的人见面，还不定会发生什么事呢。

了解到这一情况，政治部方主任，先是愣了一下，继而哈哈大笑，笑完了又板起脸教训南溪：

“你这傻姑娘，你看好冬子，他不追你，你不会追他呀？何必搞出这么多花头？姑娘家多危险呀！”

“可是，可是……”南溪讷讷地说。

“别可是了，傻丫头，我做你们的介绍人好了。”

“那敢情好呀！”南溪欣喜得热泪盈眶了。

政治部主任方怡是个四十多岁的胖胖的中年妇人，为人豪爽，一副热心肠。要不然，打死南溪也不会在她面前坦诚对我一见钟情的事。

方大姐在南溪愣怔间，伸手拿过电话，拨通了我们所里的电话。

接电话的是一向喜欢八卦的户籍警邹兰兰，她大声呼喊：

“汪指导，快，快，方主任找你，该不会是想要给你介绍对象的吧？”

我无语地看了她一眼，接过电话：

“喂，方主任，您找我什么事呀？”

“好事！大好事！我限你半小时内赶到我的办公室来。”

“什么事呀？您不能在电话里说吗？我还忙着呢！”

“不能！天大的好事！天上掉馅饼的好事。”

“那，那我忙完了再去呀？”

“不行，超过半小时，你的媳妇就没有了，过期不候！”

“呼”的一声，方主任不再多说，直接挂了电话。

我的心剧烈地跳动起来，那个倩影在头脑中一下子生动起来。

我慌慌张张地放下电话，撒腿往外跑，完全不顾形象，也无视邹兰兰在后面大声喊：

“什么事呀？汪指导，难道被我说中了？方主任真给你介绍对象呢？”

“就是！就是！一定是！”

我在心里默念，第一次没觉得邹兰兰的八卦讨厌。

我有种预感，方主任找我是为了南溪的事，之前我也隐隐约约听邹兰兰八卦过，说局里那个漂亮的南溪和谁谁约会的，我当时只当是八卦，并未当真，心想她跑不了，等我忙完这阵子再去追，谁知道是真的。

等我迫不及待地跑到方主任的办公室，南溪一脸灿烂的笑容坐在沙发上，我的心忽然就安定下来，所有的情绪收敛起，淡淡地看向南溪，好像看的是前世今生的爱人一样，目光交织缠绕在一起久久分不开。

“咳！咳！咳！”

方主任无奈地咳嗽了一声。

“你们在干吗呢？无视我？我这还有一个大活人在这呢！”

“方主任……”南溪难为情地叫道。

“好了，不用我多说吧？小冬子，你小子八辈子修来的福气，南溪看上你了，你怎么说？她可是我们公安系统第一大美人呢！”

“我……我也喜欢她！”

我突然张口结舌，英雄气短。

“好！好！好！那就好！既然你们两情相悦，就不用我多费口舌了，我乐得做个顺水人情，现成媒人。”

“谢谢方主任！”

我俩异口同声。

“好！太好了！你们两个真是金童玉女，南溪也是好人家的女儿，家里小康，父母都是双职工，就独女一个，将来你们有了孩子，她父母也可帮着带带。”

“方主任……”

南溪难为情地喊。

“没事没事，我说的是实情，你们也老大不小了，冬子二十七，小溪二十五，正是结婚的黄金时期，早点结婚早安定。就，国庆节吧，还有两月，足够你们准备的。”

“这，未免也太快了吧？”

我讷讷地说。

“快什么快？你个傻小子，你再磨磨叽叽的，担心小溪被别人拐跑了，不是你的媳妇了。”

方主任真的是快人快语，一下子说到我心坎里去了。

就这样，我和南溪谈了两个月的恋爱，双方家长见了面，没什么意见。在国庆节的时候举行了简单而隆重的婚礼，我的姐姐为我准备了婚床上的所有床上用品，婚房就用家里的老房子，三室一厅，简单装修了一下，方主任担任我们的证婚人。

从此开始了我们幸福简单的婚姻生活。

婚后的生活甜蜜而快乐，第二年，我们的儿子出生了，是一个漂亮可爱的长得像洋娃娃一样的孩子。他的眼睛黑亮亮的像紫葡萄，头发鬈曲像外国的孩子，胖嘟嘟的笑脸上有两个深深的酒窝，挺直的鼻梁高端大气。南溪常常叹息，说要是个女娃一定是倾国倾城貌，但是男孩子长得过于漂亮，是不是有点妖孽呀，长大了祸害人家小女孩。

简单而快乐的日子就这样悄悄滑过，因为工作务实，成绩突出，我被提拔为派出所所长，在此岗位上干了几年，又被调到局里任政治部副主任、交管大队大队长。工作的压力越来越大，但从没影响我们的夫妻感情。南溪在局里也调到刑侦科任科长，工作越来越忙，能给予家庭的时间越来越少了，好在有双方父母帮忙照顾孩子，并没影响工作和进步。难得遇到一起没事的礼拜天、节假日，我们总会带着儿子和双方父母出去做一次短途旅行，既让儿子和父母开阔眼界，又能联络感情，一家人在一起开开心心很重要，不管工作干得多有成绩，一家人幸福才是最重要的。

儿子也很争气，学习成绩很好，高考以高出国家线 50 分的成绩被北京公安大学录取，看样子我们是后继有人了。

儿子上了大学，我们更是全身心投入工作中，希望在有生之年，为单位、为社会、为国家做出更大更多一点的贡献，履行好公安民警保护人民生命财产安全，维护一方平安的崇高职责。

冬子讲完，半个小时过去了，大家好半天没有作声。还是耗子起的头：

“来，大家喝酒，祝福冬子，事业有成，娇妻美妾！”

“这都哪跟哪呢！”梅子笑着摇头。

突然，耗子神秘兮兮地说：

“冬子，你当年是喜欢小薇多一点还是媛媛多一点？”

“坑了，小耗子，你再胡说，我不吃走了。”小薇急了。

“好啦好啦！都这么一把年纪了，说说怕什么？”

冬子望着小薇的眼神都不对了。

唉！可能真像老话说的“你永远都不会知道，总是偷偷看你的人有多爱你。爱是人生的一部分，付出了爱并不意味着就一定能收获到爱情”。

这也是人生难解的谜。

第三十三章　脚踏火球　追赶陀螺

“拥有梦想的人从不做选择题，他们只做证明题。”

彬子毕业后和新阳城梅子他们一直有联系。

2010年10月下旬的一天上午，梅子正在班上忙碌，接到祥子的电话，说彬子要来，让梅子约上耗子、小薇她们，中午到韩大家酒店吃饭，彬子从昆山来了。

彬子毕业后分到了淮西水泥厂，位于他老家西侧不到二十里地，离县城骑车要半小时。厂里有五十名工人。水泥厂的规模不小，几十亩地一个开放式的企业，边上一排长长的平房是职工宿舍，平房尽头有一个很大的石棉瓦搭的棚子，是职工食堂。晴天还好说，每逢阴雨天，泥水、浆土，没里没外，卫生极差。食堂边上就是一个露天茅房，用几块水泥板挡在墙边就算厕所，一个老大爷每天早上来清理粪便，其他时间臭气熏天。刚到厂里的彬子根本吃不下饭，总感到饭菜里有股难闻的腥臭味。但随着建筑业的蓬勃发展，水泥板的需求量很大，企业效益倒很好。

彬子来报到那天，厂长看他长得细皮嫩肉的，突然于心不忍，不想让他和那些大老粗的工人们一起干粗活，就让他在办公室负责一下统计工作，这项工作很简单，因为水泥厂的业务很单一，每天新制多少板，有多少块板晒干了，运走了多少。卖出去的板刨去材料费、人员工资等成本，剩下的就是利润了，这点业务，彬子闭着眼睛都能够算出来，日子过得轻松自在。

最不开心的就是食堂靠厕所太近了，每天吃饭的时候有点恶心，而那些做活的工人却丝毫没有感到不适，每个人用蓝色的大海碗，盛着满满一碗米饭就着白菜烧豆腐，偶尔还有猪肉炖粉条，吃得那叫一个香啊！彬子每每看到他们大碗吃饭大口吃肉都会感到惊奇，他自己永远是一小碗米饭，身材维持得一直很好，后来做了大老板应酬多了，不知不觉中把自己养得浑圆了。

彬子在水泥厂头一年，厂里效益很好，包括奖金，平均一月能拿一百二十元，其他在企业里的同学只拿六七十元。日子过得还算勉强。但到第二年的时候，厂里几个领导整天大吃大喝，私心很重，渐渐把厂里盈利的钱以各种名目拨拉到自己的腰包里，工人们意见很大，干活渐渐懈怠，产量越来越少，终于入不敷出，到最后资不抵债，宣告停产，所有人都下岗回家。

失业后的彬子并不觉得难过，市场经济搞活了，很多人纷纷下海，发了大财。本家堂兄弟早在一年前就辞去了在政府人人羡慕的工作，和朋友一起倒腾钢材，半年间就变成了万元户，其貌不扬的堂哥还带回一位美若天仙的嫂子，自家老妈一早一晚念叨着呢。彬子心痒难耐，决定出去闯世界。

1992年深秋，彬子带着家人的嘱托，背起行囊，出去闯关东了。他和一位同学结伴而行，先到了吉林的长白山地区，东北的黑木耳营养价值高，他们想收点拿到老家贩卖，但因为老家生活水平有限，第一次花五百元买回来两麻袋木耳，拿到老家县城去卖，一个月都没卖完，最后低价卖给几家商店，刨去路费成本，还亏了一百元，真是出师不利。但彬子并没泄气，他和同学商量，以前在水泥厂的时候也接触了一些建筑业的老板，他们找了几个熟悉的老板咨询，看干点什么比较有前途。其中一人给他们出了主意，建筑工地上许多材料都要购买，比如黄沙，需求量很大，可以联系建筑商供给。淮河运河里黄沙含量很大，打沙可以说是一本万利的事，计划经济时代，对这一块管理还比较严，近两年市场放开，各种事业雨后春笋一样崭露头角，对打沙管理松懈，正好给许多人钻了空子，彬子也就打了这个擦边球，发了大财。他们七拼八凑买了一艘打沙船，专门在晚上到淮河、运河里打沙，白天再雇车拖给建筑工地，获取暴利。彬子的第一桶金很快就挣着了。

看到获利快，很多人眼红了，跟着就买了船参与打沙行列。有看不惯的热心人给政府写信举报，痛斥打沙对堤防安全的损害，引起了政府的重视，明令不许私人打沙，不定时派堤防管理所的人到河边巡逻。彬子觉得这也不是长久之计，这样无规划地开采确实对不起国家，遂抽身出来。

手里有了一些资本的彬子就不愿再小打小闹了。他联合自己的姊妹，决定搞房地产开发。此时房地产开发在全国都如火如荼地开展起来了。在他生活的小县城，一栋栋高楼也拔地而起。彬子信心十足，1995年冬月，彬子在老家县城盖起了自己承建的第一栋八层小高楼。腰包真正地鼓了起来。

随着腰包鼓了，身材也逐渐发福，1998年到新阳城办事，和梅子、耗子、小薇、祥子、良子见面，整个人失去了在校时的儒雅气质，生活磨砺的痕迹触目惊心。

在金钱赚得越来越多的时候，彬子的爱情也趋于成熟。在经过八年马拉松式爱情长跑后，在大楼落成那天，彬子终于和青梅竹马的远房表妹（出了五服的）结了婚。婚后育有两女一子，可谓是人生赢家。

尝到甜头的彬子并不满足现状，小县城的经济基础就那么点，建筑公司越来越多，盘子就那么大，业务会越来越少。彬子又动了脑筋，江南经济发达，潜力大，应该走出家门，到更广阔的天地去翱翔。其时，他的手下已拥有一个一百多人的建筑队，他就决定带领他们到江浙一带承包工程，为自己也为手下的兄弟获取更大的利益。

1996年春节刚过，彬子告别新婚不久的妻子，带领手下一百号人浩浩荡荡开到江南，开始了他在外淘金的生涯。功夫不负有心人，如今，彬子在昆山已拥有了一个上千人的房地产开发公司，赚的钱不是"狗不吃"一般同学能想象的，当然吃的苦也不是大家能够想象的。但是从来都是，只有付出才有收获，只有付出汗水才能收获丰收的果实，只是彬子收获的果子更大更香而已。

彬子偶尔也会想起"狗不吃"的兄弟姐妹，想象他们的生活过得好不好，还有那个深埋心底的隐痛，那就是对倩倩可望而不可即的执念，每当事情不顺的时候自然就想起了她，想起了她，就会默念几句小诗。不知她现在过得幸福吗？十几年过去了，他在心里默念了多少次这几句小诗，恐怕他自己也记不清了，但也仅仅是念叨一下而已。彬子是务实的人，从来不会为无望的感情真正伤神，这一点点小小的思念丝毫不会影响他对老婆的爱情：

谁道闲情抛弃久

怎知他春归何处？
相逢且尽一樽酒。
少年袅袅无涯恨，
长结西湖烟雨柳。

中午十一点半，几个人准时来到酒店，一见面互相拥抱打招呼。耗子上去给了彬子一拳：

"你怎么发福了？是不是好东西吃太多了？快点减肥哦，不然就不帅了，瞧你眼睛都胖得快眯到一起了。"

"哈哈哈！"大家哄笑。

"耗子，你还是那样快人快语。"彬子笑眯眯地说。

"那还能咋样？生就皮长就肉，这辈子就这脾气，改不了喽！"耗子无所谓地说。

彬子现在真的发福了，原来真正是个小鲜肉的呀！在"狗不吃"时，其他同学面黄肌瘦的时候，彬子就是一个面色红润，浓眉剑目的帅哥。平时话不多，甚至有点害羞，是那种让人一看就想保护起来的小弟弟一样的感觉，毕业二十年了，还是寡言少语。上学时，梅子很喜欢彬子，就是那种干干净净的欣赏的那种喜欢，对自己小弟弟一样的爱怜。梅子的人生目标很明确，从不做望梅止渴的事情。

彬子和祥子带来的同事喝酒，来者不拒，看得小薇和耗子梅子目瞪口呆。许是做老板时练就的酒量吧，半斤酒下去了，还是不动声色，没有丝毫醉态。

梅子毕竟不忍心几个人和他一人喝，就让耗子再和他们喝，趁机拉着彬子到一边聊天。

梅子穿着一件藕粉色短款大衣，深色宽脚牛仔裤，黑色平底板鞋。四十岁了，皮肤还是雪白。只是两鬓有几缕灰白的头发在不时跳跃。

彬子怜惜地问：

“梅子姐,你有什么心事么？压力很大吗？怎么也变得这样胖了？不要再穿粉色衣服了,看起来更胖。我还是喜欢你清瘦的样子。”

“呵呵呵！谁说不是呢？可是谁又想胖呢？那又怎么办？也不是说减肥就能瘦下来的。你知道,我最不能挨饿了,这辈子恐怕瘦不了了。”

“没事！这样也很好看。就是将来年纪大了,容易出毛病。彬弟希望你长命百岁。”

“才不要呢！人不能活太久,遭罪！身体好还行,身体不好,病魔缠身,给家人添累,自己还受罪。人啊,千万别想着什么长生不老,该走时就得走。不要麻烦人。”

“姐,你有点消极呀！好死不如赖活着,人总要尽可能地活得长久些。”

“你错了,如果能在人生最美的年华里飘然离去,也不失为一件凄美的事情。”

“姐,你的想法要不得。你倒是潇洒了,可给家人留下了多少痛苦？孩子怎么办?”

“好啦,姐也只是说说而已。我只是没有为自己的健康做积极的努力,但也不至于厌世,我有幸福的家庭,可爱的孩子,我会好好活着。最起码活个七十岁吧。”

“你会长命百岁!”

“呵呵呵！到时你来看看姐姐老掉了牙的样子?”

“好!”

“哈哈哈！哈哈哈!”

“你们俩在说什么呀？聊得这样开心?”耗子喝得趔趔趄趄地过来。

“在聊长生不老呢!”梅子开玩笑。

“好啊！那说说怎样才能长生不老呢!”

“逗你呢！世上哪有长生不老的事？过去历朝历代那些皇帝为了长生不老炼丹吃药,最后还不得一样死了?”彬子微笑着给了耗子一个爆栗子。

“呕！疼!”耗子怪叫。

“彬子,你和梅姐这样好,你们以前好过吗？我记得你是喜欢倩倩的。”

“好呀！我一直把梅姐当成亲姐姐一样的！我们的‘好’可不是你说的‘好’。”彬子赶紧解释。梅子安详地笑着,懒得解释。

这时小薇端个水杯递给梅子：

“耗子,你脑洞跟别人就是不一样,谁不知道梅姐在学校是国民大姐,她对谁都好,谁有事找她,只要她能帮忙的从不推辞。大家都很爱戴她,可和男女私情没有半点关系哦。”

“我知道,我知道！开个玩笑而已。”耗子搂过梅子在她脸上“吧”地亲了一口。

“梅姐,你这样白嫩,这么大岁数了还没见老,姐夫是不是特别疼你?”

耗子说话总是不按常理出牌。和同学相见说到自家老公，什么旖旎的心情都没有了。

“当然了！”梅子不无骄傲地说。

“瞧你那个样！”小耗子噘嘴。小薇一直微笑着。

“你们快过来喝酒呀！”看梅子他们冷落了他的同事，祥子赶紧过来招呼。大家回到座位上继续喝酒闲聊。

一顿饭就在轻松愉快的气氛中度过。饭后彬子因为下午有事，急急忙忙就回去了，他要先回老家，第二天再回昆山，也是一只鸵鸟，辛苦得很呀。

第三十四章　风过无痕　措手不及

“笑而不语是一种豁达，痛而不言是一种修养。人最大的敌人不是仇人，而是自己。”

梅子按部就班地工作生活着。

2011年新春刚过，大家还没有从春节的气氛中调整过来。

元月底，梅子刚上班没几天，下午两点半，正在办公室里整理抽屉。把上年度的工作总结拿出来看看，打算起草新一年工作计划。办公桌上的电话“丁零零”地响起来。梅子觉得特别刺耳，心里没来由地有一种不好的感觉，直觉告诉她这个电话不是什么好事。她把手按在电话上迟迟没接。电话锲而不舍地响着。终于在响到第四次的时候，梅子闭闭眼，狠狠心接起。电话里传来工作人员没有温度的声音：

“请你三点钟到政府大楼西辅楼会议室开会。”

“请问是什么事?”

“去了就知道了。”

看看时间只剩半小时，什么事也做不了。梅子一边慌慌忙忙地骑车，一边打电话给爱人，也不知什么事。怀着忐忑不安的心情坐到会议室，会议就开始了。组织部部长宣布了干部调整名单，领导说了什么都没听清，只知道自己要走了，要离开工作了十五年的城关镇，心里突然像被谁狠狠地剜了一块肉一样的疼痛。

会议一结束，就被领导送到新单位报到，经贸局。连回单位拿自己物品的时间都没留。

事先毫无征兆，也不知道自己要被调走，领导瞒得滴水不漏。

梅子伤心欲绝，她倒不是不喜欢新的岗位，就是觉得在城关镇工作了整整十五年，人生最美好的青春年华都在那儿度过，那里留下了自己太多的汗水和心血，自己已把城关镇的事情当作了自家的事情来干。现在好像有一种被人撵出家门的感觉。心里打翻了五味瓶。

报到过后回到家，梅子像被人抽了大筋一样浑身没有力气，躺在床上一动不动，家人也不打扰她，让她一个人静静地躺着。她思来想去，自己工作那么努力，为什么不声不响地把自己调走，一声招呼都不打？究竟得罪了谁呢？

其时，全县招商引资大干工业正热火朝天，把梅子调到经贸局任副局长并无不妥，从城关镇副镇长一下子提到经贸局任党委委员、副局长，某种程度上来说还是重用。梅子纵然心里再有委屈，也只能吞下。在脱离专业干了十五年行政工作后，梅子终于重拾自信，干回了自己老本行，终于可以专业对口了。想通了这一点，心下也就释然了。休息了两天也就高高兴兴地上班了。

而此时的祥子在阳城报社工作了几年，因为工作出色，编辑的稿子从没出现纰漏，这和他以前做会计有关，仔细，认真，敬业，深得领导欢心。市里报社总部通过组织人事部门，一纸调令把他调到宿州总部，在总部又兢兢业业地干了三年。

考虑到两地分居的不便和孩子越来越大，潇潇一个人承担教育两个孩子的重任，压力很大，非常需要祥子能搭把手分担一点。家里并不具备请保姆的条件，什么事还都要潇潇亲力亲为。祥子心疼之余，向领导打报告，希望能调回新阳城记者站工作。领导虽然不舍，但也很人性化，同意了他的请求，同时也给他压了担子，让他回新阳城记者站做站长。

一纸调令，祥子又回到县里。

回到县里，祥子的压力并不小，既要照顾家庭，又要顾着站里几十口人的生活，因为记者站是自收自支单位。开始的时候，县财政给点差补，后来直接自苦自吃，职工的工资福利是个大问题。祥子感到空前的压力，只有把大家碗里的饭盛起来，大家才有信心动力把工作干好，如果连工资都发不上，谁还会跟你卖命呢？

祥子绞尽脑汁，和老同志座谈，了解他们的想法，和年轻同志交朋友谈心，激发他们的开创性思维，群策群力，找到既能把工作干好，又有收益的办法。

通过招商引资、有偿服务，为企业策划车展、房展等一系列办法，不但让职工吃上了饭，而且吃得还是比较饱，总算没有白费心思。

祥子不但解决了职工的温饱问题，还大刀阔斧锐意改革，改变了过去吃大锅饭，干多干少一个样的陈年积弊，年龄大的职工也不能摆老资格不干事，不能出去跑就在站里做好服务工作，编辑稿件，年轻的脑子活络的出去跑外联，年底按贡献大小决定奖惩。一碗水端平，大家也很服气，没有杂音。

记者站以前有许多坏毛病。文人聚集的地方，暗潮涌动，谁也不服谁。领导这样一个团队，确实劳心劳力。通过两年的整治，变得风清气正。

祥子终于可以松一口气了，两个孩子也逐渐长成，但他知道，未来的路还很长，前面是激流险滩，还是光明一片，他还真的不知道。但他既是“伟人”，应该不会被任何困难打倒的吧！

只是闲暇的时候，看着潇潇鬓边出现的几缕白发，祥子常常会感慨生活的无奈和艰辛曲折，但他从来也没有放弃过理想，仍然对生活充满了期待。隔三岔五的还会和梅子一起打打电话，聊聊文学。有时他自己也会写一点，抒发一下无可奈何的感情：

似水流年

你去了
云散了
烽烟不再起
风停了
雨住了
星星照我心
明月慰苍生

魔影复消逝
忧伤伴无言
瑞雪覆盖了丛莽
真情哪怕谎言

情易断
意难伤
浩浩莽歌溢梅香
浅浅淡淡入心房

回首来时路
天涯亦毗邻
披荆斩棘无所惧
一腔欢喜共仓皇

巍巍绝壁悬心凉
卿家芳踪早已殇
幽幽叹息如丝羌笛
丝丝缕缕入心房

愿上天
得重生

月圆之日追仙芳
撷手相伴返故乡

春阳浸染
江山碧透
和你牵手一路奔走
斑驳陆离无所忧

周末到了，心情郁闷的梅子约小薇、耗子逛街，傍晚的时候喊了祥子一起吃饭。耗子一会就喝多了，一边哈哈哈大笑，一边把几张纸甩给祥子，祥子捡起来一看，是阿飞的信，有点没头没脑的：

雨天的时候，我喜欢一个人窝在书房里，用毛毯把自己紧紧包裹住，虽然这不像一个大男子所为，但我就是这样一个胸无大志的人，我默默地活在自己的世界里，心里有诗在流淌，今生今世，虽然不能和耗子琴瑟和鸣，但我对她的思念却永远都不会停息，相爱纵然无缘，相思却能久远：

你好吗？我的朋友

在这无人的温暖的午后
四周静谧一片
辛劳的人们都在午睡
我一个人蜷在小书房
——桃心木的椅子上
闭目遐想

书房的窗户正对着
一株怒放的桃花
提醒这是美好的阳春三月
扑鼻的清香和蜜蜂的嗡嗡声
诱使我张开眼帘
双眼迷离中我却看见了你
清瘦的面庞

你还好吗？我的朋友
命运让我们天各一方

但我们的友谊
不因万水千山而阻断
茫茫人海中
我们相逢相聚却又分离
但我们的友情却冲破时空
随时光不断增长

哗哗流逝的是悠悠岁月
沉淀下来的却是那份
真挚的友谊
地久天长

你虽纤细
却傲然挺立
无论是多情的诗句
漂亮的文章
还是闲暇的欢乐
都是那样深刻隽永

纵然星光不再
清风已息
我们的友谊
依然绽放光彩

你所给我的微笑
那快活的欢愉的光芒
宛若那破云而出的
金色阳光
将永远照亮我的生命——
无论我是欢笑的日子
还是在经历着风雨

无论你在天涯还是海角
别忘了带着我的祝福
时光如流水——

带走人间一切烦恼
愿欢乐为我们停留

在心底深处
总有那么一丝牵挂
淡淡的却很疼痛
不知远方的你
是否平安快乐如昔

每一个清新的早晨
每一个疲倦的午后
每一个温馨的黄昏
每一个无眠的夜晚
都有我一个深深祝福
我的朋友啊
祝你快乐似云雀
幸福如海洋
一生平平安安

耗子,我时常回想起你的模样,二十多年过去了,再真挚的情感也抵挡不了时光的侵蚀,我只把你的微笑珍藏在我美丽的梦幻里。

想念一个人的滋味,怎么也无法说得清楚,那心房里就像长满了衰草,即使是微风轻微地拂过,也能引起哗哗的颤响,脑海里回荡着全是她的名字,全是她的声音,全是她的笑语,全是她所有的一切;想念一个人的滋味,总是呆坐在电脑前,对着屏幕发呆,屏幕上的以及身边现实的世界都已经消失不见了,脑海里却一遍遍反复地想着,此时此刻的她,在哪里?在干什么?

想念一个人的滋味,放下自己所有的矜持,听风起舞,让她飘向你,带走我所有的思念给你,看见天空中飞翔的鸟儿,多么希望自己能够插上翅膀,飞到你的身边,这就是我的快乐。想念一个人的滋味,抛开对任何事物的感念,一心一意的只是想你。深深浅浅的思念,都只为你而发。梦里,我伏在你的肩上,深闻着你的气息。醒来,窗外阳光明媚。但是你却不在身边。落雨的季节里,飘落的不止是缠绵如丝的雨线,飘飞的是我对你的想念。一滴滴的水花四溅在潮湿的台阶上,仿如我无声的泪水。时间也许能改变一切,但却改变不了对你的思念!

我常常一个人走在大街上，茫然不知所措。

记得我第一次看《阿郎的故事》是在大学期间，那时候心比天高，感觉没有什么事情是自己做不了的，每天都是和几个要好的同学到处逛。偶然的一次在电影院看这部电影。当影片快结束的时候，车手阿郎倒在血泊中，波仔奋勇跑向勇敢的爸爸的时候，罗大佑那低沉的，充满悲怆的声音开始慢慢响起，“我听到传来的谁的声音，是那梦里呜咽中的小河……”再也难掩自己的心情，眼泪夺眶而出。

今天下午，我独自一人穿过喧嚣而热闹的步行街，我不知道我在想什么，有人和我擦肩，也有人踩了一下我的鞋。然后我经过一家音像店，传来《你的样子》。我驻足，歌声似乎从四面八方汇流进我的耳膜，驻足、倾听，我又一次完整地听完这首歌。“不变的你，伫立在苍茫的人世中，聪明的孩子，提着易碎的灯笼；潇洒的你，将心事化尽尘缘中，孤独的孩子，你是造物的恩宠。”——我仿佛看到你决绝的身影，消失，然后又重现。

歌声冲击着我，我终于思念起你的样子来。

我曾经痛苦而绝望地爱着你，夏天、树荫、少女、游戏、呼唤、蓦然回首，抬起头凝望你的样子，那一刻的瞬间化作永恒，于是记住了你的样子。我明白所有的道理，我知道一切的努力都是徒劳，我清楚自己无法改变，所以不求有一天世间能出现奇迹。在每个旭日初升的清晨与星光灿烂的夜晚，你的样子终将随时间淡淡而去，但那份刻骨铭心的感觉将永远埋在心间。也许多年以后，我依然会如今天般平静和沉默，我在《你的样子》的旋律中迎来一个又一个新的一天，无望而执着地期待着耳边传来那熟悉的声音，眼前出现那孤独的样子。

此去经年，你的样子也许会渐渐模糊，如果有一天你见到这些文字，希望你明白你所拥有的其实比你知道得更多。

重听《你的样子》，才明白，那其实是一个哀伤的开始。

我絮絮叨叨终身放不下的依然是对耗子的情感，这不知是我的悲哀还是耗子的无奈。

你永远的阿飞　某年某月某日

祥子费力地看完阿飞洋洋洒洒的信，深深地叹了一口气：

“可怜的阿飞，这辈子算毁在耗子手里了。”

“说的是什么话？他现在不活得好好的吗？还娶了个年轻老婆呢。”耗子不服气地反驳。

“但他的心里永远有个伤口。”祥子翻翻白眼。

梅子向耗子投去爱抚的目光：

“其实耗子也没错。这世间什么事都可以将就，就是感情的事不能将就，爱就爱了，不爱就不爱，没办法强求的事。强扭的瓜不甜，这是他的命，怪不得谁。”

几个人唏嘘感叹一番，各自回家。

第三十五章　如诗如画　享受生活

“懂得善待才能相守，珍惜当下才配拥有。”

梅子心绪复杂地到经贸局上班。毕竟是荒废了多年的业务，刚开始的时候和报表数字打交道，确实感到头疼，但好在梅子遇到了一个好人。运行科的骨干钟伟，这是一位精通业务，怀才不遇的中年人。梅子慧眼识珠，给他以极大的信任和尊重。人都是有感情的动物，你敬我一尺我敬你一丈，很快梅子得到了老钟的信任。他把自己在经贸局多年的经验和教训悉数告诉了梅子，梅子很快上手了业务，对自己分管的工作也越来越得心应手。梅子感谢老钟，也处处维护他，他们不仅是上下级关系，也成了无话不说的朋友。

工作紧张而有序。

三月底，梅子邀请好友黎黎一家来家做客，黎黎答应了。梅子激动得一夜没睡，第二天放下手里所有工作，在家打扫卫生，务必要给黎黎一家一个舒适良好的印象。

梅子刚毕业的时候还是时刻都能知道黎黎的动态，两人联系也很紧密。

黎黎毕业后顺理成章地留在了楚城。凭借钱老师家在楚城的人脉，很快为她安排好了工作，在别人还在为找工作犯难的时候，黎黎已经笑眯眯地坐在食品工业大学的办公室里了。

黎黎的教学工作很轻松，每周给食品系的大专班学生上两节课，其余时间都是自由的。工作第二年，兼了学校的团委书记，因为她能歌善舞，把学校的文娱活动搞得有声有色，深得领导信赖。

这年的五一节，黎黎和钱老师结了婚，当时梅子到北京旅游去了，没来得及参加他们的婚礼，这件事梅子一直深感愧疚，随后也就和她失去了联系很多年。但梅子一直坚持每年春节都寄明信片给她，倾诉牵挂之情，可梅子忽视了一件事，每次自己都没有写落款，导致黎黎不知道回信要寄到哪里去，阴差阳错地失联了很多年。最后梅子找到楚城工业大学，才解开误会，这一蹉跎就是十来年，每每想起，两人都不胜唏嘘。

黎黎的新家坐落在美丽的桃花岛边上，背靠桃林，面向废黄河。每到春天，桃花开的季节，礼拜天节假日，黎黎最喜欢和钱老师到桃林散步。

从远处看，一棵棵桃树就像一把把张开的大花伞，走进去，林子里遍地都飘着凋谢的桃花瓣，就像一片粉色的地毯。穿梭在桃花林中，闻着淡淡的花香，感觉来到了传说中的世外桃源。

那些刚打苞的，犹如一颗颗小红豆，可爱极了。在树上蹦啊跳啊的；快开放的，又似一朵朵红得欲滴的草莓，让人口水直流三千尺。可是没等你伸手，它仿佛迫不及待地展现出全部的美丽——它就要灿烂地开放了。

有的才展开了两三片花瓣，好像一个刚睡醒的小娃娃；还有的只是一个小花苞，它们鼓得好像轻轻一碰就会爆破一样，像一个还在熟睡中的胖娃娃，娇嫩欲滴，很是可爱！

一阵轻柔的微风吹过，含苞欲放的桃花，如同害羞的少女，顿时被唤醒起来。

那些桃花，在阳光下，清风吹拂着它的花瓣，那些美得令人惊异的花瓣就随风散落，有的在风中摇曳着；有的在家前屋后打转着；有的在他们身边徘徊着，似乎不愿离去。

朵朵桃花就像一只只优雅的花蝴蝶，伸展着婀娜多姿的身材，扑打着翅膀，像一位成熟的舞蹈家慢慢坠落。让人目不暇接，神迷意醉。

桃花盛开密集的地方，桃花挨挨挤挤，一簇一簇的开满枝头，散发着淡淡的清香。粉红色的花瓣，黄黄的花蕊，真是美不胜收了！

鸟儿在舒展着翅膀，花儿开始斗艳，废黄河边，风舞花飞柳依依。世界变得如童话般的美丽。

身临其境地陶醉在这美景之中，真像到了一个人间仙境。

每每这时候，黎黎就会痴痴地对钱老师讲，将来要生一个像桃花一样美丽的女儿。淡雅的粉红的乖巧的像精灵一样的小女儿。也许是花神听到了她的祈祷，果然让她得了一位聪明可爱漂亮的女儿。黎黎倾其所有地宠爱着她，让她生活得幸福快乐。但唯一不满足的是，钱老师是家里唯一的男孩，父母有点重男轻女，特别是婆婆，颇有微词，但好在钱老师爱黎黎至深，丝毫不受母亲影响，并未给黎黎心理造成任何伤害，也许上天对黎黎格外青睐，让她遇到钱老师那么好的人。钱老师对她的爱，是海枯石烂，至死不渝的。在学校的时候就是学校公认的阳光明媚的一对璧人。钱老师不但人长得高大英俊，性格也温柔儒雅，是当时许多女学生的梦中情人，只可惜黎黎朝他身边一站，其他人都没了脾气，自惭形秽，退避三舍了。

钱老师后来辞职下海，当了老板，钱赚得多了，却没有染上社会上的恶习，男人有钱就变坏在他这里没市场，他还是把黎黎当公主一样捧在手掌心里，藏在心窝里。

楚州的几所大学合并以后，黎黎调到楚城工业大学，就是“狗不吃”所在楚城工专的前身。工作以行政为主，兼任学校团委书记。带的课少了，但由于她扎实的功底和多年的努力，一步步从助教、讲师、副教授走到了教授，其间付出的汗水和心血也是难以想象的。黎黎是一个凡事认真的人，她每一步都走得非常踏实，散发奋斗和努力的芳香。

梅子有一次去楚城公干，顺道去看望她，当看到风姿绰约的黎黎，梅子不敢相信地瞪大了双眼，低头看看自己臃肿的身材，暗骂自己真是一个吃货，怎么把自己吃成如此不堪的大胖子，和浑身轻盈娇俏的黎黎站在一起，感到非常自惭形秽，乃至黎黎招待的美味佳肴都觉得索然无味。好在梅子只是一时感慨，回家后该怎么吃还是怎么吃，真是吃性不改，及至现在，无论到什么场合，举目一望，自己还是所有女子中的"佼佼"者，当然是指肥胖了。梅子曾经和家人玩笑，每到一个地方活动，梅子第一件事就是扫视一下全场，看有没有比自己胖的女子，如果有，会开心许多。走在大街上，看到一个比自己胖的女子会觉得亲切许多，成了大家打趣的笑话。

当黎黎看到又白又胖的梅子，非常不客气地批评：

"要死了，你怎么把自己养得这么肥呀？这样子是不行的，身体会出毛病的，老了三高就找上身了，赶快锻炼身体呀。要懂得爱惜自己。"梅子答应得好好的，可惜就是不长记性，所有的豪言壮语在美食面前都立刻土崩瓦解。

黎黎就在钱老师的宠爱和女儿傲娇的笑声里快乐幸福美丽地生活着。

农历三月二十九日这天也是梅子的生日。不知黎黎还记不记得？梅子默默在心里想着，在"狗不吃"三年，黎黎都会和梅子一起过，到北京路上的阳春面馆吃一碗青菜面，里面卧两个鸡蛋。

黎黎一家应邀到梅子家做客，晌午时才到，果然，一进门黎黎就给了梅子一个大大的拥抱：

"生日快乐！"

果然！黎黎还是记得梅子的生日！梅子的眼泪一下子就出来了。不管过去了多少年，她的黎黎，还是那样一如既往地关心她，记挂着她的。

"你看你看，你都把梅子惹哭了！"钱老师嗔怪黎黎。

钱老师四十多岁的人了，还是小心地看着黎黎的脸色说话，唯黎黎马首是瞻，真真羡煞旁人。只能感叹黎黎的运气真好，遇到一个这么疼爱她的郎君。

"没事！没事！我是高兴的。"梅子赶紧摸了一下眼睛。

黎黎一家把梅子家参观了一遍。钱老师很喜欢梅子家后院里的小水池，里面养了几尾红色的小金鱼，睁着圆鼓鼓的眼睛，自由自在地遨游。水池边有一排石凳子，夏天可以坐在旁边观赏小金鱼。梅子没事的时候就会坐在凳子上，放空心灵，许多小诗的灵感都在此时产生。小院子里有一棵开红色花的牡丹，正在怒放，有几只小蜜蜂也不怕人，在花蕊上采蜜。旁边还有一棵小小的芍药，青柠柠的，还没打花骨朵。传说牡丹是小姐，芍药是丫鬟，所以花期比牡丹迟，随侍在侧。梅子最喜欢的就是那棵桂花树了，每到八月，桂花开时，满园香气，飘进房间，楼上楼下都感到香气扑鼻。美丽的小花园给了梅子无数灵感，她的许多篇奇巧的散文诗歌都是得益于此。

梅子约了祥子耗子小薇到家里来陪陪黎黎。耗子一进门就抱住黎黎转圈。

“耗子，快放下来，不年轻了，转不起了。”黎黎大笑。

梅子的老公带大家到街上饭店吃饭，他嫌弃梅子厨艺不精，其实也是心疼梅子，这么些人，在家做饭，再刷锅洗碗，那不得把梅子累死。也是为了好好招待黎黎一家，挑了新阳城最好的饭店。菜是耗子点的，花了梅子半个月的工资。

闲聊中，说起了在楚州的几位女同学。

媛媛毕业后没有回孙悟空的老家，欧阳家动用关系把她留在了楚城，人寿保险公司。报到的时候就被安排在办公室负责文秘归档管理工作，既惬意又轻松，不用像其他保险人员每天像蜜蜂一样到处飞，出去联系客户。上世纪九十年代，保险业是一个新兴产业，老百姓的认可度不是很高，那些保险员做到一单业务不知道要跑破几双鞋，磨破几次嘴皮。还要看客户的脸色，吃人家的言语，实在不是人干的活。

梅子清楚记得自己一份几百块钱的保险，业务员跑了四趟才搞定。那个时代的人对什么都好奇，对什么也都怀疑，不太敢大手大脚地随随便便就去买保险，对那个东西不太信任。所以保险员的工作是辛苦的，没有保底工资，靠业绩拿提成。每天天不亮就起床，跑到单位会议室集中学习。

而媛媛完全不用这么辛苦，她的工资还按业务员的最高工资拿，人比人气死人吧。

媛媛人长得可爱，又有欧阳家大伞罩住，自然没人敢给小鞋穿，工作一帆风顺，一直干到经理。

值得一提的是媛媛的婚礼。媛媛在毕业第二年的五一节那天和欧阳举行了盛大的婚礼。当时楚城“狗不吃”的同学大都出席了婚礼。媛媛清高孤傲，欧阳家在楚城算得上高干，大家原本以为媛媛不会请同学参加婚礼，但有同学知道了，大家相约一起去了，毕竟同学一场，大家都很愿意见证她的幸福。

媛媛在老家出嫁，婚礼在楚城有名的楚州饭店举行。欧阳的朋友们开着二十辆豪车，浩浩荡荡地从滨海开到楚州饭店门口，围观的人数以万计，阻塞了交通，毕竟这样大的阵势谁见过？狠狠地让女同学们心动了一把。梅子想到自己一辆吉普车、一辆 2000 型轿车带嫁的婚礼，不由莞尔。

媛媛“下轿”的时候穿的是白色的婚纱哦，娇小玲珑的身子穿着洁白的礼服，化了浓妆，圆圆的眼睛更大了。真像一个精灵。欧阳也穿着一身白色的礼服，两个人站在一起，一个高大威猛，一个小巧剔透，就像一对金童玉女，十分养眼。进入饭店，媛媛的父亲亲手把媛媛交到欧阳手上，本想说点什么，但老人家太激动了，最终什么也没有说。欧阳安慰地拍拍老丈人的肩，信誓旦旦地说：

“您老放心吧，我会永远疼爱媛媛的。”

"好！好！"媛媛父亲含在眼里的泪终于滴了下来。

交换过戒指后，两个人开了香槟，完全是今天现代婚礼的范，媛媛的小脸红扑扑的可爱极了。

敬酒的时候，媛媛换了一身红色的新娘喜服，中式的，把她那娇小的身材衬托得更是曲线玲珑。女子在结婚这天是最美的一天，媛媛结婚这天更是美得没话说。

婚礼结束后，大家各自回家，各找各妈，各自开始自己平凡的生活，而媛媛的幸福生活则展开新的一页。一年后媛媛生了一个白白胖胖的儿子，一直过着锦衣玉食的公主一样的生活。

而同在楚城的样子也和媛媛有异曲同工之处，只是样子事业心很强，事业上成就很大。

样子毕业后分到楚城建设银行，她的母亲也是楚城大咖，铁腕人物。样子在银行干了两年，觉得枯燥无味，家里动用关系把她调到市统计局，一路过关斩将，干到局长职位。

样子在校时话虽不多，但说话一板一眼，看待问题很是透彻，处理问题更是滴水不漏，颇有大将风度，所以她能做上局长一点不奇怪。

样子的老公在银行工作，这也是样子改行的原因之一，她不想一家两口子都在银行。她老公是高"狗不吃"一届的"机八六"的学长，也算是知根知底，他们婚后育有一子，已长大成人。

样子在"狗不吃"的时候是个胖胖的姑娘，婚后注重养生保健，加上做了领导，前呼后拥的要保持形象，她决心减肥。在毕业 10 年后，有一次到新阳城来找梅子、小薇、耗子玩，完全像变了一个人似的，变得苗条秀丽，甚至比十年前做姑娘时还要漂亮。梅子羡慕得要死，自己从生了儿子后就拖着多余的几十斤肉，每年夏天辛辛苦苦减肥，瘦个十来斤，夏天一过，秋风凉爽，口味大增，两个礼拜之间，把一夏天辛苦减下来的肉都还回去了。说穿了，就是没毅力，管不住嘴，迈不开腿，又懒又馋。梅子常常想，这辈子都要和这身肉为伴了，自己真的没本事把体重降下来。实在是放不下各种美食呀。想想小时候想吃都没得吃，现在有吃的，还要忍饥挨饿不吃，到底为了什么？难道就为了多过那几年？梅子的思想很开化，想得通，如果为了多活几年要忍受几十年少吃的辛苦，还不如随它去！人生死有命，富贵在天。阎王让你三更走，不会留你到五更。还是做个饱鬼比较好。

样子就那样美丽地活着，越活越年轻，越活越美丽，越活越精彩了。

酒足饭饱后，耗子提议去歌厅 K 歌，梅子怕吵，不喜欢歌厅震天的音响，提议去茶吧喝茶。还是钱老师善解人意：

"天不早了，今天就算了，梅子她们也累了，我们还要回去，明天还有事。等下次再来的话，一定陪小耗子唱歌。"

黎黎连说："好好好！"

虽然耗子有点意犹未尽，但梅子确实有点累了，两天激动得像打了鸡血，就没怎么睡，现在吃饱了，突然就很困，老公看到了梅子的神态，赶紧和钱老师握手：

“招待不周，请多多包涵！欢迎下次再来。”只可惜以后他们再也没有来过。

送走了黎黎一家，小薇她们也各自打散，梅子和老公一起回家休息。晚上孩子们还要回家给梅子庆生呢。

第三十六章　万里有缘　相遇南宁

“人生就像一幅长长的画卷，你很难一眼看到尽头。只要相信自己，总会遇到惊喜，因为每一份坚持都是成功的累积。”

“祈求生命中的平淡不仅是洞彻之后的返璞归真，它更是生命起承转合下的自然状态，就像天地万物的生长，虽境遇不同，姿态各异，却能在平淡的环境下各自绽放出夺目的绚烂和非凡的力量。”

就在黎黎看望过梅子以后，梅子定下心认真工作。

由江苏省经信委组织的“江苏产品万里行”南宁展销会将于11月13日在南宁国际会展中心开幕。

梅子作为分管工业经济的副局长，当仁不让地带队参加，局长还派了一个刚大学毕业的女孩子小姜和她一起做伴，运行科老钟和三家企业一起带着各自产品样品，自行前往，到南宁会合，参加展销。

9日早6点，梅子和同行的小姜一起乘车前往南京禄口机场乘12点20分的航班前往南宁。

由于起得较早，包括送她们的师傅都没来得及吃早饭。高速上有雾，其间还有一次小小的堵塞，她们心急如焚，生怕误了航班，好在有惊无险，经过3个多小时的车马劳顿，终于在10点半前到达禄口机场。三个人下了车脸上都没了血色，苍白得怕人。匆匆在机场快餐店喝了点粥，吃了一点点心，换登机牌，托运行李，紧赶慢赶，刚好赶上安检时间，顺利通过安检，进入机舱，找到位置坐下，一颗紧绷的心才轰然落地。飞机开始在跑道上滑行，闭上眼，体会飞机徐徐上升时那失重的痛苦的感觉，还有它冲天而起时的激越的情绪，梅子作为一个善感的女子，感受到的复杂微妙的感觉真是妙不可言。

这是梅子长这么大第一次坐飞机。飞机在跑道上滑行的时候，梅子觉得痛苦不堪，耳膜撕裂一样的疼痛，头嗡嗡作响，意识都有点不清楚。及至飞机拉高冲入云霄以后，症状慢慢缓解，飞行了十几分钟，人才觉得恢复了正常。梅子和邻座换了位置，坐到靠窗的位置，从窗里看外面的世界。

飞机平稳地在天空中翱翔，但遗憾的是一直到南昌，天空中都下着毛毛细雨，舱窗外灰蒙蒙一片，丝毫不见苍山大地。到南昌机场稍事休息半小时后，飞机重新跃入长空。正在梅子微闭双眼，为不能看见蓝天白云、山川河流而暗自郁闷之际，耳边传来小姜一声惊呼：

"梅局，快看，好美！"

梅子猛然睁开双眼，探头到舷窗边，目力所及的美景，让梅子瞠目结舌，叹为观止！真是十里之外不同天呀，刚还雨雾连绵的天空，眨眼之间，阳光灿烂。飞机先是在云层下飞行，极目所见，大地一片苍茫，村庄、河流历历可见，但是小若蚊蚁，山川连绵起伏，一望无际，大河像一条蓝色的玉带，骄傲地横亘在广阔的大地上。能见度很高，飞机呼啸一声跃入云层上空。

梅子倒抽一口冷气，简直不敢相信自己的眼睛，传说中的神话世界就呈现在眼前：大朵大朵的白云，像一个个棉花圈，形态各异，有的像猫，像猪、像狗、像羊、像拳头、像手掌、像婴儿……惟妙惟肖，妙趣横生，层层叠叠，无边无际，蓝色的大海像神秘的蓝色妖姬，若隐若现。

梅子脑海中一连串神话汹涌浮现：恍然觉得死板教条的唐僧、聪明勇敢的悟空、贪吃憨厚的八戒、勤劳善良的沙僧、可爱调皮的哪吒、仗义多情的小白龙、慈眉善目的观音……大批神话人物，一股脑儿挤进梅子的大脑，各种故事交替出现，顷刻之间，她觉得头都大了。天呀，真的觉得他们就好像躲在云层后，随时都会走出来和自己相会！

正在千奇百怪的想法在梅子头脑中交战之际，南宁吴圩国际机场已近，乘务员清亮的声音响起，提请大家注意安全，飞机已开始下行滑落的声音打破了梅子的梦幻之旅。梅子赶紧收回心思，检查好安全带，再次体会飞机在跑道上滑行时的撕裂耳膜的痛苦。待飞机停稳，随大家鱼贯走出机舱，双脚已坚实地踏在南宁的大地上了。

南宁是广西壮族自治区的首府，与越南社会主义共和国毗邻，是红豆的故乡，古有"红豆生南国"之说，也是一座历史悠久的边陲古城，具有浑厚的文化积淀，是一个以壮族为主的多民族和睦相处的现代化城市。居住着壮、苗、瑶等 36 个少数民族，总人口为 666.16 万人，其中市区人口为 344 万人，别称"绿城"，又叫凤凰城、五象城，分别因市内有凤凰岭、五象岭而得名。位于北回归线以南，阳光充足，雨量充沛，霜少无雪，气温温和，夏长冬短，年均气温在 21.6 摄氏度。

她们到时温度是 28 摄氏度，坐在开往宾馆的出租车上，感觉到热浪一阵阵扑来，汗湿了穿来的厚厚的毛衣。司机是个热情健谈的小伙子，四十分钟的车程，侃侃而谈，向她们毫不吝惜地展示南宁的风土人情。南宁，是个环境优美，适合人居的绿色城市，空气质量位于国内省会城市前列，素有"中国绿城"之称。美丽的景观天赋，独特的区位优势，使南宁成为中国——东盟博览会的永久举办地。

南宁的国际民歌艺术节，也使南宁的人文景观魅力四射，被海内外誉为中国通往东南亚的黄金走廊。南宁历史悠久，古代属于百越之地。元朝泰宗元年（1314年），中央政府为取南疆安宁之意而定名为“南宁”，南宁由此得名。1958年广西壮族自治区成立，南宁为首府。南宁旅游资源丰富，北连桂林，南接北海，构成了广西的黄金旅游带。壮丽的边关风景，浪漫的海滩风貌，迷人的异国情调，星罗棋布的灵山秀水，古朴悠远的古迹故址，山、水、人情，构成了南宁多层次的旅游景观。

不知不觉到了宾馆门口，天已黑尽，华灯初上，如梦如幻，彰显南宁夜晚神秘的异彩。

简单吃了晚饭，已累得筋疲力尽，洗刷完毕，倒头就睡。一夜无语，第二天安排好展会有关事宜，决定随团到桂林一游。

11日早7点，旅行社的面包车来接梅子她们到火车站转乘大巴。

一路行来，看到大街上车辆行人井然有序，整个城市感觉清爽、干净、整洁。市区的绿化树大量选种果树，“果树上街”是南宁的一大特色。木棉花、紫荆花、紫薇花、凤凰花……“十树九开花”。

市花朱槿花，四季常开，姹紫嫣红，芳香四溢。在宁桂高速上颠簸了5个小时，因为路两边花团锦簇的美丽，丝毫不觉得枯燥乏味，尤其是那凤凰花，金色的，成片成片扑面而来，心都醉了。

下午近1点钟，刚到桂林，梦幻中的“桂林山水甲天下”的美景就要呈现，内心真是压抑不住地激动，但遗憾的是桂林的城市风貌和想象中的相去甚远，基础设施等硬件较差，房屋比较破旧，道路损坏较多。可能和熔岩地貌有关，市内没有超过5层的建筑，饮食、卫生条件远不如南宁，内心多少有些失望，但想到能一饱青山秀水，这小小的失望也很快荡然无存。

桂林位于广西东北部，是世界著名的旅游胜地和历史文化名城，地处漓江西岸，以盛产桂花、桂树成林而得名，典型的喀斯特地形构成了别具一格的桂林山水。

行程的第一站是乘船游漓江。漓江风光尤以阳朔为美。

虽然现在是枯水期，好在她们去时刚下了一场雨，船行自如。“群峰倒影山浮水，无山无水不入神。”江水清澈透明，绿得欲滴。俯首看去，江水泛着细细的涟漪，玉塔微澜，水色晶莹剔透，加之两岸竹林婀娜多姿，山水相映成趣，怎么看都是一幅长长的山水画，厚重中透露着灵动之气，真是“自行碧波上，人在画中游”。

站在船头，凭栏望去，漓江上烟波浩渺，令人神思不知所往。

冥冥间，在历史的轮回中，梅子仿佛看到了刘三姐当年对歌的地方，几百年的古树，枝繁叶茂，渔舟在水中欢快地游走，人们在田间辛勤地耕种，播撒着收获的希望。往近处一望，金发碧眼的外国朋友也来助兴，言语中满含惊喜，欢声笑语不断……梅子情不自禁地想到王昌龄的名句：

“留君夜饮对潇湘，从此归舟客梦长。岭上梅花侵雪暗，归时还拂桂花香。”

两岸奇山异景，非拙劣的笔墨所能尽述。

桂林的第二站是游聚龙洞。一个小时在山洞中穿行，你不得不感叹大自然的鬼斧神工。千奇百怪的钟乳石，形象逼真的人物、花鸟造型，令人叹为观止。一片片惊叹声不时从游客口中爆发。梅子忘记了洞中空气厚重的不适，全然感觉不到气闷的难受正一阵阵袭来，随着导游的讲解，渐入佳境。梅子无法一一尽述所见美景。随后还参观了大榕树、月亮山、遇龙河等等，只能一言以蔽之：桂林的山水出神入化到了极点，使她们真切地领略到了桂林山水的秀美！

天黑之前，她们结束了所有游程，乘晚 19 点 30 分的大巴回南宁，不幸的是，由于宁桂高速堵车，直至凌晨 4 点才到南宁宾馆，也算是对享受了极美山水的一个小小的反面诠释吧！

世上事总是这样，在你觉得毫无悬念、平静无波的时候，往往有惊喜在等着你。

12 日吃过早饭，梅子在纠结了要不要和旅行团一起到越南参观后，作出决定，工作要紧，况且没有签证，如果去了越南回不来怎么办？想想都觉得恐怖。抵制住了诱惑，虽然明知以后也不可能有机会去越南，还是放弃了这次机会。老老实实和小姜一起到会展中心去。

一路走的时候，心里突然“咚咚咚”地猛跳了几下。梅子有一种异样的感觉：

“小姜，我有一种奇怪的感觉，今天或许有奇遇呢！”

“啊！不会吧？”小姜觉得梅子这话说得像个孩子。

“呵呵呵！也许吧！”梅子摸摸下巴笑了。

刚走到会展中心门口，有个人轻轻地在梅子肩上拍了一巴掌。

“谁呀？”梅子猛地回头，瞪大了眼睛：

真个老天呀！居然是老同学魏子。

虽然二十年没见了，魏子的模样并没有大变化，只是看起来有些苍老，头发有些花白，而且没有多少了，眼角也有了些许的皱纹。

梅子激动地和魏子握手，一迭连声地问：

“魏子呀，你怎么到这儿来了？”

“我还想问呢！你怎么也到这儿来了？”

“我在经贸局工作，带人来参加产品展销的。”

“哦！这样啊！我是把自己的产品拿来展销的。”

“你做了老板？什么产品？”

“什么老板？混口饭吃。”

“别谦虚呀！说呀！”

“走吧！这里不是说话的地方。太吵了，我们到门口茶座里说。”说着他吩咐同来的小年轻到摊位上去。

小姜是梅子的小尾巴，自然是跟着梅子。三人走了不远，就有一个茶吧，因为是早饭不久，人不多，很安静。三人每人点了一杯果汁，听魏子娓娓道来：

我在浙江利好家具城有自己的门市。这次是应街道办要求，代表地方选送红木精品参加展销会。等有空你去看看我们的家具，很美。

我现在的生意做得还可以，主要经营红木、楠木原木买卖和家具生产。实力也算雄厚，资产过亿。所经营的金丝楠木，质地温润柔和，纹理细腻通达，阵阵幽香，具有醒脾化湿、去疾除患、调养生息、驱凶辟邪、招财纳福的功效。

生意做得越大，越感孤独。身为游子，故土难离，钱赚得再多，也难掩思乡之情。我总想着等再干几年，就要收缩生意，搬回老家。叶落归根，一天天年纪大了，想家想得要命。

“你这才几岁，早着呢！”梅子赶紧说道。

“你别打岔！听我说。”

梅子沉默。

1990 年 8 月，我分到了泗县人造板厂，厂长看我会写写画画，就把我留在办公室，负责一些文书之类的事情，还有各种文件上传下达，偶尔给他出谋划策，但有时也竟让我推平板车，帮他收衣服。

表面上我是厂长身边的红人，可是干的是得罪人的活，手无缚鸡之力，竟对付一帮有资历又世故的各级干部，还有几个全县尽人皆知的痞子在厂里混，处处给我难堪，我整日提心吊胆过日子，真是怕事有事，原本就苟延残喘的企业，被厂长书记一贪，很快倒了。

厂里突然就停产了。国家政策放开了，一大部分国企将关停并转。人造板厂说停产就停产了，没给大家一点心理准备，停产后所有人就下岗了，后来我看实在可惜，就联系了几位同事，到厂长办公室，我说：

“厂长，车间停产是什么原因？”

厂长说：

“没流动资金。”

我说：

“你承包给我好了，我来想办法，我上交你场地、设备折旧费用。”

厂长当即拍板：

“好！”

后来我们几个拿出自己所有积蓄和亲朋好友支持的钱，就承包了一个生产车间，一年后，不但个人工资翻一倍，几个人还赚了几十万，厂长看了眼红，以县政府要求集体整租（包）的形式，不准切块承包，又重新收回，气得我想与他打官司，结果官司还没打，厂长因贪污被捕了。

人造板厂是不能待了，我是此地不留爷自有留爷处，我自己一狠心办了个木材加工厂，头一年承包分到了十万元利润，我拿这笔钱自己办了一个小厂，买了两台切板机，做简单的璇板，自己做老板。

加工厂就在我的家乡李口，招收员工五十多人。随着县里木材公司的倒闭，我们的小加工厂迅速发展壮大起来。

2002年前后，板材加工生意特别红火，一块板皮三块七八毛，只要有原料，昼夜都可生产。璇板机上两个人，一个负责把原木放在切口，一个负责把切好的板皮拖出。板皮璇出来后，有一部分工人负责补板，把那些在璇切过程中损坏的一部分板皮补起来，一部分人负责把好的板皮放在空地上晾晒，空地上竖起一排排整齐的架子，板皮靠上去，一行行排好，好天时两天就可以装车，有固定的厂家收回再做深加工，有多少收多少，供不应求。感觉当时的钱特别好赚，每天晚上都能有大把的钱进账，一年下来，刨去工人工资、机器损耗等成本，净赚一百二十万元。

但办厂也有压力的。原料跟不上，还有收木材的工人必须精明的，一棵杨树能够断成几节，必须一眼看出，一节木材能够璇多少板皮也应该有数，责任心呢那必须强的，稍微懈怠，不留神收到空心木、坏木，就璇不到板皮，就要亏本。还有最怕的就是阴雨天，板皮没干，又没处存放，只能在雨地淋，再晒干的时候就会变黄，价格就会大打折扣，还有补皮的工人不能生坏心，补不好的皮子经过几番折腾，拖到大厂里的时候，补过的地方就要脱落了，就要被压价。所以，看似简单的粗加工，也有很多技术含量的。

我们中国有个很好的“优良”传统，就是喜欢“跟风”。大家看干一样事情赚钱了，马上一窝蜂涌进去都干那个，等撑散了，亏本了，不赚钱了，大家作鸟兽散，再一窝蜂地干另一样事情。看到木材加工赚钱了，一个个的加工厂迅速办起来，竞争加剧了，原材料供不应求了，每年成熟的杨树木是有限的，僧多粥少，利润空间越来越小。在加工厂办了三年后，我当机立断，迅速关了企业，把机器设备转让给别人，十万元买的设备，居然转了七万，还被自己用了三年，也算赚得盆满钵满。

木材加工厂转让了以后，我在家休息了一段时间，给自己好好放了个假，休息好了，感到自己也不能坐吃山空呀，遂打起行囊，外出考察。在做木材加工的时候呢，我就是个有心人，得空也到处走走，充分了解了一些市场行情，觉得随着人们生活水平的提高，对生活质量要求越来越高，对居住环境，家居装饰的要求也越来越高，档次逐步提升。在大中城市，稍有文化层次的人家讲究文化底蕴，古典唯美的要求越来越强烈，而最能代表古典美的家具不外乎红木家具，这是一个很好的商机，我决定倾尽所有在浙江搞一个红木楠木家具厂，顺带经营红木楠木买卖。刚开始的时候压力非常大，人生地不熟的，搞企业不是一句话就吹得起来的，找厂房，进设备，招工人，进原料等，很多事情不一而足，忙得我焦头烂额，头上的头发大把大把地掉，老婆也辞了原本不错的事业单位的工作，跟着我一起打拼，还带着正在上小学的儿子。

皇天不负有心人，经过一年多的打拼，企业终于走上正轨，投出的资金逐渐回笼，我也终于可以睡个安稳觉了。但好景不长，两年后，由于在别人的地盘上讨食吃，诸多不便，出了任何问题，都要亲力亲为，求哥拜姐，难，太难了。其时正好当地有一老板看好了我的地盘，千方百计，明里暗里挤对我。我和老婆商量，找朋友出面，和那个地头蛇商量，按不低于市场的价格将加工厂转让给当地的这个老板，好在资金全部回笼，小赚了一点，两年也没有白忙，而且加工厂新老板答应以后我如果卖家具，他厂里的家具按出厂价给我。我觉得很划算，遂和老婆商量，在家具城里租了个门面，专门卖红木、楠木家具，捎带卖一些红木、楠木小原木，专门给人做雕刻用，进货渠道就是转让的家具厂，也省很多事。从那以后，我们一直在家具城卖家具和小原木，头几年生意十分红火，狠赚了一把，近几年由于红木家具热过去了，卖家具的也增多了。竞争逐渐激烈，利润空间大幅度下降，只在勉力维持。

我这辈子不想大富大贵，过着小康生活，父慈子孝就行了。我这辈子最大的遗憾是没有成为画家，为生活所迫我放弃了自己的爱好，我想等我干不动了，再把它拾起来，给自己画一幅心仪的画，画我半生的漂泊，给我背井离乡的生活画个圆满的句号。

魏子说完，长叹一声。摸着为数不多的毛发，感慨万分，说是简单，又有谁知道“独在异乡为异客”的辛酸和无奈？

“你真了不起！”

梅子还是忍不住又说了一句：

“你没做画家真是可惜了。”

“唉！一言难尽，无可奈何呀！”

随后魏子也询问了梅子的生活工作情况，感叹：

“还是你好呀！旱涝保收！国家养着。”

“得了吧？好什么？过着吃不饱饿不死的生活。哪里像你大把花钱，大口喝酒，大口吃肉的。”梅子开玩笑。

“唉！家家有本难念的经。你不知道我离乡背井受了多少罪，吃了多少苦。有今天的成绩，是我用头上浓密的黑发换来的。走吧，去我摊位上看看。”

随后梅子和小姜随魏子到他的展位上参观，那些红木家具极尽奢华，梅子用手慢慢抚摸，试探着问：

“整套沙发多少钱？”

“十万。”

梅子当场晕了，“乖乖！买不起呀。”

看了一圈，梅子还要到自己人的摊位上看看，遂和魏子握别：

“魏子呀，钱是赚不完的，身体健康最重要，有时间回去找老同学玩玩。”

“好的，你也多保重。”

第二天是最后一天，各人匆匆忙忙收拾东西回家，梅子再也没有看见魏子。

第三十七章　纵身一跃　直上云天

“钱离开人，废纸一张；人离开钱，废物一个。鹰，不需鼓掌，也在飞翔；小草，没人心疼，也在成长。深山的野花，没人欣赏，也绽放芬芳。”

从南宁回来后梅子再也没见过魏子，虽然两人的老家不过百里，但每个人都有自己的生活，谁也顾不上谁。

梅子再见群哥也是多年以后的事了。

2012 年 12 月初，梅子和同事刘笑到北京中国人民大学参加为期十天的投融资策略研修班学习。报到的当天晚上，梅子和刘笑到世贸天街闲逛。正在看着美轮美奂的天街美景狂呼高叫之时，一身休闲冬衣的群哥出现在视线里，梅子简直不敢相信自己的眼睛。使劲揉揉眼睛，惊疑地问：

“你真的是群哥吗？你怎么跑到首都来了？”

“一言难尽呀……”群哥叹息，“你怎么也跑到北京来了？你来北京干吗的？住在哪里？明天晚上请你吃饭。”

“我来学习的，住人大宿舍。”

“好！到时去带你。我有急事，先走了。”群哥挥挥手，潇洒离去。

出生樊哙之乡的群哥却没有樊哙的运气，既然做不了大将军，做个商人也不错，可惜他命运不济，毕业分配在郏州轧钢厂，企业正处于风雨飘摇时期，半停产状态。

1990 年 8 月 14 日，群哥骑着自行车一路吹着口哨，信心满满地来到离家三十里的轧钢厂报到。一进厂门，心里就凉了半截，只见厂里到处堆着半成品的钢材，乱七八糟的无人管理，厂区三三两两的工人猫在墙根打牌、吹牛，道路两旁杂草丛生，垃圾遍地，一片萧条景象。

满怀希望的群哥像一瓢冷水浇下头，胆寒地来到厂长办公室，厂长正和几个副手在打八十分呢，输了的脸上被贴小纸条，厂长脸上被贴了两条，群哥喊了一声：

“厂长，我来报到了。”

厂长激战正酣，正在输牌，恼火着呢，压根不想理人。

“厂长，我是楚城工专毕业，刚分配来的，我来报到了。”

等了半天，群哥又大声说。

这次厂长撩起眼皮看了一眼，一边出牌，一边说：

“哦，好，你等会。”

没办法，群哥只好站在一边等着，因为屋里并没有多余的板凳。

群哥足足站了一个小时。等厂长把拉锯战式的牌局打赢，终于发现群哥还站着，遂有点不好意思，赶紧让办公室主任起身，让出板凳，挥手让群哥坐下，挠了半天头，才开口说：

“你的档案，人事局领导让我看过了，你是学习型人才，可是你也看到了，现在厂里不景气，亏损严重，企业快要坚持不下去了，正在寻求一条更好的出路，你看你能干点什么呢？小吴啊，你怎么到我们这破烂企业来呢？”

群哥脸上红一阵白一阵，心里在狠狠地骂：

“他奶奶的，是我想来的吗？可是不来，我能到哪里去呢？”

饶是心里怨恨，脸上还要装出笑脸：

“厂长，一切随你安排，我没意见。”

厂长翻翻黑眼珠少的眼睛，心里暗笑：“你还有意见，老子能给你口饭吃就不错了。”

厂长心里这么想着，嘴里却说：

“好啊！年轻人，有文化，先到办公室学习吧，将来振兴企业靠你们了。”

群哥诚惶诚恐地说：

“哪里！厂长，以后还要靠您多指点帮助呢。”

“好说，好说。”厂长一边打着官腔，一边让办公室主任带群哥去办公室办手续。

群哥就在这一潭死水一样的环境中蛰伏下来。每天晃晃悠悠地无所事事，消耗着大好光阴。

群哥是个有思想的人，每天这样浑浑噩噩地混日子，他觉得太对不起大好的青春年华。在经过痛苦的思考后，决定考学，跳出泥潭，奔一个好的前程。群哥的学习成绩本来就好，底子好，学起来一点不吃力，他花一年半时间修完了在职本科学历，又一鼓作气考上了北京一所很有名的商学院读了研究生，脱产学习，毕业后就留在了北京。自己注册了一个公司，搞粮油贸易，用不到五年时间，集聚了大量资产。

最初从三个人的小公司，发展成具有二百名员工的进出口贸易公司，生意越做越大，群哥却没有忘记家里的亲人，把自己哥哥弟弟姐姐妹妹家的六个孩子全部弄到北京，安排在公司里不同的岗位，在北京安了家。他有个七姐，曾经寄养在梅子的老家，她的舅舅家，和梅子是青梅竹马的好朋友，却英年早逝，四十岁上得了肺癌不幸去世，丈夫也因公去世，留下两个没爸没妈的孩子，一个女儿被姐姐领走，还有一个半大不大的小子被群哥带走。群哥出资五百万为他在四环买了一套公寓房，花五十万为他买了一辆车，单独为他开了一个小公司给他经营，切切实实遵守了对姐姐的承诺。梅子到中国人民大学参加“投融资策略研修班”学习，群哥出来招待，谈及七姐，仍然是泪流满面，真是个有情怀的好人，纵然是姐弟情深，这么多年过去了，感情一如从前，实在难能可贵。

人们都说，老板做得越大，心就越黑，但梅子觉得群哥的心始终都是善良的、多情的。

群哥不但照顾亲友，对社会事业也很关注，每年要拿出很大一笔钱捐给孤儿院，还出资给老家的村里修缮曾经就读过的小学校，只可惜，小学校现在已经收不到学生了，停办了，但群哥出资修缮好的房子村里也没舍得推倒，转租给一个镇办企业做了厂房，不知群哥知道会做何感想？

群哥对别人是慷慨的，但对自己要求却很严格，生活勤俭朴素。第二天晚上请梅子吃饭，开的就是一辆普通的北京现代，身上穿着一件银灰色的普通夹克，洗得发白的牛仔裤，半新不旧的一双黑色皮鞋，哪里像有过亿身家的大老板？梅子当时心里“咯噔”一下，就觉得群哥没有忘本。但他请梅子吃饭倒是舍得，虽然为了方便梅子，就在人大门口不太起眼的饭店，但点的菜都是好吃的。谈话间也很随和，完全没有分开十几年的生疏感，还像在校时一样自然、低调谦和，只是吃到半途，期期艾艾地问：

“小薇，她，她还好吗？”

梅子愣了一下，不知怎么回答，梅子知道群哥深爱小薇，在“狗不吃”时就穷追不舍，只是当时小薇太小了，对男女爱情还处于懵懂无知的阶段，对感情的事一窍不通。群哥写了情书放在她的书包里，她竟然吓哭了。群哥工作以后也找过小薇，都被拒绝，好像到北京打拼以后还来过一次新阳城，小薇没有见他。

梅子感到为难，如果说小薇过得很好，不知群哥心里会不会酸溜溜？如果说不好，他会不会再有别的想法？犹豫半天，还是实话实说：

“她过得挺好！事业有成，家庭幸福。”

群哥没有作声，他戴着眼镜，隐在灯影里，梅子看不清他的真实表情。

安静了一会，群哥又问：

“耗子还好吗？她和阿飞也没有成吗？”

“啊？当然了！他们不可能成的呀！‘狗不吃’最后一年，阿飞疯了一样地缠着耗子，到最后耗子离老远看见他就跑。耗子从来也没给过他机会呀。”梅子奇怪地回答。心想群哥说“也”应该是想着自己和小薇没有成为眷属，非常遗憾吧。

“唉！可怜的阿飞！”群哥不知到底是感叹阿飞，还是感叹自己和小薇无疾而终的所谓的“爱情”。

群哥还请了在《农民日报》工作的梅子的另一个初中同学小韩作陪，倒是小韩高谈阔论，群哥一直微笑着，偶尔应和一声。不知他怎么认识了梅子初中的同学，也许是同为北漂，都是江苏出去的，也算老乡，老乡见老乡两眼泪汪汪，自然也就成了朋友。

分别的时候到了，群哥诚恳邀请梅子，准备第二天带她北京一日游，但梅子觉得浪费这样大的老板的时间，简直是谋财害命，加之自己时间比较紧张，就婉言谢绝了他的好意，谁想到从此一别经年，再也没有相见。

在回人大的路上，同行的小姑娘刘笑怀疑地问：

“梅局，这就是你的那个身家过亿的同学？我怎么看他怎么像个农民。”

“那你真的看走眼了，老板脸上又没有写字。这可是真老板，超有钱，如假包换。”

“唉！真是人不可貌相呀！”刘笑还在感叹。

梅子的心里却觉得很是安慰。

第二天梅子就投入了紧张的学习中，十天弹指而过。

结业考试结束后，培训班班主任作了即席演讲，勉励大家好好把所学用到以后的工作中。散会后，班长，山东大学的魏明教授(他是一位历史学家)找到梅子：

“明天过了就要各奔前程了，明天白天让大家到北京逛逛。虽然短短的十天，但大家也建立了深厚的友谊，所以明天晚上七点在人大礼堂，学校有个欢送会，我们班要出个节目，听说你文笔很好，写首诗让我们一起上台朗诵吧。”

“好！”梅子爽快地接受了任务。

梅子当天晚上加夜班，熬了大半宿，写出了一首长长的朗诵诗。只可惜第二天早上天蒙蒙亮就接到家里电话，家里有急事，必须当天赶回。无奈之下，梅子把诗稿给了副班长，浙江一个乡镇企业的老总，他也爱好文学，请他再修改使用。梅子没来得及和班长——那个性格敦厚的像邻家大哥哥一样温暖的历史学教授告别，就和刘笑一起坐火车，连夜赶回了家。

后来听说，全班98个人排在人大礼堂的舞台上，威武雄壮，朗诵的就是梅子写的那首长诗，一字未改。朗诵完毕，台下响起经久不息的掌声。

魏教授日后还把当时的“剧照”发给了梅子，通联了好多年，但随着时间的推移，梅子和经济部门离得越来越远，生活发生了翻天覆地的变化，物是人非了，心境也发生了改变，和教授慢慢失去了联系。

但梅子清楚记得当时写的长诗：

冬天也有温暖阳光

我一直坚信
冬天也有温暖阳光
知识的种子
会在风雪的北都

悄悄生长
那么轻盈
像是湖面清波上
嬉游的蝶影
那么灵动
像是古槐密丛里
逐风的细枝
那么热烈
像是映日红梅中
探头的蓓蕾
那么的娇艳

我一直坚信
冬天也有温暖阳光
十一月
我们的呼吸
像朵云
飘向北都的里巷
我们的理想
像棵树
长在人大的梦乡
推开岁月的篱笆墙
邂逅多年前
闪耀在黑板上的曙光

我一直坚信
冬天也有温暖阳光
四月的杏花即使湮灭
子规的啼声还会
被重新捧在
我们不很年轻的手掌
那是年轻的梦
真理知识讲堂
老师同学梦想
穿透白天与黑夜的距离

舞动春夏秋冬的华章
在这珍贵的十日
回归我们疲惫的心房

我一直坚信
冬天也有温暖阳光
听
千年前的孔夫子
驾着辘轳木车
播撒一路正道康庄
看
一群寻道者
踩着十一月的风霜
齐聚这知识的殿堂
他们
来自姑苏、金陵、维扬
而把“道”领走的一颗颗心
同样滚烫
今日
我们是共寻真理的同窗
来年
我们定不会把彼此遗忘

我一直坚信
冬天也有温暖阳光
我们在人大
为了“中国梦”的理想
在全新的世界徜徉
群星璀璨的天空
吞噬太阳的银河
汇聚涓涓溪流的大江
激卷皑皑白雪的汪洋
老师
这是你们
为我们打开的宏伟画卷

谢谢
多少次
这两字在舌尖滚烫
那温度
一直蔓延到胸膛
谢谢
省委组织部、省经信委、省软件人才服务中心
以及人大商学院的各位领导
谢谢
领我们探寻真理的各位教授专家
还有
度过这十个日日夜夜的百名同窗
下次
我们再一同
沐浴这冬日的温暖阳光

(2012年12月在人大“软件和投融资策略研修班结业典礼”上朗诵)

第三十八章　一路风雨　踏歌而行

“钟表，可以回到起点，却已不是昨天；日历，撕下一页简单，把握一天却难。人生，步步都要谨慎，才能涉过激流险滩。”

从北京回家不久，梅子到楚城出差，办完正事，在街上闲逛，偶遇大江，看得出一脸沧桑，她小心地询问这些年过得怎么样，他以他一贯的豁达，大大咧咧，无声地一笑：

“梅姐，就那样啊，一言难尽，酸甜苦辣都尝遍，跌跌撞撞永向前啊。嘎嘎嘎！”大江这个经典笑声还是没改。

大江盗用“阿飞体”，打油诗一首脱口而出，自黑毕业至今的二十多年：

血泪路

国营企业三四年，
私营公司四五年，
个人打拼到目前；

囊中羞涩鲜有钱，
南通、淮安望大连，
一家三口不眼前；

鬓毛早衰迟暮年，
海市蜃楼难实现，
欲哭无泪日如年。

“找个地方坐坐，我们好好聊聊。”

“好！”梅子和大江就在大治路上随便找了个茶吧坐了。

大江打开了话匣子就刹不住，其间梅子几次想打断他的话头，都被大江制止了："梅姐，你听我说，我实在是闷死了，你一定要把我的故事写出来呀。"

以下就是他的故事。唉！这叫什么事？梅子一句话也捞不到说。

我人生的路一直走得不太顺，包括情感的路。

初一起，班级有一女生小玲一直对我有好感，一直同班到初三毕业。中考过后，我俩考入了不同的中学。高中分开后，一直有书信来往，从开始的一月一封，到后来的一周一封，铁打不变……两人内心也随着时间的推移在慢慢地变化，朦胧的爱恋逐渐产生。

高考那一阵，由于家庭的变故还有其他不便说明的原因，自己的心情差到极致，接到工专通知书时就想把它撕了，和我中学同学六年、成绩差不多的同学基本上都上了南大、人大、南师、南航等等我们今天说的一本院校。想想自己过去十几年的读书生涯，从小学到初中，可以说从来没有一个学期丢掉过班级第一名，更别说"三好"学生了，即使到了高考前一阵，可以说也没有离开过班级前五名，自己内心多有不甘，也想复读，但是一想到农村老家一贫如洗的现状，又何必再去让年迈的父母为自己多担心一年呢。深深的自卑和远远的不甘，这种心理一直伴随我上工专、到毕业、到今天。

高中毕业的同学大学开学后前一个月左右，都会有明信片来往，有一个女同学（她上的是中国人民大学，现在是青岛大学教授）寄来的内容我至今都记忆深刻："不要哀叹命运的不公平把你抛弃在荒凉之地，是金子总有发光的时候!"还有一个男同学（他上的北外，现在是外交部某司副司长）用还不熟练的西班牙语（带汉语翻译）祝我"走自己的路，不管在哪都要做好自己"，也令我终生难忘。但就是到今天为止，我还在不止一次地问自己，我做好自己了吗？我发光了吗？

工专"狗不吃"三年，觉得自己就是一直背着沉重的思想负担，浑浑噩噩过来了，每个人都有许多美好的回忆，我总是感到很少。我的座右铭是"各人自扫门前雪，休管他人瓦上霜""你就像一头不堪重负的驴子，孤独无望地在沙漠中前行，只等死亡来替你卸下包袱"，我几年的心态可见一斑。但是事实上我是个善良热心的人，任何时候都做不到自扫门前雪，朋友有事，一定义不容辞，赴汤蹈火，在所不惜。

那时候，赵传的"我很丑，可是我很温柔"很时髦，吃完饭到宿舍，室友就会放这首磁带，大家每人可能心里都会哼两句，就是唱不齐全。其实当时班级的大多男生都很丑，也不太温柔，当然也包括我自己了。

还有就是迪斯科以及舞曲的磁带了，在宿舍男生之间经常互相模仿男女生，也在练习三步四步和小拉，真的到大礼堂舞会现场的时候，鼓足了多少天的经验和胆量，由于自卑和怯弱，有时一晚上也没有勇气去请任何一位女生跳一曲，回到宿舍还后悔不已，暗自发狠下次再努力呢。

可能唯一能让我有一点美好回忆的就是食堂的饭菜了，老家一个堂哥是食堂的会计，还有老家的几位熟人是食堂的大师傅，每次他们用勺子打菜时的一抖一抖的功夫我是服了，尽管大饭盆里仅有几块肉，通过他们熟练地挖掘和抖动，自己总能尝到些许，或许今天的肥头大耳就和那时的肉片有关吧，奇怪为啥和我一起搭伙的飞哥至今身材保持得那么好。

小玲没有考上大学，她在市区一国营大厂上班了，那时候由于没有电话联系，隔三岔五的星期六下午下班后会到宿舍来找我，有时候，我回老家了，她就会下周再来。见面后，没有更多的语言，就像熟悉多年的兄妹，有时会出去看电影，结束了，就在外面吃露天的大排档，一碗馄饨，或者一碗烫粉丝，她会将自己碗里仅有的两片牛肉都夹给我，说是自己中午吃多了。偶尔也会去楚秀园或城南公园坐坐，就那么静静地坐着，之间起码还有一拳左右的距离。打球闪了腰，她马上买了药送过来，感冒咳嗽了，她还请假专门陪我出去输液……一辆自行车承载了我和她三年的懵懂和太多美好的回忆，至今想起来，仍然历历在目。

毕业前两个月左右吧，小玲三天两头过来找我，主要是告诉我，我们俩共同的一男同学小龙正在追她，几乎天天写信，还经常去她家里、去她班上找她约会，她都找种种借口推托了，我还傻乎乎地问她为啥要拒绝对方。小龙在省会上名牌大学，家庭条件也比我要好许多，同时又是我最好的同学加哥们，经过多天激烈的思想斗争，自认为自己现有的各种条件根本不可能给她更加美好的未来，我特别理智的在毕业前的某一天下午，对她说了那句至今令我不能原谅自己的话，小玲再没来找过我。可能是考虑到自己是不是真的不适合我，记得她还专门介绍另一个她认为比她更出色的女同学来与我约会，被我礼貌地拒绝了。

毕业前夕，各人都在争取自己能够分配到好的去处，我自己一方面因父母是大字不识一个的农民，另一方面自己不知道和小玲的分手究竟是对还是错，经常浑浑噩噩的，也就听天由命了，后来关系到了地方人事局，组织分配至当时效益还不错的国营企业，也端起了所谓的铁饭碗，财务工作做了几年，企业改制、下岗，自己创业至今。

毕业上班后半年左右，接到了小玲的电话，她要结婚了，和小龙终究没成，对象是市级机关的一名公务员，年龄比她大七八岁吧，结婚那天见到了，和我身材、长相都还差不多，也戴个眼镜，性格很好，至今我们都是好朋友。

这一段无疾而终的感情让我浑浑噩噩了好长时间，及至毕业好几年，对别人给我介绍对象的事还是很排斥，孤家寡人了好久。

也许是命运格外垂怜，毕业档案关系到了淮县人事局，也许当时学工业经济的专业人才实在太少，很顺利地被分配到了当时效益很好的棉织厂，国营单位。

我清晰地记得，到厂里报到的那天，天气晴朗，秋高气爽，和我的心情一样，阳光灿烂，就连被秋风卷起的枯槁的梧桐树叶，在我的眼里也是金灿灿的，格外醒目。

我一路哼着“我们的校园是花园，花园里花朵真鲜艳……”向厂办走去，快到门口的时候，突然感到拘谨，现在已经毕业了，不能再唱在学校时唱的歌了，而且第一天报到，应该严肃点，不能给人玩世不恭的印象。于是噤声，谨慎地四下望望，整整母亲头天刚上街上买的一声军绿色的西装，不贵，款式很好，但料子质地不好，稍微有点皱，母亲说毕业了，上班了，要穿得正式点，其实家里并没有多余的钱买新衣服，小弟弟还要上学，父亲身体不是很好，做不了重活，但母亲爱儿心切，还是咬咬牙，买了一身西服，我心里酸溜溜的，说不出什么滋味，只想以后上班了，好好挣钱养家，报答父母养育之恩。

我走到厂办门口，推开门，静悄悄的，一个人没有，呆愣了一会，转身走出门，恰好看见有人过来。此人四十出头，中等身材，长得肥头大耳，面色红润，说话瓮声瓮气，一路骂骂咧咧地迎面走来。

我走上前，尴尬地问：

“您好，请问您知道厂长在哪儿吗？”

“干吗？”中年汉子打着饱嗝，斜着眼问。

“我是刚刚大学毕业分配来报到的，想找厂长。”

汉子上下打量我一眼，再次发问：

“那你认得厂长吗？”

“不认得。”

“真是骑马找马！”

“操！我又不是马。”

“您说什么？”

“没什么，跟我来吧，我带你去。”汉子玩心顿起，眯起双眸，逗趣地说。

他直觉感到这个高高壮壮的小伙子挺有趣，阳光开朗，他喜欢。

跟着汉子走了大约三四分钟，来到了厂长办公室门口，汉子拿出钥匙开门，做了个请的手势。

我懵里懵懂地进了门，这是一间里外两间的套房，透过敞开的房门，可以看到里间铺里一张床，应该是休息室，外面一间放了一张办公室，两把木质椅子和一条长凳子。

汉子指着椅子说：

“小伙子，坐吧。”

“我，我找厂长。”

汉子挑挑眉，继续逗我：

“你找哪个厂长？”

“一把手厂长呀，魏明厂长。”我睁着无辜的大眼睛。

“哈哈哈！好了，不逗你了，我就是呢。”

“我知道您是呢!”

“好小子,敢情你知道啊。”

“我也是刚猜出来的。”我尴尬一笑,赶紧说。

“那你说说看,你是怎么猜的?”

“看您器宇轩昂的样子,一看就是厂长。”我赶紧拍马屁。

“好!好!好!算你小子有眼力见。看你憨憨的样子,老子喜欢。”

“你叫什么名字?不久前办公室主任对我汇报过,我忘了。”

“我叫江湖,楚城工专企业管理专业毕业的。”

“好,好,好!大学生好,有知识,咱爷俩投缘,如今有个好缺,就给你吧。”

“什么?”

“厂里正好缺一名会计,原来的会计回家生孩子去了,你就代替她的工作吧。”

“好!谢谢厂长。”

“你小子可得用点心哦,会计可是个重要岗位,掌握着厂里的经济命脉,也是我的核心机构哦,你不但要用心工作,还要对我忠心耿耿哦!”厂长意味深长地说。

“那是自然,您放心吧!您这样照顾我,刚来就给我这样重要的岗位,我一定兢兢业业干好工作,对您百分之百忠诚。”我立即拍着胸口保证。

“好!”厂长满意地挥挥手,拿起桌上的电话拨号:

“小李,你来一下。”

不一会儿,一个精明强干的小伙子来到了办公室。

“厂长,您找我?”

“来来,我给你们介绍一下,这是小李,办公室主任,这是刚分来的大学生大江,以后他做我们的会计。小李,你去把大江的宿舍安排一下,并带到财务室去,让财务科长给他讲讲有关的业务。”

“好!”小李表情复杂地看向我,我回给他一个无比真诚的微笑,小李红了一下脸,赶紧笑笑:

“大江,以后我们就是同事了,还请多多关照。”

我心里“咯噔”一下:

“客气了!我刚来,诸事不熟,还请你多多关照呢。”

“好啦!好啦!去吧,遇到难事找我。”

“好!厂长再见!”

我千恩万谢地起身。

“你和厂长家亲戚呀?”出了门,小李就问。

“没有啊!我今天刚认识厂长呢。”

“不是吧?”小李一副怀疑的表情。

“真的,我今天刚认识厂长呢。”

“哦!”小李拖着长长的尾音,“那你可真是幸运！不知多少人虎视眈眈想着会计这个位置呢。”

“也许我和厂长投缘吧?”我只能尴尬地解释。看得出小李心里酸溜溜的：

“你不知道,会计可有油水了,平时吃饭出差,各种福利,都比别人丰厚。”

怪不得他要我关照呢！我可没想那么多,只想好好工作,对得起厂长的信任。就这样,我在棉织厂会计岗位上走马上任了。

当天晚上,我回了一趟家,拿些生活用品,当我告诉母亲厂长让我干会计时,母亲激动地流下了泪水,连声说：

“好！好！好!”然后语重心长地对我说：

“大子,我们是普通老百姓,厂长能分配这么重要的岗位给你,你一定要好好干,不要让人家失望,以后我和你大、你弟都要靠你照顾呢,你一定不要胡来,管钱的事情,人家讨巧什么的,你不要红眼,也不要动什么歪心思,贪污什么的都不能干,说到底一句话,我们是小老百姓,出了什么事,没人跟你担着,而且,平时什么事都要留个心眼,万一将来有人犯事,你要保证自己能清清白白摘得清楚,不受牵连。我们输不起。”

“知道了,您就放心吧,我一定会好好干的。”

我当真是非常崇拜我的母亲,识字不多,寥寥数语,就能把问题的实质说清楚。

就这样我高高兴兴地走马上任,到棉织厂做了财务会计。这一做就是四年,我不负众望,上任后,把棉织厂多年来糊里糊涂的账目彻底整理一遍,许多烂账、在途的分门别类整理好,让领导一目了然,便于统筹。工作中,几年来无一次失误,我不像有的会计,别人来报账,总要推三阻四,设置障碍,或者索要好处,但凡是手续齐全的发票,只要账上有钱,该给人家的我绝不会有二话,所以全厂上下对我都非常认可,没有任何微词。有时账上没钱,遇到个别情况特殊需要钱的,我还千方百计帮助想办法,数额不大时自己还会垫出来。当时厂里流行一句话：

“有难处,找大江!”我热心助人,这是大家对我最好的评价。

日子过得平淡而幸福,转眼两年过去了,我也老大不小了,因为心里一直惦记着小玲,厂里许多人为我介绍对象,我总是提不起兴趣。棉织厂大部分是女工,长得漂亮的不计其数,因为我是大学生,又是在会计这个位置上,多少女子对我芳心暗许,有事没事都有很多女工到财务室来瞅瞅,天南海北地侃侃大山,日子过得逍遥。但我老是不谈恋爱,急坏了双亲大人,每次回家母亲总要问我有没有对象,及至后来我周末都会找各种借口不回家,我害怕母亲失望的眼神,我二十九岁了,母亲多么想早一天抱大胖孙子。

1993 年春节在家,吃过团圆饭,母亲边收拾碗筷,边说道：

“大江,不要走,妈有话对你说。”

“好。”

我心知不妙，但也不敢走，坐在饭桌边不动，等母亲很快把碗筷洗干净抹好桌子，坐在我的对面，父亲坐在旁边抽着旱烟袋，一声不吭。

母亲清清嗓子，悠声说道：

“孩子，你一直不谈对象，是什么意思呢？是还想着小玲吗？可是人家已经出嫁了呀。你想还有什么用呢？”

“没，没，我没有。”我嗫嚅着说。

“没有？那你这么大了还不谈对象是什么意思？你不知道我和你大是多么担心吗？你瞧你二婶家强子，和你同岁，孩子都能打酱油了。”

“我不急。”

“你不急？我们急！你老大不小的了，干吗让我们为你担心？难道你身体有什么毛病？!”

“没有！妈，您在瞎猜什么呀？我身体壮得像头牛！”

“那好，既然如此，妈给你个任务，今年一定要把自己嫁出去！”

“哈哈哈！”大和我一起笑起来：

“老婆子，咱是儿子，又不是闺女，难不成你还想让儿子倒插门？”

“嘿嘿！说错了。年底一定要把媳妇娶进门。”母亲羞赧地笑笑。

母亲一辈子只生了我和弟弟两个，因为身体的原因，生了弟弟后就决定不生了，做了绝育手术，但我知道母亲一直想要个闺女，没能生个闺女是她一生的遗憾，常常感叹，女儿是妈的贴身小棉袄，可是这个愿望她永远实现不了了，所以她急切地想要说个儿媳妇回家，让她像亲生女儿一样地疼着。

我理解母亲的感受，也深感不孝有三，无后为大，作为家中老大，理应负责传宗接代的任务，况且小玲也只能是我的梦，想要再续前缘，已经不可能了。我毕竟是俗人一个，我不可能为了那段无疾而终的情殇付出一辈子的幸福，为了母亲，为了家族和我男性的自尊，我决定放过自己，从此后从心里把小玲放下，找个对象好好过日子。遂当即表态：

“好！妈，您就放心吧！您儿子一米八的身高，玉树临风，阳光开朗，除去皮肤是橄榄色，别无缺点，害怕找不着老婆？厂里想和我谈对象的女孩从财务室可以排到厂门口呢！我向您保证，今年就一定给您带个漂亮媳妇回家。”

“此话当真？”母亲惊喜地问。

“当真！一言既出，驷马难追。”

“好！这可是你说的哦，我就等着你带媳妇回家了。”

母亲高兴地笑了，脸上的皱纹都抖抖的。而父亲的眉眼也跟着生动起来。

既然心里决定了放开胸怀，忘记过去，就一定要做到。回到自己的房间，我躺在狭窄的单人床上，翻来覆去睡不着。房间不大，我和弟弟两人一间，只能放下一米二的两张床和弟弟的一张书桌，家里是老式的三间堂屋，父母一间，我和弟弟一间，中间一间权当客厅，还有一个做饭的偏屋，农村也叫锅屋，拉起一个小小的院子，简陋温馨。

我是家里的长子，我该为父母减轻负担了，不能像蜗牛一样缩在自己的壳里面，沉浸在自己的小情小绪里不能自拔，是时候该走出来，换个心境生活了，小玲，只当是我心里一抹永远的白月光，我会放在心里珍藏。可能是得不到的永远都是最好的吧，在以后的人生里，每每想起小玲，心里还是会酸痛，但也不会影响我对自己老婆的感情，失去的就是失去了，我不会傻到让虚无缥缈的思念影响我的生活，我拎得清楚。

我决定把工作三年的积蓄拿出来给父母把房子翻新扩大一下，然后谈个对象，好好过日子了，人生短短几十年，弹指一挥间，快三十了，也该成家了。

想通了，心里豁然开朗，这个春节是我这么多年过得最踏实最安心的一个。我和父母有说有笑，带着弟弟上街，给他买了新衣，添置了必要的学习用品，拿出二百元钱，给他买了一辆黑色的二六型凤凰牌自行车，他上高二了，不住校，每天早出晚归，一直骑着父亲原来那辆老式二八破永久，他老早就想要一辆二六型小自行车，轻便。如今如了他的愿，他高兴地一蹦三尺高，在我脸上狠狠地亲了一口：

“哥！你真好！”

“呵呵呵！干吗呀？搞怪！哥只要你好好学习就行了，将来考个好大学。”

“放心吧，哥，我一定好好学习，不辜负你的希望。”

“嗯，这才乖！”

“哥！我都多大了？还乖！”弟弟嗔怪地说。

“多大也是我弟弟。”

“好！谢谢哥！”

我和弟弟又一起到商场为父母各买了一件新衣服。

我清楚地记得，为父亲买的是一件藏青蓝的毛哔叽中山装，三十元，为母亲买的是一件淡紫色的绣花羊毛对襟开衫，五十元。这两件衣服，差不多花了我一个月的工资。但是我买得毫不心疼，那是我至亲的爹娘呀！

兄弟两个一路兴冲冲地回家，隔着老远弟弟就高声呼喊：

“妈，妈，大，大，快出来！”

“怎么了？怎么了？出什么事了？”二老慌慌张张地跑出来。

“没事哦，大，妈，哥为你们买了新衣服呢！”

“啊？买什么新衣服？我们有衣服穿，浪费钱。”母亲笑眯眯地说着。

弟弟把为二老买的新衣拿出来，父亲颤颤巍巍地接过去，激动得泪花闪烁，用那双长满老茧的手，一遍遍抚摸着衣服，嘴里喃喃着：

“好！好！好呀！我终于也有孩子孝敬了，再也不怕你二叔挤对了。”敢情他是羡慕二叔家有女儿常常买东西孝敬呢。

而母亲，估计从小到大也没穿过这么漂亮的衣服吧。她把衣服抱在怀里，在堂屋门口靠窗的那面坏了一角的穿衣镜前流连不已，用那双粗糙的手也是一遍遍小心地抚摸着那些绣花，欢喜的泪水不小心滚落在那朵娇艳的玫瑰花蕊上，晶莹剔透。我辛酸地别过头去，心里暗暗决定，从今以后，不管多难，一定要打起精神，面对生活，给父母撑起一方天地。

闲散的日子总是过得挺快，春节七天假期很快过去，弟弟也快开学了，我回到了厂里。

我一边上班，一边把三年的积蓄都取出来交给父母，帮助他们把三间老房子整修了一下，又盖了东西各三间边屋，三间过道，拉起了院子，一个小巧漂亮的四合院真正地形成了，这还多亏父亲，多年来，他起早贪黑，到处捡砂浆石子，节省了许多材料，要不然，凭我那点积蓄，根本盖不起来。

有了房子，提亲说媒的人更是络绎不绝。说实话，一度，我都挑花了眼，无所适从，介绍的姑娘们都很不错，母亲问我，我直说都很好，母亲生气：

"都很好，那也不能都娶回家呀。"

我无奈地笑笑：

"真的很好，随您选哪个。"

她老人家哪里知道我的痛，爱情早已给了小玲，在那懵里懵懂的三年里，早把纯真的感情挥洒出去，虽然自己当时并不是很清楚。我现在只想找个人结婚，所以看谁都一样。

母亲叹了口气。

此后很长一段时间，母亲没有再张罗我相亲的事，可能她也感知到我的痛苦，也许是缘分没到吧，遂不再逼我。

但，有心栽花花不开，无心插柳柳成行。爱情来的时候，山也挡不住。

五月的一天傍晚，我正百无聊赖地在厂里的小路上散步，低着头在想心事，突然被人撞了一个趔趄。"

"谁呀？这么冒失，赶着去干吗呢？"我无奈地抬起头，正要发作。

"对不起！对不……"

天呀！

当看到撞我的人是谁时，我一下子惊呆了，对方也张口结舌地发不出声来。

"是你呀！"

"是你呀！"

"哈哈哈！哈哈哈！"

我们一同大笑。

原来遇到了我中学的同桌李晓寒。

没想到当年那个胖乎乎的小姑娘如今出落得亭亭玉立，真正大美人一枚。

只见她，不施脂粉的素颜美得惊心动魄，五官端正，巴掌大的小脸因为疾跑，红扑扑的煞是可爱，一双大眼睛水灵灵的像会说话一样，长长的眼睫毛像两把小刷子，忽闪忽闪的，一头油光水量的秀发像乌云一样披散在肩膀两侧，妩媚动人。

我不由得咽了一口口水，感觉肚子咕噜一声，脸迅速红了起来。

小寒尴尬地一笑：

“大江，好久不见，没想到在这儿遇见你。”

“是的，是的，缘分啊。”

我迅速调整状态，恢复了嬉皮笑脸的状态。

“小寒，你这几年怎么突然变得这么漂亮了？整容了吗？”

“整你个头啊！”

小寒用她的小粉拳作势要打我，两个人之间的距离一下子拉近了。

“你到我们厂里来干吗？”

“我是隔壁缫丝厂的销售员，到这边找人的。”

“哦，那你现在没事了吧？我请你去吃饭。”

“好啊！我们差不多有七八年没见了吧，今天好好聊聊。”

我看小寒一点没有拒绝，心下欢喜，面露喜色，小寒也很高兴，一路叽叽喳喳地说个不停。

我骑车带着小寒到北京路上楚城工专门口，我在“狗不吃”上学时常去的那家小吃店，老板隔老远就迎了出来：

“大江啊，今天怎么有空到我这小店里来吃饭？这是你媳妇还是女朋友？”

“咳咳咳！都不是！”

我尴尬死了，一下子猛咳起来。

“是是是！是女性朋友！”

小寒倒很大方，一点也不拘谨，可能是做销售的见了世面吧。要知道小寒在中学的时候是那样内敛安静，整天就知道学习，班级的集体活动都很少参加。

那一晚，我和小寒谈到很晚，一直到饭店打烊才出来，小寒也是我们淮县人，我们可以说是老乡，又是同桌的你，当时她考的是供销学校，其实就在我们工专对面，阴差阳错，三年居然从没遇见过，如今，她出落得美艳动人，高不成低不就，一再蹉跎，二十八岁了，还是小姑独处。我心思一动，决定要追求她。

我们都喝了酒，也许是酒壮尿人胆，在北京路上，我骑着车带着小寒慢慢骑，她也要回厂里宿舍，这时她的头晕乎乎的，双手紧紧搂住我的腰，我身上的汗一缕缕往下淌。

我喑哑着喉咙，慢声说：

“小寒，要不，你就委屈点，嫁给我吧？”

“不！不委屈！只是我还要谈恋爱，哪有一见面就求婚的？”

"咔嚓"一声，我猛地刹住车，停在路边花坛边。

"小寒，你，你，你是答应我了？做我的女朋友？"

"答应了！"

"不后悔？"

"后悔什么？"

"我家境一般，不能给你优厚的物质生活，也没什么后台，事业上也没多大前途，你跟着我也许会吃苦。"

"不怕！我们俩都有学历，人又不笨，难道会饿死？"

"你现在是清醒的吗？你说话算话，可不能后悔哟！"

"不后悔！"

"好！那你现在是我的女朋友了，周末带你回家。"

"好！"

我一把把小寒搂到怀里，捧起她的脸，滚烫的吻铺天盖地席卷而下，小寒在我的怀里颤抖得像秋天的落叶……

在这五月美好的夜晚，我的心温暖成一片汪洋。

一切好像天注定，在五月的一天，我遇到了高中同桌，当年羞涩的小寒已出落成美丽的大姑娘，水到渠成，相处近半年，国庆节的时候，我俩领取了结婚证，亲朋好友简单摆了几桌酒席。小寒是个懂事的姑娘，她不想让我的父母为难，不要彩礼，不要大操大办，还把自己的积蓄拿出一部分给我母亲办酒席，因为我的钱都用于盖房子了。我的岳父母也是老实巴交的农民，他们也很厚道，并没有提过多的非分要求，只是要求我一定要善待小寒，让我的心倍感温暖。

从此我有了自己的小家，过上了幸福甜蜜的生活，小玲已在我的心里远去了。

我有时候常常想，什么是爱情？双方合适而已。

婚后的生活很甜蜜幸福。我在厂里有两间宿舍，为了上班方便，我们大多数时间住在这里。

小寒是个有知识的女性，对我的父母都很孝顺，家里大凡小事都是她张罗，比如双方父母的生日，亲戚朋友家婚丧嫁娶等琐事，都是她一应承担，我落得当个甩手掌柜。

婚后第二年，八斤重的儿子呱呱坠地，更给这个小家增添了无穷的乐趣。小寒和儿子都在老家住，我两头跑，不加班的时候就回家，县城到老家骑车也就四十分钟。

日子如流水一样过去，转眼儿子两岁了，小寒想给儿子办个生日宴，让我下午请半天假在家陪陪孩子，我心想儿子这么大了，我很少陪他，今天就请半天假吧。

我兴冲冲地敲响厂长办公室的门。

"进来。"

厂长的声音听起来不善，我心里一紧。

一看推门的是我，厂长赶紧站起来：

“大江，快坐，我正要找你呢。”

“怎么了？厂长。”

“机构改革的文件下来了，企业改制终于改到县级企业了，我们棉织厂要改制了，你要有心理准备，企业改成私人的了，厂里谁有本领谁承包，周一要开动员大会，你想不想承包？”

“我，还是算了吧，我没钱，也没后台，没能力承包这么大的企业，厂里几千口的职工怎么安置？”

“好吧，那你有什么打算？继续留下来，还是到别的地方去。”

“也不知道，到别的地方这几年的工龄还算不算？”

“我也不是很清楚，还要到有关部门咨询，但转成私营的，工资福利待遇肯定不会一成不变，大家干多干少一个样的。”

“那是肯定的。”

“好，你去吧，把手头的账理一理，清清白白交接，承包人肯定会选自己的人管钱的。”

“好，好的。”

我的心一下子沉到了谷底。

做会计几年，旱涝保收，我已经习惯了这种按部就班的生活。如今突然要这样改变，而且变得这样彻底，从正经八百的国营干部变成了私企职工，我的头脑一下子还真转不过来。

我一路昏昏沉沉失魂落魄地回到家，倒在沙发上一言不发，小寒看见我没精打采的样子，吓了一跳，忙问：

“怎么啦？哪里不舒服？”

我有气无力地向她说明了实情，小寒一下子愣住了，美丽的大眼睛里蓄满了泪水，但她使劲忍住，愣是没让它滚下来，哑着声音告诉我：

“其实我前几天也接到了通知，我们的厂也要改制了，我还没敢告诉你呢。本来想等儿子生日过完再说的。”小寒难过地说。

真是屋漏偏逢连阴雨啊。

我猛地坐起来，既然如此，那只有面对现实，日子还是要过下去，我是男人，我不能倒下。改就改呗，反正也不是哪一个人，我不相信政府还能让下岗职工饿死。

遂打起精神，帮着小寒准备儿子的生日宴，在两家老人面前强打精神，坚持把儿子的生日过完了。

看着儿子懵懂的笑脸，我的心一阵阵抽痛，不知以后是否还有这样安逸的生活了。

收拾完碗筷，我俩躺在床上，浑身的筋像被人抽去了一样，前途渺茫，企业转到私人手里，今后的工资待遇是否有保障？从国营到私营，底翻上 180 度大转弯，以后的劳保，退休以后的待遇谁能保证？一切都是未知数啊，况且，夫妻俩同时下岗，心里真是惶惶不安啊。

辗转难眠，我和小寒商量，还是不能辞职，反正转成私企还是要用人，任谁也不会放着熟练工不用，重新招收新人，即使老板为了省钱，将来要用新人，那也要有个过程，而且政府是不会同意他们把所有工人都甩了的。千思百虑，我们决定看情况再定，无论如何，夫妻俩不能一下子都没了工作，家里不能断了经济来源。

第二天，我苦着脸找到厂长：

“厂长，我不能辞职，我爱人也面临下岗，两人同时失去工作，日子怎么过？”

“好，那我到时对承包人说说，尽量给你安排个好点的工作，但是会计是不可能捞到做了。”

“嗯！我知道，谢谢厂长。”

“唉！不用，不用，你工作这几年，任劳任怨，我都看到了，但大势所趋，我也没有办法。你可别怪我。”

“嗯！我知道，怎么会怪你呢？这几年感谢您的多方照顾，我终生难忘的。”

“客观地讲，改革是必要的，改变了过去吃大锅饭的格局，彻底扭转人浮于事，机构臃肿的局面，这是大好事。企业转为私营，多劳多得，能更大程度激发工人干活的积极性，经济效益会大大提高的。从长远看改革顺应了历史的潮流，对我们国家的发展是非常有利的。”

“唔！唔！唔！对！对！对！”

我无心听厂长讲大道理，支支吾吾地应着，心里不由得对厂长产生了一股怨气。心想，我这儿心急如焚，您还在叽叽歪歪讲大道理，敢情您是老厂长，国家会把您安排得好好的，没有后顾之忧。

我浑浑噩噩地混到周一上午，全厂两千多口职工在篮球场上召开企业改制动员大会，会上厂长传达了上级关于企业改制的文件以及厂里出台的相应措施，郑重宣布，延续了三十多年的国营淮县棉织厂彻底转改，由军人出身的一车间主任刘健承包。审计核定后每年上缴国家一定数额的利润税收，自负盈亏，人员重组，原则上使用厂里的老职工，工资不再是一成不变，多劳多得，彻底打破大锅饭，铁饭碗，但改制后的企业，允许他们自己选定职工，择优录用。老弱病残的要劝其退休，厂里给予一定数额的补偿。

“啊！”

“嗡”的一声，厂长刚宣布完，下边群情激奋，议论声不绝于耳，有的老工人干脆大声哭了起来。

场面一度很混乱，会议进行不下去。

老厂长沉着脸，闭住眼，任下边喧闹了七八分钟之久，等大家的情绪宣泄得差不多了，这才站起来，用手使劲敲着桌子：

“大家静一静，静一静！听我说，改革势在必行，改制后的企业注入了新鲜活力，工资和劳动挂钩，改变吃大锅饭，大家干多干少一个样的局面，工人把工厂当成自己的衣食父母，企业效益一定会大幅度提高，你们的待遇只会增不会减。至于老弱病残，按照国家劳动法相关政策，绝不会亏待你们。”

任是厂长喊得声嘶力竭，下面还是“嗡嗡”声一片，厂长擦了一把满头汗水，无奈地坐下。随后，人事局的领导又把相关政策解释了一遍，最后是新任厂长刘健上台作表态发言。

刘健是部队转业军人，一米八的个头，腰板笔直，身材伟岸挺拔，梳着大平头，三十出头，一双大眼炯炯有神。他迈着矫健的步伐走上主席台，全场突然鸦雀无声，两千多双眼睛齐刷刷地盯着他。他清了清嗓子，大声说：

“大家少安毋躁！改革是我们国家的大政方针，是国民经济发展的需要，历史的车轮滚滚向前，我们谁也不能阻挠。我既然决定承包棉织厂，就一定会把企业搞好，没有金刚钻，也不敢揽这瓷器活。”

“不要讲大道理，我们只要知道，我们的工资待遇会不会变？”底下有人大喊。

“这个我无法给你们保证，关键看你们，只要你们努力工作，效益好了，工资待遇肯定会好，如果你们不把厂子当家，过一天了一日，效益上不去，待遇肯定就低了。当然，只要大家和我一条心，爱厂如家，我再进行技术革新，我相信企业只会越来越好，走得也会越来越远，大家的工资待遇也会越来越高。至于在厂里工作了一辈子的老职工，身体不好的残疾病弱人员，我一定会参照国家有关规定作出适当补偿，安排适当工作，实在无劳动能力的，也会给予一定补助，大家可以相信我。”

“真的假的？”

底下嘀嘀咕咕一片议论。

厂长宣布散会，具体留用人员名单及方案会后研究，厂里停业整顿三天，大家回家，三天后来看结果。

会议草草结束。大家怀着忐忑不安的心情回家。

多少年吃着公家的饭，突然说要吃个人的饭，大家唉声叹气却又无可奈何。

我满怀心事地到办公室整理手头剩下的账务，准备交接。

傍晚的时候，刘健的小舅子杨明跑到我办公室，说他姐夫让我去一下，我没有去求刘健，一副听天由命的态度，留下我，很好，不留，凭我一米八的个头，还有四年会计的经验，不相信就会找不到工作，我不愿意年纪轻轻就去委曲求全，低声下气求人，况且平时和刘健也没多少接触。

我和杨明一起来到厂长办公室，老厂长很自觉地已经搬出去了，到旁边一个小点的办公室。

刘健一见我就站了起来，客气地说：

“大江啊，请坐请坐！我找你来，就是想问问你有什么想法，毕竟你也是厂里的重要人物，会计等于是核心岗位，我很尊重你的劳动，敬佩你的才能。但以前是国家的，如今我自己玩了，这么大摊子，我必须精打细算。实在不好意思啊，我是个妻管严，我老婆说她要自己管钱，她怕我有钱就变坏。希望你能理解。呵呵呵！”刘健调侃了一句。

我一听就明白了，这是要夺权，其实我早有准备，谁也不会把钱让外人管。

我当即干脆地表态：

“理解理解！我明白了，厂长，我明天就可以把账目理清，交接。”

“好好好！我就知道你是明白人，老厂长一再对我说，你是个不可多得的人才，有文凭，为人厚道，让我重用你。我考虑再三，想把厂里质检工作交给你负责，这可是比会计还要重要的岗位，产品质量好坏直接影响全厂的收益和两千职工的工资福利，你做过会计，心思细腻，仔细负责，我放心，你愿意吗？”

我头脑有点发蒙，反应有点迟钝：

“什，什么？”

“我想请你做质检科长，工资不会比以前低，好吗？”

“好！好！好！我愿意！”

我眼睛有点湿润，竭力忍住眼泪，柳暗花明又一村啊。

“那好！一言为定！”

“一言为定，您放心吧，我一定不会让您失望。”

我紧紧握住新任厂长温暖的手，心里一股暖流悄悄滑过。

人啊，无论什么时候都不能自暴自弃，踏实做人，勤勤恳恳做事，好人会有好报的。

我兴高采烈地回到家，把这个喜讯告诉小寒，她也和我一样高兴，人生的又一个危机度过了，有了我固定工作的保证，小寒就不会太揪心她下岗与否。万幸的是，小寒因为销售工作做得出色，缫丝厂改制并没有威胁到她的利益，她还是做她的销售员。

日子又按部就班地过下去。

孩子一天天大了，上幼儿园的时候，我们在县城租了两室一厅的房子，我们夫妻二人都在企业，还得把老人接来照顾儿子，房子不够住了，我们把所有积蓄拿出来，东拼西凑，拿了八万元贷款，在县城中心地带买了三室两厅的房子，装修完后借了五万元外债和八万元贷款，日子过得越发紧巴巴的。

每天我拖着疲惫的身子回家，倒在床上话都不想说，小寒的脾气也看涨，一张口就充满了火药味，没有钱，还有那么多的债，嗷嗷待哺的儿子，繁重的工作，有好心情才怪。

真是贫贱夫妻百事哀。

磕磕巴巴的日子如流水一样悄悄滑过，转眼五年又过去了。借的债虽然还得差不多了，但日子始终不富裕。

我思虑再三，不能这样浑浑噩噩地过下去了，我必须要找出新路，像这样半死不活地活着，有时候想想真是心神俱碎。

我和小寒商量，干脆辞职吧，自己干！所谓置之死地而后生。小寒会销售，我懂技术，我不相信我们自己干不好，现在多少人下海都发了，要想改变生活，有时候必须决断，敢于破釜沉舟，勇敢向前冲。我们商量停当，在一天晚饭后，郑重其事地对父母和儿子说：

"我和小寒要辞职，自己出来单干，要不然猴年马月才能还清账，过上好日子呀！"

父母惊呆了，半晌无语，六岁的儿子懵里懵懂地说：

"爸，妈，那你们不成了无业游民，二流子吗？"

"瞎说什么呢？以后爸妈赚到很多钱，给你买大汽车！"小寒爱怜地摸摸儿子圆圆的脑袋。

"好耶！好耶！"

"好好的工作不要了，那大学不白念了吗？村里大狗大字不识一个，倒腾服装，早就发了。"母亲抹着眼泪喃喃着。

"你懂什么？有知识和没知识能一样吗？"父亲抽着旱烟袋，"想通了，决定了，就大胆去做吧，大支持你，万难家里还有几亩地，粮油蔬菜还能供得起你们，你们俩条件这么好，我不相信还能不如大狗？只要好好做，一定能成的。"

"对不起，大，妈，这么大了，还让你们操心。真对不起你们。"

坚硬如我，也不由得眼眶湿润，既有对父母的歉疚，也有对未来的迷茫担忧，一切都是未知数，在企业里待了近十年，人到中年的我们重新开始创业，压力山大呀。

可我是男人，我是一家之主，我必须把家庭的重担担起来。

说干就干，第二天，我和小寒双双到单位辞了职。

厂长刘健惊异地瞪大了眼睛：

"大江，你没开玩笑吧？辞职？堂堂棉织厂质检科长你不干，要下海单干？我可没亏待你吧？你可想清楚了，走了想回来可就没那么容易了，就是回来也没这个位置了。"

"厂长，我想清楚了。家里经济负担太重，靠这点工资我已养不活家人了，想走条活路，别人能行，我为什么不行？"

"你不是不行，但是创业不是那么简单的事，我这还有现成的这个摊子，这几年都把我累得筋疲力尽，你一切从头再来，谈何容易？你回去再好好想想吧，明天告诉我，我就当什么都没发生过，一如既往地信任你，这几年我待你也不薄呀，工资比工人高得多了，况且你走了，我一时半会也找不到适合的人做质检科长呀。”

“不用了，厂长，我心意已决，您就不要再挽留了。我给您想好了，这两年一直在培养小钱，就是前年楚城工专考来的那个，我们科室的质检员，她是个责任心很强的孩子，我走了，她可以干质检科长。”

“真要走?”厂长遗憾地问。

“真要走!”

“那好吧！心去意难留！以后有什么困难尽管来找我，能帮的我一定会帮忙。”

“谢谢厂长，我很感谢您几年来的认可和重用，祝您今后一切顺利。”

“好！我也祝你事业成功，旗开得胜。你一会到财务结账，我多给你两月工资。”

厂长拿起电话打给他老婆，不知他老婆说了什么，他的脸红红的：

“就这样定了!”

“呯”一声挂了电话。

“算了，不用了，厂长，您多给我两月也是杯水车薪，别难为嫂子了。”

早就听说厂长老婆是个葛朗台，平时把钱看得很紧，职工发票什么的算得死死的，多一分钱都不会给。

我很感谢厂长的重情重义。坚决不要多给的两月工资，和厂长握手道别，道一声珍重，扭头走去，眼泪禁不住流下来，一股酸涩的味道充斥在心头。

我到财务室把工资结清，到办公室收拾好个人用品，放在一个纸箱里，和办公室几个同事告别，交代小钱，我走了以后要好好干，小钱忍不住失声痛哭：

“师傅，你为什么要走？我也跟你一起走好吗?”

这也是个苦命的孩子，父母双亡，亲朋好友支持，好不容易大学毕业，我对她一直很照顾，手把手地教会她业务，算是她半个师傅。

“傻孩子，你怎么能走呢，你还年轻，好好干啊，积累点经验，打好基础，早点谈个男朋友结婚生子，师傅等着喝你的喜酒。”

和同室的几个人拥抱告别，他们心下戚戚然，都很不舍，我这人脾气好，身为科长，从不骂他们，他们工作出错，责任都是我来担，所以他们都很爱戴我，我如今辞职，他们真的万分不舍。

一行人把我送到大门口，送君千里，终有一别，我挥手让他们回去。

猎猎西风中，我一个人抱着纸箱走出厂门，回首望去，不舍的泪再次横流。我在棉织厂九年，其间倾注了我的青春和汗水，有痛苦也有快乐，就这样舍弃了，我真的不舍，真的难过，但也无可奈何。人生走到这一步，我已回不了头。

回到家里，小寒也刚刚到家，看见我，扑上来，紧紧抱住我号啕大哭，我把她抱在怀里，轻抚她的背部，泪水再次无声无息地流下来。我知道，从此后，我们就要在风雨中讨生活，再也没有什么固定工资拿了，一天不苦，一天没得饭吃，但路是我们自己选的，没有回头路可走，我们只有咬牙朝前走才有出路。

我摸了一把小寒黑亮的秀发，安抚她：

“别怕，一切有我呢！”

小寒哭够了，到卫生间洗了把脸，开始乒乒乓乓做午饭，父母在自己的房间里始终没有出来，儿子去上学了。

饭好了，小寒扬起笑脸，大声喊：

“大，妈，出来吃饭了。”

饭桌上，父母小心地看着我们的脸色。

“别看了，大，妈，没事了，我们就是祭奠一下逝去的青春，过去的近十年，我们失去的得到的都值得我们用泪水回忆。以后不会哭了，我们要鼓足劲创业，将来一定会有好成就的，你们就放心吧！等着帮我们数钱吧！”

到底是我的老婆，心思流转，纵然心里纠结不安，还是要做个孝顺媳妇，不想公婆担心。

“是啊，大，妈，别担心了，既然我们选择了这条路就一定会走到底，一定会让你们过上好日子的。”我也赶紧说。

“好！好！好啊！大相信你们，我的孩子一定是最好的。你们就放手去干，我和你妈帮你们照顾好孩子和家。”大赶紧表态。

“对！对！不要怕，车到山前必有路，船到桥头自然直。”妈也赶紧说。

我心里一酸，赶紧低下头，扒拉米饭。

一顿饭吃得味同嚼蜡。

没有了工作约束的我们躺在床上昏昏沉沉睡了一下午，到晚上八点的时候，母亲敲敲我们的门：

“大江，小寒，起来吃饭了。”

“好！”

我答应着，身子却没有动，感觉整个人像被扒皮抽筋一样浑身酸软无力。小寒也是大睁着两眼一动不动。

过了许久，见我们还是没有动静。儿子像梭子一样跑到我们的床前，用软软的小手，挠我们的脑袋。

“爸，妈，起来吃饭啊，我饿了！”

我们一骨碌爬起来，穿衣洗脸。

是啊，我们可以不吃，放任自己，可是还有老人和孩子，我们不能让他们为我们担心。他们是我们的责任和义务。

就这样，我们辞职后就只休息了半天。

第二天上午，我和小寒一起出门，我们出去跑市场，见朋友，看有什么适合我们做的事。我们一没多少资金，二没门路，想要走捷径是不可能的，只有从小处着眼，先做些力所能及的事。

跑了三天，一个朋友告诉我，现在各行各业正在迅速复苏，国民经济正在大幅度增长，社会财富正在大量集聚，人们对生活质量的要求愈来愈高，迫切想要改变居住条件，建筑业发展势头迅猛，那么装修也水涨船高，需求越来越多。建议我们搞装潢，这件工作没有多少技术含量，只要我们肯吃苦，前景不错的。

我们决定听从朋友的建议，先搞装潢。因为这个不要什么本钱，我有个朋友开装潢门市，材料先到他那儿赊，钱要上来再给他。

我在朋友那儿学了两天的相关知识，注意事项，回去后我们就成立了一个小小的装潢公司，取名“江寒装潢公司”。说是公司，其实就是我们两个人，没有钱租房子，就把家里的车库整理出来，我们把牌子钉上去，买了一张写字台，两把椅子放在里面。

光有这样是不行的，我们到打字社把我们的地址、联系方式、装修范围、服务质量等等打成小广告，写在一张红色的纸上，印了三百份。我和小寒从早到晚跑了城区的大街小巷甚至跑到楚城，把广告散发出去，回去后就在家里等。

等待的日子是漫长而痛苦的。

一天过去了，没有消息，两天过去了，没有消息，三天过去了，还是没有消息。

我开始坐立不安，小寒的脸色也开始阴暗了。

第四天过去了，还是没有消息。

我再也坐不住了。

第五天天刚蒙蒙亮，我就起床，开始到各个小区，一家一家地询问，有没有要装修的。态度好点的，回说没有，遇到态度恶劣的，还会说“有病”。跑了两天，一无收获。我拖着疲惫的身子回到家都不敢看小寒失望的眼睛。

就在我要绝望的时候，第七天早上，我正在犹豫要不要出门，一个六十多岁的老大爷，站在我家的车库前，大声喊叫：

“谁叫大江啊？我找他装修呢。”

我家在二楼，此时我正在洗手间刷牙，连嘴上牙膏沫子都没漱清，趿着拖鞋就赶紧跑到楼下。

“大爷，什么事？我就是大江。”

“听说你开了一个装潢公司？我家的房子是多少年前老房子，墙壁剥落难看，想重新装修一下，你们能干吗？”

“能干！能干！那大爷，您有多少平方？”

“六十平方，只有我一人住。怎么，嫌小？”

“不是，不是，您家在哪儿，我们为您装。”

“那什么价格？”

“我去看看您房子的情况，您放心，保证不会比人家贵，只会便宜。”

就这样，我们为老人装修好了他的六十平方房子，本以为他是个孤寡老人，随便赚一点钱就行，也算给自己开个业，没想到，老人很大方，看我们夫妻两人实在，把他的小房子装得漂漂亮亮，一高兴，除去成本，给了我们一万元，当时这可是一笔巨款，盖三间瓦房都够了，我实在不敢要这么多，怕人家知道会说我是坑蒙拐骗，欺负老人。但老人坚持要给，说他的儿女都在国外，每年都寄给他很多钱，他一个孤老头子也用不了几个钱，看我们实在，就当是资助我们的创业基金。

我很感动，天上掉馅饼的好事真给我们遇到了，但总是心里不安。

最后老人说：

“这样好了，你们要是实在过意不去，以后你们有空时常到我家来看看，陪我说说话，我一个人也很孤独的。”

“好好好！”小寒满口答应：

“叔叔，以后我们就是你的亲人，我会常常来帮您洗洗涝涝。”小寒笑得像花儿一样。

“好好好！以后你就是我的闺女！”

“好！”

此后的日子，小寒真的隔三岔五就去帮老人洗洗衣服，换换被褥，老人有个头疼脑热的，我们只要知道都会第一时间带他看医生。多少年来，我们处得就像一家人一样，逢年过节，我们还会把他接到我们家一起过，我的父母也很赞成，对老人像亲弟兄似的。我妈常说“滴水之恩当涌泉相报”。

老人的儿子女儿每次从国外回来都会带礼物给我的儿子，非常感谢我们对老人的照顾。

也许就是缘分吧，前年老人的女儿从澳洲回来，要带他去过一阵，签证什么的都办好了，到最后收拾好东西准备走的时候，老人却变了卦，不去了，直言说，舍不得我们，让他的女儿哭笑不得，尴尬不已，心里也不是滋味，好像她这个亲生闺女还不如我们亲，拗不过老人，最后只得含泪拜托我们好好照顾她爸。

唉，我们无形之中多了一个老人。但我和小寒从没后悔过，毕竟在我们最困难的时候，老人的善意让我们渡过了难关。

有了创业的第一桶金，慢慢地，我们的业务越做越好，客户越来越多，因为我们做得仔细认真，质量好，价格公道，口碑愈来愈好，业务量越来越大。刚开始的时候，我们两个人起早贪黑的还能坚持，后来，随着找我们装修的人越来越多，我们实在忙不过来了，耽误了工期，客户很有意见，我和小寒商量，决定招四个工人，这样，我们的装潢公司初具规模。

这样子干了三年，手里积累了一些资金，为了给孩子更好的生活，也为了给辛苦了一辈子的父母晚年有个幸福的安乐窝，我们狠狠心在楚城买了一个两层小楼，单门独户，近三百平，在当时可谓是豪宅，但一下子花光了所有的积蓄，小寒有点担心，怕影响生意，我拍着胸脯保证，没问题的，钱可以再赚，我们拼命赚钱还不是为了给家人一个更好的生活。

就这样，我把儿子转到了楚江中学上学，把父母接来一起住，老家的土地让给叔伯兄弟种，每年给我们点新鲜大米白面就行了，也不要他们的钱，这样子皆大欢喜。一家子团在一起，开开心心地生活，没有了后顾之忧。同时，我在楚城租了两间门面，把装修公司搬到楚城。有空的时候，我们还是会回到县城去看望帮助过我们的老人。逢年过节接他来家，我们想让他一起搬到楚城，反正家里房子够大，有地方住，他还可以和我的父母做伴，可他不同意，故土难离，抑或是不想给我们增加负担，或者是他想守着他的老房子，等着那两个飞走的儿女。我们只能叹息，别无他法。好在几年后，他终于在女儿的眼泪攻势下，随她去了澳洲，我们去送了行，小寒哭得肝肠寸断。几年下来，我们真的把老人当成了自己的长辈，如今他要走了，自然是不舍，老人也哭得一把鼻涕一把泪的，声言过几年还要回来，让我们千万别忘了他。

此后，我们的业务越做越大，但竞争也越来越激烈，总共那么大点盘子，装修公司越来越多，而建筑业一度出现萧条，渐渐地账上资金有出无进，花出去的是现金，收回来的都是账务，慢慢地入不敷出。迫不得已，我们到南通开了一家分公司，租了办公用房，手下招收五个人，希望进一步打开市场，增加业务。小寒留在楚州，继续经营“江寒”，而我常驻南通，偶尔回趟家，夫妻基本是两地分居了。

日子也过得更加辛苦，我一个大男人居无定所，到处跑业务，饿了在出租屋里煮点泡面，三餐不及时，有时跑晚了，一天吃一两顿是常有的事，时间一长，我得了很严重的胃病，疼起来是绞心绞肺，万般无奈，我找了一个经理人，帮助打理公司，自己回到楚城治病。

在小寒精心照料下，配以药物治疗，我的胃病渐渐好转，治疗半年后，我回到南通，找来经理，询问公司经营状况，他居然报来一大堆账目，告说半年下来，不但没有盈利，还亏欠了三万块钱，我气得无话可说，看来他是做好充分准备，捞了一笔准备走人。这真是应了那句老话：金钱面前无兄弟啊。这可是我信得过的一位朋友，可是在利益面前，人性的丑恶就暴露无遗了。

我一气之下撵他滚蛋，自此又开始亲力亲为的日子。时间一长，胃病又犯了，我也顾不了那么多，一边吃药，一边东奔西跑，跑工地跑市场，跑客户，每天累得跟孙子似的。毕竟没有雄厚的物质基础，只能小打小闹，无法形成规模。而小寒一个人在家，又要照顾家庭，父母一天天老了，小毛病不断，儿子又要高考，她也忙得焦头烂额。“江寒”装修公司的业务量逐渐减少，赚钱很少。

好在我为人实在，凡是和我接触过的客户，对我的印象都很好，一传十十传百，我的客户越来越多，主动找我装修的人家越来越多，这样我就不用到处找客户了，业务稳定下来，我租了大一点的门面，又多找了几个工人，在南通的公司有模有样地开展起来，手里的资金也逐渐回笼，日子又有了盼头。

我的弟弟没考上大学，娶了一个女孩，也没什么正经工作。为了照顾他们，我在淮安为他注册了一个装修公司，规模不大，她夫妻二人，招了两个帮手，偶尔我去看看，帮他们联系点业务，租门面的钱和注册资金等都是小寒出的钱。我有时真庆幸，这辈子娶了一个好老婆。

转眼儿子高考来临，头天晚上，我从南通赶回楚城，陪儿子吃了晚饭，饭后把儿子叫到书房，摸摸他的头，语重心长地对他说：

“儿子，这些年，爸对不起你，东奔西跑，不能在家好好陪你，但那也是没办法的事，为了我们家有更好的生活，希望你能理解，不要怨恨爸爸。明天考试，你不要紧张，就按平时考试那样，细心认真审题，拿到试卷，一下子如果觉得很深，一定不要慌张，你要想着，我觉得深，别人一定也觉得深，所以你要淡定，好好把试卷答完。爸爸当年就是考试心慌，把本来会的题目都做错了，最后考到楚城工专‘狗不吃’，至今想起来还是郁闷得很呢。记住啊，儿子，爸爸相信你一定能够考好，考不好也没关系，你还小，万一考不上，明年再复读一年也没关系，爸妈养得起你。考试时既要放松，又要紧张，就像平时在学校里考试一样就行了。”

“好，爸，您就放心吧！我一定好好考。”

儿子答得很干脆。我心里略感安慰。

第二天，我和小寒什么事也没干，把儿子送到考场就在学校门口等着。

七月的天气，骄阳似火，学校门口一排梧桐树下坐满了家长，大家都在等自己的儿女。没有人愿意回家，可怜天下父母心啊。

快十点的时候，我让小寒回家做饭，我在这儿等着。

十一点半的时候，学校铃声终于响起，孩子们陆陆续续走出校门，家长们接到自己的孩子一个个都走了，还是不见儿子出来，我的心一阵阵往下沉。心想儿子是不是考砸了，不好意思出来，我的脸色变成了灰白色。

正在我愁肠百结时，儿子一脸阳光地向我奔来，我的心一下放到了肚子里，儿子笑着说考得很好，我也不多问，让儿子坐在我自行车后边，一路风驰电掣般骑回家。

此后的几门儿子发挥得都很正常。

等待的日子是漫长的，也是煎熬的。

等待儿子发榜的日子，我很少到南通去，有时都是电话联系，我买了大哥大，BP机，遥控指挥，业务正常进行，只是没有我盯着，资金回收很慢。

终于等到发榜的日子。

一大早，我们早早吃过早饭，一家三口，每人骑辆自行车往楚江中学而去。公示栏前人山人海，我们好不容易挤到跟前，已累得满头大汗。其实不用来看，老师也会通知的，但不看到大红榜上儿子的名字，心里似乎不踏实。

找了半天，我还是没看到儿子的名字。倒是小寒眼尖，大声叫起来：

“在这儿呢，在这儿，第二张第八行。”

我赶紧往那儿看，可不！

“江渔，大连大学电子信息系。”

我的天！儿子考上了大连大学！一本呀！儿子终于帮老子圆了本科梦。

我激动地带着老婆儿子回家，没到门口，望着迎在门口张望的父母，高声大嗓地说：

“大，妈，大喜呀！你们的孙子考上重点大学了！”说着情不自禁地泪流满面。

“好！好！好啊！我的乖孙子真厉害！”二老也激动地流下欣喜的泪水。小寒更是高兴得合不拢嘴了。

我接着大声说：

“今天不做饭了，到饭店吃，犒劳犒劳我的大儿子！”

“好！好！好！”就连一向勤俭节约惯了的大、妈也高声叫好。

我们实在是太高兴了！

一家人到家门口的饭店里点了一大桌儿子和父母爱吃的饭菜。

看着儿子狼吞虎咽的样子，我心里有点酸楚，生活所迫，平时陪他们的时间太少了，心想以后要多抽点时间陪陪他们，特别是父母，年纪越来越大，行动都不是很灵活了，更应该多陪陪他们说说话。

儿子满嘴含着食物，还不忘挤对我：

“爸，您今天才像个爸爸的样子，平时一年到头也见不到您人影。”

我无言以对。

“瞎说什么呢？你爸东奔西跑，还不是为了多赚点钱，为了咱家的生活更好？为了你能过上更好的日子？”

小寒立马不让，拿筷子轻敲了一下儿子的脑门：

“小没良心的！你爸这些年容易吗？风餐露宿，走南闯北，受了多少罪，饥一顿饱一顿的，落下老胃病，还不都是为了我们？”

真是知夫莫若妻呀！我感动地看了一眼小寒。

“妈，你干吗打我的头？要被你打笨了，我只是随口一说，爸这些年辛苦我当然知道，我又不是笨蛋。来，爸，敬你一杯！”

儿子站起来端起饮料杯，我拉他坐下，把他杯子里的饮料换成一点红酒：

“儿子，你长大了，上了大学，就可以少喝一点点酒了，爸不怪你，爸确实有很多地方做得不够好，对你和你妈你爹奶都有亏欠，以后爸尽量改正，做得好点。”

“没有啦！我开玩笑的啦，您做得够好了。来，碰一个！”

爷俩端起杯一饮而尽。

“你到大学好好读书，学到真本领，切不可贪玩荒废了学业，大学不比中学，没有老师督促，学习全靠自觉，你一定要洁身自好，学好本领，以后，这个家还要靠你撑起来呢。这个暑假你就好好玩玩，彻底放松，开学后就要收敛心思，投入学习。”

“好！您放心，我一定不辜负您的期望。”

开心的日子总是过得很快，很快儿子开学的日子到了。因为要照顾父母，小寒留在家里，我一个人送儿子到大连。

在小寒千叮咛万嘱咐声中，我们出了家门，儿子的行李很简单，一个皮箱，被子什么的到学校再买，拿着路上挺麻烦。

我们走的是水路，天黑的时候才坐上船。儿子是第一次坐轮船，有点晕船，想要到甲板上吹吹风，我陪着他去。海上的风很大，波涛滚滚。远处黑黢黢的望不到边，有一段特别黑暗，隐隐约约看到轮船，间或有火光，隐约中有人大喊大叫，但我们的船很快，一会就听不到动静了。我和儿子站在船头，心里有种不祥的预感，总觉得有什么不好的事情发生。

好不容易等到第二天中午到了码头，就听人议论纷纷，说昨晚就比我们晚五分钟出发的轮船，在海里翻船了，由于天黑风高浪急，天亮轮船公司才知道消息，再派人搜救，哪里还有人影？至今无一人生还。

我听了毛骨悚然。万幸万幸，本来，我还想坐那艘船的，后来儿子说想坐这艘白色的漂亮，不要坐那艘灰不溜秋的，我默许了。本来，我是不喜欢儿子吹毛求疵的，但心里高兴，在这件小事上，也就随他了，一念之差，没想到儿子救了我们俩的命！

我在心里连呼："阿弥陀佛！阿弥陀佛！老天保佑！"

儿子都吓呆了，震惊得不得了：

"爸！爸！好惊险哪！要是我们坐那艘船，我们的小命都要交待在这里了。"

"嗯！说明我们没做坏事呢！老天不收我们！"我的背上冷汗直冒。

"对呀！我们一家都是好人！"儿子骄傲地说。

"所以，以后我们一如既往地还要做好人！只有心地善良的人才会得到老天的眷顾。"

"是的，爸，我记住了！"

"不过，就是真的葬身大海，那也不错，会养肥了鱼，鱼也变得善良了。"我看儿子浑身发抖，调侃了一句。

"爸！这个玩笑太冷了，一点也不好笑。"

"好！好！好！爸不说了，我们走。"

我们坐了出租车，辗转了四十多分钟才到了大连大学，也不知是司机故意绕路还是咋的，反正我就觉得绕来绕去，但也没办法，谁叫我们人地生疏呢。

到了学校门口就有新生报到处，儿子的学长把我们领到儿子的宿舍，向我们简单介绍了一下学校的基本情况。这是个美丽的校园，空气清新，环境优美。同室的有四个孩子，我把儿子介绍给他们，希望他们好好相处，毕竟要在一起生活四年，都是远离父母，互相照顾互相友爱很重要。

我和儿子一起到学校门口的商场里买了被褥和必要的生活用品。

晚上就和儿子横躺在他的小床上凑合了一夜，好在他是下床，床前加了椅子，要不然无论如何也放不下两个一米八的个子，儿子虽然才17岁，但也长得长腿长脚，快要超过我身高了。爷俩一夜几乎没睡。不是舍不得住宾馆花那点住宿费，关键是想多陪陪儿子，出门第一晚，我想陪着他，他还是第一次出远门，离家这么远。从此后，可能会越飞越远。

考虑到南通好久未去了，也不知那边业务到底进行得怎么样。

第二天我就急着回家，儿子送我到码头，依依不舍的，我也红了眼眶。从小到大，虽然我天南海北地跑，但也过一阵就回家看看，这次和儿子分别就要好长时间不能见面，毕竟大连离家太远了，而且每次要坐轮船，前天的事情给我的震撼太大了，心里都有阴影了，我可不想常坐船，要是有可能，我宁愿一辈子也不坐轮船了。

分别的时刻终于到了，儿子到底没忍住，眼泪流了下来。我也眼眶湿润，哑声对儿子说：

“男儿有泪不轻弹，你长大了，要学会独立，要自己照顾好自己，好好吃饭，好好读书。”

“知道了，爸，我会的，你和妈也要保重啊。”儿子伸手悄悄抹去泪水。

就这样，我回到了家，又开始了南通、淮安、楚州各处跑的颠沛的生活。一家三口难得相聚，只有寒暑假儿子回家，家里才有笑声。

这些年颠沛流离，看着开了两个公司，外表华丽，实质手里并没集聚多少钱财，加上小寒心善，老家七大姑八大姨的有难处，只要找到她，多多少少她都会借给人家，说好了很快还的，但大多数是肉包子打狗有去无回。

我有时候气愤还会说两句，小寒总会说：

“财去人安乐！有，人家才来借的。我们只当做好事，扶贫了。我相信好人有好报，只当积德了。都是自家亲戚呢。”

她都这样说了，我还能说什么呢？

所以，以后只要有人来借钱，她还是照借。摊到这样的老婆，我说什么好呢！

至今，我们手里的钱也没超过七位数。

由于常年奔波，生活没有规律，我的头发早早出现掉落现象。

当某天我对着镜子发现头顶的毛发越来越少时，心里凉了半截。

五十不到的年龄，早早出现老态，我真是吓了一跳，想着以后的生意少上点心，要不把南通的公司盘出去，回到楚城，陪陪老婆，不再流浪吧，父母老了，也一天天需要人陪了。不要再想怎么样大富大贵，成为富豪，那些想成为亿万富翁的想法真是幼稚，永远是海市蜃楼，不可能实现的，还是脚踏实地过点平凡温暖的小日子吧。生来就没有大富大贵的命。

想通了，心下豁然开朗。

当我把想法跟老婆父母一说，他们一致同意，小寒居然当即落下泪来。我理解她的委屈，当别的女人在老公怀里撒娇任性的时候，她常常一个人又当爹又当娘，还要照顾年迈的公婆。

作为父母，行将走到人生末路，过一天少一天，他们更想大儿子能时时在眼前，承欢膝下。

一家人商量停当，我第二天就起程赶到南通，着手清理债权债务。好在公司运营正常，很好脱手。公司副经理华景是个很有潜力的年轻小伙子，对我也很尽心。我把公司想脱手的事告诉他，问他想不想要，他讷讷地说：

“老总，我想要啊，可是我的钱不够，您能不能让我先付一半，剩下的我订个计划，按期还您？给您利息。”

我考虑了一下，打电话和小寒商量一下，小寒满口答应，说与其把公司转给不认识的人还不如转给小华，既落个人情，如果公司能在华景手里发扬光大，也不枉当初初创时费那么多的心血。

得到妻子认可，我很爽快地答应了华景。没有要他的利息，只要求他按协议按时把钱还给我就行。

经过和华景一起盘点，账上流水没什么现金了，债权和债务都留给华景，两下相抵华景还应该付给我 378 万，可他只能拿出 78 万。我沉吟一会，虽然有点担心，但还是选择了相信华景，按协议他必须在两年内还清。

华景再三保证，绝不会不还，请我相信他。我考虑到混迹江湖半辈子赚了这点钱，还是先小人后君子吧，要华景和我一起到公证处做了公证。我是穷怕了，不怕一万就怕万一，华景如果生了坏心，不还我的钱，那我辛苦半生的钱不打了水漂？

华景脸色一暗，但还是和我一起去做了公证，毕竟我没要他全部先给，已经是绝对的恩情了，做人不能太贪心啊，何况现在房地产这么发达，做装修，稳赚不赔的。

我把什么东西都留给了华景，只把自己的几件衣服和一只枕头装在一个藤条箱子里带回家，枕套上有小寒亲手绣的鸳鸯，我可不想留给华景，为此，还招来了华景的一顿取笑。

回到楚城，和小寒一起经营在楚城的公司，有了我的加入，公司顿时红红火火起来。近年来，房地产业突飞猛进，人民生活水平大幅度提高，对居住条件要求越来越高，手里有了钱，都想买新房子，装潢公司的业务如火如荼，前景可观，我幻想着存款突破 8 位数的目标应该不难实现吧？

打拼半生，虽没有大富大贵，但也衣食无忧，我很满足了。

我有健在的慈祥双亲，视如亲人的有恩老人，贤惠的妻子，还有个聪明的儿子，手里略有结余，人生如此，夫复何求？

听完了大江洋洋洒洒大半天的诉说，梅子心里酸溜溜地不知说什么好，人人都有一本难念的经，一路风雨一路歌，都不容易哦。

沉默半晌，大江挠挠头：

“对不起！梅姐，我太烦了！憋了多少年，看见你就像看见了我的亲姐姐，和你倒倒苦水，心里好受多了。”

“谢谢你！分别这么多年还这样信任我。你也别多想，已经很好了呀，比上不足比下有余。珍惜现有的生活吧。”

“是！你怎么样？”

“我很好！”眼看太阳就要落山了，梅子不愿多说，心里说“时间都给你一个人占了，我还说什么”。

“我还要回去，天不早了，以后再聚。”

大江再三挽留，梅子坚持要走，这些年，她恪守一个原则，能回家的坚决不在外面留宿，因为在外面她睡不着觉。

梅子告别了大江，搭乘最后一班客车回到了新阳城自己温暖的家。

第三十九章　曲折坎坷　布满荆棘

"生活中,难免会遇到来自外界的一些伤害,经历多了,自然有了提防。可是,我们往往不会意识到,有种伤害是我们自己强加给自己的,为了一个小小职位,一件小事,甚至是为了他人的闲言碎语,我们发愁,发怒,认真计较,纠缠于其中,久而久之,我们的心灵就被折磨得千疮百孔,对人世,对生活,失去了爱心。"

梅子在经贸局竭尽所能地工作着。全县掀起招商引资的热潮,每季度各乡镇都要进行工业观摩,评出档次,直接和工资奖金挂钩。

作为工业主管局,经贸局所有干部职工都分派到全县各个乡镇指导工业观摩点的工作。梅子作为分管经济运行的副局长,每天在绞尽脑汁地盘算全县的工业总产值、规上和规下企业有多少,有多少税收,工业用电量,等等。一有时间就下去调研,跟着驾驶员开着一辆破2000型轿车跑遍了全县所有乡镇,对全县到底有多少企业,可以说是如数家珍。摸底出来的真实数据报到领导案头,领导大发雷霆:

"李局长是干什么吃的?全县那么多企业,怎么到她这儿就都没了?她会魔术,被她吃了吗?"粗俗的领导口不择言。

经贸局局长吓得一句话也不敢说。回到局里,把梅子找到跟前:

"你那些数字怎么回事?"

"这些数字都要报到市统计局,最后给市委书记、市长看的。我可不敢作假,将来出事了怎么办?"

"你!"局长的脸更黑了。

梅子也不管他,该干吗干吗。

此后不久,梅子就被调整到一个文化部门任闲职,空挂了起来。

梅子从来没后悔过自己的选择,自己凭着良心做事,对得起党对得起自己拿的那一份工资。要让自己做昧良心的事那比杀了她还难受。

好在梅子性格恬淡,从此潜心文字,把自己很多年前的爱好重新拾起,逐渐进入状态，找到了人生奋斗的又一坐标。每天写点文字，偶尔发表，得个小奖什么的，怡然自乐。也许这才是梅子人生最好的归宿。其时孩子已长成，家庭幸福，梅子没什么遗憾的，只希望用自己的文字温暖自己也温暖别人。

梅子沉下心来，在不长的时间里，很快出版了几本集子，得到市县政府的最高文艺奖励。梅子认为，奖励是有价的，荣誉和期望是无价的。希望通过自己拙劣的笔墨能带给读者一丝阳光。温暖自己也温暖别人，梅子主张以我手写我心，随心随性，尽情写作，写的是简单的文字，流淌的是纯真的情义，记录生活中的点点滴滴，表达无限的深情，只希望"以我的心温暖你的心，以我的情、我的爱，温暖每一个读到我的文字的人"。

工作性质的变动，让梅子真正找到了幸福的真谛，更有时间和心情进行深入的思考，对人生有了更为新鲜的体验和理解。

长久以来，一颗流浪的心忽然间找到了一个可以安歇的去处。坐在窗前，梅子常常在试问自己：你有多久没有好好看看这蓝蓝的天空，闻一闻这芬芳的花香，听一听那鸟儿的鸣唱？有多久没有回家看看，听听家人的倾诉？有多久没和他们一起吃饭了，听听那年老的欢笑？有多久没与他们谈心，听听他们的烦恼、他们的心声呢？是不是因为一路风风雨雨，而忘了天边的彩虹？是不是因为行色匆匆的脚步，而忽视了沿路的风景？除了一颗疲惫的心，麻木的心，你还有一颗感恩的心吗？不要因为生命过于沉重，而忽略了感恩的心！

也许坎坷，让我们看到互相搀扶的身影；

也许失败，我们才能体会一句鼓励的真诚；

也许不幸，我们才能更懂得珍惜幸福。

生活给予我们挫折的同时，也赐予了我们坚强，我们也就有了另一种阅历。对于热爱生活的人，它从来不吝啬。要看你有没有一颗包容的心，来接纳生活的恩赐。酸甜苦辣不是生活的追求，但一定是生活的全部。试着用一颗感恩的心来体会，你会发现不一样的人生。不要因为冬天的寒冷而失去对春天的希望。我们感谢上苍，是因为有了四季的轮回。拥有了一颗感恩的心，你就没有了埋怨，没有了嫉妒，没有了愤愤不平，你也就有了一颗从容淡然的心！

梅子常常带着一颗虔诚的心感谢上苍的赋予，感谢天，感谢地，感谢生命的存在，感谢阳光的照耀，感谢丰富多彩的生活。

清晨，当欢快的小鸟把她从酣睡中唤醒，推开窗户，放眼蓝蓝的天，绿绿的草，晶莹的露珠，清清爽爽的早晨，感恩上天又给予美好的一天。

入夜，夜幕中的天空繁星点点，梅子打开电脑，用笨拙的双手敲打着一天的生活感受，月光展露着温柔的笑容，四周笼罩着夜的温馨，内心充满了感恩，感谢大地赋予的安宁。

梅子热爱生活，每每走出家门，走向自然。放眼花红草绿，感恩大自然的无尽美好，感恩上天的无私给予，感恩大地的宽容浩博。生活的每一天，都充满着感恩情怀，感恩朋友，感恩大自然，每天，都以一颗感动的心去承接生活中的一切。学会了宽容，学会了承接，学会了付出，学会了感动，懂得了回报。用微笑去对待每一天，用微笑去对待世界，对待人生，对待朋友，对待困难。所以，每天，都有一个好心情，幸福地生活着每一天。

梅子写文章时也主张为文随心随性，追求一种纯粹的美，曾为自己一本散文集子写过自序，十分清楚地表明了自己的立场和追求，宁折不弯的性格也可见一斑：

随心随性　悠然写作

当个作家是我从小的梦想，儿时从《格林童话》《安徒生童话》里我看到作家真是神奇伟大，那些神来之笔往往让我忘了吃饭睡觉，幻想长大后自己也能把文字变成铅字。立志为文，阴差阳错的是高考时文科生竟然考上了工科大学，学的是工业经济，其间为攻克高等代数不知耗费了我多少心血，那些奇妙的故事、优美的文字只能在夹缝里挤时间阅读，但我是有韧性的人，及至走上工作岗位，即便是整天和数字报表打交道，但从没有放弃过文学梦，别人出去娱乐的时间我都用在阅读上，就这样我阅读了大量的中外文学名著，极大地陶冶了我的情操。多年来我养成随身一本书的习惯，无论是出差还是工余，稍有闲暇，就会拿出书阅读。

读书是我最大的快乐和享受，往往在炒菜的时候沉浸在某段文字的美妙中而忘了洗菜下锅，及至油锅烧得冒烟才恍然惊觉，家人常常笑我是傻瓜。年前在一次同学聚会上，昔日最好的朋友如今成了石油大亨，见面劈头一句就是“这年头谁还会摆弄文字，玩的都是钱了”！我安然不为所动，淡然一笑：“人各有志，自己觉得舒服就好！你在数钞票的时候别担心钱上的细菌污染了你！”虽是玩笑之语，但内心仍觉寒凉。诚然，在物欲横流的今天，谁还能默默无闻地潜心文字，尤其是在小城文化相对闭塞的地方！我不想也不可能成名成家，只是执着于内心的一份坚守，我爱文字，内心有感时不吐不快，说出来对自己就是一种精神上的释放，也许也能给别人带来一丝慰藉。

我在另一本散文集自序中说过，人生不如意事十之八九，但只要有一件事是成功的，也要让生活充满着芳香味。人活着不容易，尤其是女人，承担着社会和家庭的双重压力，如何让自己的日子过得风生水起，有滋有味，需要付出更多的汗水和心血，要做生活的主人，认真地面对、感悟生活。而我就是一个对生活认真负责的女性，热爱工作、热爱家庭，关心身边的人和事，以感恩的心面对世界，满腔热情地面对工作和生活。

我的写作都是通过对身边人身边事的悉心的观察、理解、体会，以女性细腻的笔触，撷取生活中的一朵朵小小的浪花，凝聚笔端，幻化成一篇篇小小的诗文，以告慰那些整天为生活疲于奔命的女性们，这也是我写作的初衷。

最初的成绩是上大学时每每有小诗文在校刊发表和校广播播出，同学们戏称才女，但可惜的是踏入社会后有相当长一段时间，整天为生活疲于奔命，为柴米油盐操劳，完全没精力写文章发表，但写读书笔记和剪报的习惯从没改变，工作以来，记录了6大本读书笔记和剪贴了10本剪报，积累了丰富的文字资料，但直到人到中年，偶然的一个机会，无意中把平时里写下的文字发给做编辑的朋友，得到充分肯定，才重新激起尘封多年的愿望，随后写作成了我的生活习惯，每天无论再忙，总会抽出时间写下一段文字、一段心得。我写作不为稿酬，只为乐趣，是一种精神上的渴求，写字的时候就好像和最好的朋友在交谈，别人在茶吧酒肆流连的时候，我宁愿宅在家里看书写字。红尘中的中年妇人，也许别人会觉得无聊、怪异，但我心怡然，我追求的是一种恬静、安然的生活。生命如水，潺潺流动，时而涟漪，时而波涛，每个人的生命的四季轮回里，总有花开花落，日出日落时，有时温柔了梦，有时滋润了心，留下许多深深浅浅的痕。既然我们生命的长度无法控制，那就应该好好活在当下每一个时刻，平安、快乐、健康、幸福！

我知道，我的文字非常稚嫩，上不了大雅之堂，从不幻想成名成家，就是希望在娱乐自己的同时能让别人多少产生一点共鸣，给他们带来片刻的欢娱。

淡然行走，恬淡自如。

多年在基层工作，更多地接触了各式各样的人，看过了千奇百怪的人生万象，尤其做了多年的计生工作，面对基层妇女的艰辛劳苦、困难和无奈，心有戚戚焉，总想着同为女性，如何才能安慰那些用力生活的女性。因为年少失怙，我成为知足常乐的人，我极喜那种静静的、淡淡的感觉，闲暇时光，在某个休息日的午后，泡一杯浓浓的茉莉香茗，在冬日的暖阳里懒懒地半倚半躺在书房的摇椅上，拿一本书安静地专心阅读，累了听一段古典音乐，无论那旋律是忧伤、抑郁、低沉抑或欢快、激情、高亢，都能让自己的灵魂回到心灵深处，听到自己灵魂的回响，沉淀自己，升华心灵，那种幸福，无法用笔墨形容。

谁都无法抵御时间的侵蚀，茫茫人海，那些繁花锦瑟，那些浅笑嫣然，那些笑语欢声，那些快乐幸福，那些泪光里的黯然神伤，那些艰难险境，那些黑暗陷阱，那些痛苦忧伤……都会在云卷云舒中悄然消散，所有经历过的一切，都会被时光所淡忘，时间永是流逝，而发生过的一切终将烟消云散，最后变得轻淡无痕，只在蓦然回首中，留下那一份恬静安然。

生活需要的不仅仅是喜怒哀乐，更是一种处变不惊的淡然。

多一分淡然，就多了一分豁达的从容；多一分淡然，在失意低落的时候才不至于无法承受，会多一分理智冷静；多了一分淡然，在绝望的时候更不会选择消沉毁灭；多一分淡然，就算饱经风霜的洗礼，心也时刻温暖；多一分淡然，在别人看来，你很孤独，其实你心里很富有。正是由于我的恬淡，才能经受痛失荫庇的一切痛苦，在坎坷的人生路上才能走得踏实坚定，才能用我善良温柔的心，通过我拙劣的笔写出一篇篇饱含深情的文字，也许那些文字在大家看来微不足道，甚至可笑肤浅，但我自己知道，那些是我的心，我的情，我的爱。我不怕贻笑大方，我只愿以我诚挚的心给喜欢我的读者朋友，尤其是那些用力生活的女性朋友带去一些温婉的话语、贴心的问候和散发清香的淡淡的情谊。

"生命是一场华丽的烟花，我们不愿在原地徘徊。"时光依旧，流年似锦，多一分淡然吧，弹指间，笑对风云，淡忘流年！多一分淡然吧，以冷静达观的心态坦然面对人世间的一切沧桑变化，永远记得自己是谁，淡然行走！

虽然我知道，人们面对的大部分是失望，活着的过程，就是存在于不断地困惑、挣扎、突破和提升之中，我们所做的一切，只是一种调试，不是结果。

真正的行者最后拭目面对和驯服的只是自己的心而已。

我所追求的完美只是一种灵魂上的需求。我也爱物质，爱华美的衣服，爱精致的美食，但非重点，在柴米油盐酱醋茶的烦冗琐碎和日复一日的工作里，我焦渴地寻求一种精神上的提升，我希望灵魂得到洗练。我常常一个人对着空气发呆，沉浸在我自己文字营造的世界里达到心灵的平静。我深知我的文字思想深度不够，甚至有点天真，看破了红尘滚滚，沧海横流，在我的文字里仍保有一份纯净，我觉得这是生活对我的褒赏，殊不知"人生不过是一个苍凉的手势"！但唯其如此，我仍心有莲花，才倍觉可贵。我渴望在浑浊的尘世里找到一片心灵的净土。人生有所得必有所失，懂得取舍最重要，我无法求功，但求无过。人活着就是为了追求美好，随着自己的心走，我渴望唯美，随性发挥，但现实是残酷的，生活中许多残缺，往往让人感到力不从心的痛苦，很多无解的难题，让理想和现实发生剧烈冲突。有时我活在自己的世界里，执着地追求一种美，我把我浅陋的文字当着医治心灵创伤的一剂良药，一遍遍读着自己的文字，感觉自己的心在鲜活地跳动。希望在我的文字里看到母亲颤颤巍巍的白发和父亲吸着旱烟的慈祥面目，感到享受双亲温暖怀抱的幸福！

我会坚持执着写下去。大量地阅读，不停地写字，让我从一个多愁善感的浪漫女孩变成了一个坚韧不拔的中年妇人，外界的任何风吹雨打都能勇敢面对！

我一遍遍用自己不再细腻的手，小心地、温柔地揉搓着自己的心，把那浸淫心窝的苦水一点一滴搓出来，让自己变得阳光舒朗。我相信，只要有执着的追求，不懈的努力，我的文字也将不再酸涩，正如我的明天会越来越美好，越来越芬芳！

让我们一起来听一段风花雪月，道一声现世安稳，让夜来香在晚风中静静吐露自己的芳香！

梅子一向认为作家要充满爱心。爱自己，爱家人，爱朋友，爱身边其他人，只有心中有爱，才能写出有温度有深度的文章。她还主张自在阅读，快乐写作，把读书写字当作了一种生活常态，每周最开心的时候就是周末闲来无事时，捧着一杯香茗，打开书本，坐在书房窗前，一边浏览文字，一边看窗外那株枝条已伸到窗前的蜡梅不屈的身姿，往往恍惚，不知自己成了梅，还是梅入了魂。

梅子闲暇的时候会约了小薇和耗子一起喝茶，小薇还是那样淡雅如菊，耗子一如既往的风风火火，只是很久没有接到阿飞的信了，也许年近半百，阿飞终于也失去热情了吧？

第四十章　无言结局　如之奈何

“谁都无法抵御时间的侵蚀。茫茫人海，那些繁花锦瑟，那些浅笑嫣然，那些笑语欢声，那些快乐幸福，那些泪光里的黯然神伤，那些艰难险境，那些黑暗陷阱，那些痛苦忧伤……都会在云卷云舒中悄然消散，所有经历过的一切，都会被时光所淡忘。时间永是流逝，而发生过的一切终将烟消云散，最后变得轻淡无痕，只在蓦然回首中，留下那一份恬静安然。”

2015 年 8 月 10 日，是个美好的日子，秋高气爽，阳光灿烂。今天，“狗不吃”毕业二十五年同学聚会。早上 9 点前到学校东大门集合(现在的楚州工业大学老校区)。

早在一周前，梅子就接到了通知，虽然手头有很多工作，家里也走不开，但梅子还是决定参加，毕竟一别二十五年，对“狗不吃”的老师和同学们还是非常想念牵挂。头一天晚上就激动得睡不着觉，把衣橱打开，一件一件比画第二天要穿什么衣服。梅子生过儿子以后发福，身材大走样，试了一件又一件，都不很满意，最后只好选了一件淡绿色的裙子套装，衬得皮肤更白，看起来还很青春靓丽，丝毫不像年近半百的人。

老公在旁边酸溜溜地说：

“干吗呢？又不是去会情人，有必要打扮得这么漂亮吗?”

“你知道什么？二十五年没见老同学老师们，当然要打扮得漂漂亮亮的了。”

“切!”

梅子老公是那种恨不能天天把老婆带在身边的人，离开一天就感觉心烦意乱，所以结婚多年，梅子是尽量不离开家，出差最多不超过两天，时间再长，老公就要着急，一天多少遍电话打，烦都烦死了。本来通知上说聚会要两天的，结果拗不过老公软磨硬泡，梅子还是答应老公找车送去，当天去当天回。梅子虽然气恼，但内心深处也窃喜，毕竟老公很爱自己，也只好随他了，可没想到他居然派了他的好朋友开车，梅子在聚会时总感觉有一道视线无形中在看着自己，有点芒刺在背的感觉，心里感觉怪怪的，还好梅子没有旧相好。

梅子 9 点钟准时到母校楚城工专东大门，已经来了好多人。看着熟悉的校园，多年不见的老师同学，梅子禁不住热泪盈眶，直接冲着黎黎跑去，两人紧紧拥抱，久久不愿松开。谷老师微笑着站在旁边，梅子抹去泪水上前和老师握手。谷老师好像永远都不会老一样，分别二十五年，感觉他还像“狗不吃”刚毕业时一样，脸上没有一丝皱纹，身材笔挺，瘦削，反而显得更成熟更有魅力了。

谷老师没说话前先红了脸，脸上那几个小雀斑也一并变得深红。他以他一贯的温和的招牌笑容，笑眯眯地说：

“哟，梅子呀，可胖了不少呢，看来生活过得不错呀？”

“没有！产后胖，太正常了，也是我太懒，不喜欢运动嘛！”

“那可不行哦，还是要动起来，不然会影响健康的。”

“是，回去一定好好运动减肥。”梅子向老师做了个鬼脸，拉着黎黎到一边窃窃私语。

黎黎穿着一件西洋红的短外套，黑色西裤，显得温暖洋气。多年不见，看到黎黎事业有成家庭幸福，一切安好，梅子的心里觉得踏实安慰。曾经的闺蜜，魂牵梦萦的好友，过得幸福安康，比什么都重要。

说不到几句话，媛媛、样子、小虫子、倩倩、茵子都到了。媛媛变得更沉默内敛，模样没什么大变化，一身得体的白色小西服，越发显得纤巧可爱，她本来就长个娃娃脸，估计到八十岁也不看老。样子却像变了个人一样，估计体重起码降个四十斤，变得苗条知性温文尔雅，一件深色连衣裙更让她显得魅力十足，梅子看得目瞪口呆，再看看自己一身肥膘，突然自惭形秽起来。样子却很热情地拥抱了梅子，连夸梅子越发白净了，梅子在心里吐槽，恐怕也只剩下白了。小虫子穿着一件米色的卡通套装，显得娇俏可爱。茵子穿着一身紫色套装，稳重大气，她皮肤本来就白，淡紫色更把皮肤衬托得娇艳。倩倩也做到省高院中层了，一身深啡色西服，外加一件同色风衣，把大家闺秀的气质彰显得格外突出。岁月好像没有在女同学的身上留下痕迹，一个个反而变得越来越成熟知性漂亮。

突然，人群中掀起了一阵躁动，只见大门口飞来一个火红的身影，像箭一样飞向谷老师，紧紧把老师抱住了。大家一看原来是可爱的小耗子来了，谷老师激动得脸都红了，赶紧轻轻推开耗子，从头到脚把耗子打量了一遍，无奈地笑笑；

“小耗子，你怎么还是这样子冒冒失失呢？也不学得稳重点？”

“没有啊，老师，我很稳重呀，就是看见你太激动了。”

“哈哈哈！”大家哄堂大笑。

阿飞激动地挤到耗子面前，试图和耗子握手，耗子嫌弃地躲到梅子身后，阿飞也不觉得尴尬，反而大声说：

“耗子，我思念了你二十五年，你怎么还这么狠心？握个手都不行吗？”

“不行！一百年也别想碰我一根手指头。”

"哈哈哈!"大家又一阵捧腹大笑。

这时,只见大门口一抹幽兰姗姗来迟,原来是身着一身淡蓝色套裙的小薇薇,她现在可是宿州人行的大行长了,可是你看她,小小巧巧,漫步而来,婉约妩媚得像一缕清风,真的很难和职场上那个泼辣凌厉的行长联系到一起。大家热情地打着招呼。男同学们有很多人却明显看出了岁月沧桑留下的痕迹,有几个同学看起来特别显老气。也许是男子要赚钱养家,累的吧。

看看到得差不多了,有十个同学由于各种特殊原因没有来,来了三十七个。谷老师招呼大家上车,绕校园里原来上学、吃饭、睡觉、开会的地方游览一遍,重温一下昔日的校园生活。大家一路上谈笑风生,感慨万千。

不知谁起了头,大家一起唱起来:

"我们的校园是花园,花园里花朵真美丽……"耗子的声音最响亮,唱着唱着女同学们的声音都哽咽了……

重走了一遍校园路,谷老师又带大家到曾经的食堂看一看。二十五年过去了,掌勺的大师傅不知换了多少茬,大食堂的格局倒没多少变化,一排排长桌子,历经岁月的沧桑,被擦得油光闪亮,梅子闭上眼,恍惚间,好像看到了毕业聚餐那晚,同学们喝得烂醉如泥的样子,心里不胜唏嘘。

食堂平时也充当大会的会议室,看过了食堂又到了学生宿舍门口的大道上。

男女生宿舍前后相对而立。梅子仰头看着女生402室的窗户,好像回到了二十五年前,每天放学后、礼拜六、节假日,梅子总是从窗户里伸出头,向着楼上502室高喊:

"红菱、红菱,在不在?走去玩呀?"

这时总会听见502室的窗户"格拉"一声响,清脆悦耳的女生就高声响起:

"好呀,马上!云哥儿!楼下见。"

红菱是新阳城人,和梅子是老乡,性格内向,是建八七的一号美女,用今天的话说,属于高冷型美女,高高的个子,1米68左右,大大的眼睛,总是闪着一层淡漠的光,长着一头自来洋黑发,天生鬈曲,罗马鼻子更显得有点冷峻,平时话语不多,只是和梅子在一起时就特别开心,是梅子工专三年最窝心的闺蜜。多少个无聊的节假日、礼拜天、黄昏午后,梅子都是和红菱一起度过,三年走遍了楚州的大街小巷,花街的青石板不知被两人踏过了多少回,是淮海电影院的常客,吃遍了楚州小吃,粮食学校门口小卖部里专门卖那种圆形团了一圈的馓子,两人常常吃得嘴上起了火泡,经久不消,梅子在文娱晚会上和耗子说对口相声的那张"剧照"上,嘴上就有一个红红的水泡。梅子当时就觉得那是世界上最好吃的美味了,以后梅子再也没有吃到那样好吃的馓子了。

"云哥儿"是红菱给梅子起的外号,因为两个人一起出去,说到高兴处,常常笑得惊天动地,眼泪流到嘴里都不知道。梅子的声音有点细碎,唱歌只能唱美声唱法或者是京剧国粹，流行歌曲一概不会。红菱说梅子高兴时像八哥，又因为梅子特别喜欢云彩，周六坐在桃园边上看着天上的朵朵白云，愣是一看半天，在后来成为业余写作爱好者后，每次出书，梅子都喜欢挖空心思把云字嵌在书名中，成了一种特殊的标记。所以红菱就给她起了这个外号，但也只有她们两个人知道。梅子在以后的写作生活中还以“云哥儿”做过笔名，以纪念这一段纯洁无瑕的友情。并且多年以后写过一首长诗，来怀念那段难忘的岁月：

闺　蜜

颠簸了四个多小时的大巴，
望一眼阔别数月的双亲，
立即赶到我的病床前。
执着你的双手，
我真的感动莫名，
望着你疲惫的面容，
我真的很是心痛。

你还是那样漂亮，一如从前，
只是眼神中多了些许忧伤。
不知你有何妙方？
二十多年过去了，身材还一如小姑娘。
望着我丰满的体型，
你摇头说懒人的形象！
生于忧患死于安乐呀，
不锻炼身体怎么会强壮？

我们像从未分开过一样，
逐一细数那些美丽的过往：
三年踏遍楚城大街小巷：
热闹拥挤的花街上，
古老的青石板被我们踏得雪亮，
大治路上的粗麻花，
常常吃得双唇起了火泡，
淮海电影院每场必有我们的丽影。
三月桃花盛开，
废黄河边桃林里是周末流连的天堂。

北京路上的阳春面馆是馋了打牙祭的地方，
回字楼前金桂旁，
晚自习后诉说衷肠，
图书馆最后排靠窗处，
两颗脑袋抵着争看《红与黑》，
回寝室路上像云雀一样笑得震天响！
有时也歇斯底里像猫头鹰一样叫得疯狂，
眼泪流到嘴里才着忙……

往事历历在目啊，
一切仿佛就在昨天！
虽然相隔千里，
我们的心从没有改变。
你是我的姐妹，
是我真正的闺蜜死党！
不能对人说的心事只敢相互讲，
忧伤难过痛苦无奈只有彼此能理解，
幸福快乐成功欢畅只想一起分享。

啊！
我们做了二十多年的好姐妹，
以后的路不管是荆棘还是坦途，
只要彼此人健在：都会相扶相携走到老。

因为宿舍里还有学生没放假，大家没有到各自原来的寝室去看，只在外面渺渺看一眼，往事却铺天盖地而来。

看过了校园，到楚州饭店聚餐。来得迟的几位同学直接去了饭店。在一个很大的厅里摆了五张圆桌，师生近五十人团团围坐。在校时关系好的，二十五年后还是自动坐在一起。菜上来后，谷老师首先站起：

“大家举杯，开怀畅饮！两杯结束后请大家介绍一下二十五年来的工作和生活情况。”

同学们积极响应，一口干了杯中酒，气氛热闹非凡。

首先是在盱眙做党委书记的金子发言，他实现了他上学时的理想，做了干部，因为上学时他喜欢和梅子畅谈时势，关心国家大事，事业一帆风顺。庆子在霸王故乡开了一间大型超市，辛苦得很，但日进斗金。陆健在昆山一企业任高管。俊明在无锡中行任行长。红红是一个自由职业者。徐俊是做实业的，是一个不小的地产商，上学时不声不响的，赚钱倒很有一手。上学时寡言少语的仲仲，却干了一件管人的工作，湖州区组织部部长。副班长陆俊在首都占有一席之地，“俊桥”物流闻名遐迩，赚得盆满钵满。刘军搞房地产开发，事业正在鼎盛时期。马建在内蒙古承包了牧场，和牛马羊蓝天白云为伍。

百年小妖，因为失去云锦，心里一直抗拒成家，直到快三十岁了才遇到一个令他再次心动的姑娘，婚后育有一子一女，在宿州广电总台任总编，工作倒符合他的气质。

扬子在楚州二院任副院长；力哥在沛市发改局工作；小林子在东海中学教书；韩春在纪委工作；赵坦是一外企高管；陶民在港口工作；林春开了一个酒楼；冰冰跟随祖父改学了中医，半路出家当了医生；孙君，后拜师学艺成了二线明星；昌哥老实，踏踏实实做了企业中层；泉哥自学考了三年，通过了司法考试，做了律师；闫君和韩君办起了多层板厂和橡胶厂；周飞失去雪莲后，心灰意冷，三十大几才和一远房表妹结婚，过着温水煮青蛙的生活；哒哥到北大荒承包了一个大农场，娶了原农场主的女儿，生了一窝娃，结结实实地成了一个土财主。

峰哥的人生境遇却很曲折。

1990 年 8 月下旬，一个凄风苦雨的下午，峰哥拖着不太方便的一条病腿(这是小时候得了小儿麻痹症治疗不及时落下的后遗症)有点蹒跚地来到了江苏国营山河半导体厂报到。他是个老实憨厚的人，是通过正常渠道分到了厂里。峰哥一米七八的身高，国字脸，浓眉剑目，高高的鼻梁，一双有点深凹的大眼透出忧郁，是个很帅气的男生，只是因为一条腿有点不方便，形成了他有点木讷内向的性格。在“狗不吃”读书时，他平时在班里说话不多，但人品好，学习好，大家都很喜欢他。其实峰哥当时有点喜欢活泼开朗的耗子，只是耗子心思不在他，而他也从没有勇气表白，充其量只能是悄悄的单相思，但是感情并不浓烈，没有人发现，只是一次无意中的交谈，被梅子窥见了内心，但从没对人说过，这段隐晦的恋情就随风而去了。

峰哥刚到厂里的时候，领导并不在意，也不重视，只让他跟老工人学习。第一年实习期间，峰哥不动声色，在办事员的岗位上任劳任怨，虚心学习，向老同志求教，刻苦钻研业务，很快熟悉了所有的工艺流程，干得有声有色，得到了师傅和领导的赞赏，实习期没满，就被提拔为车间副主任。由于峰哥肯吃苦，会学习，又是科班出身，年纪轻，脑子活，反应快，工作责任心强，细致有耐心，深得厂长青睐。做了半年车间副主任后，又被提拔为厂总工艺员，工作干得风生水起。

正在峰哥想大展拳脚的时候，市场经济飞速发展，家电等各行各业蓬勃发展，各种新兴现代化电子产品的出现，半导体收音机的市场需求量越来越小，企业举步维艰，勉强坚持到 1992 年，像僵死的海鱼，最后抖三抖，终于合上了死鱼眼，彻底僵化倒闭了。雄心满满的峰哥受到了沉重的一击，像被打了一闷棍，连哼一声都没来得及，就被宣布出局，半导体厂彻底关门停产，所有人员下岗再就业。

峰哥没有郁闷太久，生活要继续，找工作势在必行。但天生我材必有用，巴掌大的地方，峰哥的才华在一次次和外界客商的接触中已声名在外，很快他就被江苏农垦恒河酿造总厂录用，失业不到一个月时间，于1992年6月底走马上任。由于表现突出，很快被明确为总核算员，负责全厂产品成本、资产等总核算，可以说是厂长的小诸葛，直接影响厂长的决策，成了厂长面前的大红人。到2002年7月止，工作可以说是一帆风顺，陆续被提拔为厂综合办主任兼办公室主任。当然，其间的酸甜苦辣也只有他自己知道。

2002年7月盱眙恒河酿造有限公司成立，企业上市，峰哥既是股东，又是监事长，分管行政、企业基础管理工作，仍然是企业的中坚力量。

机会从来都是留给有准备的人，当梅子着手整理“狗不吃”各位同学的基本资料时，就暗暗想，峰哥在校时不声不响，默默无闻，毕业后成就却很大，生活过得富足幸福，着实难能可贵。他的妻子是另一企业的股东，同为大学生，贤良淑德，漂亮温柔，峰哥的运气挺好，1995年育有一女，现大学在读，有个人人羡慕的幸福家庭。

他靠自学，1995年通过国家经济师职称考试；1996年通过江苏省中级职称外语考试；1992至1997年任三河职业中专兼职教师，淮阴工学院、江苏食品学院恒河公司实习基地外聘老师；2003年通过国家首批食品生产许可证注册审查员考试，至今在聘；2011年起被聘为淮安市食品生产质量安全应急处理技术中心组专家。

这些成就的取得，要付出常人难以想象的艰辛和劳累。峰哥是个有思想的企业家，每年到年终岁尾，他都要给自己留下足够的时间到全国各地考察调研，让自己对企业有更深刻的思索，对自己的工作成绩也会给出适当的考量。正如他在一次接受采访时所说：

每年这个时候我都在调整自己的心态，以及对企业未来几年的思考。其实2014年我压力也挺大，以前大家都说那个不对，这个不好，其实我知道我比大家想象的要好；而今天大家都说你很好，其实我们并没有大家想象的那么好，事实上我们心里越来越虚。别人说你很好，但你并没那么好的时候，其实才是你真正的灾难的开始。我们每个人做生意，家家有本难念的经，周边的环境也在发生新的变化。长远的增长和未来的发展，我们正在承受新的经济常态，我们也不知道这个常态会带来什么变化，我们也不知道自己能不能适应，但我相信一点，我们这个时代会越来越好，今天生意越来越难做，但十年以后企业会越来越好，成功的企业会越来越多，关键是看你的企业本事有多大。你不要叹气昨天失去了好的时机，未来的每一天都不那么容易，而不容易才是机会，今天的不容易是对每个人来说不容易，大家统一站在起跑线上。谁也没有能力改变时代，没有能力改变别人什么，所以只有改变自己。

这是一个有良知的企业家的心声。新时代造就新人才，峰哥在未来的路上一定会走得更好。

其他同学也都一一做了介绍，有的同学混得一般，三言两语说完，开始喝闷酒。

梅子没有喝酒，草草吃过，就急着要走，其他同学要在楚州留一晚，彻夜长谈。梅子突然觉得索然无味，上学时要好的人还是要好，上学时关系一般的，走上社会也不再联系，每个人的生活如人饮水，冷暖自知，说多了，都是泪。

因为开车的朋友第二天要上班，梅子和谷老师打了招呼，和黎黎拥抱后和大家挥手告别，心里从没有过的平静，埋藏在心里二十五年的心结终于打开。原来上学时所受的那些委屈，现在看来是那么可笑幼稚，在生活的洪流面前实在是沧海一粟，微不足道，不值一提。

“人生不过是一场旅行，你路过我，我路过你，然后各自前行，各自修行。每个人都有自己的故事，看淡心境才会秀丽，看开心情才会明媚。”

“狗不吃”毕业二十五年聚会后，大家各自打拼，日子如流水一样过去。

梅子的工作现在已经很轻松了，有事就忙，没事就写写文章，偶尔发表，得个小奖什么的，梅子最近几年得了不少奖项，今年荣获江苏省文学组织先进个人。

目前是新阳城文联副主席，兼任新阳城作家协会主席。近年来，梅子积极投身创作，做文学创作的践行者。

梅子还组织全县文艺社团开展丰富多彩的文艺活动，通过组织县内文艺家参观花乡美景、历史名胜，感受家乡巨变，交流写作感受，有力促进了文学的繁荣与发展。

但是她对自己的身体状况却不满意，可能是遗传原因，婚后多年一直处于肥胖状态，体重一直超标，所以心情不是很愉快，整天想着怎样减肥健身。但梅子又是个很要强的人，事业心还蛮重的，按家人的意思，不如少拿点钱办个提前退休算了，但梅子不愿意，还是认认真真地上着班，总觉得要对得起自己拿的工资，对得起共产党员的称号。

黎黎因为女儿的关系，放弃安逸的生活，到苏州打拼，而钱老师也在苏州工作，女儿大学毕业后也考在苏州工作，一家三口在美丽的苏州团聚。

茵子和班长生意越做越大，但也毕竟快五十的人了，考虑将来要在苏州养老。陆续在苏州为父母和自己买了房子，准备将来在苏州颐养天年。

耗子又生了一个小宝宝，还不到四岁，还有很长的路要走，还有很多辛苦要吃，但她也成熟了许多，也更加坚强了，考了各种证，光靠证也吃不了，生活无忧的。小薇更厉害了，到市行做了老总，和儿子、老公兵分三路，梅子经常鼓动她要求回新阳城，哪怕平级调动，但她不肯，一定要坚持到退休，真不知她哪里来的激情。

媛媛还是过着幸福的公主生活，岁月没有在她身上留下痕迹，远远看去，还像个小姑娘似的，上天可能对她特别青睐，就是不显老。

样子事业干得风生水起，现在已经是一个大局的一把手局长了，走到哪里，威严十足。

小虫子做了湖州农行行长，说话更伶牙俐齿了。

倩倩高居庙堂之远，省高院大门不是一般人能高攀的。

周飞每年都会到新疆去一次，去祭扫雪莲，二十几年从没间断。雪莲在刚上班不久因为一场意外，葬身火海，成了周飞心里永远的痛，也是“狗不吃”全体老师同学心里永远的伤痛。

阿飞继续过着他浑浑噩噩的生活，每天在“狗不吃”微信群里发点无聊的笑话，说说想念耗子的浑话。

大江还是踏踏实实地做他的实业。不能大富大贵，但也生活富足，儿子成材。

其他同学也在努力适应形势，跟上时代步伐。

“狗不吃”很多任课老师都下海或者转岗了，只有谷老师始终兢兢业业地在教师岗位上一干几十年，虽然担任了学校的管理层，但他最喜欢的还是教书，和同学们在一起。“狗不吃”是他上班后带的第一个班，也是他最喜欢的班，因为他和“狗不吃”一起从生涩的青春岁月走向了成熟、成长、壮大。

他现在最喜欢做的事就是闲来无事的时候，把“狗不吃”的毕业照拿出来，一个个地看，四处打听每个同学的工作生活状况，大家过得好不好，身体健康否，儿女孝不孝顺。只是可惜，毕业照上没有梅子，不知道谷老师看照片时有没有想起梅子。

跋

谁都无法抵御时间的侵蚀。茫茫人海，那些繁花锦瑟，那些浅笑嫣然，那些笑语欢声，那些快乐幸福，那些泪光里的黯然神伤，那些艰难险境，那些黑暗陷阱，那些痛苦忧伤……都会在云卷云舒中悄然消散，所有经历过的一切，都会被时光所淡忘。时间永是流逝，而发生过的一切终将烟消云散，最后变得轻淡无痕，只在蓦然回首中，留下那一份恬静安然。

人生过去了大半辈子，我一直想要把我最美好的大学时光展露给大家看，其间发生的点点滴滴，历历在目，走上社会后的艰辛，如鲠在喉，不吐不快。所以从三年前开始断断续续地写下了一些回忆性质的文字，其间因为一些无法言说的原因，搁置了近两年，最近紧锣密鼓地把它写完，准备向建党一百周年献礼。当然，书中人物已经过了艺术加工，有的人只是一种意念，一种寄托，或者是几个人物性格命运的综合，大家不要对号入座，小说毕竟是小说，如有雷同，纯属巧合。

最初的时候，我给本书起名叫《“狗不吃”管八七》，后来朋友说有点俗，我的原意是大俗就是大雅，但考虑到恰逢建党一百周年这个举国同庆的大喜的日子，全国人民都在同唱我爱我的祖国，没有共产党就没有新中国，热情洋溢地歌唱我们伟大的人民、伟大的中国共产党，喜气洋洋，还是紧扣主题，改叫《筑梦》，但又实在喜欢自己的名字，总是挖空心思想要把自己的名字“云”嵌在自己写的每一本书里，最后决定改叫《落纸云烟》，“筑梦”作为副标题。因为“筑梦”的过程是艰辛的，洒下一路汗水和心血，但写到纸上也就觉得轻淡得像过眼云烟。后来大家说副标题也不要了吧，就直接叫《落纸云烟》吧！所以，我觉得这个名字也挺好，满足了我有点偏执的爱好。

本书描写了二十世纪八十年代一群工业经济管理专业的在校大学生快乐幸福的校园生活和踏进社会后，在伟大祖国的建设中、在伟大的中国共产党的领导下，恰逢体制改革的大变革时期，个人的悲欢离合融入社会改革的浪潮中，泥沙俱下。有的人抓住机遇，摇身一变成了企业老板，经过摸爬滚打成为身家过亿的富翁；有的人缺乏魄力沦为打工族，为别人制造财富；有的人自谋生路，也能闯出一片天地；有的人却目光短浅，抱住所谓的铁饭碗不放，最后只能混个温饱生活。书中穿插了一群年轻人纯真的爱情故事，浓墨渲染了班级“活宝”阿飞的情感波折和他那可笑的近乎唐吉诃德式的人生态度，演绎了一群鲜活可爱的人物形象，读来清新自然，发人深省，珠光烛泪，余味无穷。

描写的每个故事都倾注了我个人真实的感情感知，我自己觉得很感动，希望也能感动读者。

我们那一代人（生于 60 年代末 70 年代初）生活得很不容易，经历了下岗、转岗、再就业。每一个人的生活都是一本奋斗史，也是一本血泪史。成长是需要付出代价的，有欢欣，有痛苦，有成功，有失败，但我们坚持了，在党的正确领导下、在建设伟大祖国的历史进程中敢为人先，不甘落后，敢于拼搏，敢于创造，发出了自己应有的光和热。

2020 年是个美好的一年，政治清明，经济发展迅猛，人民安居乐业，伟大祖国在党的领导下正以崭新的面貌屹立在世界之巅。

我衷心地希望我的师长和我的同学都能事业有成，家庭幸福，和共和国一起成长，幸福安康。在成书过程中得到原宿迁市文联党组书记、主席仲向阳，原宿迁市文史委主任、市作协主席王清平，新华书店总经理唐传涛，太阳能传媒孙亚东的帮助，在此一并感谢！顺祝他们万事如意，心想事成！

二〇二〇年元月三十日